有爱的青春陪伴者

我在无尽处爱你

鹿随
LUSUI
著

love you

江苏凤凰文艺出版社
JIANGSU PHOENIX LITERATURE AND
ART PUBLISHING

图书在版编目（CIP）数据

我在无人处爱你 / 鹿随著. -- 南京：江苏凤凰文艺出版社, 2025.4. -- ISBN 978-7-5594-9388-0

Ⅰ. I247.5

中国国家版本馆CIP数据核字第2025PA5423号

我在无人处爱你

鹿随 著

责任编辑	王昕宁
特约编辑	娄 薇
出版发行	江苏凤凰文艺出版社
	南京市中央路165号，邮编：210009
网　　址	http://www.jswenyi.com
印　　刷	长沙鸿发印务实业有限公司
开　　本	880mm×1230mm 1/32
印　　张	11
字　　数	443千字
版　　次	2025年4月第1版
印　　次	2025年4月第1次印刷
书　　号	ISBN 978-7-5594-9388-0
定　　价	42.80元

江苏凤凰文艺版图书凡印刷、装订错误，可向出版社调换，联系电话025-83280257

目录

第一章　他是谁　　　　001

第二章　要你　　　　　040

第三章　别开灯　　　　069

第四章　我会牵着你　　107

第五章　微妙的感觉　　140

第六章　好久不见　　　176

目录

第七章　疯狂有什么不好　　　211

第八章　她要与他并肩站在一起　　　246

第九章　回头　　　261

第十章　警号重启　　　277

番外恋爱篇　思念是一种病　　　302

番外新婚篇　不负祖国不负你　　　316

番外平行篇　我的守护神　　　342

第一章
他是谁

沈净晗走在薄雾朦胧的山路上。

身后响起一阵清脆短促的单车铃声。

她回头，一个少年骑着单车载着一个少女从身旁呼啸而过。

少女飞扬的裙摆卷起两三片落叶，风吹乱了她的长发。

"来不及了。"少女说。

两人的身影渐渐隐匿在视线尽头。

她看不清他们的脸。

一道阳光劈开薄雾，晃过眼睫。

沈净晗睁开眼睛。

斑驳的光影在雪白的天花板上摇晃，她缓了缓，用手背抹了抹额间细密的汗。

凌乱的发丝缠绕着白皙的脖颈，有些难受，她随手拂开，不小心打到挤在身旁酣睡的白色猫咪。

猫咪被惊醒，细软地叫了一声，随后换个方向，重新趴下。

经历了台风的摧残，云江岛比往年这个时候要闷热许多。

时间刚过七点，她将长发随意绾了个团子，去浴室简单洗漱。

镜子里是一张素淡干净的脸，肤色近乎冷白，面庞清冷，眉眼有些困倦，似乎没太睡醒。

几只纯白色的布偶猫跟过来，在浴室门口安静地坐着。

沈净晗换了条冰台色的收腰连衣裙，拎起背包："下楼。"

猫咪们似乎听懂了一样，一溜烟窜出门，扑扑腾腾，声势浩大地跳下楼梯。

青青正在前台看书，见着沈净晗便朝她招手："刚想上去叫你，不是说今天要出岛吗？"

沈净晗绕进前台，坐到她对面，拆开一盒牛奶："来得及。"

青青放下手里的《申论》："对了，景区刚来人说明天上午这个区的商户负责人去开会。"

"你去吧。"

青青丝毫不意外她这样的反应,答应一声:"行。"

世界上大概没有哪个老板像沈净晗这样佛系又特别。

沈净晗对生意不怎么上心,有客就接待,没客就歇着,最赚钱的餐饮因为嫌麻烦没有弄,放了一台冰激凌机,却只卖香草口味。

台风后岛上客流量骤减,旧时约民宿的房间空了大半,她也不着急,每天懒洋洋地抱着她的猫坐在楼顶晒太阳。

她是青青见过的最美的女人,多半时间不爱笑不爱说话,像个不食人间烟火的冷面仙子,浑身飘着股仙气。大把男人想扑她,但还没走到她身边,几米外就被她那副断情绝爱拒人于千里之外的模样吓退。

禁欲系女人最让人难耐,她们高冷内敛,不说不动,只坐在那里就能让男人丢了魂。

沈净晗就是这类女人。

青青暗自叹气,她要是长这么一张脸,必定要好好利用,找个帅男人谈一场轰轰烈烈的恋爱,才不算暴殄天物。

有人退房,青青忙完后去厨房端了粥和小花卷出来,说:"别喝牛奶了,喝粥吧。"

两只碗盛满香喷喷的红枣小米粥,青青掰了半个花卷,说:"净晗姐,你听说了没,台风那几天的游客撤离疏散方案好像是周稳制订的。"

沈净晗对那个新接手这座旅游度假岛的周家少爷没什么兴趣:"是吗?"

"是啊。"青青叽叽喳喳,"没想到那个整天不务正业的纨绔子弟还有点儿能耐。"

她仔细想了想:"他进岛也有三四个月了吧,我都没见过他。听说他十天半个月都不去一回办公室,天天跟几个二世祖混在一起,周老板气得不轻呢。"

周家父子不和,全岛都知道。

据说,周稳小时候父母感情破裂,吵得跟仇人似的,他妈一气之下把他带出国,从此销声匿迹,失去了联系。周敬渊找近二十年,直到三年前才逮着他。

已经成年的周稳并不买账,吊儿郎当,混账事没少干,处处跟周敬渊作对。

也许是血浓于水,直到去年他终于答应回国。周家产业众多,周敬渊把这座刚开发没几年的旅游度假岛交给他管理,但他并不上心。

"他这个小岛主对这里唯一的贡献也就这回了吧。"青青忽然想起来,"哦对,还有那个烟花也不错。"

去年周稳刚回国时,周敬渊问他对度假岛有什么想法,他提了几条建议,其中一条是每个月的第一和第三个星期六晚上放烟花。最初周敬渊不怎么同意,但放了几次后效果意外地好,很多游客特意赶在这两天来岛上看烟花。周敬渊破天荒地夸了他,说他不浑的时候还挺不错。

第一次放烟花那天正巧是沈净晗的生日,她看了整场,印象很深。

她盛了一颗红枣:"嗯。"

吃完早餐,沈净晗一个人乘船出岛,到青城转乘飞机,于两个小时后抵达沣南。

幼时她每个寒暑假都会来这里,姥姥去世后,她已经很少过来。

正午时分的西雁街幽深静谧。

这条路并不宽敞,隐匿在繁华的城市里,沉稳低调。路两旁的住宅大多有近百年历史,爬满藤蔓的砖墙和斑驳悠久的暗红色图腾铁门随处可见。

沈净晗在其中一个院子前停下。

大门旁的木质门牌是温柔的淡棕色,上面的墨绿色手写字年代久远,已有些褪色。

西雁街 26 号。

上次来这里还是一年前,那时大门两侧的藤蔓刚刚换了一茬,还没怎么长好,短短一年光景,这里已经开遍淡粉色的月季花。

水彩渲染过一般温柔的颜色让人挪不开眼,她看了一会儿,拍了几张照片,点开微信发送出去,随后推开半掩的门走进去。

堂屋里没有人,左侧的书房里隐隐有人在讲话,沈净晗没有去打扰,把带来的水果和补品放到沙发旁。没多久有人掀开帘子从厨房里出来,看到沈净晗,脸上露出笑容:"沈小姐来了,昨天老爷子还提起你。"

沈净晗:"周姨。"

周姨朝书房那边努嘴:"几个老部下来了,刚进去没一会儿。"

沈净晗说:"没关系,我等一会儿。"

"行,坐那儿等。"周姨回厨房端了一盘水果送过来,沈净晗道谢。

她没有坐,握着一颗橙子走到中式沙发后的柜子前,看着墙上挂着的几张照片。

功勋卓著的老英雄威严挺立,气宇轩昂,双目炯炯有神,胸口挂满军功章,沉甸甸的分量,是他从军一生的荣耀。

这是老英雄与家人的合照,沈净晗的目光落在他身旁的那个十七岁的少年身上。

阳光的少年迎风而立,意气风发,眉眼英俊,骨子里的正气掩藏不住,小小年纪便已初露锋芒,一双漆黑的眼睛沉稳坚定。

沈净晗微微勾起嘴角。

他在爷爷面前一贯这样正经,不像跟她在一起时,总是坏坏的。

沈净晗有一张同样背景和着装的照片,那时他刚跟爷爷拍完照,转头就跑去找她，怀里抱个篮球，脑袋歪向一边，笑得很痞，拽拽的模样有点欠揍。

他摸她头发，她嫌烦，正推他的手，被摄影师捕捉到那一刻的画面。

后来他把那张照片洗出来，溜达到她班里，随手把照片丢到桌上："还挺上相。"

那是她认识岳凛的第十一年，她十六岁。

书房的门开了，几个人走出来："老首长，那我们先走了，您多保重身体。"

送走老部下，岳安怀冲她招手，嗓音低沉浑厚、谦和有力："什么时候到的？等多久了？"

他拄着拐杖，沈净晗过去扶住他："刚到。慢点。"

两人走去沙发那边坐，岳安怀打量她："一年没见，丫头瘦了。"

沈净晗笑出来："是吗？我自己没感觉呢。"

她从包里取出两盒好茶放到他面前的茶几上："岳爷爷，前几天台风，我没办法出岛，错过了您的生日。这是岛上茶庄里最好的茶，您尝尝，喜欢喝我下次再给您带。"

岳安怀笑得很愉悦："你年年给我送茶，我的茶都被你承包了。"

"我也没有别的东西能送了。"

岳安怀让阿姨泡了一壶她带来的茶："岛上一切可好？店里生意怎么样？"

沈净晗点头："都挺好的。"

岳安怀："有什么困难要告诉我。"

"知道。"

"还一个人？"

沈净晗停顿一下："嗯。"

岳安怀注视她片刻，虽不想提，但最终没有忍住："你是重情义的好孩子，但阿凛已经走了七年，你终究还是要向前看，好好过自己的日子。"

沈净晗为他斟了一杯茶："我知道，只是身边没有合适的。"

岳安怀思量一会儿，斟酌着说："我有个老战友，他的孙子年轻有为，前途无量。你们年龄相仿，如果你愿意，我可以帮你们介绍。"

沈净晗垂着眼睛，好一会儿才说："岳爷爷，过阵子是阿凛的忌日，我会回岳城，如果有时间，我再转道过来看您。"

岳安怀没了声音。

每次提起这件事，沈净晗都是这样的态度，这让岳安怀很心疼。

他戎马一生，儿子是警察，在一次配合缉毒警追捕毒贩的过程中不幸殉职，孙子又因意外英年早逝。古稀之年，他身边亲人甚少，早已将这个姑娘当作亲孙女看待，正因如此，他才不愿看她再这样耽误下去。

年少时的爱恋纯真热烈，他们在最相爱时戛然而止，让人念念不忘，难以释怀。

但女人的青春就那么几年，如果岳凛知道，只会比他更心疼。

他很清楚，他的孙子有多喜欢这个女孩。

沈净晗在这里吃了午饭，没有多留："岳爷爷，我明天还有事，今晚得回岛上，您多保重身体，下次我再来看您。"

岳安怀说："以后不忙的时候来，在家多住几天，不要这样折腾。"

"好。"

从西雁街出来，沈净晗走到下面那条街，在一家老字号的蛋糕店里买了一块半熟芝士蛋糕，随后打车直奔机场。

到了机场值机过安检，沈净晗挑人少的队伍排在队尾。

盒子里的蛋糕飘着浓郁的芝士奶香味儿，她没忍住，打开尝了一小块，味道甜而不腻，芝士放得很足，跟从前一模一样。

那家店已经经营了十几年，开业那天，他们恰好经过。

橱窗里的招牌蛋糕半熟芝士做得非常漂亮诱人，沈净晗多看了几眼。

那时他们还在上小学，身上没什么钱，岳凛兜里只有三十五元，全给她买蛋糕了。

"小姑娘，能不能帮个忙？"一个声音打断她的思绪。

沈净晗回头，看到一位长相憨厚、穿着朴素的中年男子站在她后面。

男人看着四五十岁的样子，手里拎着个藏青色的行李箱："我刚刚办登机手续时就在你后面，知道你也去青城。"

他有些为难，像是不太好意思，声音很小："我给女儿带了几瓶化妆品，也不太懂，刚刚才知道超量了。你看方不方便放你那儿一瓶，帮我过一下安检？"

沈净晗审视他几秒。

她不是不谙世事的小姑娘，这点警惕性还有，从前岳凛在时也总是跟她说警校老师讲的那些案件。

在机场绝对不能替人带东西。

虽然眼前这个大叔看起来实在不像坏人，但沈净晗还是拒绝了他。

大叔离开不久，两名机场巡警带着几个便装男人匆匆赶来，快速穿梭在人群中，不时低声询问旅客，似乎在搜寻什么人。

一名警察行至沈净晗身边，问她有没有看到一个提着藏青色的行李箱的中年男人。

她下意识地看向大叔离开的方向。

同一时间，那个男人也回头，两人目光相撞。

看到她身边警察的那一秒，男人拔腿就跑。

警察一声召唤，先前那几个人包括隐匿在人群中的其他便衣一拥而上。机场大厅顷刻间一片混乱，有人尖叫，有人躲避，有人拍摄，也有看清形势的热心旅客冲上去帮忙围堵。

沈净晗不知道最终警察有没有抓到那个男人，因为短暂的混乱后，大厅已经逐渐恢复秩序，只剩一些闲散的议论声。

飞机抵达青城机场时已经是下午五点，上岛最后一班船是晚上七点，时间虽紧，却也来得及。沈净晗跟着人群往登船口走，与几个刚从岛上出来的年轻人擦身而过。

"去哪家？"

"给你接风，你定。"

"我几年没回来了，我哪知道哪儿是哪儿。"

"你小子怎么好像矬了？"

"滚蛋，你才矬。"

"说起来，这些年变化最大的数稳哥了吧。去年他刚回来那会儿，要不是看他胳膊上那道疤，我都没认出来。"

"废话，他走那会儿才几岁，都从小萝卜头长到一米八几了，我要二十年不见你我也不认识。"

空气中飘过一丝淡淡的清香，说不清是什么味道，有点像山涧的泉水，清新冷冽。

沈净晗回头看了一眼，意外对上一双眼睛。

那个男人回头看向她所在的方向，被簇拥着他的人群遮挡住大半张脸，只露出那双如同夜幕般漆黑深沉的眼。

只一秒，男人便收回目光，很快跟同伴们一同消失在熙攘的人群中。

沈净晗盯着他离开的方向看了一会儿，转身上船。

旧时约里有人在办理入住，青青将房卡递给客人："一楼往里走右手边。"

沈净晗一进门，沙发上的"红豆"就窜过去往她身上扑。她弯腰抱起猫，问："今天忙吗？"

青青说："还行，比昨天强，线上预订的人也多了。你吃饭了吗？"

"吃了飞机餐。"

"那不顶饱，我给你煮碗面？"

沈净晗抱着猫走到前台后："待会儿饿了再说，你休息吧，我在这儿。"

青青收起桌子上的几本书："行，那我回屋了，洗个澡躺会儿，腰疼。"

她最近准备考公务员，几乎所有空闲时间都在背书刷题，天天喊着这儿痛那儿痛。

沈净晗把没动过的那一半芝士蛋糕切给她："沣南那边的，比咱们这儿的好吃，尝尝。"

青青见到吃的眼睛都亮了，立马把腰痛忘到脑后："谢谢老板！"

凌晨，最后几个夜游的游客回到民宿，一阵喧杂的脚步声后，一楼重新恢复宁静。

沈净晗熄了顶灯，开了几盏昏黄的氛围灯。

空调温度有些低，她懒得调，裹着毯子侧躺在前台后的小床上。

几只猫挤着她睡，本就窄小的空间连翻身都难。

她有些困倦，又不太想睡，坚持翻了一会儿手机。

微信置顶聊天框里有白天她发过去的几张粉龙月季的照片，再往上是昨天的几条。

——不小心吃了一块过期的月饼。

——好硬。

——明天去看爷爷。

稀薄的云层慢吞吞地散开。

月光散落。

沈净晗点开输入框，打了几个字。

发送。

——今天看到一个人，眼睛跟你很像。

凌晨，沿海街的夜店里依旧人声鼎沸，劲歌热舞，纸醉金迷。

坐在沙发角落里的男人手中的手机振了一下。

男人俊朗的侧脸陷在昏暗朦胧的壁灯阴影里，指尖摩挲着侧边的音量键，垂眸点开手机，视线在屏幕上停留片刻，随后将手机翻转，屏幕扣在掌心。

一群年轻人已经喝得差不多了，桌子上一片狼藉，摆满空酒瓶和吃了大半的零食水果，中间夹杂着散落的纸牌和骰子。

周潮怀里搂着个姑娘："待会儿散了别回家，我给你安排。"

成旭摆手："算了，刚回国我可不想惹我爸，他正看我不顺眼。"

周潮笑说："你好歹还在外面逍遥了几年，我可是打小被我妈拴裤腰带上，哪儿都不让去，有事没事骂一顿，谁有我惨？"

成旭说："我的好日子也到头了，我爸见不得我闲着，一回来就让我进公司。我求了好几天，我奶都出面了，好说歹说他才答应让我搞游艇俱乐部。"

"地址定哪儿了？"

"还没定呢，不过今儿我看你们那小岛就挺好，山清水秀，景色宜人，天高皇帝远的。"

周潮："主要是天高皇帝远吧。"

"还是你了解我。"成旭拿水果签扎了一块西瓜，"主要我没稳哥的魄力，我不敢跟我爸顶——这西瓜不甜啊。"

周潮看着舞池里群魔乱舞的男男女女："你跟我哥能一样吗？这些年他和我舅妈在外头吃了多少苦，我舅明着不说，私底下变着花样补偿他，我哥给个笑脸我舅能乐一天。"

沙发角落那头有了动静，一个姑娘娇嗔地小声说了句："周少……"

她身旁的男人坐姿懒散，英俊的眉眼此刻满是掩饰不住的烦躁，抬手推开女人喂到嘴边的菠萝块，冷着面孔看起来极其不耐烦："说了不吃，听不懂？"

旁边这么多人，女人有些尴尬，手举着不是，放下也不是。

男人也没看她，拿着手机起身离开。

那姑娘看着二十岁出头的样子，一张小脸儿嫩得能掐出水儿，在人群中也算一等一的美人，到哪儿都有男人追，今儿还是头一回吃瘪，脸红一阵白一阵，有些下不来台。

周潮笑着看向她："行了，我哥就那脾气，你也别往心里去。他眼光高，挑剔得很，你没入他眼，再骚也没用。"

那姑娘没受过这种气，又不敢惹周家少爷，丢脸也只能忍着。

其他人赶紧打圆场，把她叫去跳舞，她脸色才稍微缓和些。

走廊尽头的卫生间里，周稳站在洗手台前，随手往脸上扑了几把水，手掌撑着台面，抬眼看着镜子里那张脸。

镜子里的男人脸庞湿漉漉的，利落的短发，锋利的眉，瞳仁漆黑，细薄的眼尾隐着锋芒，下颌坚毅利落，冷漠又轻狂。

一颗晶莹的水珠沿着喉结的弧线滚落，消失在微敞的领口里。

今晚周稳有些躁郁。

脑子里不受控地闪过码头人群中那张熟悉的脸。

他当时只克制地看了一秒，但记得很清楚，她今天穿了冰台色的连衣裙，扎了头发，皮筋儿是黑色的，耳后落下一点碎发，没戴耳饰，背着杏色的双肩包。

她看起来很疲惫，应该是刚下飞机。

她今天坐了往返四个小时的飞机。

晚上早点睡吧。

场子里躁动轰隆的音响声因隔了两道墙显得发闷。

他关掉水龙头，从墙壁侧边的盒子里抽出纸巾擦手，随意瞥了眼空荡荡的门口。

手指探进洗手台底部，摸索几秒，从缝隙中抽出一张字条，打开快速浏览一遍，随后将字条撕碎，冲进下水道。

回到卡座时，成旭正跟周潮说："有空帮我看看岛上有没有合适的地儿。"

"我知道一个地方，很合适。"周稳坐回沙发，打开一罐啤酒。

周潮问什么地方，周稳捏着易拉罐："就在沿海沙滩那一带，二层海景房，面积够大，房前场地也很大，旁边就有餐馆和超市，很方便。"

周潮回想那一片："我记得那边都是宾馆和民宿，没空房子，你说的是哪家？"

"旧时约。"

名字特别，周潮有印象："没见那家挂牌转让啊。"

"你能搞定的。"

成旭转头看周潮:"能行吗?"

周潮跷着腿琢磨:"那边都是景区的房子,租房合同没到期,我要是硬把人弄走,人家找到我妈那儿,我不又得挨骂。"

周稳懒洋洋地靠着沙发,指尖摆弄着一只银白色的打火机:"你脑子里就只有用强这一招?多赔点儿钱,中国那么大,哪里不能做生意。"

倒也是,周潮的目光肆无忌惮地扫过怀里女伴诱人的身体:"行,明儿我去瞧瞧。"

"礼貌点,别跟流氓一样,别惹事。"周稳叮嘱。

"知道了。"周潮喝光杯中酒,搂着女伴起身,"今儿散了吧,我撤了。"

成旭也站起来:"我也走了。"他看向周稳,"谢了稳哥,改天找你。"

周稳点头。

隔天上午九点,青青替沈净晗去景区办公室开会,沈净晗在旧时约等安装师傅。

她住二楼,西侧走廊尽头南北两间客房被她改了门的朝向,打通成一个大房间,南边自己住,北边是猫房。

她有六只布偶猫,个个雪白漂亮。之前的猫爬架有点小,她在网上定制了一套新的,构造复杂,占地面积也大,跟个小城堡似的,足够它们几个撒欢儿。

九点半安装师傅到了,一个人带着两个大箱子,还有些板材需要现场切割,足足折腾了两个小时才装完,最后扣上几个透明的大太空碗,效果非常不错。

师傅走后,沈净晗从南边卧室里一件一件地往这边倒腾东西。

她很懒,动手的事能省则省,自动饮水机、自动猫砂盆,猫砂盆旁边放着自动香氛机,能自动的东西基本都有。

猫爬架对面靠墙一排整整齐齐摆了六个云朵形状的猫窝,两个猫抓板,陶瓷猫碗也是整套的,粉粉嫩嫩的颜色像彩虹棉花糖。

角落的柜子里有储存的猫粮、猫罐头,还有些乱七八糟买了也不怎么用的小东西。

沈净晗刚收拾完,那几只小祖宗就已经兴奋起来,跳到猫爬架上钻来钻去。新板材有点味道,她想散几天味儿再让它们住进来,费了半天劲儿才把最上头的透明太空碗里的"红豆"拎出来:"下楼。"

几只猫摇着尾巴先后溜达下去。

沈净晗的猫都是"豆"字辈,"红豆""黑豆""芸豆",具体怎么区分只有她自己知道。青青来了这么久也只能认出红豆,因为它通体雪白,只有脑门儿上有一小撮淡淡的豆沙红色,而其他几只长得几乎一模一样。

这只"红豆"最像它们的猫妈妈,沈净晗最宠它。

青青不知什么时候回来了,一个人坐在前台看手机。

沈净晗抱着"红豆"下楼:"开完会了,说什么了?"

"没说什么,就还是强调游客安全和防火那些。"青青神秘兮兮地招手,"你快来看,我刚才碰到周稳了,没忍住拍了几张。之前怎么没人跟我说他那么帅?真的巨帅,比我本命还帅。"

这简直是青青对一个人最大的褒奖,毕竟她爱了那个本命十几年,谁说一句不好都要冲上去理论两个小时的程度。

沈净晗怀里的"红豆"拽她脖子上的项链,她捏着肉乎乎的爪子让它松开:"那么夸张。"

"一点都不夸张。"

前台的座机响了,青青接起来听了两句,把话筒递给沈净晗:"简医生。"

沈净晗接过来:"喂。"

简生:"怎么没接电话?"

沈净晗摸了下衣服口袋:"手机在楼上,怎么了?"

简生那边有嘈杂的脚步声,他似乎正往什么地方走:"没什么,刚才给科里打电话,听主任说台风那两天看到你在医院,是病了吗,还是伤哪儿了?"

前台桌子上有个小薄册子,是防火的一些相关知识,应该是青青带回来的,沈净晗随手翻了几页:"没事,就是有点发烧,第二天就好了。"

简生放了心:"有事跟我说,我回不去,也能让同事去看看。"

"嗯。"

简生是岳凛的高中同学,最好的兄弟。

当年岳凛在警校读大三,接到任务去外地参加集训,临走前托他帮忙照顾沈净晗。

后来岳凛返程时乘坐的轮船遭遇恶劣天气,不幸翻沉,再没回来。

简生信守承诺,一照顾就是七年。

简生说,岳凛生前最大的心愿,就是她能一辈子开心,天天笑。

"他在天上看着你,别让他担心。"

简生这样劝她。

最终沈净晗还是熬过了那段最难熬的日子,虽然现在也没有很好,但生活平淡,也过得下去。

简生学医,如今已经成了年轻优秀的外科医生。沈净晗进岛不久后他也调过来,在岛上唯一一家医院工作,现在在外省出差,学习进修。

电话里,简生叮嘱她按时吃饭,注意身体:"我差不多下个月初就能回来,到时……"

沈净晗没有听到后面的话。

她的视线被青青手机里的一张照片吸引,隔着些距离,其实看得并不清晰,但那熟悉的身形几乎瞬间激得她心跳都停了一拍。她夺过手机看清那张脸,唇瓣动了动，第一声竟然哽住了没有发出来，缓了几秒才颤抖着手指着照片最中间那个人："他是谁？"

青青被她突然的举动吓到，虽然有点蒙，但还是说："周稳，我刚说的那个。"

周稳。

沈净晗在心底默念这个名字。

她很久都没有说话，神思也有些恍惚。青青看着她有些苍白的脸："净晗姐，你怎么了？"

沈净晗的思绪被打断，像是突然清醒一般，猛地转身跑出去，座机听筒被刮落，连接那根打着螺旋的电话线，贴着前台侧壁摇摇欲坠。

周稳并没在办公楼，看来他跟传闻中一样，就算来也只是走个过场，晃一会儿就走。

沈净晗在游乐区找了很久，终于在沙地篮球场里看到那个人。

他身上已经不是刚刚照片里那套衣服，换了清爽的运动短衫短裤，肩宽腿长，身体线条流畅优越，看起来比当年的岳凛更结实精壮，肤色也比岳凛偏冷白一些。

篮球落到他手里，他用指尖熟练地转球，将沙子甩落，随后找准方位，跳跃投篮。

他力道很足，但不野蛮，角度刁钻，对方防得艰难，几个回合下来输掉不少分。

沈净晗听到他们在聊天、玩笑，听到别人叫他"稳哥"。

她渐渐冷静下来，忽然觉得有些泄气。

想什么呢，沈净晗。

你到底在期待什么？

岳凛早在七年前就死了，不过是个跟他长得很像的人，你激动成这个样子。

她看了片刻，垂在身侧的手指慢慢松开裙摆。

转身走了两步，她忍不住又回头。

是真的很像啊。

世界上真有长得这么像的两个人吗？

"美女，怎么老看我哥，认识吗？"周潮忽然颠了颠手里的篮球，饶有兴味地问她。

声音引起了场上其他人的注意，周稳回头，瞬间对上那双温柔清亮的眼睛。

他隐隐蹙眉，但只一瞬便恢复表情。

沈净晗的目光落在周稳的左手臂上。

他左手臂内侧有道一指长的疤，颜色很浅，看着像陈年旧伤，尽头隐在表带里。

除此之外，什么都没有。

岳凛左手臂内侧有一颗痣。

其实并不是痣，是他们初中时有天一块儿学习，岳凛不老实，总是闹她，沈净晗一挥手，圆珠笔不小心在他手臂上戳了一下。当时他没有在意，后来伤口好了，那里留下一个蓝色的痕迹，像一颗蓝色的痣，怎么都洗不掉。

后来岳凛说，就这样吧，这是她给他的痣，挺好。

沈净晗掩饰住失落的神色："抱歉，我看错了。"

她没再停留，转身离开。

周稳的目光落在她纤瘦的背影上，觉得她的脸色还是不太好，大概台风那几天生的病还没有痊愈。

"怎么样？"周潮忽然说。

周稳收回目光："什么怎么样？"

"那姑娘。"周潮下巴一挑，示意沈净晗离开的方向，"岛上什么时候多了这么个漂亮妞？之前没见过，可能是来旅游的。"

他把篮球丢给周稳，抬脚就走："我去要个电话。"

周稳眼眸微动，还没开口，周潮口袋里的手机响了。

那边说了几句，周潮听后声儿都变了："什么时候的事？"

周稳瞥他一眼。

几秒后，周潮开骂："昨天的事你现在才告诉我？我妈呢？"

挂了电话，周潮附耳跟周稳私语两句，周稳将球扔给其他人："走。"

周潮步履匆匆，周稳走了两步后却停下。

脚下的沙滩半掩着一条银白的项链，链子上坠着一块小小的做旧银牌，上面刻着肉乎乎的猫爪图案。

他弯腰捞起链子，揣进兜里。

周稳他们去了半山腰的茶庄，沿着曲径通幽的庄园小路，在里侧最僻静的茶室里看到了周敬渊和周敬君。

周潮火急火燎地进门："妈，出了这么大的事，怎么没跟我说？"

周稳在他后面进门，去茶台旁洗了手，盘腿坐到姑姑身边。

周敬君示意他自己倒茶，抬眼看周潮："你嚷嚷什么？跟你说有什么用，你除了吃喝玩乐还能干什么？"

周潮劈头挨了句骂，颇为不满地在周稳对面坐下："这话说的，我不是周家人啊？"

周敬君是周敬渊的亲妹妹，虽已人到中年，但精致干练，是风韵犹存的漂亮女人。

她在周氏集团担任重要职务，同时也是大哥的得力助手，一向厉害，唯独头疼这个儿子。

她早年离婚,儿子跟她,姓也随她,只是脾气、秉性差太多,在外头嚣张高调,惹是生非,没有一处让人省心。

周潮看了眼旁边慢条斯理烹茶的周敬渊:"不是,出了这么大事,你们怎么一点儿都不着急?"

"着急有用吗?"周敬渊抿了口茶,缓缓开口。

周潮:"陈叔这遭是出不来了,他不会把咱们供出来吧?"

周敬君说他不敢:"就算他不念这些年跟你舅的情分,也要顾及他老婆孩子,他知道轻重。昨晚我已经连夜清理了他和云江岛所有的关联,警方查不到我们。这几个月所有动作都要停,等避过这阵风头再说,他正在研发的TP6号也只能暂时搁置了。"

茶汤醇和,周敬渊似乎很满意,连续喝了两口:"付北呢?"

"他递来消息,要在外面躲一阵子。"周敬君说,"付北的意思,老陈原本有机会逃脱,但机场有人给警察指了方向。"

周敬渊没讲话,周潮却忍不住:"我去查查。"

周敬渊抬手:"先不管,你安静些,这段时间不要惹事。"

周潮纳闷:"邪门儿了,陈叔这次的行程这么保密,连我和我哥都不知道,那些警察是怎么知道的?我看应该把场子里的人都查一遍。"

他在桌下碰了碰周稳的腿:"你倒是说句话啊。"

周稳没喝茶,一直在用小茶壶浇那只金蟾茶宠:"没什么好说的。"

周敬渊看他一眼。

周稳用养壶笔蘸了茶汤在金蟾身上涂抹,语气淡淡:"早知道你们干的是这种营生,我才不回国。哪天你们让警察抓了,别带上我。"

周敬君:"阿稳,别说气话。"

周敬渊看他那副懒洋洋又浑不在意的模样就生气。

从去年回国到现在,周稳跑马赛车、吃喝玩乐,混账事没少做,周敬渊都睁一只眼闭一只眼,由着他胡闹,唯独在这件事上每回都忍不住冒火。

这儿子丝毫没有事业心。

尤其对他地下那条线相当排斥,左一句"见不得人的勾当",右一句"早晚让人抄了"。

跟他那个妈一模一样。

周敬渊摔了茶杯盖子,起身出去了。

周敬君轻拍周稳的胳膊一下:"你们父子俩什么时候能好好说句话。"

周稳没吭声。

周敬君叹了口气:"我知道你对你母亲的死还耿耿于怀,但这些年你爸一直在找你们母子。如果他早知道你母亲的病,当年一定不会放她走。"

她在周稳面前的碟子里放了一块中式茶点,上面雕刻着一朵五瓣花的图案,精致漂亮,清香软糯,"你父亲近些年身体不太好,周家的产业迟早要交给你,

013

你要明白他的良苦用心。"

周潮看了她一眼。

有人给周潮打电话,他去外面接,对方开口喊"周少",他冷冷地道:"哪个周少?"

对方顿了一下:"潮哥,那个旧时约的老板不同意交房。"

"加钱呢?"

"我已经加到违约金的三倍了,还是不同意。"

周潮早把周稳的叮嘱抛到脑后:"给脸不要脸。明天多找几个人去喝茶,还用我教吗?"

"明白。"一个留着寸头的男人挂了电话,转头看了眼旧时约里的沈净晗。

他走进去:"怎么样,考虑好了吗?"

沈净晗低头擦拭玻璃杯:"抱歉,房租合约到期之前,我有权利拒绝。"

寸头男说:"你可想清楚,我们给你的补偿足够你在青城最好的地段开店,这是别人一辈子都碰不到的机会。"

沈净晗抬眼看他:"如果景区确实有需要,让我挪到沿海的其他房子里,或许我可以考虑。但现在岛上没有闲置的商铺,你要我搬出岛,我不同意。就算你们老板来了,我也不同意。"

她态度坚决,寸头男只能暂时作罢,给同行的人使了个眼色,两人一道走了。

一楼安静下来,沈净晗擦拭杯子的手停下。

晶莹透亮的玻璃杯上映着她那张冷漠的脸。

她转头看向窗外那片平静的大海。

青青有点担心:"他们不会轻易妥协吧,万一他们哪天再来,强制让咱们走怎么办?"

旧时约除了两个保洁阿姨,就只有她们两个女孩,如果那些人来硬的,再凶一点,她们怎么可能是对手。

沈净晗收回目光:"随便吧,不行就报警。"

猫咪跳上前台,尾巴不小心扫落了一支签字笔。青青捡起来,顺手把沈净晗擦过的杯子放回架子上:"真是的,岛上这么多房子,怎么就偏偏选中咱们家了……"她话说到半截儿,忽然盯着沈净晗的脖子,"净晗姐,你项链呢?"

沈净晗皮肤白皙,脸庞素淡干净,日常不太化妆,也不怎么戴首饰,唯一不离身的就是那条项链。

沈净晗下意识地摸向自己的脖子,那里空空荡荡,什么都没有。

她立刻低头翻找身上,青青也挪开椅子看前台底下:"是不是掉哪儿了?那会儿我好像还看见了。"

"什么时候?"

"简医生打来电话那会儿,之后你就出去了,是不是丢外面了?"

沈净晗转身跑出去。

那条项链是岳凛送的。
并不值什么钱,只是普通的银链子,但那是他们在一起后他送她的第一个礼物。
甜甜蜜蜜的小情侣,才刚刚在一起没两天,约会时碰到射击气球的摊位。岳凛一手插兜,一手握枪,一个接一个差点把那面墙打秃了,老板补气球都跟不上趟。
他相当享受沈净晗崇拜的眼神,也没管老板那张笑得比哭还难看的脸,玩到气球都没了才停手。
最后老板把他赢的一堆东西送过来,嘴里念念叨叨,说好几天都白干了。
岳凛在里面翻了翻,只拿了这条链子。
精致的项链,链子上坠了个小小的做旧银牌,上面刻了个猫爪图案。
沈净晗特别喜欢猫。

沈净晗沿着刚刚回来的路线一路找到沙滩篮球场,又转道去了景区办公楼那边,都没有。
项链那么细,颜色也浅,海边到处都是细密的沙子,如果真掉外面了,就算没有被捡走,风一吹也被埋了,找到的概率不大。
她心里烦,不知不觉走到游乐场东边的一处空地,那里往东是大片未开发的区域,往北不远就是海洋馆,平时没什么人经过。
这里她刚刚没有来过,正准备原路折返,忽然看到一个穿着白裙子的小女孩从未开发的无人区那边走过来,手里攥着一把五颜六色的野花。
她的视线被其中最鲜艳的那朵吸引。
大红色的花瓣娇艳欲滴,花瓣底部颜色更深一些,显得整朵花异常妖艳诱惑。
沈净晗走过去,掌心撑着膝盖,俯身问她:"小妹妹,你这些花是在哪里摘的?"
小女孩往身后指了指,那里是一片连路都没有的野花丛。
沈净晗看了片刻,收回目光,指着那朵鲜红的花说:"这朵可以送我吗?"
小女孩很大方,将花抽出来递给她。
沈净晗道谢,小女孩笑得很灿烂:"不客气!"
沈净晗怔了怔。
这样纯真灿烂的笑容,有多久没在她的脸上出现过了?
记不得。
她摸了摸小女孩的脑袋,小女孩笑着跑开。
沈净晗拿着花往里走,没多久就看到一片花海。
漫山遍野不知名的野花、小草,没有规律地铺在这片土地上,再往里是看

不到尽头的丛林。

她在这片花草中又看到几株和手上这株相同品种的花。

她怀疑这是罂粟花。

其实并不确定,她没见过真正的罂粟花,但以前岳凛给她看过罂粟花的照片,她觉得很像。为保稳妥,她打开手机搜索"罂粟花",出来的图片跟这朵花也很像。

虽然不敢百分之百确定,但沈净晗还是决定报警。

"这是虞美人。"身后响起一个男人的声音。

沈净晗回头的瞬间,手中的花已经被男人抽走。

是周稳。

虽然知道男人不是岳凛,但猛然看到那张脸,沈净晗还是忍不住心跳加速。

周稳指尖捻着那朵花,盯着白色的花蕊,嗓音平和:"虞美人的外形跟罂粟花很像,很多人分辨不清。"

连声音都很像。

沈净晗心里那个念头又有点死灰复燃,毕竟岳凛当年在海里出事,没有打捞到遗体。

她叫他的名字:"周稳。"

周稳指尖停下。

空气安静了片刻,他忽而笑了:"你还真认识我。"

他带着探究的目光看沈净晗:"我们以前见过吗?"

沈净晗望着他的眼睛:"我想问一下,你……有失忆过吗?"

"为什么这么问?"

"你先告诉我。"

周稳有心逗她:"如果有呢?"

沈净晗心里像是燃起一丝希望,讲话音量都高了:"真的吗?什么时候?你之前在哪里住,住过多久?"

周稳看着她有点激动又十分认真的脸,唇角微扬,颇为认真地说:"这是什么新的搭讪方式吗?"

臭屁的模样倒是跟岳凛很像。

沈净晗看了他两秒,反应过来:"没有吗?"

周稳将那朵花扔进草丛里:"世界上哪有那么多失忆的人。"

沈净晗没有再说什么。

她转身想走,忽然想起一件事,又回头看向周稳:"你们景区要收回沿海的一套房子,你知道吗?"

"你不但知道我的名字,还知道我的身份。"

沈净晗说:"听我店员提过你。"

周稳点头:"听说了,怎么?"

沈净晗:"你们要收的是我的店。"

"所以呢?"

"你们没有同等条件的置换方案,房租合约到期之前,我不会同意交房,麻烦你跟你的手下说一声,不要再来找我了。"

周稳看着她:"据我所知,他们开出的补偿价格很丰厚,足够你在岛外任何一座城市开一家很好的店,这样不好吗?"

"这是我的事。"沈净晗不想再多说什么。

她离开后,周稳把草丛里的花捡出来,又在附近搜寻一圈,将所有一样的花全部拔掉,拍了照片留证,随后原地销毁。

他冷厉的目光盯着丛林深处看了片刻,转身离开。

半山腰的度假山庄里有几栋独栋别墅,都是周家的产业,周稳住一套,卖了一套,其余暂时空置,偶尔短租给来岛上度假的游客或招待合作伙伴。

傍晚周稳从岛上的原住民老工匠那里借了一台点焊机搬回家,又从地下室里拎出一个工具箱,直接上了二楼卧室,把门反锁,坐在桌前,从兜里掏出白天在沙滩篮球场捡到的项链。

项链断了,好在断的是接口处的小圆环,修复起来比较简单。

周稳将断掉的圆环从项链上彻底摘离下来,把有点变形的地方捏回去,重新将项链两头挂好,随后利落地将针座接好,钨针穿到小孔里,调整角度。

之后接电源,调试点焊机,测试电流。

桌旁的手机发出"叮"的一声。

他点开屏幕,看到一条信息。

——项链丢了。

又来一条。

是个泪眼汪汪的哭哭表情。

周稳盯着那两行字看了一会儿,嘴角弯了弯,指尖戳了戳她的头像:"等着。"

清晨,沈净晗还没下楼,青青在厨房弄早餐。

一楼大厅里有游客在逗猫,等待与同伴会合后一起出门。

周稳斜斜地靠在侧墙边,拆了一片口香糖扔进嘴里,眯着眼睛等。

几分钟后,二楼下来两个女孩,跟大厅里的人讲了几句话,三个人一起出去了。

周稳压低帽檐,悄声进门,走到前台前,把修好的项链放到电脑旁,想了想,又把纸巾盒压上去一点。

身侧忽然一声猫叫,吓了他一跳。

周稳转头,看到一只浑身雪白的布偶猫不知什么时候跳上前台的桌子,眼睛瞪得大大的,匍匐着软乎乎的身体,爪子张开,十分警惕地盯着他。

周稳压低声音凶它:"叫什么叫,我是你爹,老实点。"
猫咪不知是真被他吓到还是怎么,真的不再叫了。
周稳抬手揉了一把它的脑袋,很快闪身出门。

早上来海边溜达的游客不多,周稳一边往码头的方向走一边琢磨,是不是应该叫"外公"?毕竟他是猫妈妈的"爹"。
当年他送了沈净晗一只猫,她天天抱着它喊"闺女",他就很不要脸地自称"爹"。
后来这小母猫生了一窝崽儿,不过那个时候他已经不在了。
沈净晗给他发过一窝小猫的照片,告诉他这只叫什么,那只叫什么,怎么分辨。不过下次她再发照片的时候,他还是分不清哪只是哪只。

码头的早班货船到了一批货,搬运工人正一箱箱卸货。
周稳手臂搭着卸货区旁边的沿海栏杆,半眯着眼睛吹海风。
一个工人正将刚卸下来的货码齐。
周稳将防晒外套的拉链拉到顶端,望着漫无边际的大海:"云江岛有地下制毒工厂,大致方位在海洋馆东北方向两公里外的待开发区域。那里地势险要,都是原始丛林,连原住岛民都不会去,入口隐蔽,不易发现。"
搬运工个子不高,戴一顶晒得褪了色的工装帽,口罩遮住大半张脸,只露出一双不大的眼睛:"陈保全昨夜死了。"
周稳轻点栏杆的指尖顿住。
搬运工将货物一箱箱往上搬:"刀片,搜身时并没有,还在查来源。"
周稳压下内心的怒火:"近期周敬渊不会有动作,原定下星期的交易也取消了。"
"稳住,这段时间我们暂时不要联系,不能保证彻底拔除这颗毒瘤之前,不要轻举妄动。"
"好。"
七年前,宋雷找到阴错阳差错过那艘遇难游轮的岳凛时,问了他一句话:"你玩过贪吃蛇吗?"
岳凛不明白他的意思。
宋雷说:"有那么一类人,游戏一开始便弃掉小鱼小虾,悄悄跟在最大的那条巨蛇身旁,伺机而动。大蛇被人攻击死亡后,距离最近的它迅速吃掉蛇身,急速壮大自己,短时间内变成了场上新一代的'巨蛇'。"
周敬渊就是那类人。
他精明狡猾,最擅蛰伏,且狡兔三窟,几次三番避开警方的追踪。
因此警方在掌握了他失踪妻儿的资料后,决定派出一名卧底顶替他近二十年未见的儿子。
这十分冒险,也需要提前做很多准备,花费大量时间,甚至最后是否启用都未知。可一旦启用,这就是警方最大的一张底牌。

"为什么是我?"岳凛问。

宋雷说:"第一,你年龄相当,脸生,且你是最优秀的警校学员;第二,你的父亲因配合缉毒警追捕毒贩而死,相信你一定比谁都希望将毒贩绳之以法。这也是你选择当警察的原因之一。"

"看来你已经把我的背景调查得很清楚。"

"第三,"宋雷说,"这次的沉船事故,是你悄无声息并合理地消失在这个世界上的绝佳机会;最后一点,也是最重要的一点,你的长相跟周敬渊失散多年的儿子确实有几分相似,我是指你们小时候。只是,"他停顿一下,"老将军已经失去儿子,如果你再出事,我担心老人家身体扛不住。"

这是他唯一犹豫的点。

但毒品不绝,禁毒不止,牺牲的何止他一个。

最终岳凛还是答应了。

宋雷说得没错,涉及禁毒,每一名人民警察都责无旁贷,虽然他那时还不算一名正式的警察。

"我要见我女朋友。"岳凛只提了这一个要求,但被宋雷拒绝了。

"不知情是对她最大的保护。"

后来宋雷终究心软,同意岳凛悄悄见沈净晗一面,但不能让沈净晗看到他。

最后他没有去。

岳凛说,我怕看到她,会后悔,不想走了。

海风迷了周稳的眼,他压了压帽檐,听到宋雷说:"见到她了?"

周稳抿唇:"嗯。"

"云江岛不太平。"

"我正想办法让她走。"

"需要帮忙吗?"

"有需要会跟你讲。"

宋雷又搬上去一箱:"一切小心。"

周稳瞥了眼宋雷揉着腰的手:"宋队,下次别扮装卸工了,您这老腰还行吗?"

宋雷戴着针织手套的手拍了拍木箱子:"再来一百箱都没问题。"

青青从旧时约那边过来,悠闲地往码头的快递点走去。

周稳从兜里摸出墨镜戴上,转身离开:"走了。"

青青抱着两个快递箱回来时,沈净晗正在为两个游客办理退房手续。纸箱有点沉,她费力地将其搁在休息区的小茶几上:"净晗姐,还有一个你的,我顺道给你拿回来了。"

沈净晗看了那边一眼："哪里寄来的？"

青青弯腰看了眼寄件人的名字："是简医生哎。"

看纸箱应该是食品类的东西，青青笑着说："简医生又给你寄好吃的了。"

游客拖着行李箱离开。沈净晗走过来，翻到纸箱另一侧，看到食物的品牌，是之前简生买过的一种椰蓉酥，见她爱吃，后来就常常给她买。

青青一边拆自己的学习资料一边说："简医生又帅又温柔，对你又好，你考虑下啊。"

"别乱讲。"沈净晗抱起纸箱走回前台，把箱子放到一旁的柜子上。

她给简生打电话。

那边接得很快："快递收到了？"

沈净晗："你怎么知道？"

"刚刚看到签收状态变了。"

"嗯。"沈净晗手指随意点着鼠标，"以后别再买了，买过很多次了。"

"没关系，这边很方便。"简生说，"对了，昨天怎么忽然挂电话？"

他大概还不知道周稳这个人，沈净晗说："忽然有点事。"

"是景区让你们交房的事？"

"你怎么知道？"

"青青说的。他们没为难你吧？"

沈净晗忽然看到键盘旁边的项链，很惊喜，拎到手里摩挲："青青。"

青青回头。

沈净晗抬手给她看项链，笑得很开心："在这里。"

青青挠挠脑门儿，觉得奇怪："那里昨天找了好几次呢。"

电话里传来简生的声音："净晗？"

沈净晗回他："嗯。"

声音比刚刚轻快许多。

简生："怎么了？"

她摆弄那条项链："没事，昨天丢的项链找到了。"

两人聊了几句，简生忽然说："其实——"

他停了一会儿，又笑一声："算了，你不想搬就不搬吧，他们再来你就告诉我，我回去解决。"

沈净晗说："没事，我已经跟他们老板说过了，他们应该不会再来找我了。"

简生没再说别的："那就好。"

周稳经过旧时约时没着急走，远远地倚着一块指路牌看了一会儿。

沈净晗正坐在前台，一边讲电话一边看指尖上缠绕的链子。

她看起来心情不错。

周稳指尖摩挲着一枚银白色的打火机，盯着窗口里的影子看。

他不吸烟，打火机里没火油，只是喜欢拿在手上玩。

打火机在指尖翻转几圈，他收回目光，将打火机揣进兜里，准备去找周潮。

不远处忽然过来一群人。

周稳重新将视线转向那边。

周潮带了七八个人，声势浩大地进了旧时约的门。

沈净晗刚刚挂掉电话，大厅忽然拥进一群年轻男人。

她一眼就认出其中一个就是昨天来谈收房的人。

青青有点紧张，赶紧跑到沈净晗身边，一脸警惕地盯着他们。

沈净晗扫了这几个人一圈，随后将目光落在昨天那个人身上，语气平静："如果还是因为房子的事，就没什么好说的了，我的态度很明确，没到期之前我不会同意交房。"

寸头男跟周潮说："她就是这家店的老板。"

周潮指尖拨了拨头发，刚要起范儿，忽然发现前台那个女人竟然是昨天没来得及要电话的那个漂亮姑娘。

他愣了一下，非常惊喜："是你啊？"

沈净晗完全不记得他。

周潮笑着走过去，指了指自己："我，记得吗？我们昨天见过。"

沈净晗摇头。

周潮卖力地比画着："沙滩篮球场，你说认错人。"

沈净晗记起来了，和周稳打球的那个人。

她点了下头。

周潮的胳膊搭在前台的桌上："这是你的店？"

这人昨天跟周稳在一起，今天又跟他们一起来，沈净晗已经猜到他也是景区的人，她瞥了眼周潮身后那几个凶巴巴的人："你们想干什么？"

周潮偏头示意那些人后退："我们……来吃饭。"

寸头男开口："潮哥。"

"闭嘴。"

其他人没搞懂怎么回事，一脸蒙地互相看了看，都没吭声。

沈净晗说："我这里不提供餐饮服务。"

"啊，没有饭。"周潮回头看了一圈，发现门旁的冰激凌机，"那我买冰激凌，都有什么口味儿？"

青青说："香草。"

"就一个味儿？"

"嗯。"

"行，那给我们做——"他回头数了数，"七个。"

青青用眼神询问沈净晗，见她点了头才走到冰激凌机那里，抽出几支蛋筒

接冰激凌。

"哎，你叫什么名字？"周潮问。

他眼睛跟粘在沈净晗身上似的挪不开，沈净晗低着头翻阅防火知识手册，没理他。

周潮一向对自己的长相很有自信，也很招女人喜欢，多少人捧着哄着，从来没碰到过沈净晗这种又漂亮又冷冰冰还不爱搭理他的女人，新鲜极了，丝毫不在意她的冷漠，自我介绍："我是周潮，周家的，以后在岛上遇到什么麻烦就来找我，我给你摆平。"

说完他好像意识到自己现在就是那个"麻烦"，半点没犹豫，把好兄弟的事丢出八丈远："房子的事你放心，我们再找别的地儿，你安心在这儿待着。"

沈净晗终于抬头看了他一眼，片刻后淡声道："谢谢。"

"不客气，都是小事。"

寸头男递过来一支冰激凌，奶白的颜色，奶香味儿很浓，周潮接过来，咬了一口："这不是原味吗，怎么是香草味？"

青青解释："市面上大部分原味冰激凌其实都是香草味，只是默认写成原味，我们老板喜欢'香草'这个叫法。"

周稳靠在门旁，一直在听里面的动静，周潮没惹事，他悬着的那颗心放下的同时，开始担心另一件事。

周潮已经连续吃了三支冰激凌，一点要走的意思都没有。他带来的那帮人已经开始逗猫，满屋"喵喵喵"，没有一声是猫叫的。

周稳听得心烦，正了正帽檐，转身进门。

门口的人先看见周稳，开口叫"稳哥"。

周潮有些意外："哥，你怎么来了？"

周稳只略扫了一眼沈净晗便看向周潮："你干什么呢？"

周潮倚着前台笑得荡漾，一副纨绔样："没干什么，聊聊天儿。"

有人把自己手上刚做的一支冰激凌递过来："稳哥，来一个。"

周潮说："我哥从来不吃冰激凌。"

沈净晗看了周稳一眼。

周稳偏头示意窗外："走吧，有事跟你说。"

周潮还没聊够，不太想走，但还是站直身子，转头不忘撩拨一句："改天再来找你。"

回景区办公楼的路上周稳没说话，周潮一直在琢磨沈净晗，也没想起问他有什么事要讲。

周潮对沈净晗算相当守规矩了，他以前追姑娘，不，以前哪用得上他追，周家小少爷往那儿一坐，多少姑娘赶着往上扑，清纯的、性感的，什么样的没有，高兴了留在身边几天，不高兴了给笔钱走人，非常喜欢给个女朋友头衔，但新鲜劲儿也只有两三个月。

沈净晗这种纯净清冷到冷漠，身上飘着仙气美得让人无法忽视的，他还是第一次见。

到了周稳的办公室，周潮站在文件柜前翻翻找找："你那会儿要说什么？"

周稳扯开领口的扣子，接了一杯水，转头看他拿出一本文件夹，蓝色的边条标记，是景区所有商户的房屋合同。

周潮找到旧时约那套房子，嘴角挑着笑："沈净晗，名儿挺好听。"

看了她的身份证上的出生年份，他又道："二十六，跟我同岁。"

他拿出手机准备把沈净晗的电话号码存进去，文件夹忽然被周稳抽走："别乱动公司东西。"

周潮伸手捞了一下，没捞到："哎，再给我看一眼。"

周稳直接把文件夹塞回柜子里："你上次不是说想让他们来岛上玩一天。"

周潮坐在沙发上跷着腿："是啊，但没凑齐人。"

"让他们来吧，这几天正好没事。"

周潮有一帮狐朋狗友，之前说想来岛上玩，拖拖拉拉一直没来。

周稳难得张罗这种事，周潮巴不得，立马联系了一圈儿，连同成旭一起叫来。

当天来了不少人，在岛上唯一一家酒吧"春风"包场。

周稳也叫来几个。

其中两个女孩腿长腰细，是周潮一贯喜欢的类型，他果然很高兴，一晚上都在喝酒聊天，走时还带走一个。

当晚周稳也带走一个。

是个长得清秀干净的女孩，看起来不常来这种场合。

周潮调侃他原来喜欢这种口味。

女孩叫余思，跟在周稳身边时小心翼翼。直到走了很远，只剩他们两个时，她才小声问："稳哥，咱们去哪儿？"

传说中眼光很高的周少看中她，她有点紧张，又隐隐高兴。周稳这样的矜贵公子，脸长得又好，就算不能长久跟随，只短暂地拥有，她也是愿意的。

周稳步子很大："明珠。"

明珠是岛上唯一一家五星级酒店，同样是由周家投资建设。

余思本来也不敢奢望他能带她回家，咬着唇说："我还有点东西放民宿了。"

"去取吧。"

"嗯。"

"哪家？"

余思指了指前面："那个旧时约。"

周稳脚步微顿，没再往前。

余思转头看他。

周稳说："你去取，我在这里等你。"

余思答应了："我马上回来。"

余思回了旧时约,几分钟后拿着东西下楼,一边讲电话一边把房卡递给前台的沈净晗："稳哥让我退了房跟他走。"

沈净晗抬头看了她一眼。

余思亮晶晶的指甲不太自在地摆弄着前台上的名片盒："我真是有点紧张。"

那边不知说了什么,她脸一红:"你别开我玩笑了。"

沈净晗把押金退给她:"好了。"

"谢谢。"余思拿了东西转身离开。

周稳把余思带到明珠酒店顶层的套间,一进门他就去了洗手间。余思规规矩矩地坐在沙发上,周稳出来她马上又站起来。

周稳洗过脸,整个人清爽不少:"你随意,别拘谨。"

"嗯。"余思有些局促地说,"那……我先洗个澡吧。"

"随意。"

余思进了里间的浴室,在忐忑中冲了个热水澡,细致地涂抹了身体乳,还在手腕上涂了点香膏,整个一香喷喷的出浴美人。

她站在镜前深呼吸几次,轻轻推开浴室的门。

周稳没在床上。

他甚至不在卧室。

余思去了客厅,看到周稳连衣服都没换,坐在落地窗前的方桌旁,正在洗一副纸牌。

她往前走了两步:"稳哥。"

周稳示意对面:"坐。"

"哦。"余思在方桌旁坐下,视线落在周稳身上。

男人坐姿懒散随意,手上握着一副捻开的纸牌,袖口挽起一点,露出一截线条流畅紧实的手臂,肩宽腿长,肤色冷白,不粗糙、不野蛮,一副完美皮囊。

那双眼睛漆黑深邃,瞳仁中雾气朦胧,看不出任何情绪。

想象不出这样的男人上了床会是什么样子,是斯文败类,还是洪水猛兽?

只是想一想,余思就有点脸红。

他真的很吸引人。

"会打牌吗?"对面的男人忽然开口。

余思愣了一下:"啊?"

周稳扬了扬手中洗好的纸牌:"会吗?"

不是普通的扑克牌,是细长条状的硬塑纸牌,上面印着水浒人物和一些黑红搭配的图案花色。

余思摸不清他的意图,摇了摇头:"不会。"

"会打麻将吗?"

"……会。"

"那就行了,这个规则和麻将差不多,我来教你。"

余思一脸蒙,又不敢多问,只能跟他一起打牌。

两人玩了大半宿,生生把美女熬出了黑眼圈,他还带赌注,把余思钱包里的现金一扫而空。

也不知是后半夜几点,余思困得直点头。周稳扫了一圈手里剩余的牌,打出一张"红花",毫无预兆地开口:"你跟过冯时吧?"

冯时是周敬渊最强劲的商业对手,这些年两人你争我斗,业内皆知。

余思混沌的脑子瞬间清醒,凉意直冲天灵盖。

她霍地起身,膝盖撞到桌腿,手里的牌掉了一地:"稳、稳哥。"

周稳意味不明地笑了笑:"你紧张什么?坐。"

余思战战兢兢地坐下。

周稳捡起地上的纸牌,从中选了一张替她打出来:"上个月冯时在千里山庄宴请了几个人,你作陪。"

余思抿着唇不敢吭声。

周稳抬眼看她,眼神温淡,但压迫感极强,莫名让人喘不过气。

余思紧紧揪着衣服下摆:"我……没跟过冯老板,只陪过他一次。"

周稳打出一张牌:"继续。"

余思停顿几秒:"那个宴会我去了,但我是中途去的,后面他们谈事,让我们都出去了,我什么都没听到。"

"都有谁?"

"我不是都认识。"

"认识谁说谁。"

余思说了几个名字,不认识的也根据别人的称呼将姓氏说了出来。

周稳收了牌,重新洗好,开始摆牌。

余思见他不说话,心里打鼓:"稳哥,我真的只知道这么多。"

周稳没看她,从桌子底下抽出一摞钱,连同她刚刚输的那些一起扔给她:"嘴严实点儿,以后还有赚钱的时候,我也不会把你说出去。"

余思小心地接了:"是。"

周稳看她一眼:"行了,去睡吧,明早自己走,别人问起今晚,你知道怎么说。"

余思站起来,抱着钱小心翼翼地点头:"我知道的,稳哥。"

之后的时间,余思回卧室睡觉,周稳自己摆牌到天亮。等余思早上起来时,周稳已经不在了。

接下来的一段日子,周潮跟那晚带走的女人打得火热,不怎么来岛上,也没再去找沈净晗。周稳清静了几天,周末那天晚上,他跟周敬渊吃了顿饭,七点多回到别墅。

这房子只有他一个人住，平时冷冷清清，他也基本不在这里开火，冰箱很空，只有酒水和饮料。

洗过澡后，他拿了一瓶冰水上楼，换了身浅色浴袍，走到窗前的天文望远镜旁，打开镜头盖，压低角度。

半山别墅地势高，视野开阔，没有建筑物遮挡，整个海滩一览无余。

这种专业的天文望远镜连天上的星星都看得清清楚楚，几公里外的房子简直小菜一碟。

周稳缓缓将高倍镜头对准旧时约二层西侧的第一个窗口。

那是沈净晗新布置的猫屋。

沈净晗正抱着猫窝在窗边的单人沙发上睡觉。

她真的很喜欢睡觉，这点跟以前一样，上学时永远踩点儿，但很神奇地从来不迟到。

这个角度只看得到她的侧脸，表情看不清，画面也有些晃动，但周稳已经很满足。

又一只猫跳到她身上。

周稳弯了弯嘴角，眯起一只眼睛，瞄准似的盯着镜头，缓慢调整焦距。

外面的走廊里有声音，周稳动作利落，在来人进门前将镜头抬高，对准繁星闪烁的夜空。

几乎是同一时间，周潮进了门。

周稳用白毛巾擦拭湿漉漉的头发："不敲门。"

周潮懒洋洋地说："你屋里又没女人，敲什么门啊。"

"什么时候来的？"周潮这几天都没在岛上。

周潮说："末班船。"

"有事？大晚上的。"

"今晚没事，明天有事。"周潮走到望远镜旁，煞有介事地看了一会儿星星，"这玩意儿怎么调？"

周稳告诉他调哪里："明天有什么事？"

"泡妞啊。"

周稳看他一眼："谁？"

周潮似乎对望远镜里的画面很感兴趣："还能有谁，旧时约那个。"

周稳面色微顿，随意将白色毛巾扔到桌上："怎么，你缺女人？"

"女人还嫌多吗？"周潮舌尖抵着下唇，"再说别的女人也没她够味儿。"

周稳霎时间转头，目光冷冽："你做什么了？"

周潮笑说："还没来得及做什么，不过，"他脑海中似乎在勾勒什么画面，颇为期待，"你不觉得征服那么漂亮又冷冰冰的女人很带感吗？尤其在床上，看着原本高傲的女人一点点被驯服，泪眼汪汪地瞧着你，求你——"

话没说完，周潮觉得周稳的脸色不太对劲儿："你这什么表情？"

· 026 ·

他忽然意识到什么:"别告诉我你也看上她了。"

周稳没有说话,走到小沙发那儿坐下,拧开冰水喝了几口。

周潮跟过去:"说话啊,你也看上她了?"他倚着窗沿,"这我倒挺意外,咱俩眼光向来不一样,不过——"他"啧"了声,叹口气,"行吧,反正你是哥哥,你看上的女人我就不碰了,别因为这点小事伤了和气。"

他很快又说:"但你要是没看上,就别管我,我必须得给她——"

"是啊。"周稳指尖捏着手里的瓶子,目光隐匿在昏暗的光线里,"我看上了,你别动她。"

这件事完全在周稳的计划外。

他本想找机会送沈净晗出岛,没想到半路周潮横插一脚,逼得他不得不出手。

周潮那个人他太了解,那是真正的花花公子,风月场中的流氓无赖,看上的女人不管有没有主,人家姑娘愿不愿意,一定要弄到手,玩几天腻了又扔掉。

周稳无论如何都不可能放任他对沈净晗下手。

此事无解,他必须出面。

接下来只能走一步看一步,他话已经放出去,那么多双眼睛盯着,他既要表现得对沈净晗感兴趣,又要看起来不那么在意她,起码出什么事用她来拿捏他没用,跟那些富家子弟对待身边不停更换的女伴一样。

好在近期周敬渊会把重心放在寻找新的制毒师上,没有太多精力关注他,他可以分出时间安排后面的事。

周潮对周稳的回答并不意外,也承诺不再纠缠沈净晗,还调侃他:"用我帮忙吗?那姑娘看起来不太好搞定。"

周稳没看他:"管好你自己就行了。"

周潮笑了声:"也是,你女人缘向来比我好,大概也费不了多少心思。不过既然你对她感兴趣,怎么之前给成旭选地方还选了她的店?小学生吗?喜欢谁就欺负谁。"

"那时还不认识。"

"也是打球那天第一次见?"

"嗯。"

"行吧。"周潮没再说什么,又开始摆弄望远镜。

最终成旭的游艇俱乐部开在了旧时约隔壁。

那栋房子没有沈净晗这边大,但面积够用,也是家民宿。赔付金额很足,老板很痛快地答应了,没两天就收拾东西把房子空了出来。

成旭动作利落,很快找了装修施工,里面没大改,只重新粉刷了墙壁,换了些办公设备,外面的牌匾倒是做得很大气,非常专业。

两家之间没有围墙遮挡,一帮成旭和周潮的哥们天天过来逗猫、吃冰激凌,没几天就跟青青混得很熟。

那天傍晚沈净晗从楼上下来，青青不在，猫也不在。隔壁热热闹闹，她走到门口，看到那边新到了一批摩托艇，整整齐齐地装在运输车上，估计一会儿要直接运到游艇码头那边卸货。

俱乐部门前也有一艘，停在特制的展架上，看样子不准备拖走，放在这里展示用。

青青和几只猫正围着那艘摩托艇看，"红豆"还在上面跳来跳去，很兴奋。

青青招手叫她过去看热闹。

沈净晗走过去，看到"红豆"正用小爪子抓摩托艇的外壳。她怕把人家的新设备刮出痕迹，踮脚把它抱下来："别乱抓。"

青青看起来很高兴："净晗姐，这是最新款的摩托艇，成旭刚才说调试后没问题就带我出海玩！"

沈净晗对周潮那帮人印象不怎么好，连带成旭也算进去，不太想让青青跟他们有过多来往："你跟他们很熟吗？"

青青点头："熟啊，他们讲话可有意思了，懂得又多。"

"你不看书了？"

青青听了开始打蔫儿："看。"

"回家吧。"

"哦。"

沈净晗抱着"红豆"往回走。

兜里的手机振了一声，是赵津津发来的信息：绝交。

沈净晗回了个问号，没有收到回复。

她把"红豆"放下，让它跟着青青和其他猫一块儿进屋，一边往海滩走一边给赵津津打电话。

电话响了七八声才被接起来，那边是一个很机械的女声："您好，此机主已将您拉黑，请不要再打来。"

沈净晗声音轻快温柔，像哄小朋友："津津，怎么了？"

赵津津非常不满："还问我怎么了？你前几天是不是去外公家了？为什么不告诉我，不知道那几天我也在沣南吗？"

赵津津是岳凛姑姑的女儿，老将军的外孙女，从小认识沈净晗，拿她当亲嫂子看，现在在青城读大学，隔三岔五来岛上采风画画，在她这儿住两天，不过最近有阵子没来了。

沈净晗难得露出笑容："我当天就回来了，时间不够。"

"那我可以去外公家啊。"

沈净晗好像也没有什么话可以辩解，只好讲别的："那你现在回学校了吗？"

"回了。"

"什么时候来岛上？"

那边不知是在喝牛奶还是奶茶，吸溜吸溜的："过几天吧，最近事多……我还没生完气呢，你打什么岔。"

沈净晗说："那你来，我新酿的酒可以喝了，允许你多喝一杯。"

"真的？"赵津津声音明显提高，她最喜欢喝沈净晗酿的清酒了。

小码头那边有人在玩海上飞人，岛上之前没有这个项目，沈净晗不自觉多看了几眼。

男人穿着帽衫、短裤，戴一顶鸭舌帽，随心自在地在空中移动、旋转，姿势非常娴熟专业。

翻转的瞬间，沈净晗看清了那张脸，竟然是周稳。

成旭和俱乐部的两个小弟站在岸边，身旁一堆管子和两套悬浮飞行器，大概是新买的装备，在试用。

"津津，"沈净晗忽然说，"我想跟你说件事。"

"什么事？"

沈净晗看着半空中那个人："我最近见到一个人，跟你哥长得很像。"

赵津津愣了一下："啊？"

"不是很像，是特别像。"简直一模一样。

"他是谁啊，游客吗？"

沈净晗说："不是，是景区的人。"

赵津津好奇死了："有照片吗？发我看看。"

沈净晗已经走到小码头附近，石阶边有几个被吸引的游客正用手机对着周稳拍照或录像，混在其中应该不会被发现。

她往那几个人身边走："你等我一下。"

她挂了电话，点开摄像头，对准半空中那人。

周稳将黑色帽檐压得很低，墨镜遮眼，皮质护腕蜿蜒至半个手掌，两条手臂自然下垂，黑色速干衣不断被海水打湿，紧紧贴着他的皮肤。身上紧实硬挺的肌肉要显不显，动作潇洒利落，飞溅的水花在空中划出两道漂亮的弧线，在日照的折射下映出晶莹耀眼的光。

水雾打湿了他的脸颊，有洁白的海鸥在他上方飞过。

沈净晗盯着屏幕里的人看了一会儿，没有留意他的身影越来越近。

直到周稳稳地悬停在岸边，她才抬起头，发现之前身边的几个游客不知什么时候已经离开，这里只剩她一个人。

周稳抹了把脸上的水珠，冷酷的表情消失不见，换上一副人畜无害、勾魂摄魄的清爽面容，像极了游荡在靡靡花丛中的浪荡公子哥："在拍我？"

沈净晗收回手机："没。"

周稳似乎很失望，但仍旧在笑："是吗？还以为你在拍我。"

他的视线落在她身后旧时约的方向："这会儿不忙吗？"

"还行。"

"那要玩一下吗?"

他在水面原地转了个身,黑色护腕上的银牌折射出一道晃眼的光:"我有证,可以带人。"

岳凛恐高又怕水,这项运动简直触到他所有雷点。

周稳跟他太不一样。

沈净晗眼睫微动:"不了,回去了。"

转身的瞬间,周稳忽然拉住她:"等等,我把装备换下来,有话跟你说。"

这一下有点突然,沈净晗没有心理准备,手机不慎滑出去,"扑通"掉进水里。

她慌忙捡出来,但已经晚了,手机进了水。

她不停地用裙摆擦拭机身,裙子脏了也不管。周稳换下装备,大步走过去:"我看看。"

沈净晗没有理他,尝试着按了好几次开机键都没反应。

周稳看她一脸严肃的表情:"抱歉,我赔给你。"

"不用。"沈净晗没看他,起身往码头的方向跑。

周稳边走边把护腕解下顺手扔给不远处看热闹的成旭,快步跟上去。

沈净晗赶上了最后一班出岛的船。

人不多,她坐在连排椅子上,扒掉手机壳,里面也未能幸免,连带中间夹着的一张一寸大小的证件照也湿了。

英俊少年的眉眼和薄唇被水渍染湿,色彩明显比别处暗了一层。

沈净晗非常心疼,不停地用衣角擦拭潮湿的照片。

周稳不知从哪里冒出来,坐在她身旁:"你要去哪儿?"

虽然知道他不是故意的,但沈净晗心里还是不痛快,她往里挪了两个位置。

周稳也挪过去:"生气了?"

她的声音没什么起伏:"没有。"

"给你买新的。"

"不用。"

周稳看到她掌心里那张照片。

少年穿着白色衬衣,短发利落,乌眉微扬,带一丝痞气。他的目光不是正对镜头的方向,视线偏了几分,嘴角忍着笑,表情有点无奈。

他记得拍这张照片那天。

上午他跟隔壁班打球输了一场,一整天心情都不好,下午拍照时也皱着眉像个小老头,摄影师引导了几次他都没能调整好表情。

没多久沈净晗来了,一个劲儿地在镜头后逗他,做各种奇奇怪怪不知道从哪里学来的小动作。他那点郁闷轻松地被她的笑容打散,还要刻意控制自己不要在镜头面前笑出来。

摄影师拍下这张,觉得不够正规严肃,后面又补拍了另外一版。

后来合格的照片贴到了岳凛的高考准考证上,这张不合格的也被洗出来,光荣地住进了沈净晗的钱包里。

那一年岳凛刚好十八岁。

海鸥从窗外呼啸而过。

周稳压下心中酸涩,抬高音量,显得声音轻快不少:"怎么偷偷藏我照片?"

他拿过照片仔细瞧:"哪儿弄的?我不记得我拍过这张。"

沈净晗把照片拽回来握在掌心,扭头看向窗外:"你想多了。"

周稳瞧着她耳后一缕碎发:"不是我?"

沈净晗不再跟他讲话。

下了船她直奔街口,周稳拉住她手腕:"我车就在停车场,你想去哪儿,我送你去。"

岛上有专门的轮渡可以载车进去,但周稳嫌麻烦,两边都备了车。

沈净晗说不用。

这个时间正赶上晚高峰,一辆空出租车都没有。

沈净晗在路边站了几分钟,一辆黑色跑车停在她身边,周稳将车窗降下:"上来吧,现在不好打车。"

沈净晗没动,周稳又说:"你再磨蹭,修手机的地方要关门了。"

他竟然知道她要做什么,沈净晗看了车里一眼。

周稳探身推开副驾驶的门:"快点,这里不能长时间停车。"

路上又飞速驶过几辆载着乘客的出租车,沈净晗犹豫片刻,上了他的车。

周稳开车离开:"哪里有修手机的地方?"

沈净晗扣上安全带:"千阳街。"

周稳专注看路:"你之前不是在郊区那边吗,怎么千阳街那么远也熟?"

沈净晗警惕地转头:"你怎么知道我以前在哪儿?"

"商户档案里有写。"

周稳一路将车开去千阳街。

沈净晗对这里很熟悉,顺利找到一家维修手机的店铺。柜台里坐着个中年大叔,厚厚的眼镜片,胡子拉碴,看起来不修边幅,但工作台收拾得干净整齐。

她把手机递过去:"我的手机进水了,现在没办法开机,麻烦帮我看一下。"

师傅接过手机看了眼品牌、机型,又简单用仪器测试了一下,抬头说:"你这手机是七八年前的老款,配件不好找,换零件也不便宜,不太值,不如换手机了。"

沈净晗只问能不能修。

师傅说能。

"那就修。"沈净晗说,"里面的照片和聊天记录没事吧?"

"不影响。"

沈净晗放了心:"谢谢,什么时候能修好?"

师傅说今天不行,有个件儿需要去别处调:"明天上午吧,早上我就去拿。"

讲好价钱和取手机的时间,周稳帮她付了钱。

出来时沈净晗说:"算我借你的,等手机修好我转给你。"

"不用,本来也是因为我你的手机才坏的。"周稳盯着她漂亮的眼睫瞧了几秒,"你有时间想这些,不如想想接下来怎么办。"

"什么怎么办?"

"没有船回岛上,你身上又没现金,今晚是想在这门口蹲一宿吗?"

沈净晗刚刚一直担心手机修不好,没想别的,听了他的话才意识到这个问题,她现在身上确实没钱,兜里仅有的一点现金也买了船票。她想了想:"我去朋友那儿住。"

"什么朋友?"

沈净晗给了他一个"你问太多"的眼神,走了两步又回来:"能不能借你手机用一下?"

周稳解锁手机,调出拨号界面递给她。

沈净晗给赵津津打了过去。

电话响了很多声才接起来,那边声音嘈杂,赵津津很大声:"喂!"

"津津,是我。"沈净晗说。

赵津津听出她的声音:"啊,这是谁的电话?"

"朋友的。"沈净晗往远处走了两步,"你在学校吗?"

"没有啊,我跟同学在长青山露营呢。怎么了?"

她那里去不成,沈净晗也没说太多:"没事,你玩吧。"

赵津津觉得不太对:"你在哪儿呢?"

"在青城,本想去找你,你不在就下次吧。"沈净晗叮嘱她,"你露营不要半夜到处跑,跟同学在一起。"

"知道了,你快比我妈啰唆了。早知道你来我就不出来了,你怎么不早说?"

"临时有事。行了,你去玩吧。"

"哎,那会儿不是说给我拍照片,拍了吗?"

"明天给你。"

挂了电话,沈净晗把手机还给周稳。周稳问:"怎么样?"

沈净晗抿了抿唇:"你能再借我几百吗?我可能要住酒店了。"

周稳点头:"行。"他指了下刚刚过来的方向,"那边有酒店。"

沈净晗见他并没有掏钱的意思,跟着他走了几步:"钱借我,我自己去就行,不麻烦你了。"

"我没现金。"

行吧。

不知是不是因为现在是旅游旺季，今晚又是周末，一连几家酒店都没空房间。沈净晗在前面走得很快，心里琢磨要不真去店门口蹲一宿算了。

周稳在后面不紧不慢地跟着，沈净晗催他，他仍悠悠闲闲、心情不错的样子："不觉得偶尔像现在这样在街边散散步，挺舒服吗？"

沈净晗想说不觉得，但她现在有求于人，于是闭嘴。

周稳突然在一家牛肉面馆前停下："要不吃碗面吧，闻着挺香。"

"不想吃。"

"我想吃。"

"再磨蹭前面也没有了。"

他一点都不急："那我开车带你去别处。"

沈净晗径直往前走，街口忽然拐过来两个人。

是两个年轻男人，一个头发挑染粉色、一个高高壮壮，两人有说有笑地迎面走过来。

沈净晗脸色微变，下意识地后退两步。

左右没有岔路，回头也来不及，她转头看到已经推开面馆玻璃门等她的周稳，想也没想，直接弯腰从他臂弯下钻进面馆。

周稳偏头看了眼不远处那两个人，目光渐凉，压低帽檐，随后也跟进去。

他直接拉着想背对门口坐下的沈净晗进了里面的小隔间，那里也摆了几张小桌。桌角贴了张二维码，周稳用手机扫了一下，浏览菜品："不是不想吃？"

沈净晗靠着椅背，随意看着墙壁上各种小菜的图片："你想吃就麻烦快一点。"

他笑着点餐："我要牛肉面，你呢？"

沈净晗转头看他。

周稳抬头："喜欢吃什么？牛肉面还是清汤面？"

她的目光在那张和岳凛一模一样的脸上停留片刻，之后垂下眼睫："不用了。"

"我请你。"

"我不太饿。"

周稳没再问，自作主张点了两碗牛肉面、一碟小菜、两瓶水。

牛肉面香味浓郁，周稳坐姿豪放，吃得很爽，但碗筷没有声音，很斯文。

"你再不吃要凉了。"周稳没抬头，夹了一点小菜就着面吃掉。

沈净晗说："你倒不娇气，大少爷也吃这种小面馆吗？"

"大少爷也是人，再说我也不是自小在周家长大。"他很随意地说。

沈净晗盯着他："你什么时候回到周家的？"

周稳一眼看穿她的想法："怎么，又想问我有没有失忆过？"

沈净晗靠回椅背："随便问问。"

周稳示意她面前那碗面："吃吧，点都点了，这家的酱牛肉片很好吃，你尝尝。"

· 033 ·

从前岳凛还在的时候,两个人常常一块儿吃牛肉面。

岳凛不喜欢牛肉面里的牛肉,只喜欢吃面喝汤,沈净晗喜欢,所以每次她都能得到两份。

一碗香喷喷的面上铺满牛肉,只看着就很满足。

周稳吃掉最后一片肉,有些意犹未尽,叫来老板:"能单独加牛肉吗?"

老板很热情:"能,要加吗?"

周稳点头:"麻烦每碗都给加一份。"

"好嘞!"老板回厨房去准备。

沈净晗说:"我不用。"

"请你吃饭,我加肉不给你加,传出去我还混不混了?"

沈净晗没说话。

最终她还是把那碗面吃了。

吃完两人继续向西,终于找到一家酒店有空房,但又遇到了新的问题。

沈净晗出来得急,没带身份证,没办法办理入住。

周稳也没带。

两人从酒店出来,站在行人渐少的马路旁。

周稳说:"要不去我那儿?"

刚回国时周敬渊给周稳置办了几套房产,他常住的一套公寓离这里不算远。

沈净晗明显不愿跟不熟悉的男人去陌生的地方,她转身往手机维修店那边走。

周稳跟上她:"你真准备在人家店门口蹲一晚上?"

沈净晗说:"附近应该有二十四小时便利店或者小公园之类的地方,凑合一晚应该没问题。"

两人回到那家店铺门口,周稳看了眼停在一旁的车:"先回车上吧,外头怪热的。"

三伏天,晚间的空气混杂着残余的热浪,闷得人难受。

十分钟后,周稳带着两杯冰爽的酸梅汁坐进后座。

车里开了空调,因室闷的天气和手机坏掉的烦躁心情在这一刻得到极大缓解,沈净晗低头喝了一口,头一回感觉酸梅汁的味道还不错。

后座很宽敞,两人之间隔了一点距离。周稳没有再提让她去他那儿住的事,有一搭没一搭地聊别的。沈净晗偶尔回几个字,多数时候不太讲话,只听他说。

时间已经很晚,温度又舒适,没多久沈净晗就有些昏昏沉沉,眯了一觉再睁开眼睛时发现周稳也睡着了。

已经接近凌晨,街上行人和车辆渐少,但依旧霓虹闪烁。

周稳腿长,窝在那里睡觉并不舒服,斑驳的光影虚虚实实地落在他脸上,他的眉毛眼睛都如此清晰。

沈净晗盯着他看了很久。

在这样的午夜时分，看着那张熟悉的脸，她头脑有些不清醒，觉得真的好像看到了岳凛。岳凛睡时也是这样，眉眼舒展放松，很温顺、很乖，让人忍不住心底一阵柔软。

岳凛长得特别好。

腿很长，腰腹很瘦，身上有戳起来硬挺但不夸张的肌肉，线条很漂亮，皮肤很白，运动后会变成微微的粉红色，浑身上下充满少年健康蓬勃的气息。连接吻都是雨后清新水汽的味道，她每次看到都忍不住想亲，甚至想咬。

曾经有段时间她觉得自己是个花痴，后来在游泳馆里看到别的男生，也有很帅的，但她没有任何感觉，才知道她不是广泛的花痴，她只馋他一个。

"看够了吗，我能睁眼了吗？"静谧的夜里，周稳忽然开口。

他唇边溢出一抹淡笑："我眼皮有点痒。"

周稳睁开眼睛时，沈净晗已经在看窗外了。

他指尖勾了勾眼尾，伸了个懒腰，打开窗子将手伸到外面试了试气温。室外已经凉爽许多，他将空调关掉，窗子打开透气。

"偷看我这么久，如果没有一个合理的解释，我会认为你对我感兴趣。"他声音悠悠的。

沈净晗的目光停留在窗外一棵不知道是什么品种的大树下，那里停放着一辆单车。

她没有回避这个问题，很直白地说："那倒没有。"

周稳笑了一声。

"只是因为，"沈净晗停顿一下，说了出来，"你跟我男朋友长得很像。"

她讲这话时表情很淡，没什么起伏，像是说一句再平常不过的话。

周稳盯着她的眼睛："照片上那个？"

"嗯。"

"那还真是很像。"他把玩着那枚银白色的打火机，"没听说你有男朋友。"

她柔软的唇轻轻动了动，几秒后开口："他已经不在了。"

周稳沉默片刻："抱歉。"

"没关系。"

两个人没有再讲话。

沈净晗再醒来时，天已经亮了。

周稳不在车里，那家店铺也还没有开门。

她腿上盖了一件男人的黑色薄外套，不是他昨天穿的那件，大概之前就在车里。繁华的市区里看不到完整的日出，但依旧能看到东方一片橙红的温柔日光。

有人轻叩后窗。

沈净晗打开车窗,周稳带回了漱口水、湿纸巾和热乎乎的早餐。

"谢谢。"沈净晗接过几个大大小小的袋子,暂时挂在副驾驶座椅后面的挂钩上。

周稳手里还有一袋东西,他直接丢进后备厢。

"没睡好吧。"周稳没上车,懒散地靠在车旁。日光落在他挺拔高大的身体上,整个人的气息刚烈又温柔。

"还好。"沈净晗说。

周稳偏头瞧车里的人:"出来走走吗?空气挺好的。"

"不,热。"早上气温已经开始上升。

"真不浪漫。"

周稳从兜里掏出两根豆浆吸管,拆开其中一根的包装纸递进去:"收拾完先吃早餐吧,豆浆和粥都有,你看看喜欢吃什么。"

"我吃什么都可以,谢谢。"

"谢了几次了,你是不是忘了你的手机是我弄坏的?"

"流程还是要走的。"

周稳彻底笑出来:"行吧。"

老板早上来开门时看到两人这么早就在门口,非常意外:"这么急啊?那我马上去拿,等我半小时,帮我看会儿店。"

老板回来后很顺利地修好手机,连同有点磕痕的屏幕一并换了,套个新壳子,跟新的一样。

沈净晗道谢,开机检查。毕竟是多年前的手机,系统很慢,但她并不在乎这个,只检查聊天记录和相册。

确定没有问题后,她又看了看刚开机那会儿涌进来的一堆信息,有公众号的推送、月初手机套餐的扣费信息,还有青青发来的几条,问她去哪儿了,怎么还没回去。

昨晚她已经借了周稳的手机打电话告诉青青,这应该是青青在那之前发的。

沈净晗给自己的号码充了话费,顺手给岳凛的号码也充了一些钱。

这些年,她一直坚持给那个号缴费,避免号码停机后被收回,另卖他人。

在沈净晗的手机收到缴存话费成功的信息通知后,周稳的手机也响了一声。

沈净晗抬眼看他。

周稳面不改色地看一眼手机:"服务不怎么样,催费倒是很积极。"

沈净晗又看了他几秒,没有说什么。

两人上了车,沈净晗扣上安全带:"现在应该能赶上十点那班船。"

周稳没有讲话,但很快沈净晗发现他的车正开往另一个方向,她问:"不去码头吗?"

"先陪我去个地方。"

"去哪儿?"

"去了就知道。"

十几分钟后,沈净晗发现街道越来越宽阔,绿植越来越多,路两边的建筑也越来越熟悉。他的车经过一座桥,已经到了青城郊外。

她去云江岛之前的民宿就开在这附近。

沈净晗转头:"来这儿干吗?"

"熟悉吗?"

她没有时间,也不愿意跟他闲逛:"你如果有事要忙麻烦放我下车,我自己打车去码头。"

"你有钱吗?"

"我手机修好了。"

周稳眉眼间全是笑意,好像逗她很有趣:"有钱就翻脸不认人了。"

他将车驶入一条偏僻的小路:"这附近有不少工厂,长年累月地将污水排进河里,导致河水污染严重,后来有个摄影师给那条河拍了一组照片,在网络上引起广泛关注,相关部门着手整顿,才有了现在这样清澈的河水。"

沈净晗之前住这里,知道这件事:"那跟你有什么关系?"

"其中有家玩具厂是周家的,不过我回国前已经关掉了,我来看看。"

车在小路的尽头处停下。

这是个废弃的院子,玩具厂的牌匾随便立在墙根,已经被半人高的荒草遮住大半。

院子荒芜已久,早已破败不堪,杂草丛生,一些布满灰尘的办公桌椅堆在门口。

周稳挪开桌椅等杂物,撬开长满铁锈的锁头,推开厂房大门。

一股霉味扑鼻而来,周稳挥了挥手,拨开一些细密的蜘蛛网:"小心。"

他在厂房里转了两圈,对着陈旧报废的设备机器敲打打,又在办公区各个房间里穿梭,不像毫无目的地闲逛,倒像在找什么东西。

厨房里杂乱异常,还多了不少本不该在这里的储物柜、转椅。

周稳掀开遮布,用力将柜子推开、椅子挪走,屈膝半跪在地上敲打地板。

这里有些阴森,沈净晗站在旁边:"你到底在做什么?"

"嘘。"周稳说。

他继续敲打地板,仔细辨别声音,忽然勾起嘴角。

沈净晗刚想问他怎么了,周稳突然指尖一动,不知触到什么开关,就听"咔嗒"一声,原本平整的地板忽然翘起一块。他双手扳开,露出底下漆黑的洞口。

沈净晗有点惊讶:"是地窖吗?"

大厂的厨房里有个地窖,用来存储一些蔬菜,也是常事。

周稳开了手机的手电筒向里照了照,留下一句"在这儿等我",竟然直接撑着洞口边缘跳了下去。

沈净晗赶紧趴在洞口往里看:"哎!你小心里面没有氧气。"

周稳已经进入到她看不见的区域,声音里透着空旷:"知道,你别走远。"

大概过了十分钟,里面才再次有动静。

周稳撑着身体轻松跃上来,沈净晗说:"你再不上来我就报警了。"

他笑着站远一些,清理身上的灰尘:"那你怎么不下去救我?"

"我怕黑。"沈净晗看着他把洞口恢复原样,"下面是什么地方?"

周稳把柜子和椅子又挪回原位:"普通地窖。"

"那你还在里面待那么久。"

"找找有没有好玩的东西。"

"找到了?"

"嗯。"周稳从兜里掏出两个巴掌大的小玩意儿,一个毛茸茸的胡萝卜玩偶、一个粉红色的大眼仔挂件,外面的塑料包装一点灰尘都没有,大概被他擦掉了。

他随手把那两个小东西扔给沈净晗:"走吧。"

这应该是之前玩具厂遗留下的东西,刚刚沈净晗也看到过不少类似的玩偶挂饰,大大小小零散地掉在各处。

她当然知道周稳不会为了这么个小玩意儿大老远跑到这里,但也没什么兴趣细问,这毕竟是他的事。

沈净晗不爱管闲事。

因为跑了这么一趟,十点的船没赶上,连下班船都没票了。周稳买了两张下午两点的票,距离开船还有三个小时。

中午还有些时间,他连拖带拽,拉着沈净晗吃了顿午饭,掺了碎冰的冷面,里面放了半颗水煮蛋、西红柿、酱牛肉、鸡肉肠、辣白菜,零零碎碎一堆配菜,看着非常有食欲。

天太热,沈净晗本来没什么胃口,看着那碗面也忍不住吃了大半碗。

沈净晗拒绝了周稳饭后"随便逛一逛"的提议,在候船室找了个靠近窗口又避光的地儿一坐,靠着软包木头窗框,开始补觉。

昨晚在车里睡得实在不舒服,睡半宿醒半宿,又折腾一上午,吃完午饭,她就困得不行了。

她说热,周稳便隔了个位置坐下。不到一刻钟,沈净晗胳膊一松,微微垂下,睡着了。

周稳肆无忌惮地瞧她。

以前两人一块儿睡觉,她也是入眠极快,睡眠质量特别好,没睡够还要闹脾气。早上他要起早回学校,起床时吵醒她,她翻个身哼哼唧唧弄出很大声响表达不满,他亲了很久才哄好她。

她一向很娇气,生气时生机勃勃,鲜活得很。

不像现在。

日光移过来,落在沈净晗脸上,她微微蹙眉,但没睁眼。

周稳起身将帘子拉上，刚坐稳便察觉有人靠近。

码头这边的负责人看到周稳，过来打招呼："周少，您怎么在这儿？您要回岛上吗？"

周稳抬手比了个"嘘"的手势。

那人看到睡在一旁的沈净晗，心里有数，没有多问，只小声说："您是要回岛上吗？"

"嗯。"

"下趟得两点，我安排船送您回去吧。"

"不用。"

"周少——"

周稳抬眼看他，压低声音，重复一遍："我说不用。"

那人又飞速地看了一眼沈净晗："那……有什么吩咐您知会我，我就在那边办公室。"

"嗯。"

这一觉沈净晗睡得很香，迷迷糊糊一直没醒，不知过了多久，有人戳她脸蛋。

第一下她以为在做梦，后来又被戳了两下。

她睁开眼睛。

周稳缩回手，笑着瞧她。

这个从下往上的刁钻角度，大概也只有岳凛这样的脸能驾驭得了。

脑袋底下也软乎乎，很舒服。

她又闻到了那种像山涧清泉一样好闻的味道。

沈净晗反应了几秒，突然清醒。

她现在是枕着周稳的腿。

她猛地坐起来。

动作太快，把周稳都吓了一跳，抬手扶她肩背："慢点。"

沈净晗整理头发和裙子："抱歉。"

"没关系。"他站起来动了动已经麻了的腿，"走吧，时间到了。"

检票口已经开始检票，队伍排得很长，两个人进了通道，渐渐被拥挤的人群冲散。

周稳被挤到前面，不时回头看她跟上没有。

沈净晗看着那个熟悉的背影和侧脸，忽然想到上午那声铃声。

她觉得自己有些神经过敏，总是想一些不切实际的事。

如果岳凛还活着，怎么可能不回来找她。

如果他回来了，看到她现在过成这个样子，还装不认识她，那她大概会直接给那个浑蛋几个巴掌，从此绝交。

虽然觉得不可能，但她还是鬼使神差地拿出手机——

拨通了岳凛的号码。

第二章
要你

周稳的手机没有响。

听筒里也依旧是那句：您拨打的电话已关机，请稍后再拨。

岳凛刚离开那两年，她时常给那个号码打电话，一遍一遍地听着那句话。

后来她厌烦了那冰冷的声音，一次都不打了，只发信息。至少无声无息地发过去，她还可以想象他一字一句读那些文字时的模样。

沈净晗自嘲般笑了笑，挂断电话。

果然还是她神经过敏。

周稳折返回来，牵住她手腕："快走。"

沈净晗还在恍惚中，没有挣开他的手。

回到岛上，周稳跟她一道走出旧时约，直接进了隔壁俱乐部。

俱乐部里一帮人横七竖八地窝在沙发上打游戏，见着周稳，齐刷刷地叫"稳哥"。

周潮问："你怎么不接电话？"

周稳拿出手机，将静音调回铃声："什么事？"

周潮笑得意味不明："也没什么，打听打听你跟那美女老板一天没回来，都干什么了？"

沙发上有人让出一个位置，周稳懒洋洋地坐下，摸出兜里的银白色打火机："没干什么。"

成旭不信："孤男寡女一夜未归，什么都没干？你们昨晚在哪儿睡的？"

"车里。"

成旭惊呆："这么刺激吗？进度条直接拉满？"

周稳不悦地瞥他一眼："别乱讲。"

周潮："小火慢炖才有意思，我哥会玩。"

他旁边一个留着寸头、耳侧剃了一道闪电的男人说："还炖呢，再炖都让人整锅端走了。"

周潮转头:"什么意思?"

"那会儿我看见一个男的拎着一堆东西去隔壁了,找沈老板的,长得挺帅,斯斯文文的。"

成旭:"游客吧?"

"不是,那人跟青青很熟。"

周稳盯着门口一只从隔壁溜达过来的猫,语气很淡:"是个医生吧。"

闪电男特别惊讶:"行啊稳哥,这你都知道,我确实听青青叫他什么'医生'来着。"他回忆着,"好像是姓简?对,简医生。"

周稳忽然从沙发上起身,走到门口把那只猫拎起来左右瞧了瞧,没认出这是哪只。

成旭说:"明儿俱乐部开业,晚上大伙儿要在'春风'聚聚,让沈老板也去呗。"

周稳摩挲着猫脑袋:"她去干什么?"

"一起玩呗,都是自己人。"

"再说吧。"

旧时约那边,沈净晗翻拣小茶几上的一堆东西:"这么多。"

青青抱着一大袋薯片吃,"嘎嘣嘎嘣"的:"厨房还有呢,简医生说你胃不好,买了好多精装的小米,让咱们煮粥喝,还有一些玫瑰花茶和果茶。他说等你回来让你给他打电话。"

沈净晗抱着"红豆"上楼,走了几步忽然转身,看了眼散落在一楼各处的猫:"'黑豆'呢?"

青青也瞅了一圈儿:"刚还在呢,可能出去了,这两天它们总去隔壁,那边总给香肠。"

"去抱回来吧。"

"嗯,我这就去。"

回到猫屋,沈净晗放下"红豆",给简生打电话,看到最近通话第一行那个名字时,莫名有些恍惚。

阿凛。

岳凛在时,这个名字其实从没在沈净晗的手机里出现过,以前她给他的备注是"岳凛"。

岳凛不喜欢,说太生疏,看着像八辈子不联系的小学同学,几次试图改掉,可她就是不改。

后来岳凛不在了,她倒是改了,但那个号码再也没有打来过。

两只猫忽然闹起来,滚到一块儿。沈净晗没理,坐在窗边的单人沙发上给简生打过去。

简生很快接起来:"净晗。"

沈净晗:"回来了?"

"嗯,昨晚到的青城,没赶上最后一班船,今天早上回来的。"他语气关切,"你昨晚也在青城?是有什么事吗?"

"没事,都解决了。"

简生听出她的声音有点疲惫:"昨晚没睡好吗?"

沈净晗揉了揉眉心,在沙发上调整姿势,枕在软软的扶手上:"嗯。"

简生说:"我去看看你吧。"

"不用了,我想睡一会儿。你刚回来,应该也挺忙的,别折腾了。"

简生顿了下:"也好,你先休息。"

沈净晗刚要挂电话,简生忽然说:"等等。"

沈净晗又举起手机。

"我这趟回来,科里同事替我接风,定了明晚去'春风',你也来吧。"

沈净晗有点懒:"我不去了。"

"去吧。"简生说,"我们科里的人你都认识,不会无聊。你偶尔也需要出来玩一下散散心,你说呢?"

沈净晗怀里搂着抱枕,思索片刻:"好吧。明晚几点?"

简生很高兴:"七点。我去接你。"

"不用了,这边很近,我自己过去。"

沈净晗这一觉睡了三个小时,傍晚才下楼。

青青刚记录完网上的房间预订情况,正坐在前台看书。桌子上放了个白色纸袋,沈净晗看了眼:"那是什么?"

青青抬头:"那个纸袋吗?刚才周稳放这儿的,说是给你的。"

包装袋很熟悉,是周稳早上放进后备厢的那个。

沈净晗食指钩着边缘往里看了看,里面有个精致的白色长方形纸盒,方方正正。

是个新手机。

那么早,商场都没开门,不知道他从哪里买到的。

"是什么?"青青凑过去瞧。

沈净晗拎起袋子:"我出去一下。"

她拎着袋子去了隔壁俱乐部,里头人已经散了不少,只剩成旭和几个店员。

沈净晗问:"周稳呢?"

成旭笑脸相迎:"稳哥回家了,你找他有事?"

沈净晗放下纸袋:"这个麻烦帮我转交给他。"

"沈老板,咱们隔壁邻居,你有什么事我都义不容辞,一定帮忙。但稳哥的东西,你最好还是亲自交给他。"

成旭话里带笑,但听得出来,没留余地。

沈净晗停了片刻:"他在哪儿?"

成旭用手比了个"七":"半山七号别墅。"

别墅区其实不远,但沈净晗不常去那边,只听说那里都是周家的私人产业,有些自留,有些对外租售。

七号别墅位置最好。

院子里的花花草草长得很茂盛,左侧一个六角凉亭,右侧停了一辆车。

不知道是什么牌子的车,那个标志她没见过。

岳凛特别懂车,以前两人常常坐在街边的长椅上,他闭着眼睛听街上过往车辆的引擎声,就能快速准确地辨别品牌和型号,沈净晗跟着学了不少。

她不认识的品牌,要么是杂牌车,要么是冷门豪车。

周稳的车只可能是后一种。

还真是挥金如土的富家公子。

沈净晗敲了半天门,里面才有动静。

周稳穿着居家短裤和白衬衣,衣服扣子只扣了中间两颗,清爽结实的身体要露不露,慵慵懒懒,非常随意。

沈净晗只看了一眼便撇开目光。

周稳似乎没对沈净晗的出现感到意外,开了门便转身往里走:"进来吧。"

沈净晗站那儿没动:"不用了,在这儿说吧。"

周稳扬了扬左手:"帮我个忙。"

沈净晗这才发现,他左手虎口内侧受伤了,已经擦了药水,还没缠纱布。

她有些意外,跟着他走到沙发那边:"怎么弄的?"

"切水果时不小心碰了一下。"他扯了扯茶几上的纱布,"帮我缠一下,折腾半天了。"

沈净晗坐到他身边,拿起纱布比画着长短:"切水果能切到这里?"

周稳笑着看她:"太聪明就不可爱了。"

他不想说,沈净晗也没再问,手法生疏地缠纱布:"我不太会,弄得不好不介意吧?"

"不介意。"周稳的视线停留在她脸上,"找我有事吗?"

沈净晗示意一旁的纸袋:"这个还给你。"

周稳看了眼那个袋子:"怎么,不喜欢?"

沈净晗说:"谢谢你,但我不需要。"

"我弄坏了你的手机。"

"已经修好了。"

"你的手机已经很多年了。"

"如果有需要,我自己会买。"

周稳笑了笑:"送出去的东西,我没有收回来的习惯。"他温声说,"留着吧,东西旧了,早晚要换。"

沈净晗系了个并不漂亮的蝴蝶结："我这人念旧。"

她手劲儿不小，勒得伤口疼，但周稳一声没吭。

包扎完伤口，沈净晗起身准备离开，周稳叫住她："再坐会儿吧，给你倒柠檬水喝。"

"不用了，店里还有事。"

她过去开门，外面涌进一股热浪。周稳跟过来，站在她身后，穿着白衬衣的宽厚胸膛与那副小身板儿只隔一点距离，偏头瞧她白嫩的耳垂，那里有一个小小的耳洞，但没戴耳饰："明天俱乐部开业，晚上他们要庆祝一下，你没事也过去玩吧。"

"明晚我有事。"

她答得干脆利落，走得也很快，头都没回，留周稳一个人在门口吹了半天热乎乎的风。

夜深人静时，周稳锁了卧室门，拉上窗帘，只开一盏台灯，走到床头单膝蹲下，从左往右数第五块地板，手指探到缝隙中，稍一用力，拆下一小块地板，从里面的隐藏暗格里取出一本记事本，坐在桌前，翻开新的一页。

8月3日　晴

上午九点到达周敬渊位于青城郊外已废弃的玩具厂，厨房里有地下通道，连通约一百五十平方米大小的地下制毒窝点，发现锥形瓶三只、烧杯两只、试管五支，均已破损。热封塑料薄膜若干，方形白纸若干。操作台上无粉末痕迹，西南方向的地面有设备拆除痕迹，地下室其他出口已封死，氧气稀薄。

TP6号新型毒品研发进度已停摆。

周敬渊近日无其他动向。

下面详细记载了近期收支明细，最后一条是今日新增。

8月3日，购手机一部，价值1.2万（从我工资里扣）。

隔天俱乐部开业，从早到晚热闹了一整天。外面天热，沈净晗没出门，躲在屋子里吹空调。一只猫叼着昨天周稳给的胡萝卜玩偶跑来跑去，后头几只猫跟着抢。

没想到这东西这么受欢迎，沈净晗已经在想要不要再买几只同款，不然两天就得被它们咬坏。

晚上沈净晗准时到了"春风"，简生在门口迎她。

两人已经几个月没见，简生眼睛里带着笑："你气色好些了。"

沈净晗说:"是吗?可能昨晚睡多了。"

简生推门等她:"进去吧,大家都到了。"

科室里的人都认识沈净晗,心照不宣地给她留了简生身边的位置,嘘寒问暖,非常热情。

简生给她点好了饮料和冰镇西瓜:"有点凉,等下吃吧。"

"嗯。"

今天是周末,晚上七点半岛上会放烟花,游客特别多,场子里几乎没有空位,喝酒聊天的人多,声音也嘈杂,坐在一起讲话都要很大声。简生问了几句店里的近况,沈净晗说:"你不是还要几天才回来吗?怎么这么早。"

简生怕她听不清,凑近了说:"别人还没回,就我回了。"

"为什么?"

"他们安排了几天时间旅游,我不想去。"

舞池里换了音乐,大家纷纷下去跳舞,简生说:"我们也去吧。"

沈净晗手里拿着一个橘子:"不去了,我不太会。"

简生说:"没关系,这首歌很慢。"

一个年轻女医生,上班时严肃认真,下班后活泼得很,不由分说地拉起沈净晗:"走吧,让我们简医生教你,他跳得可好了。"

场子另一侧,俱乐部一群人在玩游戏。周潮给新女朋发了几条信息后随意看向舞池,愣了愣后碰了碰身旁的周稳,示意他看那边。

周稳顺着他的视线望去,看到沈净晗被人拉到舞池里,她面前的男人低头跟她说着什么。

随着音乐的节奏,男人执起她的手,带着她慢慢跳舞。

只看背影也知道,那人是简生。

他进修回来了。

"你不是说她今晚没空吗?那什么情况啊?"周潮说。

周稳没说话,手里捏着一罐啤酒,眼神晦暗不明。

他视线偏移,落在简生扶着她细腰的手上。

他将手中的啤酒喝完。

身旁经过一个服务生,周稳抬手叫住,给了一些小费,附耳低声讲了几句话。

服务生点头:"是,周少。"

沈净晗其实会跳舞。

以前跟着岳凛,他什么都会带她体验,跳舞、旱冰、登山、滑雪。他只有游泳不行,当年两人一块儿学游泳,他入水扑腾半天,沈净晗跑去救他,他抱着人就不撒手了。沈净晗一边像摸大狗狗一样摸他毛茸茸的脑袋,一边笑他。

她有点走神,简生轻唤了声:"净晗?"

沈净晗回神,抬起头:"嗯?"

简生笑得很温柔:"听到我的话了吗?"

"什么？"

"这首歌我们听过。"

沈净晗才发现已经换了音乐，是首老歌。

简生说："去年跨年时你店里放过这首。"

"嗯，岳凛也喜欢这首。"

简生凝视她许久，终是没有再开口。

场子里忽然一片漆黑。

音乐没停。

周遭的人乱哄哄，都在问怎么回事，人群涌动，舞池里变得拥挤混乱。

没过多久，听到有人说控制灯光的那组线路烧掉了，正在抢修，请大家少安毋躁。

简生护着沈净晗："我们靠边一点，应该一会儿就好了。"

沈净晗正准备和简生往舞池边走，突然手腕被人拉住。下一秒，她整个人被拉进一个宽厚温暖的怀抱中。

耳畔传来一个男人的沉声低语："介意换一个舞伴吗？"

沈净晗没有看清男人的脸，但闻到了他身上那种清新冷冽的气息。

他握着她后颈的手有粗糙的摩擦感，是缠了纱布的感觉。

意识到面前的男人是周稳，沈净晗慌乱的心莫名安定不少："你干什么？"

周稳的手牢牢扣着她的细腰，嗓音很低："认出我了。"

他掌心的温度透过轻薄的衣料传递到腰间的皮肤上，酥酥麻麻，像小小的精灵灯鱼从她皮肤上擦过，沈净晗有些不自在，试图挣脱他的束缚："停电了，不跳了。"

周稳并没有很用力，不轻不重，刚好是她挣脱不掉又不会很难受的力道。他没有受周遭杂乱私语的影响，拥着她纤瘦的身体，脸颊贴着她的发丝，伴着舒缓的音乐慢舞。

"我看你半天了，你看到我了吗？"

"没有。"沈净晗推他硬邦邦的胸口，"你先放开我。"

"不是说没有时间吗？怎么来了？"

"跟朋友来的。"

"刚刚那个男人？"

"嗯。"

周围很嘈杂，依稀可以听到简生寻找沈净晗的声音。

沈净晗刚要回头，周稳忽然扯着她手腕，随手掀开身旁厚重的遮光窗帘将两人裹进去。

沈净晗借着窗外的夜色看清那张脸。

他眉头微微蹙着，看起来不太高兴，但刚刚只听声音，她还以为他是笑着说那些话的。

沈净晗挣脱他的束缚。

帘子里空间不大，周稳垂眸盯着那张清冷的脸："他好像很着急。"

沈净晗没说话。

"他是你的追求者吗？"

"这好像跟你没关系。"

周稳没有继续这个话题，身体斜斜靠在窗边，窗外荧荧光点落在他脸上，忽明忽暗："舞跳得不错。"

沈净晗没说话。

"是我的错觉吗？你好像对我很冷淡。"

"我没有刻意对谁冷淡。"

"我没见你笑过。"

"我不爱笑。"

天空中忽然升起一簇烟花。

沈净晗看向窗外。

金灿灿的丝线如精灵般绽开，散落，璀璨绚烂，转瞬即逝。

紧接着第二簇、第三簇，整个海岸线上空瞬间变成一幅美轮美奂的画卷，变幻莫测，每一秒都不一样。

她目不转睛地盯着夜空中的烟火。

周稳只看她。

一帘之隔，身后是灯红酒绿，眼前是人间烟火。

"好看吗？"周稳问。

沈净晗很诚实地点头，她想起青青的话："当初怎么想起在岛上放烟花？"

周稳想了想："因为我也很爱看。"

"经常放会不会污染环境？"

他笑了声："每个月两次，跟政府报备过的，用的也都是环保材料。"

他捂了捂胸口，一副心疼模样："很贵。"

沈净晗的唇角微不可察地弯了弯，但很快恢复。

场子里恢复亮光，沈净晗留下一句"走了"，掀帘子出去。

外面的烟花还在燃放，周稳看了片刻，从另一侧离开。

简生找不到沈净晗，正要打电话，看到她不知从什么地方回来，松了口气："去哪儿了？"

"靠边等了一会儿。"沈净晗说，"我想回去了，你们玩吧。"

简生立刻说："那我也走，我送你回去。"

他让沈净晗回座位那边等他："我去一下洗手间。"

简生没去里面，只在外面洗手。没多久他的同事从里面出来，伸手在感应器上晃了一下："哎，你调走的事跟她说了吗？"

水流很小，简生将就着洗："还没。"

"她能跟你走吗？"

简生停顿一下："我不知道。"

同事从侧边墙壁上扯出一张纸巾擦手："不知道你是傻还是痴情，没名没分陪了人家这么多年，连句喜欢也不敢说，你不说她怎么知道？"

"她还需要时间。"

"多少年了？你来岛上都两三年了吧，也够久了。"

简生没有说话。

同事拍了拍他的肩膀："行了，你心里有数就好。"

两人出去后，周稳从隔间里出来，站在镜子前，默默地整理衣领。

那晚周稳翻来覆去很久都没睡着，他摸黑找到手机，点开沈净晗给岳凛的留言，一直向上翻了很久，直到几年前的那个秋天。

沈净晗当时还在青城，但已经准备将民宿迁到云江岛。

——阿凛，我已经决定去云江岛了。

——听说那里是一个可以在海边看雪的地方。

——离你也更近了。

隔了几天又发一条。

——简生说他被调到岛上的医院了。

这些年，沈净晗把岳凛的账号当作树洞一般，什么都要跟他讲一下。

关于简生的内容不多，但周稳却从这些只言片语中看出许多端倪。

简生陪她去陵园看他。

简生送她去学校。

她来了青城，简生毕业后也来了。

她要去云江岛，简生就调去那边的医院。

云江岛那样的地方，只有一家小医院，环境条件和职业发展远不如青城，简生是非常优秀的青年医生，医院方面绝不会派他去那种地方，只可能是他主动申请。

简生喜欢沈净晗。

周稳早就知道。

简生出身医学世家，父母都是医学教授，奶奶更是享誉盛名的医学泰斗，在医学界非常有地位。他小时候家教严格，性格内向，比现在要寡言许多。

高一时，有小混混欺负他，他不反抗，也不告诉家里人，那些人就变本加厉，放学堵他。

岳凛碰到过两次，替他打跑那些人，还请他吃面。

渐渐地，班级里最顽劣、打架最厉害的男生竟然跟最安静、最孤僻的男生成了好朋友。

那时沈净晗读初三，两个学校挨着，三人常常一块儿玩，简生也渐渐变得开朗阳光。

岳凛和简生打球时，沈净晗就在一旁帮他们看衣服和书包。

后来岳凛和沈净晗在一起，简生玩笑着说不打扰他们二人世界，就很少一起出去玩了。

这些年，简生一直在沈净晗身边照顾她，周稳从心底里感激。

他不知道简生从什么时候开始喜欢沈净晗的，他不怪简生，也没资格怪简生。

那么好的女孩，谁都会喜欢。

如果简生能把沈净晗带出岛，那将是她离开这个是非之地最安全、最顺理成章的方式。

手上的伤口隐隐作痛，他不想管，烦闷地闭上眼睛。

八月中旬，来岛上旅游度假的人越来越多，旧时约的客房几乎每天都是爆满的状态，沈净晗比之前忙了一些，连睡觉的时间都被剥夺不少。

卧室里的空调坏了，明天师傅才能来修，沈净晗打开猫屋那边的空调，并没觉得很凉快。

有两三只猫也跟着挤在床上，热得她睡不着觉，她有点烦躁地翻了个身，点开岳凛的聊天界面发了几个字。

——好热啊，想吃水果冰沙。

这里的水果冰沙特指岳城三中校门口的一个路边摊。以前每到夏天那个憨憨的大叔就会出来摆摊，清凉的碎冰沙里可以加各种新鲜的水果，里面还放几颗老板自制的小汤圆，冰冰爽爽，非常解暑，每次放学路过那里岳凛都会给她买一份。

后来去别的城市再也没吃过那种口味的水果冰沙，云江岛现在也有，但总有种浓浓的景区味儿，里面加了不少乱七八糟见都没见过的小料，还没小汤圆，沈净晗不爱吃。

闷热的天气持续到隔天下午，天色阴沉，像是快要下雨，修空调的师傅终于来了。

这师傅有点话痨，一会儿说工作太多忙不过来，带的那个徒弟好笨出徒太慢，一会儿又说老婆做菜好咸，讲了她又不高兴。一个人絮絮叨叨一直在讲话。

沈净晗靠在门边听了一会儿，竟然也没觉得烦。

这样平平淡淡的日子，可以有人吵闹、有人陪伴，很珍贵。

师傅走后，青青拆开下午刚到的快递，是家里寄过来的辣椒酱和绿豆饼。她留出一包绿豆饼，其余放进厨房："待会儿给姜爷爷送去。"

山上寺庙药堂里的姜爷爷最喜欢吃她家的绿豆饼。

沈净晗看了眼时间："我去吧，这会儿人不多，你看书吧。"

她是少有的允许员工在工作闲暇时间读书复习的老板，这也是青青喜欢这里的原因之一。

云江岛的寺庙很有名，香火很旺，前来烧香拜佛的人很多。傍晚人已经撤得差不多了，庙里逐渐恢复安宁，空气中浮着淡淡的檀香味，有小僧在清扫院子。

沈净晗沿着回廊走到尽头，左转进了里院。药堂没人，路过的义工说姜师父在斋堂。

沈净晗进去时，正赶上姜焕生端了一碗素面出来，于是问道："姜爷爷，还没吃晚饭吗？"

姜焕生朝她招手："你来得正好，尝尝这面，我新学的。"

"我吃过饭了。"沈净晗把纸袋递给他，"青青家里寄来的绿豆饼。"

姜焕生挺高兴："这个好，替我谢谢她。"

他拿了一个小碗分出半碗面："你尝尝。"

沈净晗没有推辞，坐下陪他一块儿吃。

姜焕生是远近闻名的老中医，大半生都住在寺庙里。听说他年轻时犯了错，想出家赎罪，住持说他六根不净，不宜出家，他便以义工的身份一直留在这里打理药堂，平时免费给人看诊开方子，对疑难杂症颇有研究。

外面忽然下起一阵急雨，沈净晗吃完面没离开，帮姜焕生洗了碗后随他回到药堂。

"余笙那丫头最近有消息吗？"姜焕生随手一指，让她自己找地方坐，他走到那张老旧的木桌前，拿起开方子的小本写东西。

沈净晗说："她现在每天谈恋爱，幸福得很，哪有空理我。"

姜焕生撕下那张纸："我这儿有个新方子，换了两味药，比之前的温和一些，你有时间替我发给她，下个月开始用新方子。"

"好。"沈净晗接过方子，拍了张照片给余笙发了过去。

余笙是之前长住在旧时约的游客，她身体不太好，多亏姜焕生的中药才捡回一条命。

前些天台风过后，余笙跟着男朋友回了老家，但她的身体仍需要长期吃药。

姜焕生打开一块老旧怀表看时间："你呢？最近睡眠怎么样，安神丸还在吃吗？"

"睡眠很好,安神丸有段时间没吃了。"沈净晗停顿一下，"也不怎么做梦了。"

"那很好。"

沈净晗没说什么，转头看向窗外急促的雨。

她想起那个狂风骤雨的台风天里，曾在旧时约附近看到过一个很像岳凛的身影，她冒着大雨追出去时，那人已经不见了。

当晚她就发烧进了医院，从那以后，她就很少梦见他了。

现在回想起来，如果那不是她的幻觉，那个人也许是周稳，那时她还不认识他。

想到这里，沈净晗忽然意识到似乎有些日子没见过周稳了。

云江岛说大不大，说小也不小，两个人如果不是刻意碰面，一两年见不到都很正常，他就像个小插曲一样在沈净晗的世界里消失了。

这场大雨持续了一个小时，雨停时天已经黑了。

沈净晗从药堂出来，经过回廊时看到有几个人进入寺庙，走向正殿。

两个着装讲究的中年人，一男一女，身后跟着周稳和周潮。

中年男人双手合十向僧人行礼，殿内已经准备好了蒲团，他在最前，女人在他左后方半步的位置，周稳和周潮在最后，四人恭敬跪拜。

沈净晗没看清那两个人的样子，但猜测那应该是周稳的父亲和姑姑。

只有他们才能让这两个周家少爷毕恭毕敬地跟在身后。

生意人应该很讲究，不知道为什么周家要选傍晚这个时间来拜佛。

沈净晗的目光在周稳的背影上停留片刻，转身离开。

周稳侧目，视线偏了一点，只看到回廊尽头的一抹裙角。

天已经黑了，沈净晗沿着石板阶梯一路往下，走得很慢。

石板路被雨水冲刷得很干净，空气也清新，路灯隔一盏亮一个，偶尔经过一些光线很暗的地方，需要打开手机的手电筒照一下。

天空中飘起绵绵细雨，温柔地打在脸上，很舒服。

手机里，余笙回复了消息，是一个卡通手指的表情包，拇指和食指比了一把手枪的姿势，旁边一个"biu"，右上方"biu"出一颗小红心。

自从交了男朋友，余笙比从前活泼很多。

沈净晗问她最近怎么样。

余笙说挺好，又问店里客流恢复没有。

沈净晗有点想告诉她，最近遇到了一个跟岳凛长得很像的人。

从前余笙在时，两人偶尔一起坐在海边喝点小酒聊聊天，岳凛的事，余笙知道。

想了想，沈净晗没提，只说一切都好。

她和周稳以后大概不会有什么交集了，也没有必要再提他。

两侧未亮的那些路灯闪了两下，忽然亮了。

山上目前还没有夜景项目，为节约资源，夜间一向只开一半灯，不知道今天怎么全开了。

沈净晗抬头看了一眼，按掉手机，继续往前走。

下山的石板阶梯每隔一段会有一个小缓台，左右通往其他地方。

缓台处有很大一片积水，沈净晗试了一下，水凉凉的很舒服。她也没绕路，直接提起裙子，踩着水进去，低头看清凉的雨水没过凉鞋和白皙的脚丫。

以前她根本没机会这样玩，岳凛说水太凉对身体不好，不许她玩，每次都或扛或抱，强势把她弄走。

不过现在已经没人管她了。

沈净晗又踩了几下水。

身后忽然响起一阵手机铃声。

她回头,看到台阶上的一盏路灯下站着一个人,昏黄光线下的绵绵雨雾映着那张温柔清隽的脸,沉默地望着她。

两人对视几秒,周稳接起电话。

"周少,那老板不同意。"

周稳的眼睛仍旧望着沈净晗:"加钱呢?"

电话里的人说:"加钱也不行,他说离家太远,不好弄啊。周少,您是从哪儿听说的这人?要不让您那个认识他的朋友帮忙劝一劝,也许能有用。"

"一个游客说的。"周稳朝沈净晗走过去,"你把他现在的地址告诉我,明天回来吧,之后的事不用你管了。"

挂掉电话,周稳在沈净晗面前站定,笑得温和又痞气:"好久不见。"

沈净晗抬头看他:"嗯。"

"怎么这么晚还在山上?"

"去药堂了。"

周稳微微蹙眉:"怎么了,生病了?"

"没有。"沈净晗搓了搓裙摆,"给姜爷爷送点东西。"

"我刚刚也在寺庙,你看到我了吗?"

"没有。"沈净晗转身,"我还有事,先走了。"

她继续往水洼深处走,冰凉的雨水打湿了她的裙角,浸泡着她那双白得晃眼的脚。周稳克制住想要冲上去把她抱开的冲动,开口叫她的名字:"沈净晗。"

印象中这是周稳第一次喊她名字,沈净晗回头,周稳的目光落在她脸上,乌黑的瞳仁里是和路灯一样暖黄色的光。

"水很凉。"他说。

沈净晗停顿两秒,继续往前走,但速度快了一些。

走过那片水洼,她发现周稳不知什么时候跟上来,与她并肩下阶梯。

他回别墅也要走这段路,所以沈净晗没有说什么。直到过了通往半山别墅区的路口,他仍旧跟她同路,她才问了一句:"你不回家吗?"

"我下山。"

"这么晚你下山干什么?"

"想吃个冰激凌。"

沈净晗转头看他。

如果她没记错的话,周潮曾提到过,周稳从不吃冰激凌。

但沈净晗什么都没说。

回到旧时约,前台那里除了青青,还有两个人。

其中一个女生看到门口的沈净晗,欢呼着跑过去,一把抱住她:"Surprise(惊喜)!"

沈净晗被赵津津抱着转了两圈才站稳,她有点意外:"你怎么来了?"

赵津津笑着说:"没事就来了啊。这次我多住几天,开学再回去。对了,"她迫不及待地问,"那个跟我哥长得一样的人呢?快带我去看看。"

赵津津话音刚落,转头就看到跟沈净晗一同进门的周稳。

她瞬间呆住,紧紧盯着那张脸,绕着周稳上下打量,不可置信到极点,讲话都不敢大声:"我的天……"

虽然沈净晗早就给她发过视频,但看到真人,视觉冲击还是非常震撼。

同样震撼的还有前台旁的简生。

一时间,屋里谁都没说话,静得一根针掉在地上的声音都能听见,最后还是周稳打破沉默,嘴角含笑地瞧沈净晗:"你还跟你朋友提过我?"

沈净晗走到门旁,抽出一支蛋筒接了支冰激凌递给他。

周稳想付钱,沈净晗说:"不用了,就当谢你送我下山。"

原来她知道。

周稳也没否认:"那我就不客气了。"

周稳走后,沈净晗看了眼依旧盯着窗外看的简生和赵津津:"行了,别看了。"

赵津津张了张嘴:"净晗姐,这人真是跟我哥长得一模一样啊,刚才真吓我一跳。"

简生收回目光:"他是谁?"

"周稳。"

简生愣了愣:"周敬渊那个从国外回来的儿子?"

"嗯。"

简生之前听说过这个人,但一直没见过:"你们是怎么认识的?"

沈净晗手里捏着一根下山时随手摘的狗尾巴草,简单说了几句。

简生心里莫名有些不安,想问一问,又不知从何问起。

赵津津觉得气氛不太对,拉了拉沈净晗的手:"姐,我住哪儿?"

"跟我住,没空房了。"

"哦。"

沈净晗转头看简生:"这么晚了,你来有事吗?"

简生不知在想什么,有些出神,赵津津叫他:"简生哥?"

简生回神:"什么?"

赵津津:"我姐问你来干什么?"

简生停顿片刻:"没事,路过顺便进来看看。"

他看了眼手表:"时间不早了,我回去了。"

走到门口他又停下:"对了,明天是不是吃海鲜?"

每次赵津津来都要先吃顿海鲜。

沈净晗点头。

简生说："那我明早去后山弄一些，你们别买了。"

后山本地渔民的海鲜最新鲜。

赵津津怀里的"红豆"使劲儿往外拱，被她摁住脑袋："谢谢简生哥。"

这天晚上，几只猫老老实实地睡在自己的猫窝，一只都没去南边卧室。

它们最怕赵津津这个大魔王，每次她一来它们都躲得老远，躲不过就得生无可恋地承受她一番揉搓。

空调已经修好，但两个姑娘还是辗转反侧，难以入眠。

这两年赵津津已经很少跟沈净晗提岳凛，但今晚因为周稳，她有些睡不着。

窗帘没拉，也没月光，赵津津听了一会儿海浪的声音，忽然问："姐，你还想我哥吗？"

沈净晗很久都没有回应，赵津津以为她已经睡着。

不知过了多久，她才轻声开口："嗯。每天都想。"

赵津津眼眶湿了。

沈净晗盯着乌黑的夜色："你呢？"

"我也想。小时候我哥最疼我了，每次我惹了祸我妈要揍我，都是他替我扛。"赵津津翻了个身，从后面抱住沈净晗，"可是，你跟我不一样。"

她很心疼："我们是亲人，我可以一辈子都想念他、怀念他，但这不会影响我的生活。你还这么年轻，总不能靠回忆过一辈子。"

"是不是岳爷爷跟你说什么了？"

"外公没说什么，这是我的心里话。"赵津津声音小小的，"净晗姐，以后你要是有了新的男朋友，或者结婚成家，也不能不理我，听到没？"

沈净晗笑出来："你赖上我了。"

赵津津把人搂得紧紧的："对，赖上你了。而且你以后的男朋友也要过我这关才行。"

"小屁孩懂什么？"

"谁小了？我都人二了。"

"大一。"

"开学就大二了。"

沈净晗到现在还记得第一次见赵津津，那时她才上幼儿园，扎两个冲天鬏，仗着有哥哥撑腰，惹天惹地，谁都不怕。

赵津津说："我得替你把关，选个好男人，不然我哥也不放心。"

沈净晗没有说话。

第二天天气不错，青青和赵津津把桌子搬到外面。简生带来一大袋鱼虾肉蟹，亲自下厨做了满满一桌海鲜，四个人一边看海景一边吃饭。

简生特意跟渔民要了一些小鱼给几只猫咪吃,猫咪们彻底撒了欢儿,非常兴奋,围着简生转来转去,比以前还黏他。

简生摸了摸"红豆"的小脑袋。

赵津津气得半死:"怎么它在你面前那么听话,我抓都抓不住!"

隔壁俱乐部正巧也在外面摆了烧烤架准备烤串,七八个小伙子穿了几百根肉串,还不知道够不够吃。周稳靠坐在折叠座椅上玩手机,成旭一边加炭火一边问周潮:"稳哥和隔壁什么情况,最近没消息了?"

周潮瞥了眼旧时约那边,沈净晗刚好起身去拿饮料。

瘦而不寡的纤细背影,长发蓬松柔软,垂顺地披在肩头,一双长腿笔直匀称,白得晃眼,臀型微翘,线条极美。

他视线往下,停在那里。

察觉他在走神,成旭碰了碰他的胳膊:"跟你说话呢。"

周潮收回目光,眼底留有一抹余味:"那女人挺难搞。"

成旭说:"连稳哥都不行?"

"看着挺清高,不是喝两杯扔张卡就能随便亲随便摸的女人。"周潮冷哼一声,"不过他也太君子,换我的手段早上了,我可没有那个耐心。"

成旭这几年虽然不在国内,但对周潮的事还是听说过一些:"你得了吧,你妈给你收拾多少回烂摊子了,消停点儿吧。"

周稳盯着手机的黑色屏幕里那张餐桌的影子。

简生正给沈净晗夹菜。

两三只小猫趴在简生脚边,"红豆"叼着他送给沈净晗的胡萝卜玩偶,躺在简生的怀里。

忘恩负义的猫。

烤串出炉不少,成旭分出一些给青青他们送了过去,青青也分了一些海鲜给成旭拿回去。

赵津津趁机多看了周稳几眼:"侧脸更像。"

简生听到了,看了眼沈净晗,她并没什么反应。

赵津津又凑到沈净晗身边小声说:"好冷好酷哦,脸比我哥臭。"

其实认识周稳时间越久,越能感知到他与岳凛的不同。

岳凛一点都不冷。

他很阳光、很热血,偶尔痞痞坏坏也恰到好处,虽然很皮但老师同学都喜欢他。

只有一个例外,一旦知道除沈净晗之外的任何女生对他有意思,那他是一点好脸色都没有的,绝不会给别人一丝一毫的希望。

"红豆"忽然从简生腿上跳下来,晃着尾巴溜达到俱乐部那边,丢下胡萝卜玩偶,去闻一块掉在地上的烤肉。

那东西咸辣,周稳怕它吃,伸手把它从地上捞起来放到腿上,戳它爪子上

的肉垫儿。

大家都在炉子那边吃串儿，没人留意周稳，他拎着"红豆"的两只爪子把它往桌上一抵，语气凶巴巴："说，跟他好还是跟我好？"

周潮溜达过来："干吗呢？"

周稳说："烤几串不辣的给它吃。"

周潮弯腰捡起"红豆"丢下的胡萝卜玩偶，翻来覆去看了两眼："这玩意儿咱们家原来那玩具厂好像也做过。"

周稳面不改色："是吗？"

胡萝卜玩偶已经被几只猫咬出两个洞，周潮随手丢掉："你去岳城几天？"

"两三天吧。"

"你早该这么干了，我舅那人好哄，你这趟替他谈判，成不成他都能乐好几天。"

周稳捡了胡萝卜玩偶丢回那边，"红豆"从他怀里跳出来追过去。

隔天上午，周稳登上飞往岳城的航班。

简生也在那班飞机上，但他们没有碰到。

简生的父母和奶奶都在岳城，不过他这趟回来主要不是为了探望亲人。

到家放下行李，陪奶奶吃过午饭后，简生来到陵园。

他将带来的蛋糕、水果和啤酒一一摆在岳凛的墓碑前，又从包里拿出一盒饼干，拆开包装放进盘子里："你运气真好，这是店里的最后一盒了。"

他拿出干净的毛巾，一点点擦拭墓碑："阿凛，这两年我很少来看你，你别怪我。

"我太忙了，每天做不完的手术，听不完的报告，开不完的研讨会。对了，我要升副主任医师了，没靠奶奶和我爸妈，院里不知道我和他们的关系，我还挺厉害的，是不是？"

简生将墓碑旁的杂草清理干净，摘下金丝眼镜搁在一旁，低头笑了笑："我好像变啰唆了，不过这些话我也没什么人能讲，你就将就一下，听听吧。"

说让岳凛听，但讲完那句后，简生却没了声音。

过了很久，他才再次开口："其实这次来，我是有事想跟你说。"

他就那样随意地坐在墓碑前的地上，捏着一罐啤酒，像多年前那些打完球的傍晚一样，和他的兄弟聊着天。

"我爱沈净晗。"他看着墓碑上那张照片里的英俊少年，"你有没有很意外？对不起。"

简生想起当年第一次见到沈净晗，她那么纯真热烈、青春阳光，漂亮极了。

她很喜欢笑，笑的时候眼睛像一弯甜甜的月牙。

她对他说的第一句话是：你好，我叫沈净晗。

她递给他一块菠萝味儿的水果糖。

她说你放心吧,以后不会有人再欺负你了,岳凛打架可厉害了。

她说以后我们一起玩。

简生对沈净晗是一见钟情,至今已经十二载。

"我背着你偷偷爱了她那么多年,很恶劣,是不是?

"她是你的女朋友,我知道我不该喜欢她,但感情的事,我也没办法控制。"

简生的指尖微微颤抖:"阿凛,你已经走了七年,我可以追她了吗?

"她陷在那片大海里七年,把自己捆绑在过去的回忆里,不愿向前看。她很累,我真怕她哪天想不开,会做出伤害自己的事。

"我想带她走,远离大海,远离有你的世界,带她过新的生活。

"我知道,不管是活着还是死去,我都比不过你。但我发誓,我会一辈子对她好,用尽我的所有去爱她。"

说到这里,简生停下。

他垂着头,握着金丝眼镜沉默许久:"我本想再给她一些时间,等她慢慢接受我,但她最近认识了一个人。

"他实在太像你,像到我害怕。"

树后有声音,简生转头看了一眼,一只松鼠从草丛中跳出来,一溜烟跑远。

他回过头,继续说:"也许是我草木皆兵,庸人自扰,他们才刚刚认识,根本什么事都没有,但我不敢赌,也赌不起。我可以等她,多久都行,但我没有信心赢过那张跟你一样的脸。

"那个男人看她的眼神我太熟悉。"

跟你一样。

跟我也一样。

简生在墓碑前坐了很久,断断续续地讲了很多。

这些年憋在心里的话,那些不为人知的秘密,都告诉了岳凛。

讲出来的感觉真好,人也轻松许多。

离开前,简生看着照片上那双清澈熟悉的眼睛:"你说过,你这辈子最大的心愿就是她能一辈子开心,天天笑。

"我会替你实现它。"

简生离开不久,周稳从树后走出来,站在墓碑前,看着碑上那个名字。

周稳,周少,稳哥。

这些年,他听别人这样叫他,日复一日,年复一年地扮演着别人。

似乎已经习惯,但掩藏在心底的那丝躁郁仍旧会在某个不经意的瞬间突然爆炸式生长。

有多久没人叫他的名字了?

岳凛。

他摘下黑色口罩,从盘子里拿了块饼干咬了一口,咸咸香香,还是以前的

味道。

上学那会儿,每次他们在外面玩得忘了时间,赶着回去上课,来不及吃饭时,都会在学校旁边的小卖部里买两盒这样的饼干吃。

简生说不能在课堂上吃东西,他们就赶在老师进教室前狂塞,噎得岳凛喝了整整一瓶水。

"好学生真难当。"那时他说。

"你真有福气。"周稳看着墓碑上的照片说。

他又捡了几块小蛋糕,吃完了,擦擦手,打开一罐啤酒。

他靠在墓碑旁,屈起一条腿,手臂搭在膝盖上,就这么安静地坐着。

想说点什么,又不知道该说些什么。

"你啊,以前对她那么好干什么。"想了半天,他也只说了这么一句。

宠得她除了你,谁都看不上。

他不去想简生对沈净晗表白后,她会是什么反应,她做任何决定他都能理解。

这些年,他早已做好心理准备,她身边可能会出现别人。做梦都不知做过多少次,她穿着洁白的婚纱,被别的男人牵着手,说"我愿意"。

好几次他手一抖差点回复了她的信息。

有时他想,算了吧告诉她吧,实在是想她想得发疯,也怕她真爱上别人,可理智和纪律总能及时将他从混沌和冲动中拉回。

宋队说得对,不知情是对她最好的保护。

有人来了,周稳拉上口罩。

当晚他住在岳城最有名的小山楼酒店,隔天上午与周家的准合作伙伴在蔚蓝大饭店二楼包厢聊到下午两点。把人送走后,他回酒店换了衣服,戴上鸭舌帽和口罩,按照下属给的地址找到一片老旧小区。

三栋一门楼下停着那辆熟悉的小摊车,应该是这里没错了。

周稳找到302室,按响门铃。

开门的人正是多年前那个憨厚的大叔,他一点不见老,反而比之前更精神。

周稳自我介绍,讲明来意。

大叔态度挺好,让他进去坐,还给他倒了一杯水:"这事我已经跟之前来的那个人讲得很清楚了,实在是走不开,我老婆孩子都在这边,孩子还在上学,你给我再多钱,我也去不了。"

周稳:"叔叔,您的情况我听同事说了,孩子上学是大事,我不勉强您。我这次来是想问问您,能不能把配方卖给我们?我们可以自己找人做。"

大叔有些为难:"这……"

周稳说:"有什么要求您尽管提,我们一定满足。"

大叔不太明白:"水果冰沙不是什么稀缺少有的小吃,你们景区应该也有,为什么会看上我们家?"

周稳很诚恳:"不瞒您说,其实我们老板的一个朋友就是岳城这边的,他以前上学时就经常买您家的冰沙。他女朋友说您家的小汤圆特别好吃,别的地方都吃不到,所以我们老板才想请您过去。"

说到小汤圆,大叔颇为得意:"不是我自夸,我家的小汤圆都是我自己做的,绝对无添加,口感绝对好,外面都没有卖的。"

他思索片刻:"行吧,既然这样,那我就把方法教给你们。"

周稳松了口气:"谢谢。"

"你们什么时候派人过来?我每天中午和晚上得出摊,平时和周末都可以。"

周稳说:"今天行吗?"

"现在?"

"对,钱我可以马上付给您。"

"谁学,你吗?"

"对,我学。"

大叔乐了:"你行吗,小伙子?"他上下打量周稳,"你看着像个当领导的。"

周稳笑了声:"我哪是领导,就一普通打工的,老板一句话就得大老远跑过来,媳妇儿都扔家里了。"

签了合同转了钱,大叔把楼下小车里的东西都折腾到楼上,摆了满满一桌子。他切芒果,周稳切西瓜。

准备工作做好后,大叔将制作方法一一告诉周稳。

那些都好学,唯一比较难的是小汤圆。

糯米粉、细砂糖和水的比例要很精确,揉出的面团才能软糯适中,配比正确的情况下,揉面的手法也很重要。

周稳做面食不太在行,先后试了几次才像点样。

大叔说,这是熟能生巧的事,急不得。

最后一次成型的小汤圆已经很漂亮,煮熟后放到带碎冰的凉白开里过一遍,口感更有弹性。周稳将口罩拉开尝了一个,笑了:"就是这个味儿。"

大叔说:"天儿这么热,口罩摘了吧。"

周稳摆手:"我有点感冒,别传染给您。接下来呢?"

大叔指挥他:"这个、这个,还有那个,都放一点。"

"放多少?"

"适量。咱们中国特色,适量。这喜欢什么口味儿得看客户,客户喜欢甜就多放,喜欢淡就少放。"他用小勺挖出一些,"没什么要求放这么多就行。"

"好。"

在岳城的最后半天,周稳去了趟C大。

以前一有空他就来这里,陪沈净晗吃饭、上课、去图书馆,对这里熟悉得很,不过教师楼还没去过。

现在是暑假，楼里空荡荡，没什么人，他走在空旷的走廊里，能听到脚步的回音。

他在一面墙前停下。

墙壁上的表彰栏里张贴着一整排去年评选出来的优秀教师的照片和履历。

周稳的目光停留在其中一张照片上。

化学院，杨文清教授。

周稳戴着黑色鸭舌帽和口罩，只露出一双淡泊到看不出情绪的眼睛，他视线往下，扫过那个人目前教学的科目。

从教师楼出来，他在学校逛了逛。七年过去，校园里变化不小，翻新了第一教学楼，堵了一个栅栏窟窿，新开了一家超市，新建了两栋宿舍楼。

沈净晗住过的那栋宿舍楼成了最破的一栋。

那时她总是抱怨，学校说要新建宿舍楼，说了一年多也没动工，她们宿舍的公用水房总是停水，窗子都关不严，冬天洗个脸冻得哆嗦。

后来他在C大附近租了套房子，供暖特别好，她不想在宿舍住的时候就去那边睡。

周稳借了学生饭卡，在食堂吃了顿饭，之后直奔机场。

回到云江岛时已经是傍晚，周潮又在成旭那边厮混，叫他过去，他没去，直接回了别墅。

家里没少什么，也没多什么，他把从岛外超市买回来的糯米粉扔到厨房，随便找了点吃的填饱肚子，上楼洗澡。

从浴室出来，他一边擦头发一边打开望远镜后盖，压低镜头。

猫屋的灯亮着，但没看到沈净晗的身影，只有几只猫在猫爬架上跳来跳去。

沈净晗这会儿不在旧时约。

赵津津忽然想钓鱼，不知从哪里搞到几根鱼竿，拉着沈净晗和简生去了钓场。

钓场离旧时约不远，沿着海岸线一直往东，过了日落观景台就是。再往东不远的礁石旁停靠了几艘废弃的渔船，那边几乎没人去。

三个人一人一根鱼竿，钓了半天一条都没钓上来，赵津津说：" 咱们是不是应该分开一下，估计人太多把鱼吓跑了。"

简生不太在意："愿者上钩。"

"我去那边试试。" 赵津津扛着鱼竿跑到几十米外的地方重新布线。

赵津津刚走，沈净晗的鱼竿就晃了晃，她找准机会提竿，钓上来一条极小的鱼，跟之前简生给小猫咪们吃的那种差不多大。

简生帮她把鱼放进小桶里："小声点，让津津看到，她又要嚷嚷。"

沈净晗嘴角浅浅地弯了弯。

天已经黑了，钓场亮起夜灯。

简生盯着她的侧颜，暖黄的光线在她柔美的轮廓上镀了一层暖黄的光。

空气很安静。

片刻后,简生收回目光,看着远处的鱼漂:"我前两天回岳城看奶奶,顺便去看了阿凛。"

沈净晗握着鱼竿,没有出声。

"我给他带了点他爱吃的饼干和蛋糕,"简生顿了下,"跟他聊了一会儿。"

沈净晗有了些反应,视线偏了一些:"聊什么了?"

简生没有讲他跟岳凛聊了什么,只说:"我升副主任医师了。"

他这个年纪能做到副主任医师是非常不容易的,沈净晗也很为他高兴:"恭喜你。"

"院里调我去桐州,回本部。"

一个遥远又陌生的城市。

沈净晗看着平静的海面:"嗯,那很好啊。"

岛上的医院条件有限,想要有更好的职业发展,回到本部是最好的选择,比青城还好。

简生像是终于下定决心一样开口:"净晗,跟我走吗?"

沈净晗目光微动,片刻后轻抿唇:"说什么呢,我的店在这里,我怎么走?"

"你知道我的意思。"

两人沉默。

不知过了多久,简生的鱼漂下沉,鱼咬钩了,但他没动,盯着水面一圈圈的波纹:"这些年,虽然我没说,但我相信你能感觉得到我对你的心意。"

沈净晗仍没有说话。

简生的指尖缓慢地蹭着鱼竿:"我知道,我比不过他,我也不介意你心里永远有他。他是我的兄弟,对我来说同样重要,我也永远不会忘记他。但人总要向前看。

"我不敢奢望你能马上接受我,只希望你能睁开眼睛看看这个世界,它不止有过去,不止有回忆,还有现在和未来。"

简生的鱼竿一直没动,咬了鱼饵的鱼挣扎一番,脱钩跑掉。

他说:"我希望你能给我机会,让我可以长久地陪着你。

"我想成为你的现在和未来。"

他讲了很多话,就像在岳凛的墓碑前一样,将这些年埋藏在心底的爱意统统倒出来。

"净晗,我不为难你,我的调令下来了,下星期一回本部报到,我会在岛上留到周末,这期间我不会打扰你,希望你能好好考虑。"他怕沈净晗不知道怎么面对他,先行离开,"我等你回复。"

扛着鱼竿和空桶的赵津津看着简生的背影,转身跑回沈净晗身边:"姐。"

沈净晗将桶里唯一一条小鱼放回大海:"走吧。"

赵津津紧紧跟在沈净晗旁边,帮她拿着鱼竿:"姐,简生哥他——"

"津津，今晚有空房，你能自己住吗？我想静一静。"

赵津津抿抿唇："哦，好的。"

夜深人静时，沈净晗躺在床上，睁着眼睛盯着雪白的天花板。

空调打得很低，她侧过身，身体蜷缩成一团，裹紧薄毯。

手机亮了暗，暗了亮。

她看着屏幕上岳凛的头像，犹豫很久，打了几个字。

——简生说

还没想好接下来怎样措辞，手指一抖，竟然发了出去。

虽然他看不到，但沈净晗心里还是不舒服。

不想让他知道。

她点了撤回。

之后的几天，简生都没有出现。

沈净晗每天照常打理店铺，游客多的时候帮阿姨晾晒床单被罩，还网购了几只周稳给的那个胡萝卜玩偶的同款，避免祖宗们抢来抢去。

赵津津知道她有心事，没有吵她，整天背着画架满岛找地方采风画油画。

那天晚上赵津津从外面回来，卸下沉重的画架，一边揉肩膀一边问青青："我姐呢？"

青青指了指上面："屋顶呢。"

赵津津把带回的水果冰沙给了青青一份："我去看看。"

她从二楼的爬梯那里上去，看到沈净晗抱着膝盖坐在一张小垫子上，背影瘦削，发丝和裙摆随风飘扬，整个人显得安静又落寞。

她走过去，把手里的东西放在一旁，坐在沈净晗身边。

两个人静静地坐了一会儿，赵津津说："姐，你想好了吗？"

隔了很久，沈净晗看着眼前一望无际的大海，声音很轻："我想，我应该接受他。"

"为什么？"

沈净晗手里握着一颗石子，她用指尖摩挲着石子上尖锐的角："这些年，他一直照顾我，对我很好。"

"还有呢？"

沈净晗顿了顿："他正直善良、温柔体贴，还救过我的命。"

岳凛死后没多久，沈净晗的父母乘坐的大巴因意外坠落山崖，二人双双离世。那段时间她的身心遭受了巨大冲击，几天几夜不吃不喝。

那时简生还是学生，只要不上课就往她家跑。有回敲了半天没人开门，他慌了神，撬开门，发现满屋都是燃气味，沈净晗躺在地上，已经昏迷。

等她清醒时已经在医院，简生就坐在床边。

他的右手缠着白纱布,她问怎么了,他说不小心碰了一下。后来沈净晗听护士说,她当时昏迷在家,简生报了警,也找了开锁师傅,但他们过来需要时间,简生急得不行,用脚踹,用拳头砸,生生暴力破开门锁。

那是对医生来说如同生命一样重要的手。

"还有呢?"赵津津问。

"还有什么?"

"你喜欢他吗?"

赵津津等了一会儿,没有听到回答。

"你说了这么多,都是他怎样怎样,你一句自己都没说。你根本就不爱简生哥。净晗姐,我希望你幸福,希望你从过去走出来,希望你能找到一个真心喜欢的人,像喜欢我哥那样去喜欢的人,不是周稳那样的替身,也不是简生哥那样的感动。感动不是爱,你在委屈自己,成全别人。你会后悔的。"

沈净晗低着头:"别乱讲,我和周稳没什么。"

"我知道,我就是打个比方。像周稳那样跟我哥长得像的也不行,只有你发自内心真心喜欢的人才可以。"

赵津津打开水果冰沙,把一次性小勺放进去,搅拌两下:"净晗姐,我不是不想让你谈恋爱,只是……"

"我明白。"沈净晗摸了摸她的脑袋,"谢谢。"

赵津津舒了口气,把水果冰沙递过去:"吃点儿吧。"

冰沙清凉,水果甜爽,沈净晗盯着那几颗圆润的小汤圆看了一会儿,舀起一颗送入口中。

柔软的口感,久远又熟悉的味道。

她有些出神。

赵津津:"姐,你怎么了?"

沈净晗轻轻说:"以前岳凛常常给我买这个。"

赵津津怔了怔,随后把自己那份也给她:"那都给你。"说完又"哎呀"一声,"不行,吃太多冰也不好,我明天再给你买。"

沈净晗抹了把眼睛,又吃一口:"在哪里买的?"

"就咱们店前面不远。"

沈净晗默默把一整份都吃了。

那几天,周稳没去办公室,也没去俱乐部,每天待在家里,大门不出二门不迈。

即便是这样,他也还是听到一些风声,俱乐部那帮人消息灵通,一有风吹草动就讲给他听。

那个姓简的医生要离岛了,就在今天。

旧时约张贴了处理旧家具的告示,可能要关门。

周稳满手的糯米粉,揉了半天面团怎么都不满意,最后直接把面团丢在面

· 063 ·

板上，洗了手躺沙发上看电视。

有什么好烦躁的，本来就想让她走，现在她要走了，他可以没有后顾之忧地继续做自己的事。距离陈保全被捕已经有段时间，再过一两个月，最迟年底，周家一定会有动作。

可心里还是很难受。

电视里放着热闹的综艺，他手臂搭着额头，闭眼听了一会儿，糊里糊涂也没听明白他们在做什么，翻来覆去在沙发上折腾到十点多，仍旧没有困意。

他点开手机，盯着与沈净晗的聊天界面。

那晚她撤回那条信息后，到现在一条新信息都没发过，这是以前从没有过的情况。以前就算再忙，她至少睡前会发一句"晚安"。

他踢开碍事的抱枕，跑到楼上看星星。

这望远镜可真清晰，怪不得这么贵。

自打买了这玩意儿回来，几乎没真正用它来看过星星，今晚看个够。

月亮上的坑真多。

土星光环挺清楚。

金星不是完整的圆形，像个金色的小月牙，跟月亮一样，也有没被太阳照亮的暗面。

旧时约二楼最西侧的猫屋是暗的。

周稳移开镜头，扭头往床上一躺。

几秒后，他突然睁开眼睛，"噌"地从床上弹起来，大步迈到窗边，重新将镜头对准旧时约那栋楼。等晃动的镜头稳定后，他看清了楼顶那个小小的身影。

是沈净晗。

她没走。

周稳几乎一秒钟都没有犹豫，捞起手机就走。

沈净晗一个人坐在屋顶，身边放着一小坛她自己酿的清酒。

她拿起酒坛，也没用酒杯，直接喝了一小口。

在码头时，简生问她："真的不跟我走吗？"

沈净晗望着那片无边无际的大海："书上说，七年可以忘掉一个人。先忘掉声音，后忘掉长相。但现在岳凛已经走了七年，我没有忘掉他的声音，也没忘掉他的样子。一辈子很长，也许有一天我可以做到，但不是现在。"

简生凝视她许久："如果我愿意等呢？你会给我机会吗？"

她的沉默给了他答案。

简生于她，可以是知己、是朋友，甚至亲人，唯独不能是爱人。

不是他不够好，是她心里已经没有丝毫位置可以留给别人。

她不想欺骗简生，也不想勉强自己。

"对不起。"她对简生说。

简生低了头："没关系，你没有对不起我。"他嘴角弯了弯，"虽然我已经猜到这个结果,但亲耳听你说,还是有点难过。"

他抱了抱沈净晗,闷了很久才说:"好好过。"

他走的时候,没有回头。

身边忽然坐下一个人。

沈净晗转头,看到来人竟然是周稳。

她下意识地回头看了眼楼梯口的方向:"你怎么上来的?"

周稳随手捡起一颗石子:"走上来的。"

"这是我家屋顶。"

"这是你租的我家屋顶。"

"租期内是我的。"

周稳看着她微醺的脸颊:"怎么大晚上一个人坐在这里喝酒?"

沈净晗不太想回答他:"跟你没关系。"

空气中飘着淡淡的酒香,周稳看了眼那个小酒坛,天青色的瓷坛,看着小小一只,但容量似乎不小:"自己酿的?"

沈净晗敷衍地"嗯"一声。

"很香。"

"找我有事吗?"

周稳望着满天繁星:"没什么事,路过这里,看到店还开着,进来看看。"

"店开着有什么好稀奇的。"

周稳随意开口:"还以为你跟那个医生走了。"

沈净晗转头,两人目光相碰,片刻后她收回目光:"你怎么知道?"

"听说的。"

她没说话。

"为什么不跟他走?"

她静静地望着已经分不清海天交界线的远方:"为什么要跟他走?"

海风吹乱了她的长发,几根发丝拂在周稳耳侧,他喉结滚了滚,偏头看向别处。

不知过了多久,沈净晗忽然说:"周稳。"

他转头。

"你说,人死了是什么感觉?"

周稳顿了片刻:"我不知道。"

"也是,你又没死过,怎么会知道。"沈净晗歪着头,脸颊抵着膝盖上的手背,"不知道死亡的那个瞬间人在想什么?"

周稳沉默良久:"大概是一些遗憾的事、一些未了的心愿,和最爱的人吧。"

"那他也应该也会想到我吧。"沈净晗小声说。

周稳没有接她的话,掌心撑地,身体微微后仰,闭上眼睛。

海风拂过他微热的眼眶。

沈净晗无意间转头，视线停在那张精致的侧颜上。

长长的睫毛，高挺的鼻梁，嘴唇很薄，但看起来很软。

眼尾有一点淡淡的红，几根碎发耷在额间。

真像他。

岳凛以前也喜欢这样懒懒地放空，但那时候他喜欢把她搂进怀里，爱怜地揉搓一番，亲遍她的脸颊、嘴唇和手指，再闭上眼睛。

周稳忽然睁开眼睛。

两人四目相对，沈净晗没有移开目光。

紧绷的弦松懈的一瞬间，周稳不可控地凑了过去。

沈净晗避开他的吻。

周稳扶着她耳侧，将她的脸转回。

"不行。"沈净晗说。

"为什么不行？"他呼吸很热，"你的眼睛告诉我，你对我是感兴趣的。"

沈净晗把他的手拨开："或许我看你确实和别人不太一样，但那是因为你跟我男朋友长得很像，每次看到你，我都会想到他。"

两人之间又是短暂的沉默。

天空划过一颗流星。

沈净晗轻声开口："岳凛。"

周稳捏紧石子。

她目光偏了一点，解释："就是我男朋友。他以前很小气的，有男同学多跟我讲几句话，他都要生气，我要花很长时间才能哄好他。"

那些胆子大不怕死来找岳凛不在对她示好的帅气男生，后来都被岳凛先后堵在学校的各个角落"约谈"，谈了什么不得而知，但那之后他们再也没敢单独找过沈净晗。

周稳眼眶红了，克制地转头，避开她的视线："是吗？那可真讨厌。"

沈净晗不满他的话，声音很冷："他在意我才会生气，你懂什么。"

周稳迅速抹了把眼睛，拎起两人中间的酒坛喝了一大口。沈净晗抢回来："别喝我的酒。"

他拇指蹭了蹭唇边："别那么小气。"

两人各自有心事，都没有再说话。

天上又零星地划过几颗流星。

这东西真磨人，从前他们特意熬夜等流星，最后沈净晗都在他怀里睡着了也没看到，现在却一颗接一颗。

又一颗流星划过时，周稳碰了碰她的胳膊："看。"

身边没动静，周稳扭头，看到沈净晗抱着膝盖，脑袋歪在上面，已经睡着。

酒坛掉在地上，沿着地面滚了个漂亮的弧线，晃晃悠悠地停下。

她竟然都喝了。

这个姿势看着很难受，周稳忍了半天，还是伸手搂住她的肩膀，把人轻轻拢进怀里。

他今晚有些放纵。

沈净晗无知无觉，脸颊贴着他的胸口，睡得很沉。

周稳垂眸凝视她，温热的掌心抚过她的眉毛、她的眼睛、她柔软的唇。

他俯身轻吻她额间，低缓的声音轻得他自己都快听不到："真的认不出我吗？"

他从未如此纠结难受过，发疯一般地想让她知道自己还活着，发疯一般地想拥抱她，亲吻她，告诉她我没有死，我回来了；告诉她，这些年你的遭遇，你受的苦，你被谁欺负，我都知道，早晚有一天，我会替你讨回公道。

同时又害怕她会认出自己，她一定会整天为他担惊受怕，夜不能寐。

早在他还在警校时，每次沈净晗在新闻里看到一些警察殉职的消息，都会心里打鼓，然后脑子里编个小电影把岳凛代入进去，自己把自己吓得不行。

她知道当警察是岳凛的梦想，虽然她从来不说，但岳凛什么都知道。

怀里的女人动了动，似乎做了什么不好的梦，周稳抚平她紧蹙的眉，手臂探进她腿窝，把人横抱起来，送回二楼卧室。

房间里没开灯，周稳摸黑把沈净晗放在床上，扯过薄毯盖在她腰间，低头抚摸她的脸，宽大的身躯笼罩着床上小小的一团身影，如同多年前的那个夜晚，青涩的少年第一次抱紧他的姑娘，两副颤颤的身体紧紧贴合在一起，心跳剧烈地问她怕不怕、疼不疼、紧不紧张。

他浑身紧绷发烫，极力忽略她身上迷醉的酒香，单薄的唇轻轻碰了碰她的嘴角，旋即离开。起身的瞬间，沈净晗抓住他的领口。

她醉眼蒙眬地看着眼前这双眼睛，仔仔细细地看了很久。

周稳握住她的手腕："你——"

才说了一个字，沈净晗的眼泪忽然大颗大颗地落下来："岳凛，你是不是不要我了？"

周稳只觉得心像被搅碎了一样疼，这一刻想告诉她真相的欲望达到了顶点，他盯着她红红的眼睛，开口时声音都是哑的："要你。"

她委屈地看着他："那你怎么不回来？"

周稳一遍又一遍地抚摸她的眉眼，心痛得无以复加。

"你是不是忘了，你说过，要一辈子陪着我，一辈子任我欺负？你说过毕业了要向我求婚的，你是不是都忘了？"

她好像要碎掉了。

周稳隔着很近的距离凝视她的眼睛："傻姑娘，你要这样过一辈子吗，岳凛值得吗？"

沈净晗捧住他的脸,泪汪汪的眼睛盯了他片刻,抬起头,轻轻碰了碰他的唇。
而后,用力吻住他。
两个人的眼泪融在一起。
心越来越躁,身体也是。
周稳彻底卸下伪装,扯掉她身上的薄毯,抱着她一同滚入夜幕中。

第三章
别开灯

清醒时已接近黎明。

沈净晗在周稳怀里醒来。

意识到发生什么时,她没有惊恐,没有吵闹,沉默地盯着灰蒙蒙的天花板看了很久,掀开薄毯起身。

他的手臂压着她一缕长发,她轻轻拉出来,拿了一旁的浅粉色短衫套在身上。

拖鞋不知踢到哪里去了,她也没找,光脚走到床的另一侧,纤瘦的身体倚着窗边,静静地望着深渊一般静谧的海面。

她将手探入窗帘后,摸出一盒女士香烟,抽出一支,点燃。

混乱的脑子逐渐清明。

虽然不记得说过什么,但有一幕很清晰,是她先亲他。

是她先主动。

真是昏头了,竟然糊里糊涂地做出这种事。

海面映出温柔的橙色,指尖猩红的火光忽明忽暗。

天快亮了。

手中的半支烟忽然被人拿走。

这人下床、走路竟然一点声音都没有。

"你还会抽烟。"周稳倚着窗台另一侧。

"有件事我想我需要跟你说清楚。"沈净晗望着逐渐明亮的东方,"昨晚我喝醉了,把你当成我男朋友。我没有别的意思。"

她倒坦诚。

周稳指尖点了点燃烧的烟蒂:"怎么,不认账?"

她抿唇:"我认,但我的意思是,这是个意外,希望你不要多想。"

"然后呢?"

"然后我们各走各的路,当没这件事。"

周稳只在腰腹间围了条浴巾,光裸的上身宽厚结实,肌肉硬挺但不夸张,皮肤在暗淡的光线下近乎冷白，脖子和胸口那几处红痕特别明显。

沈净晗只瞟了一眼便不敢再看。

周稳转身斜斜地靠着墙壁，一副漫不经心的模样："不是说我跟你男朋友长得很像？你可以把我当成他，我不介意。"

"怎么，喜欢找虐？"

"是啊，来虐吗？"

沈净晗顿了几秒："我没兴趣。"

她伸手拿烟，周稳抬高手臂，不让她碰："抽烟不好，以后别抽了。"

她声音有点冷："你是不是管太多，我们好像并不是很熟。"

周稳淡笑一声，靠着墙壁垂头盯着烟头上那一点火星："真是薄情。"

刚刚我们还很合拍。

知道她听了这话一定会恼，他没讲出来。

他把人抱起来扔到床上，单膝跪上去："既然不熟，那就再熟一点。"

沈净晗再次醒来时，已经是上午九点多。周稳不在，房间里只剩她一个人。

凌乱的床铺恢复平整，他走之前应该收拾过这里，连她身上都是干净清爽的。

沈净晗揉了揉酸痛的肩头。

昨晚她的肩膀不小心撞到床头，到现在还疼。

这人跟岳凛太不一样。

除了最初在一起时的懵懂探索，没有章法凭本能，后面岳凛总是很温柔，怕她不舒服，从头到尾顾及她的感受。周稳却急得像八百辈子没做过一样，又凶又急，地将她吞了。

周稳毕竟还算有些理智，没有弄得她出不了门，身上那些痕迹都在胸口和腰上，衣服都能遮住，她随便换了件连衣裙下楼。

以前沈净晗也常常睡懒觉，所以青青早上没叫她，但给她留了早餐。

下楼时青青没问什么，应该是没看到周稳离开。

"津津呢？"沈净晗问。

"一大早就扛着画架出去了。"

看沈净晗像是要出门的样子，青青说："厨房里有粥。"

"回来吃。"

她去药店买了药，也没买水，直接吞下去。

回来的路上看到一个陌生的摆摊车，招牌简单，就"水果冰沙"四个字。

摊主一盒一盒地往台面上摆小料，都是些新鲜的水果和各种小料，小汤圆摆在最中间，白白净净，软软糯糯。

"老板，两份水果冰沙。"沈净晗停在摊位前。

老板脸上挂着笑："好嘞！"

他像是新手，动作不太熟练，但料给得很足。沈净晗看着他往小碗里放西瓜块："你是刚来这边吗？以前好像没见过。"

"是，刚出摊儿没几天。"

"是外地的吗？"

"对。"

老板舀了一大勺小汤圆，足有六七个，沈净晗问："这个小汤圆是你自己做的吗？"

老板顿了下："我……上的货，怎么了？"

沈净晗有点失望："没事，我挺喜欢这个味道，想问问怎么做的。"

老板把做好的一份放袋子里，很大气地说："那以后想吃你就来，我多给你放。"

"谢谢。"

付了钱，沈净晗拎着两份冰沙往回走，在转角的那棵大树下看到周稳。

他仍然穿着黑色的衣服，但不是昨天那件，手里拎着一个小袋子，高大身躯站在树下，往旧时约的方向看了两眼，没有过去，拿出手机拨了一个号码。

几秒后，沈净晗的手机响起来。

听到铃声，周稳握着手机转头，两人对视一眼，他挂掉电话。

他们没有交换过联系方式，但沈净晗并不意外他有她的电话号码。

她没看他，走自己的，两人擦身而过，周稳拦住她："等等。"

他把人牵到大树旁的石椅上坐下，她推他的手："你干什么？"

周稳单膝蹲在她面前，将她的长裙掀到膝盖上，沈净晗立刻攥住裙摆："周稳！"

"别动。"

他两指轻按她膝盖处，抬头观察她的表情，一点点试探着挪动地方，没按几下，沈净晗的表情有了变化，眉头轻蹙。

"是这里吗？"周稳又轻轻碰了碰那里，确定后，从身边的袋子里拿出一盒膏药，撕下一片，仔细为她贴好，"你是磕哪儿了还是冬天穿得少？膝盖疼不知道找块膏药贴一下吗？"

握着她腿时，捏一下她就喊疼，那时她还不太清醒，脸颊泛着红晕，猫儿一样地哼哼，简直要人命。

沈净晗看着屈膝蹲在她面前的周稳。

这一幕似曾相识。

大一时，有一次岳凛来学校接她，她刚下课，知道他已经到楼下，着急忙慌往外跑，眼看着到地方了，不小心一个跟头摔地上。那一下摔得特别狠，膝盖流了好多血，岳凛心疼坏了，蹲在她膝前小心翼翼地查看伤势，轻轻吹气，抱起她往校医院冲。

从那以后，每次他都上楼，在教室外等她，这样她不用奔跑，就可以牵到他的手。

膏药刚贴上，膝盖凉飕飕的。

那里之前不小心磕到前台柜子的角，已经疼了好几天，昨晚他上头成那样，竟然还能留意到这种事。

沈净晗把裙子放下去："谢谢。"

周稳抬头望着她的眼睛，薄唇抿了抿："还有件事。"

他从纸袋里拿出另一种药。

包装熟悉，沈净晗刚刚买过同样的药。

"昨晚没有准备，虽然我没……但你还是吃一下比较安全。"

沈净晗垂眸："我吃过了。"

周稳顿了顿："对不起，吃药对身体不好，以后我会注意。"

以前身边没措施的情况下，再难受他都一个人挺着，最多跑两趟浴室冲个澡，或者哄她用手，从没让她吃过药。

那样认真的眼神她太熟悉。

沈净晗忽然想起一件事，岳凛腹部下方偏左的位置有一处花瓣形状的胭脂色胎记，昨晚一切都是模糊混沌的，她完全忘记确认这件事。

转念想想，也罢。

心存幻想只会让人永远困在过去，他们根本是不同的两个人。

沈净晗只恍惚几秒，很快清醒，拨开他的手："没有以后。"

周稳没有计较她的态度，看了眼她身旁的水果冰沙："早上吃饭了吗？吃这么凉的东西。"

"跟你没关系。"

"你好像很喜欢跟我说这句话。"

"因为确实跟你没关系。"

俱乐部门口的人探头探脑地往这边看，沈净晗起身绕过周稳，独自回到旧时约。

青青正要给她打电话："净晗姐，刚才二手网站上有人联系我，说想要咱们家的旧家具，问什么时候能取。"

现在客房里的床头柜和电视柜都是从之前的民宿搬过来的，已经有些旧，沈净晗看着不顺眼，准备都换掉。

"下周五吧，新的到了再撤，当天就让他们拉走，没地儿放。"

"行。"青青坐在电脑前给对方回复消息。

没多久，沈净晗的手机里收到交易成功的付款信息。她去门外把之前张贴的处理旧家具的告示撕掉，废纸团成一团，丢进垃圾桶。

"沈净晗？"身后忽然有人叫她的名字。

沈净晗回头，看到一张熟悉的面孔，是她的大学同学童薇。

童薇有些意外地看着她："真是你，我还以为看错了。"她环视大厅，"这是你的店？太巧了，我都在这儿住两天了，之前一直没看见你。"

沈净晗目光向下，看到她的孕肚。童薇摸了摸自己的肚子："我和我老公来这边旅游。"

沈净晗在岳城C大总共待了不到两年，其实很多同学的面孔已经陌生，但她记得童薇。

童薇喜欢过岳凛。

沈净晗有个青梅竹马高高帅帅的男朋友，这事化学系都知道。同寝和隔壁寝的女生谁没吃过岳凛给沈净晗买的零食和水果，别人羡慕挂在嘴上，童薇记在心里。

沈净晗太顺了。

顺得让人嫉妒。

她有漂亮的容貌、阳光的性格，家庭幸福，成绩优异，还有对她好到不行的帅气男朋友。

而童薇就算再漂亮、再优秀，和沈净晗站在一起，也永远是那个配角。

她不服。

她喜欢岳凛，也有意无意地和他"偶遇"过几次，绞尽脑汁找话聊，可那个男生总是冷冷淡淡，话也不多，他只有看到沈净晗时眼睛里的光芒才是不一样的。

小伎俩也使过一些，那时沈净晗小女孩脾气，爱吃醋，两人因为童薇有过几次不愉快，但很快就能和好。

岳凛找过童薇，明确表示他一辈子都不可能喜欢别人，让她死心，不要再来纠缠。

他对别的女生从不心软，讲话重，也很凶，但童薇没有被他吓到。

直到岳凛出事之前，她都没有死心。后来岳凛死了，半年后沈净晗也离开学校，她们便再没联系过。

两人坐在一楼靠窗位置的休息沙发上，青青端来两杯冰饮。

沈净晗示意童薇那杯："换温水吧。"

青青这才注意到童薇的肚子："好的。"

童薇打量沈净晗："这么多年不见，你还是这么漂亮。"

沈净晗指尖沾染了一丝冰饮杯上的凉气，没有出声。

童薇环视旧时约："你怎么在云江岛？那年听说你去青城了。"

"嗯，去过，这两年过来的。"

好像也没什么可聊的了。

童薇想起从前。

上学时沈净晗特别爱笑，阳光活泼，老师同学都喜欢她，现在完全变了个人。

童薇犹豫很久，还是开口："其实那年你走后，罗舒她们想给你打电话道歉的，但你换了号码，家也搬了，大家联系不上你。

"她们知道你不是那样的人,是那个浑蛋一直骚扰你,她们不是不愿意为你做证,但她们只是学生,得罪那些人,随便一个理由可能连毕业证都拿不到……"

"以前的事别再提了。"沈净晗用吸管搅拌杯子里的碎冰,"都过去了。"

童薇的手指不断揉搓着宽大孕妇裙的花边:"你……现在还一个人吗?"

沈净晗"嗯"了一声。

两人一阵沉默。

没过多久,童薇的老公拿了一件防晒衫下楼,童薇介绍两人认识。

男人年龄看着比童薇稍大一些,人很斯文体贴,和沈净晗打过招呼后,将防晒衫披在妻子身上:"走吧。"

两人一同出门。

沈净晗看着窗外那双渐行渐远的身影,心里说不清什么滋味。

离开岳城久了,那里的人和事似乎也变得遥远,忽然见到从前的人,好像一下子被拉回到那时时空,那些不好的回忆如同汹涌的巨浪奔涌而来,抛不开,躲不掉,让人难受。

"净晗姐,这是你的吗?"青青在前台叫她。

沈净晗回头,看到青青从水果冰沙的袋子里拿出两盒膏药。

周稳不知什么时候把这东西塞了进去。

沈净晗接过来:"是我的。"

"冰沙有点化了,放冰箱里吧,你先吃饭。"

"你吃一份,另一份放冰箱吧。"

青青揉了揉肚子:"我不吃了,胃不舒服。"

"那我看店,你回去休息吧。"沈净晗把冰沙接过来,放到厨房冰箱里,出来时青青告诉她网上还有几个待处理的订房消息,她进了前台,"知道了,去吧。"

沈净晗一边干活一边把早饭吃了。屏幕上的订房系统除了已经锁定的 201,其他都已经订出去了,有几间房刚刚空出来,阿姨正在打扫。

内线电话响起,沈净晗接起来,楼上的阿姨说有个客人落下一个充电宝,沈净晗记下房号,联系客人要了地址,准备下午给人寄回去。

忙完一堆杂事,沈净晗懒懒地靠在椅子上,揉了揉肩。

她将目光落在键盘边上的膏药上。

两盒膏药已经拆了一盒,浅绿和浅黄相间的包装,黑色的字体写着"骨骼风痛贴",适用于跌打损伤。

她捏了捏腰,动了动胳膊,感受了一会儿,还是觉得昨晚磕的那里最疼。

她抽出一贴,撕下白色的背贴,扯下一点肩头的衣服,拍在那里。

"红豆"在她身边绕了两圈,好像对新鲜的膏药味儿很感兴趣,跳到她身上嗅来嗅去。

沈净晗揉了一把它的小脑袋,随意看了眼手机,发现不知什么时候多了个未接来电,是本地号码。她没多想,给那个号拨回去。

电话没响两声,沈净晗忽然记起,这应该是周稳的号码,那会儿在大树下他给她打过电话。她手忙脚乱地挂掉,但已经晚了,按掉的那一刻那边已经接起来。

沈净晗提着一口气,也不知道为什么会紧张。

没过两秒,那个号码打来电话。

她犹豫一会儿,硬着头皮接起来。

"喂。"低沉温柔的一声。

她抿唇:"我打错了。"

"打错?"

"手滑。"

"哦。"

"挂了。"

"等等。"电话里可以听到他稳稳的气息,"吃饭了吗?"

几秒后,她才回:"吃了。"

"吃了什么?"

沈净晗说:"我是不小心打过去的,不是要跟你闲聊。"

"我在俱乐部,你在一楼吗?"

沈净晗立刻说:"不在。"她坐直身体,"我要睡觉,你别过来。"

周稳声音很轻:"好,你补觉。"

她急了:"我不是补觉,我每天中午都要睡觉。"

他笑:"好。"

"你笑什么?"

"没笑,你睡吧。"

沈净晗挂掉电话。

想了一下,她又点开手机,把他的号码删掉。

下午三点多,赵津津背着画架从外面回来。她不知去了哪里,弄得灰头土脸,但很兴奋,一边喝水一边说自己找到了一个特别美的地方。

沈净晗扯了两张纸巾让她擦汗:"去哪儿了?弄得这么脏。"

"海洋馆东边,沿着树丛往里走了好远,那边一个人都没有,全是原始丛林,原生态的景色。"她给沈净晗展示自己的成果,"你看,今天特别出图,灵感嗖嗖的。"

"吃饭了吗?"

"吃了,带了面包和牛奶进去的。"

沈净晗不太懂油画，只觉得这幅画色彩鲜明，笔触细腻，比上次的作品要进步许多，她指着其中一块区域："这里黑乎乎的是什么？"

赵津津看了一眼："什么黑乎乎，那是个山洞。"

她去厨房冰箱里翻了翻，拿了个桃子出来，啃了一口："我本想进去看看，一个人没敢，下回带同学一起去。"

沈净晗有点无奈："你还敢去，那边都是未开发的区域，那么偏僻，听说还有蛇，本地岛民都不去的，以后不许去了，你就老老实实在海边画几幅日出得了。"

"哪还能天天画日出？"

赵津津对这幅作品特别满意，举着画在一楼转了一圈，比比画画，最终在休息区的涂鸦墙上找了处空位，把画粘了上去。

"简直是大师。"她背着手欣赏了一会儿，"姐，过两天是我哥的忌日，你是不是要回岳城？有个牌子的颜料青城这边没有卖的，我想让你帮我带一些回来。"

前台那边没有声音，赵津津转头："姐？"

沈净晗不知在想什么，有些愣神："什么？"

"我明天回学校了，你过几天回岳城帮我带点颜料回来，就我之前买过的那种。"

"啊。"沈净晗抱着"红豆"躺在后面的小床上，"嗯。"

她侧身躺着，点开手机界面，指尖在岳凛的头像上停留许久，没有点进去，随后往下滑两下，找到余笙的聊天界面，发了几个字。

——笙笙，我做了一件不太好的事。

余笙大概在忙，一直没有回复。沈净晗有点困了，慢慢闭上眼睛。

半山别墅里，周稳躺在沙发上玩贪吃蛇。

新开一局，紫色的小蛇在各种缝隙中灵巧钻过。

昏暗的卧室里，沈净晗搂住他的脖子，翻身而上。

小蛇不断超速、转弯，"杀死"敌人，越发强大。

沈净晗柔软的唇细密地吮着他的耳朵、下巴、喉结，低声唤他"阿凛"。

积分五万整，紫蛇冲进隐藏区域，一圈一圈地吃掉奖励。

一双细白的长腿缠住他的腰。

海风不断地拍打岸边，提醒他时间到了。

他太贪婪，总是在想，最后一圈。

隐藏入口逐渐减小，他被其他蛇挡住，怎么都绕不出来，最终一头撞上坚硬的墙壁。

Game Over（游戏结束）。

周稳烦躁地丢开手机。

一整天了，做什么都无法专心，睁眼闭眼脑子里都是她躺在床上，泪眼汪汪的模样。

大概太久没碰她了，碰了，就像毒瘾发作，浑身的血液不断奔腾、翻涌，明明要死了，还叫嚣着我还想要！

他手臂压着额头，闭上眼睛，隔了一会儿又从沙发上起来，跑到厨房，拿出糯米粉，一口气把剩下的半袋全揉成面团，制成一颗颗小丸子，装了满满一大袋放进冰箱，又把厨房彻底收拾一遍，冰箱里过期的食物统统扔掉。

好像也没什么可做的了。

周敬渊打来电话："二轮谈判定在哪天？"

周稳说："三号。"

"那还有五天，你哪天走？我安排人跟你一起。"

"不用，我自己去。"

周敬渊："这是你第一次以周家人的身份谈判，我不希望出岔子。这次务必出结果，你带着付龙和陈师杰，我放心些。"

周稳哼了声："付龙不是你的贴身保镖吗？我是去谈生意，不是打群架，用不着打手。"

他浑不吝的态度惹恼了周敬渊："你正经点，我没时间跟你闲扯。"

周稳丢掉手里的厨房纸巾："我谁也不带，信不过我你就自己去。"

周敬渊气得摔了手机。

周稳没管他，打开手机订了四天后飞往岳城的航班。

付款前，他指尖顿了顿，退回日期界面，往前调了一天。

那天是岳凛的忌日，沈净晗一定会回岳城。

但实际情况好像跟周稳想的不太一样。

三天后，他收拾好行装，在码头等了一班又一班船，机票一再改签，直到傍晚，沈净晗都没有出现。

沈净晗在房间里睡了三天。

青青以为她病了，摸额头又没发烧，嘀咕着要不要去医院看看，或者问问姜爷爷。

沈净晗说不用，只是有点困。

青青不放心，还是下楼拿了体温计上来。几只小猫围在沈净晗身边"喵喵"地叫，青青叉着腰，有点无奈："让开啦，给你们妈咪量体温。"

她抱走一只回来一只，怎么都抱不完，逐渐暴躁："听话！"

几只猫凶巴巴的，像在捍卫领土，誓要守护妈咪。

青青忽然觉得不对劲儿，一只一只地数："一、二、三……六、七？怎么多了一只？"

她弯腰左看右看："是火火来了吗？"

来这里这么久，她还是分不清哪只是哪只。

沈净晗随手一捞，把其中一只拎起来抱进怀里，摸了摸它的脑袋："你怎么来了？"

火火以前也是这窝小猫里的其中一只，后来被一对大学生情侣领养，说来也巧，现在那对情侣也住在岛上，就在旧时约后面不远。

上了岛的猫野得很，整天到处跑，没两天那只猫就发现旧时约，三天两头跑来玩，时不时还把兄弟姐妹们带回现在的家。

火火细软地"喵"一声，用小脑袋蹭了蹭沈净晗的脸颊，像在撒娇，又像安慰。

沈净晗露出笑容："给你小鱼干好不好？"

青青把体温计递过去："净晗姐，还是量量体温吧，我怕我手不准。"

沈净晗接过来放到床头柜上："不用，我心里有数。"

她从床上下来，弯腰抱起火火："你今天是不是有线上课？去吧，我下楼。"

"不着急，还有一个小时。"

沈净晗拿了两袋小鱼干和四盒猫罐头下楼，全部打开分别倒进两个瓷盆里。几只猫咪一拥而上，脑袋挤脑袋，吃得香甜。

沈净晗蹲在旁边看。

没过多久，童薇的老公来办退房手续。

两人寒暄几句，童薇穿着宽松的纱裙，抚着隆起的肚子，视线落在沈净晗颈间的银链上。

沈净晗没有说什么，将两人送到门口。童薇忽然停下脚步："老公，你先去路口等我。"

男人走后，童薇转身看着沈净晗。

"净晗，以前……对不起。"她说。

"上学那会儿我很喜欢跟你较劲，总是跟你作对。我觉得不公平，你什么都有，长得漂亮，讨人喜欢，又是以系里第一名的成绩考进来的。你已经拥有那么多了，你还有岳凛。

"其实我不是因为你才认识岳凛，我在学校里见过他几次，我以为他是我们学校的学生，跟他要过联系方式，他没给。后来你介绍他给同学们认识，他也没认出我。"

她笑得苦涩："他大概根本不记得我。

"我那时真的很喜欢他，知道他去世后，我也确实伤心过一段时间。可那只是我人生中的一段回忆，难忘，但短暂。我早已经开始了新的生活，有家，有老公，马上就要有自己的宝宝。"她抬起头，看看旧时约的招牌，那几个字此刻看起来那样刺眼，"我认输了，沈净晗。

"关于'喜欢他'这件事，我永远比不过你。"

远处的男人招招手，指了指腕间的手表。

童薇看了一眼，又转回来："净晗，有一句话你说得对，以前的事都过去了。

人活一世,当下才是最重要的,人要及时行乐,才对得起自己。"

童薇走后很久,沈净晗还在想她那句话。

活在当下,及时行乐。

这话从前岳凛也对她说过。

活在当下,不念过往,不畏将来,不负余生。

临近傍晚时,沈净晗得到了一个不太好的消息。

余笙的母亲在国外因意外去世,事发突然,她本有所好转的身体受到刺激,再次入院。

她的男朋友需要去国外善后,临行前来到云江岛,想将姜焕生接到岳城住几天,毕竟余笙的身体情况他最清楚。

余笙入院已经是几天前的事,怪不得一直没有回复她的消息。

这不是小事,沈净晗不放心,当天就收拾了简单的行装,和姜焕生一同上了船。

这个时间出岛的人不多,船舱内的座位空了大半,沈净晗和姜焕生坐在后排。

前排的男人在很长一段时间内一动不动,背影憔悴。

沈净晗低声跟姜焕生讲了两句话,起身走到前面,在男人身旁坐下。

"江述,你还好吧?"

江述手里一直握着手机,生怕错过什么消息:"没事。"

"医生怎么说?"

"不太好,还要观察一阵。"

"你别担心,不会有事的。"

江述指尖揉了揉太阳穴,疲惫神色明显:"她最近身体已经恢复得很好,忽然发生这样的事,我真怕她熬不住。"

沈净晗没有出声。

她曾经非常羡慕江述。

那时余笙还在岛上,她知道余笙心里有个很喜欢的男人。

有一天,那个男人也来岛上了。

余笙说,那个男人不喜欢她,但在沈净晗眼里却不是这样的,他看余笙的眼神温柔、复杂,爱意浓烈得快要溢出来。

有些事局外人总是看得更清楚。

每次沈净晗看到他们两个在一起的画面,都觉得温馨、安逸。

不管怎样,余笙还是一个活生生的人,江述还有很多机会去弥补遗憾。

而她却再也见不到那个人了。

客船行至一半,沈净晗发现姜焕生没在座位上。她走出船舱,在甲板前方的栏杆旁看到他:"姜爷爷,外面风大。"

姜焕生头发花白,眼睛被风吹得睁不开:"我很久没出岛了。"

沈净晗转头看他:"是吗?那您上次是什么时候出去的?"

"几年前了。"他有些感慨,"那时岛上人很少,很安静,渔民们每天出海捕鱼,生活平淡安稳,很满足,也很快乐。"

自从周家承包了这座岛,岛上原住民的收入确实增加不少,但日益商业化的岛屿也失去了许多山海间原本的味道,令人唏嘘。

沈净晗趴在栏杆上出了会儿神。

"愁容满面,忧心忡忡,你看起来不仅仅是担忧余笙。"姜焕生说。

沈净晗没有隐瞒他:"其实今天是我男朋友的忌日。"

每年岳凛的忌日,沈净晗都会回一趟老家,姜焕生知道。

"那白天你怎么没回去?"他问。

"我可以不回答这个问题吗?"

"当然可以。"

每次跟姜焕生聊天,沈净晗都会很轻松,他不会追根问底,让人不适。

那晚飞机抵达岳城时,已接近凌晨,沈净晗沿着出口指示往外走,忽然回头看了一眼。

江述拎着姜焕生的行李:"怎么了?"

沈净晗的目光在人群中扫过,并无异样,但不知为什么,她心底总有种说不出的感觉。

她快走两步,追上他们:"没事,走吧。"

江述给他们安排了酒店,但沈净晗和姜焕生先去了医院。

余笙已经睡着,沈净晗没有打扰她,只悄悄看了一眼便暂时离开。

隔天早上,江述在医院看着余笙吃完早餐和药后,回家收拾行装,准备动身去瑞士。

沈净晗坐在床边,看着面容苍白的余笙,握了握她的手:"觉得怎么样?"

余笙气息很弱,声音小小的:"还把你和姜爷爷折腾来。"

"反正我也没事,姜爷爷说你这段时间先停了他的药,以医院为主。等你过几天出了院,他再给你调方子。"

余笙说:"我好多了,是江述太紧张。店里忙得过来吗?"

沈净晗替她拉好被角:"店里的事你就别操心了,好好养好身体。"

"你晚上住哪里?"

"就在医院附近的小山楼,不过今晚我在这儿陪你。"

"嗯。"

姜焕生去找医生询问情况还没回来,外面天气不错,沈净晗把余笙推到院子里散了一会儿步,到了打针时间才送回去。

沈净晗在医院陪了余笙两天,第三天傍晚才回酒店休息。

除了第一晚,还有后面回来洗过两次澡,其他时间都在医院,她没有仔细看过这个房间。站在落地窗前,她忽然发现这里视野很好,可以看到很远的地方。这座城市熟悉的地方太多,她闭着眼睛就知道某个方位是哪里。

她看到了高中时的学校,还有她曾经的家。

天色已经暗下来,繁华的城市霓虹闪烁。

视线中看着很近的距离,沈净晗走了二十几分钟。

初中部和高中部紧挨着,她和岳凛在这一片待了六年,一切都是熟悉的模样。

学校还是老样子,低年级的学生已经放学,只有三楼、四楼的高三教室亮着灯。

沈净晗隔着操场旁的栅栏看了一会儿,没有多做停留,在沿着栅栏往前不到二百米的地方左转,进了一条小巷。

小巷另一侧是初中部的教学楼后门,这里从前很热闹,住在后面家属院的孩子放学后都会经过这里,在巷口的小卖部买一块钱的蛋筒冰激凌,一边吃一边回家。

小卖部的老板会多给一个蛋筒,扣在冰激凌上面,扭一扭再拿下来,就能变成两支。

每次岳凛都会买一支香草口味的冰激凌,扭下来一半给沈净晗,两个人分着吃。因为她很想吃,吃多了肚子又疼。

那个小卖部换了老板,门脸大了一倍,改成了超市。冰激凌机还在,只是没有延续老传统,不多给蛋筒了。

沈净晗买了一支冰激凌,另外花钱多买了一个蛋筒,将冰激凌扭出两支,一边吃一边往里走。

本想在路边花架下的秋千椅上坐一会儿,但这会儿偏巧有人。

是个西装革履的年轻男人,闭眼靠着绳索,半张脸陷在阴影里,长腿抵着地面,借力一点点晃着秋千。

暖黄的光线在男人身侧映出一层温和的轮廓。

沈净晗觉得自己眼睛大概出了问题,怎么看谁都像他?

再这样下去还是继续吃药好了。

她转身离开,想找其他地方,两步后又停下。

虽然不太敢相信,但她还是再次看向那个男人。

光影流转的瞬间,她看清了那张脸。

她愣了愣。

周稳似乎喝了酒,脖子和脸颊有点红,几根碎发耷在额前,显得很乖,跟平时很不一样。搭在腿上的手松松垮垮地握着手机,好像稍不留意就会掉下去。

秋千还在缓慢地摇晃,他应该没睡着。

沈净晗最近不太想见他。

这个念头冒出来的时候,甚至压过了想问问他为什么会出现在这个地方的想法。

沈净晗于是立刻转身，刚走一步，忽然听到身后的人说："不打算跟我打个招呼吗？"

周稳扯了扯领带，露出颈间红红的皮肤："刚刚一直在等你叫我。"

沈净晗指尖捏了捏背包带子，转身："你怎么在这儿？"

"公事。"周稳抬起蒙眬的眼，"你呢？"

"私事。"

他没说什么，从腰后抽出一个透明文件袋扔在身旁，给她当垫子："坐一会儿吧。"

沈净晗看了眼那个文件袋，是份合同。那么重要的东西就被他随便丢在那里。

"不了，我要走了。"

周稳拉住她衣角。

沈净晗脚步停下。

其实想问问她膝盖还疼不疼，但片刻后，周稳只说："冰激凌能分我一个吗？"

说这话时，他整个人都陷进斑驳的光影中，秋千绳索上的绒毛和黑亮的眼睛都那么清晰。

不知道为什么，此时此刻，沈净晗不太能拒绝他。

也许因为在岳城，在她和岳凛曾经学习生活过多年的地方再次看到那张脸，她心里还是非常触动。

会不自觉地想起一些往事，好像那个人还在。

她给了他一支。

周稳拍了拍身旁的位置。

沈净晗把他的文件袋挪到一旁，与他隔了一点距离坐下。

秋千随着周稳的节奏慢慢摇晃，他低着头很认真地品尝那支冰激凌："还不错。"

沈净晗默默吃自己这支。

周稳长腿撑着地面，稍一用力，秋千荡得高了些，他随口问："为什么来岳城？"

"一个朋友生病了，来看看。"

"哦。"

他没问其他。

秋千悠悠荡了一会儿，远处过来两个人，周稳一眼看清，是高中部的两个老教师。

他将剩下的一点冰激凌吃完："你住哪里？"

"小山楼。"

"哪个？"

"干什么？"

"医院附近那个吗？那家离这里最近。"周稳起身，"走吧，我送你回去。"

沈净晗还没有反应过来，他已经拎起文件夹和她的背包往巷口走了。

她把最后一点蛋筒塞进嘴里，追过去："不用你送，我自己走。"

沈净晗想拿她的包，周稳没给，顺带把人往身边拽了一下，避开路边飞速掠过的单车："我喝了酒，头有点疼，散散步清醒一下。"

出了巷子没多久，经过一个酒店时，周稳指了指楼上："我就住这里，这几天你如果有事可以来找我。"

这么近，怪不得会去秋千椅那里吹风。

沈净晗把包拿过来自己背。

周稳偏头瞧她："听到了吗？"

沈净晗说："我家就是岳城的，这里我比你熟，我能有什么事要你帮忙。"

他笑了声："也是，那我有事可以找你吗？"

"周家什么搞不定，我能帮什么忙。"

周稳牵住她手腕："现在就有一个。"

沈净晗被他拉进旁边一家户外用品店。

周稳的目光扫过几款冲锋衣，拿了两套对着镜子比了比，转身问她："哪个好？"

沈净晗现在不太有心情帮他挑衣服。

"你自己穿自己选。"

"你帮我选。"

他脱下身上的西装，换上其中一套，没有去照镜子，只问她的意见："怎么样？"

不可否认，周稳的长相和身材都是极其优越的，挑不出任何问题，衣服在他身上，设计师的所有巧思，想要达到的效果，都能体现得很完美。

沈净晗的视线在他身上停留几秒，无意中落在他身后展架上的另一款军绿色的冲锋衣上。

也许时尚是一个轮回，那款冲锋衣在最显眼的新品展架上，但款式、颜色和多年前岳凛穿过的一件特别像。

那年深秋，他第一次吻她时穿的衣服。

幼时的沈净晗和岳凛生活在不同的城市。

沈净晗家在岳城，每年都会跟随母亲回沣南姥姥家小住，岳家就在隔壁。

他们每年只有寒暑假才能见面，一见面就疯在一起，岳凛会带她去池塘捉泥鳅，黄瓜架下逮蜻蜓，骑和他们一样高的自行车，腿不够长就悬空着使劲儿蹬，在后院架个小火堆烤土豆。每天两个人弄得一身土，脏兮兮地各自回家挨骂。

如果晚上天气好，沈净晗会抱着一盆又大又新鲜的草莓坐在满是花草的院子里看星星。

只要岳凛知道，无论多晚都要翻墙过来，轻车熟路地从犄角旮旯找出小马扎正正经经地坐在她旁边，一边抢草莓吃一边问她暑假作业写了没。

草丛里的蛐蛐叫个不停，他使坏捉了蛐蛐来吓唬她，把人吓哭又不知所措，张口就把未来一个星期的零花钱全承诺出去，给她买零食赔罪。

那时候的星星真亮啊，多得数不清。

后来岳凛父亲因工作调到了岳城，他也转学过去，跟她一所小学。

后来两人又读同一所初中，同一所高中。

他们每天都能见面。

岳凛从初三开始个子猛蹿，到高二已经超过一米八，坐在班级最后一排，干净清爽、痞痞帅帅的男高中生吸引了众多桃花。但他只会喝沈净晗的水，只会给沈净晗拎书包，放学也只会等她一起走，即便他们两家在不同的方向，出了校门一个往左一个往右。

那时所有同学都知道岳凛喜欢沈净晗，但她那会儿整天懵懵懂懂瞎乐和，对学习和听歌、看电影的兴趣似乎更大。

直到有一天岳凛剪了寸头。

女生们说寸头是检验一个男生脸型、五官是否真正标致的重要标准。那天岳凛顶着新发型站在班级后门叫她名字时，她第一次那么清晰地听到了自己的心跳声。

也许因为认识的时间太久，沈净晗常常会忽略岳凛的优越长相。但那天他穿着最普通的校服，站在阳光下对她笑，双眸灿若繁星，利落的短发衬得他阳光热烈、坚毅正气，军人气魄初显。沈净晗才真正意识到，岳凛已经长大了，不再是和自行车一样高总是揪她小辫儿的皮小子了。

后来他们在一起，岳凛问沈净晗从什么时候开始喜欢他。她提了那天，岳凛不满意，嫌太晚，让她重说，想好再说。

沈净晗也确实认真思考过这个问题。

从小到大，岳凛都是被她压制的那个，什么都听她的，哄着她宠着她，心甘情愿惯着她的小脾气和不讲理。

她觉得那些在他面前的特权都是理所应当。

青春期懵懵懂懂，有些事当时不明白，后来才渐渐领悟，不是所有女生在岳凛那里都有这种待遇，再仔细想，似乎就只有她一个。

开了窍，回忆像潮水一样涌进脑海，她想起许多事。

学校里有男生跟她多讲几句话，岳凛就会莫名其妙地跟她发脾气找碴；有别的女生给他塞情书，她笑着说女生的字好看，他会生气；有一年他的生日赶上放假，她和家人出去旅游忘记跟他说生日快乐，他会生气。

她也想起，她知道岳凛是因为其他男生跟她走得近才找碴时，心里会暗暗高兴；她说给他写情书的女生字好看时，嗓音是低低的，心情是郁闷的；她忘记他的生日时，懊悔又愧疚，为了补偿他，周末跑了两天，终于找到一副最漂亮、最舒适的篮球护腕,很贵,花了她半个月的零花钱,看到他终于不生气时笑得比任何时候都开心。

小时候每次盼着快点放寒暑假,因为放了假可以去沣南姥姥家找他玩;后来他在岳城读书,她又想寒暑假慢点儿来,因为放了假他会回沣南爷爷家住很久,有时一个假期都见不到他;她得了化学竞赛全国第一,第一时间想要跟他分享喜悦,还用奖金请他吃了一顿大餐;他每场篮球比赛她都没有错过,加油喊得最大声。

原来一切都有迹可循。

其实到后来,沈净晗也不确定自己到底是什么时候开始喜欢岳凛的,他在漫长的岁月缝隙中一点一点渗透进她的世界里,早已深入骨髓,无法分辨也无法衡量时间的长短与重量。

他们在一起的契机其实并不美好。

因为岳凛的父亲殉职了,那年他高三。

那是个很平常的星期五,下午第一节他们两个班都是体育课,她习惯性地在隔壁班级的队伍里寻找他的身影,但没找到,以为他逃课了。自由活动时她问简生,简生说岳凛中午就被班主任叫走,到现在都没回来。

那天直到放学,岳凛都没出现。

沈净晗在学校没找到他,电话也关机,她不放心,背着书包跑到他家,敲了半天也没人开门。

最终她在室外楼梯的最底层找到他。

这栋旧楼的入户楼梯在外面,一楼通往二楼的半截阶梯下方有个逼仄的夹角,高大的男生就那么蜷缩在阴暗的角落里,手臂搭着屈起的膝盖,垂下的脑袋深埋其中。

天已经快黑了,里面光线更暗,沈净晗完全凭借那道熟悉的影子才认出他。

她跑过去蹲在他面前,焦急地叫他的名字。

岳凛没有反应,但沈净晗能感觉得到,他在听到她声音的那一刻肩膀开始微微抖动。

他哭了。

她心里很慌,伸手轻轻抱住他的肩膀:"阿凛。"

很久之后,天已经黑透,小区路灯下的婆娑树影落在他们身上时,岳凛才开口讲了第一句话:"我爸没了。"

他嗓子是哑的。

震惊,无措,不敢相信,沈净晗强迫自己快速消化掉这些复杂心绪,红着眼睛猛地抱紧他。

那天晚上她陪他坐在阴冷黑暗的角落里哭了很久。

那段日子是沈净晗和简生陪岳凛走过来的。

后来他的精神好了很多,情绪也平复不少,同时也面临一个比较现实的问题。

半大小子一个人住在那个家里,又要上学,又要解决自己的一日三餐,生活学习都没人照顾,岳爷爷心疼孙子,安排人来接他回沣南。

沈净晗知道这件事时,他们刚一起去了书店,买了几本辅导书,他送她回家。

他语气平静地说了这件事,沈净晗沉默了好一会儿。

"那你还回来吗?"这是她说的第一句话。

岳凛单肩挎着书包,军绿色的冲锋衣敞着,手里捏着一根不知从哪里捡来的杂草:"这边没什么亲戚了,回来干吗?"

沈净晗低着头往前走:"哦。"

过了会儿,她又故作轻松:"也行,等高考以后……或者我妈妈什么时候去那边,我再过去。"

他在一棵大树前停下,盯着她的眼睛:"你去干吗啊?"

那双眼睛水水润润,微微泛红,从一开始就不敢直视他,这会儿脑袋垂得更低。凝聚了许久的一颗泪珠到底没控制住,簌簌滚落,砸在地上。

明明没有声音的,但岳凛就是觉得好像听到了什么。

她看起来好难过。

"沈净晗。"他叫她的名字。而后,没有犹豫地倾身抱住她。

热烈又莽撞。

沈净晗湿漉漉的眼睛睁得大大的,无措又慌张,脑子一片空白。

岳凛并没抱太久,分开后转身靠在树干上,平复自己。

一个简单的拥抱,却比想象中紧张,即便两个人已经认识很久,心跳依旧很猛烈。

傍晚清凉的空气中只有两道小心翼翼的呼吸声。

隔了会儿,岳凛忽然小声嘀咕:"傻样,说什么都信。"

沈净晗的耳尖又红又热,靠着大树,双手背到后面抠树皮,好一会儿才反应过来:"啊?"

"我不走。"

"不走吗?"

"嗯,不走。"

"那你刚刚骗我的?"

"不这么说,怎么知道你这么舍不得我。"

空气中还残留一丝雨后清新水汽一样干净的味道,沈净晗从小到大第一次不敢面对他,低着头抹了把眼睛:"谁舍不得你。"

他歪着脑袋看她:"没有?"

"没有。"

"那我走了。"

"走吧。"

"我真走了。"

"快走。"

他笑了:"知道我不走就开始肆无忌惮了。"

这是父亲去世后,他笑得最真、最开怀的一次。

周稳还在等待她的回应。

沈净晗恍惚回神,停顿几秒,指了指他身后那件:"如果一定要我选,就那个吧。"

周稳回头,眼神倏然停滞。

沈净晗去外面等他。

周稳出来时已经换了衣服,除了那件冲锋衣,他还搭配了裤子、短靴和一顶黑色的鸭舌帽,把之前那套昂贵的高定西装全换了,装进袋子里拎着。

他正了正帽檐:"不习惯穿正装,还是这样舒服。"

冲锋衣拉链被他拉到顶端,帽檐也压得很低。店铺青白的灯光打在他身上,将本就偏深的军绿色笼罩上一层银白的薄雾。

她看不太清他的脸。

笔挺清隽的身影与回忆里那个朦胧身影渐渐重叠。

几个字没怎么经过思考就被说了出来:"嗯,挺好看的。"

这大概是沈净晗对周稳说过的最温和的一句话。

但她的温和总是稍纵即逝,下一秒她已经转身:"你很冷吗?"

捂那么严实。

周稳跟上去,与她并肩走,没接她的话:"岳城还不错,城市很干净,人也好。"

"你第一次来吗?"

"嗯。"

"回国之前你在哪里?"

"瑞士。"

人行道亮起红灯,沈净晗停下脚步:"我朋友之前也在瑞士。"

"生病那个?"

"嗯。"

"她好些了吗?"

"好多了。"

"你明天还去医院?"

明天有别的事,但沈净晗觉得没必要跟他讲这些:"嗯。"

"什么时候回岛上?"

"没定。"

周稳将人送到小山楼,分开前问她:"存我号码了吗?"

看她的表情就知道答案，周稳拿出手机拨了她的号码，很快沈净晗手里的手机响起铃声。他拉起她的手，看了眼手机屏幕，是意料中的一串数字，并没有存他的名字。

"存上吧，有事找我，这几天我都在。"

沈净晗没说什么，虽然还是没存他的名字，但也没再删掉了。

第二天上午，沈净晗陪姜焕生去了一个地方。

那是一片老旧城区，已经历经拆迁、重建，以一条街为界，左边高楼满目，右边是在建工地，据说是二期楼盘。

姜焕生上次来时那里还是一片杂草丛生的危房，他指着东南方向的某一处："我师兄的院子以前就在那里。"

对于姜焕生的师兄，沈净晗知道一些。

他姓钟，比姜焕生大几岁，两人自小一起长大，十七八岁时师父去世，从那以后两人便相依为命，后来师兄娶妻，再后来妻子生病。

就是在那个时候，师兄弟二人分道扬镳。

在没有联络的那些年里，姜焕生一直在寺庙修行，免费替人看病。

后来姜焕生年岁渐渐大了，想找师兄，却再也找不到。前几年好不容易得到消息，知道他的住址，找到后发现那里已经拆迁，原住民四散各地，连个可以打听的人都没有。

他们之间到底发生了什么，姜焕生没说，沈净晗也没问。

终归已经牵绊一生，提了，结果不会有任何改变，不过是徒增烦恼而已。

两人在周围转了转，中午在附近一家小餐馆吃饭。

有姜焕生在，沈净晗点的都是素菜。老板娘给他们上了一壶热乎乎的大麦茶，沈净晗给姜焕生倒了一杯："我出来几天了，青青那边顾不过来，我可能最多再有两三天就得回去。"

姜焕生抿了口茶："你回吧，左右我没事，多留几天，再观察观察，给她配了药再走。"

这个位置可以看到街对面正在施工的工地，姜焕生略叹了叹气："下回不来了。"

最后端上来一道菌汤，沈净晗给姜焕生盛了一碗："这汤看起来不错，您尝尝。"

老板娘很热情："我这菌子是山上纯野生的，都是我家老头自己去山上采的，特别鲜。"

沈净晗喝了一点："确实不错。"

姜焕生随口问："以前住在这里的人都搬到哪儿去了？有安置楼盘吗？"

老板娘说："有，但位置太偏，没多少人愿意去。我们那会儿不少人都在外头租房子，最后还是回来住，这儿孩子上学方便。"

"你以前也是这里的吗？"

"是啊。"

姜焕生放下手中的汤碗："那我跟你打听个人，有个姓钟名阆的老中医，之前住在这一片，你听说过吗？"

老板娘脱口而出："钟老爷子？"

姜焕生一顿："你认识他？"

老板娘："认识啊，当年我们住前后胡同，挺熟的。老爷子可怜，没儿没女过了大半辈子，临了都是一个人……"

姜焕生僵了片刻："他死了？"

"人没几年了，当年拆迁时我们搬家早，还是听别人说的，后事是胡同韩家帮着办的。"她有些感慨，"老爷子痴情，守着早逝妻子的牌位过了大半辈子，最后也是在她坟前咽的气。"

沈净晗的手机响了一声，是周稳发来的微信好友申请。

她只看了一眼便放在一旁，抬头注视姜焕生："姜爷爷，您没事吧？"

老板娘这才发现姜焕生的脸色有些不好，没再说其他："那两位慢用，添水喊一声就成。"

半生未见，师兄弟二人已从风度翩翩的少年郎变成白发苍苍的风烛老人，姜焕生早已有心理准备，但真到这一天，难免还是会唏嘘难过。

沈净晗也有点吃不下饭，去后厨找到老板娘，打听钟老先生目前安葬在何处。

下午三点，周稳坐在 C 大教学楼外的一张长椅上低头摆弄手机。

中午他给沈净晗发了好友申请，到现在她都没通过。

他没穿昨晚那件冲锋衣，浅色薄衫配了件棕咖色棒球领夹克，坐姿随意，一只手搭在膝上，有一下没一下地点着手机屏幕。

身边的木椅上立着瓶喝了大半的气泡水。

手机屏幕亮了暗，暗了亮。

路过的女生被他吸引，频频回头，没多久被一个路过的保洁大叔挡住视线。

女生悻悻地转身进了教学楼。

保洁大叔戴着黑色口罩，穿着橘黄色的工装，拿着扫帚将石板路上的落叶扫进簸箕里。

一小团废纸掉在垃圾桶旁，风一吹，纸团滚进石板缝隙中。

直到保洁大叔走后，附近也没什么学生经过时，周稳才起身将手里的空瓶扔进垃圾桶，顺手捞起那团废纸，上面只有几行数字：

1060719

0051729

0512006

1190401

周稳迅速将这些数字默记下来,将纸团彻底撕碎,扔进垃圾桶。

他跟在学生后面混进图书馆,直奔三楼自然科学借阅区,找到卡尔·萨根的《宇宙》,翻到 106 页,从上到下数到第 7 行,第 19 个字。

接着寻出另外三个字。

他修长的手指轻点黑色封皮,原地站了片刻,随后合上书,将书放回原位。

回到教学楼,周稳整理衣领,将手机调成静音,在走廊寻觅几间教室后,从后门进了其中一间,坐在最后一排旁听。

这是下午最后一节课,正是肚子空空、琢磨晚上吃什么的时候,但并不影响学生们听课的热情。讲台上温文儒雅的教授似乎很受欢迎,连这样枯燥的有机化学上座率都很高。

周稳挺认真地听了一堂课。

讲得不错。

下课后,学生们陆续离开,教授在台上整理教案,从前门出去。

周稳起身,同一时间从后门出去。

两人在走廊迎面相逢。

周稳侧身停下。

"杨文清教授。"他说。

杨文清早已发现教室后面的陌生人,但大学是自由开放的地方,其他院系的学生过来蹭课或校外人员进来旁听是很正常的事,所以他并没有说什么。

但面前这个年轻人看起来并不像单纯蹭课。

他的表情依旧很温和:"有什么事吗?"

"早听说杨教授课讲得好,为人也和善,很受学生欢迎,今日一见,果然如此。"

对这样的夸奖并不陌生,杨文清含笑说:"过奖了。"

周稳弯了弯嘴角,与他短暂地握手:"杨教授,后会有期。"

他笑得冷飕飕,掌心力度不小,杨文清莫名觉得浑身不舒服,一直站在那里,直到周稳进了楼梯口才反应过来,这人是谁?

他很快追过去,但周稳早已消失得无影无踪。

周稳随着出入的学生拐进左侧两栋教学楼之间的小路,抄近道出了学校。

他没开车,打车回酒店。

手机依旧静悄悄,沈净晗还没通过他的好友申请。

他回了周潮两条信息,之后点击界面,退出登录,切进岳凛的账号。

里面静静地躺着两条未读信息。

是一张病床角度的照片,拍了正在输液的左手,后面跟了一句话。

——探病变病友。

她手腕上戴了一条蓝白相间的腕带,上面的文字模糊不清,但可以看到"急诊"两个字。

"探病变病友"说明她和她的朋友在同一家医院。

整合信息后,稍加思索就能确定,她进了小山楼酒店附近那家医院的急诊。

周稳立刻让司机转道去医院。

到医院后并没有费多少周折就打听到了她的情况。

原来她吃了有毒的野山菌,需要入院治疗,医院目前没有空病房,临时在她朋友的病房里加了一张床。

周稳透过门口细窄的玻璃看向里面。

病房里有两张床,里侧的女孩应该是她的朋友,沈净晗躺在靠窗那侧的病床上。

两个姑娘都睡着了。

他悄声推门进去。

沈净晗睡得并不安稳,眉头紧紧蹙着,脸色也有些苍白。

她朝窗侧躺着,长发凌乱,手背埋着针,还有半瓶药水没打完。

周稳弯腰将她脸侧的碎发拨到耳后,摸了摸她的额头,不知道之前有没有发烧,这会儿倒不是很热。

刚刚医生说,幸好她吃得不多,症状不太严重,输几天液,观察观察就能出院。

床尾的单子上画了几道钩,这是最后一瓶药。

周稳坐在床边的椅子上,看着那瓶药水,打完也没叫护士,自己给她拔了针,将她微凉的手握在掌心,轻轻压住针孔处的白色胶布。

没多久,他发现她的朋友不知什么时候醒了。

余笙安静地看着他,并没出声。周稳看了眼门口的方向,她的亲人还没回来,他顿了顿:"需要帮忙吗?"

余笙淡淡地笑了一下:"不用,谢谢。"

周稳收回视线,仍然握着沈净晗的手。

"你是她的朋友吗?"余笙问。

周稳回答:"是。"

"男朋友?"

他顿了顿:"不是。"

余笙微微侧身:"嗯,也对,如果她交了男朋友,应该会告诉我。"

周稳没说话。

余笙盯了他一会儿,忽然说:"我见过你。"

周稳抬眸看向她。

余笙说:"云江岛,台风那晚在医院,来看净晗的人是你吧?"

那晚沈净晗发烧,在输液室输液,余笙短暂离开了片刻,回来时看到一个男人戴着黑色鸭舌帽，单膝蹲在睡着的她面前，也是这样小心翼翼地握着她的手。

只看背影也深情。

周稳下意识地看向沈净晗，她仍在熟睡中。

余笙心下了然："放心，你不想说，我不会告诉她。"

"多谢。"

"我只是觉得，"余笙的声音很轻，带着一丝安心，"终于有人照顾她了，真好。"

沈净晗醒来时，已经是晚上八点。

余笙不在，床头柜上多了一束温婉的浅紫色睡莲，切好的水果还没动。

她脑子有些昏沉，迷蒙中忽然看到床边有个朦胧的身影。

她目不转睛地盯着那个侧影。

长长的睫毛，鼻梁高挺，薄薄的唇，微微滚动的喉结，宽宽的肩，看起来就很有力量的腰。那具身体的轮廓、线条，每一处都是她喜欢的模样，多一点少一点都不行。

连他认真剥鸡蛋壳的样子都很好看。

窗外是繁华都市独有的霓虹夜色，橙黄的暖光将那道影子映得温柔极了，很不真实。

周稳看到她睁着眼睛，把剥好的鸡蛋放进小米粥里："醒了？"

他擦了手，俯身过来："还难受吗？"

沈净晗点点头。

周稳掌心抚着她耳侧，拇指轻轻蹭了蹭她微红的眼尾："哪里难受？"

她声音有点软："胃，身上也没劲儿。"

"明天就好了。饿不饿，要不要先喝点粥？"

"吃不下。"她不知想到什么，笑了一下，"我还是第一次中毒，原来真的能产生幻觉。"

周稳已经太久没有看到她笑了，声音不自觉变轻："你看到什么了？"

"我看到你变成一个粉红色的大眼仔玩偶，在乌漆墨黑的地方给我跳舞。"

"还粉红色？"

"嗯，很漂亮的。"

不难想象那个画面有多奇怪，周稳也没忍住笑出来。

他低头替她抚平床单的褶皱，听到她懒懒的、带着一点娇气的声音——

"岳凛，我想喝水。"

周稳的指尖顿住。

两人对视片刻，沈净晗彻底清醒过来。

她沉默几秒，坐起来靠在床头："对不起。"

"没关系。"周稳起身给她倒了杯水，"多喝水，促进排毒。"

沈净晗接了，将杯子握在掌心。

周稳盯着她瞧了一会儿，低声笑了："你要不要这么明显，不是他，脸都变了。"

沈净晗低头喝了一小口："你怎么在这儿？"

"看朋友，路过。"

他第一次来岳城，也不知道哪里来的朋友，但沈净晗没细问："太晚了，你回去吧。"

"有人照顾你吗？"

"我好多了，不用照顾。"

"和谁一起吃的饭？"

"姜爷爷。"

"他没事吧？"

"他没吃那道菜。"

姜焕生虽没中菌毒，但得知师兄过世，情绪已然受到影响，身体不太舒服。本来沈净晗也想让他在医院住两天，但老爷子脾气倔，说在酒店里躺一躺就好，不肯过来。

后来沈净晗喝了半碗粥，又迷迷糊糊睡着，半夜醒来时，周稳已经走了，余笙躺在隔壁床看手机，她哥哥的女朋友今晚留宿，已经在陪护床上睡着。

余笙给男朋友发完晚安信息，放下手机："醒了？好点儿了吗？"

"好多了。"沈净晗侧过身来，"你那会儿去哪儿了？"

余笙说去做检查。

"这么晚。"

"嗯，晚上安静，人也少。"她将床头摇下，"用灯吗？"

"不要。"

余笙熄了灯。

大概白天睡得太多，这会儿沈净晗不太困，她很快适应了漆黑的房间，无聊地盯着圆圆的白色灯罩发呆。

"你做了什么不好的事？"余笙忽然问。

沈净晗前些天给她发的信息，她这两天才看到。

隔壁床安静片刻，才有声音传来："笙笙，我认识了一个跟他长得很像的人。"

"有多像？"

"特别像。"

"门外那个？"

沈净晗转头："什么？"

余笙指了指外面："我们回来后，你的朋友就去外面了，说房间里都是女孩儿，太晚了他在这儿不方便，让我们有事叫他。"

沈净晗走到门口透过小窗往外看，周稳一个人坐在走廊的长椅上闭目养神。大概怕妨碍路过的人，长腿并没舒展地伸开，略显憋屈地收着。

沈净晗靠着墙壁站了一会儿，又往外看一眼，回到床上闭眼扯过被子。

"他好像很关心你。

"他跟你那件不好的事有关吗？"

沈净晗闷了闷："睡吧。"

她打开手机，点进岳凛的聊天界面看了又看，最后发了两个字——

晚安。

一墙之隔的门外，周稳的手机无声地亮了一下。

自从上次那个鬼机灵的丫头当着他的面给岳凛打电话，他就将岳凛的号码长期设置成静音，避免再有意外发生。

她那么聪明，几次试探，再来两回大概要露馅儿。

他看到那句"晚安"。

翻转手机在掌心，他脑袋后仰，靠在冰凉的壁砖上，闭上眼睛。

夜深了。

病房里已经很久没有声音，周稳悄声推门进去。

他在月色下站着，看了床上那个小小的背影很久，高大的身躯俯下来，掌心轻轻撑在她身侧，屏住温热气息，在她耳畔轻喃："晚安。"

隔天清晨，周稳弄好早餐后就离开医院，一连两天都没再露面。

手机里时常有他发来的短信，夹杂在一众推销广告和积分到期提醒里格外显眼，问她好没好，还难不难受，让她把他的微信加上，沈净晗没有回复过。

第三天沈净晗的身体基本恢复，不用再住院，回到酒店彻底洗了个澡，虽然身上还是没什么力气，但已经比前几天好太多。

姜焕生独自去陵园看了师兄，回来时她才知道。老人家的情绪已经好了一些，但眼底有血丝，大概无人时也哭了一场。

沈净晗没细问，点了两人份的餐送到楼上。

吃饭时，姜焕生问她什么时候回岛上，沈净晗想了想："明后天吧，您呢？"

"我再待几天，等她病情稳定稳定再说。"

吃过饭，姜焕生去了医院，沈净晗去给赵津津买颜料。

整整两套，二十四色大支装，常用的三原色和黑、白两色另外多拿几支，老板给了个花花绿绿的袋子，挺丑，但好在结实。沈净晗拎着袋子回酒店，路过以前的学校时，看到对面停了几辆小推车。

这么多年过去，连学校附近的商铺都换了好多家，路边摊更别提了，今天这里，明天那里，没个固定位置。去年来时没看到那个水果冰沙摊，还以为那大叔不干了，没想到他还在。

沈净晗走到摊位前，看到那些熟悉的小料，闻着淡淡的水果清香，心情也变好了，让大叔给做了一份。

"姑娘看着挺眼熟，以前来过吧？"

沈净晗点头："我以前在这儿上学的。"

大叔熟练地往碗里加水果："以前的学生也有不少回来找的，前阵子还有什么景区的人来买配方呢，开始让我去，我咋去啊去不了，孩子还在这边上学呢……"

说话间冰沙已经做好，满满一大碗，比正常的量多了不少，沈净晗捧着沉甸甸的冰沙碗道谢："您生意这么好，不考虑租个店面吗？"

"租店面费用高，过两年吧，等小孩上初中我就不在这边了，看看在他学校附近租个小门脸，中午他还能回来吃饭。"

大叔笑得憨憨的，憧憬着美好的未来。

沈净晗端着那碗冰沙，坐在学校外面的石墩上慢慢吃完。

在岳城的最后一天，沈净晗在医院陪余笙。

正午日光强烈，饭后她推余笙去住院部后面的花园里散步。轮椅停在半阴半阳的树荫下，晒不到余笙的脸和眼睛，但可以暖着她的身体。

"你明天走？"

"嗯，店里换了一批柜子，旧的处理了，明天买家来取，青青一个人顾不过来。"

余笙温柔地微笑："她怎么样，什么时候考试？"

台风那几天青青请假不在岛上，她离岛时青青还没回来。

"已经报名了，十二月考试。"

"等她考走了，你是不是还要招一个人？"

"再说吧。"沈净晗坐在轮椅旁边的石凳上，阳光从疏疏密密的树叶缝隙中穿过，晃着她长长的眼睫、红润的唇。

沈净晗闭上眼睛，静静地感受这一刻难得的安静。

"余笙。"她说。

余笙轻轻回应："嗯。"

"好好过，你比我幸福。"

余笙失去了母亲，但她还有爱她的父亲、兄长、爱人、挚友。

沈净晗一无所有。

爸妈没了，他也没了，房子卖了，学也没上完。

以前两人一起看灾难电影，岳凛偶尔开玩笑，问如果哪天他死了怎么办，如果他也像电影里的人一样被炸飞了碎成一片一片的怎么办。她气他口无遮拦，胡乱掐他拧他，抱着他的脖子说那碎片也是我的，一片也不能少。

后来呢？

广阔的大海里埋葬着她的男朋友，她连影子都没看到。

"我有点过够了,这样的日子。"

"什么样的日子?"

"沉闷,无趣,单调,寡淡。"

"那你想过什么样的日子?"

沈净晗迎着日光,眯起眼睛,在树叶的缝隙中感受一丝暖意:"想过……放纵的、畅快的,不管明天和以后的日子。"

"想做什么就去做,"余笙说,"没有什么比当下的快乐更重要。"

活在当下。

余笙的男朋友这样告诉她。

微风拂过沈净晗的面颊,一缕轻盈发丝缠着她的视线,柔软缥缈:"是吗?"

余笙给了肯定的答案。

那天下午沈净晗在酒店房间躺了两个小时,起来后简单收拾一下,出门沿街找了家蛋糕店订做蛋糕。

"原味奶油,用软籽石榴做玫瑰,百里香做叶点缀。"

很少有人会用石榴做蛋糕,店员小妹挠挠头:"不好意思顾客,店里现在没有石榴,也没有百里香。"

"附近超市有吗?我可以去买。"

店员想了想:"石榴应该有,百里香不太好找。"

沈净晗沉默片刻,垂下眼眸:"算了,不用了。"

她朝柜台里随手一指,买了块巧克力芝士蛋糕。

沈净晗出门没多久,周稳一身黑衣,风尘仆仆推门进来。

"订个蛋糕。"

店员正拿出新的蛋糕补充到柜台里:"您想订什么样的?"

"十寸,用石榴和百里香……"周稳话没说完,蓦然停止。

几秒后,他舒了口气:"随便吧,什么款式都行。"

店员拿笔记录:"需要写什么文字吗?生日快乐,或者升学升职什么的。"

"不需要。能现在做吗?"

店员回头看了眼透明玻璃那头的操作间,烘焙师傅正在忙:"可能需要等一会儿,半小时左右吧。"

"行。"

等待的间隙,周稳坐在玻璃窗旁的高脚椅上,垂着头按手机。周潮说这几天周敬渊要和冯时在千里山庄密谈,问他什么时候回来,周敬渊想让他们兄弟一起陪同。

冯时明面上和周敬渊是势不两立的商业死对头,暗地里是贩毒链条中十分重要的一环,两人暗中勾结,已经合作多年。

周稳说还没定,等那边定了见面时间,他尽快回去。

带着蛋糕回到酒店，周稳卸力一样瘫坐在椅子上，长腿点地，转椅绕了半圈面向落地窗。

落日吊在西方，漫天橙雾，难得的晚霞。

他拍了几张照片，放大缩小，缩小又放大。

那是小山楼酒店的方向。

有别的建筑遮挡，周稳只能看到那栋楼最上面几层，楼体玻璃折射出温柔的橙色，渐渐变成淡淡的粉紫色。

几只鸟儿停在近处的电线杆上。

他揉了把头发，利落起身，拿起锯齿刀，直接将蛋糕切掉一半，带着盒子里的半个蛋糕出门。

同样的落日余晖下，沈净晗的房间却略显昏暗。

纱帘只拉开一道缝隙，她整个人蜷缩在藤椅上，坐在仅有的那道光里，一点点吃着手里的芝士蛋糕。

蛋糕很香，芝士味道也很浓，但总觉得哪里差点意思，沈净晗只吃了几口便放在那里。

她抱着膝盖，歪着脑袋盯着残阳一点点消散，直到彻底消失不见。

有人敲门。

沈净晗慢吞吞地从椅子上下来，开门时意外地看到周稳。

他笑得随意，提了提手里的蛋糕盒子："合同签成了，他们买了个蛋糕庆祝，还剩一些，要不要一起吃？"

一门之隔，外面橙光温和，里面昏暗朦胧。

沈净晗一半身体陷在阴影里，眼睛扫过蛋糕盒子："你怎么知道我在这儿？"

他说一间房一间房敲过来的。

沈净晗不会信他的话，但也没有再问，周家少爷想查什么，自然有办法。

周稳偏头看了眼里面："方便吗？"

沈净晗侧身让出一条路。

周稳走进去，将蛋糕放到窗边的藤编圆桌上，环顾四周："关灯拉窗帘，在睡觉？"

"没有。"她坐回藤椅上，"看风景。"

夕阳已落，华灯未亮，这个时间天色最是寡淡，不知道有什么好看的，但周稳没说什么，不客气地坐在另一把藤椅上，调整了一个舒适放松的姿势，倚着靠背，也看向外面。

"这几天怎么样，身体恢复了吗？"

"没事了。"

"什么时候回岛上？"

"明天。"

他转头："机票订了？"

"嗯。"

纱帘依旧只有那道不算宽的缝隙,两人视角不同,看到的画面也不同。不知道她看到什么,周稳眼中,深渊般的夜幕正由东向西,缓慢前行,逐渐占据了整片天空。

看到第一颗星星时,周稳说:"我看了天气预报,今天晴。"

沈净晗仍旧看着窗外:"今天已经过完了,现在说是不是晚了点?"

早上就看了。

这一句他没讲。

不知过了多久,路灯亮了,独属于城市的璀璨夜晚准时来临。

周稳眼眸微颤,薄唇动了动:"吃蛋糕吧。"

他起身,沈净晗像是知道他要做什么,忽然开口:"别开灯。"

周稳停下。

沈净晗借着微弱的光线拆开蛋糕盒子,拿出只剩一半的蛋糕。很常见的水果蛋糕款式,外圈草莓,内圈芒果,还有些蓝莓点缀。

她拆开纸包,抽出一根蜡烛插在蛋糕上,划燃一根火柴,点燃。

烛光照亮了她莹白的脸,她的视线越过晃动的火光落在周稳脸上。

她看了那张脸很久。

"其实,今天是我的生日。"

周稳面色平静:"是吗?可我没有准备礼物。"

"不用礼物。"沈净晗轻声说,"你能不能……对我说句生日快乐?"

那一瞬间,汹涌的爱意比热烈燃烧的烛火还要滚烫,周稳攥紧隐匿在桌下的拳头,手指几乎没了血色,硬生生克制住那句几乎要脱口而出的话。

他眼眶酸涩,用尽力气才没有在她面前失控。

最终,他在她漆黑的目光中缓缓讲出那几个字。

没有预兆和酝酿,沈净晗掉下眼泪。

透过那张脸,她好像看到了十六岁的岳凛、十七岁的岳凛、十八岁……每一年他都在,但他已经七年没有对她说过生日快乐了。

一种虚无的满足。

"谢谢你,周稳。"这一句是真心话。

他让自己笑出来,用略带顽劣的语气说了句:"这次没有叫错名字。"

也许昏暗的光线让人不太清醒,也许面前那张脸太过真实,也许白天余笙的话给了她勇气,总之在某一瞬间,沈净晗没有想那么多,起身捧住那张脸,对着他的嘴唇吻下去。

最初周稳是意外的,愣愣地没有做出回应。

沈净晗只亲了几秒便退开,手臂轻轻搭在他肩上,垂着头微微喘气,像在对自己的冲动行为做出检讨,也像在犹豫要不要继续。

周稳目不转睛地盯着她，开口时嗓音低极了："又喝酒了？"

"没。"

"吃菌子了？"

"没。"

对上那双疑惑的眼睛，沈净晗似乎清醒了一些，有些退缩："你不想就算了。"

她身子一动，想从他腿上下去，周稳没给她机会，手臂收紧，将她牢牢固定在怀里："脾气这么急，我有说不想吗？"

他抬手抚摸她额间的碎发，指尖温柔地滑过她湿漉漉的眼尾："只是见惯了你的冷淡，忽然这样，我有点不习惯。"

他掌心扣着她后脑勺压向自己，唇瓣贴近她耳侧，气息温热，带一丝甜腻的奶油味儿："你好像很喜欢听那句话，我再讲给你听好不好？"

他的声音低极了，贴着她耳朵一个字一个字蛊惑着她的心。

"生日快乐。"

他说。

"生日快乐……"

他讲了六次生日快乐。

但沈净晗没有精力探究他说了几次，她的注意力全在他粗粝灵活的手指上，咬着牙趴在他肩上，克制着自己不要发出声音。

隔着衣服都能感觉到他的身体在慢慢发烫。

他们没有挪地方，就在那不算宽敞的藤椅上。

后来周稳将她抱到床上。

沈净晗渐渐有些异样的感觉。

上一次她喝了酒，其实许多感知并不清晰，她在混沌中结束了那场荒唐。

今天她是清醒的，黑暗中，所有细微的感觉都被放大，带着雨后清新水汽的吻，宽阔的背，紧实的腰，细腻健康的皮肤，触感令人喟叹且熟悉。

还有一些……可能连他自己都没有留意到的小习惯。

沈净晗再一次燃起希望。

想到这里时，她觉得自己大概是疯了。

她想起岳凛腹部下方那枚胎记，上次她忘记确认。

所以当周稳再次低头咬她耳垂时，她想也没想，直接从床上翻起来，一把掀开两人身上胡乱裹着的被子。

周稳猝不及防，完完全全暴露在她面前。

她眼睛盯着他腹肌往下的位置。

周稳觉得脑仁儿"嗡嗡"的："你这女人……"

胆子比以前还大，什么都敢看。

沈净晗上下左右看了个遍，什么都没发现，卸力一样坐在他腿上，觉得浑身都没劲儿了。

不过这结果在意料之中，倒也没多失望。

觉察到她在找什么，周稳没有遮掩，双手垫在脑后，极其放松的姿态，大大方方地给她看。

见她好一会儿没动，他颠了一下腿。

沈净晗身子一晃，差点掉下去，下意识地伸手撑住他腰腹，抬眼看他。

"看够了吗，还满意吗？"他笑得愉悦，显然对自己的资本信心十足，等着她夸。

沈净晗低头避开他的目光，偏又看到那里，耳朵一热，只好扭头看窗外。

纱帘作用不大，月光闯进来，沈净晗一半身体沐浴在银光下，一半陷在阴影中，肌肤白得发光，细腻的触感犹在指尖，清冷圣洁，诱人沉沦。

周稳没有再浪费时间，扯着胳膊将人拉到自己身上，反扣着她两只手："你还没回答。"

"还行。"她的声音一如既往的平静，好像刚刚耳热的人不是她。

他不满："只是还行？"

这姿势暧昧透顶，沈净晗挣扎着要爬起来，却被人抢先一步，抱着她翻身换位。

那人杀气腾腾："再嘴硬。"

这一夜折腾挺久，后半段周稳似乎还在气她那句"还行"，整个人都有些凶，幼稚地想要证明什么。沈净晗较上劲，死活不出声儿，一点儿反馈不给。

最终还是她先体力耗尽，累得不行才软下来，小声求他。

他在背后抱着她看窗外那弯月牙。

沈净晗很久都没有声音，周稳贴了她耳后一下，将人往怀里拢了拢，闭上眼睛。

谁知她并没睡着："你是不是把我的烟拿走了？"

他睁眼："什么烟？"

"你说呢？"

那天清晨两人靠在窗边讲话，后来她再去窗台，整包烟都没了。

周稳："我说过，抽烟不好。"

"你不是也抽？"

"我不抽。"

"我见过你拿打火机。"

他低笑一声："眼神不错。"

他翻身平躺，掌心还拢着她半张脸，摩挲着小小的耳垂："里面没火油，有人不让抽。"

她默认是他以前的女朋友，没说什么，闭上眼睛睡觉。

清晨，沈净晗比周稳先醒。

他依旧保持着搂她的姿势，呼吸均匀，睡得很沉。沈净晗看到他手腕内侧那道疤。

浅浅的一道痕迹，沿着手臂一路蜿蜒至手腕，如果不是方向不对，乍一看还以为他自残。

沈净晗把他的胳膊挪开，拽了枕头抱在怀里，盯着窗外一点点蔓延进来的日光出神。

所有人都在告诉她，要向前看，要活在当下，活得畅快，可放纵过后，心却比从前更空，并没好过多少。

虽是这样想，但不可否认，睁开眼睛就能看到那张脸，她的心情还是很好的。

看着那张熟悉的面孔，思绪缥缈混沌，会短暂地忘掉一些事。

炙热的身躯总比幻想来得真切。

昨晚实在太累，直接睡过去了，早上起来后沈净晗先去洗了个澡，吹头发时有人敲门，听声音是姜焕生。

她将昨晚被他扯掉的薄衫捡起来套在身上，看向床上刚睡醒的周稳："你别出声。"

周稳顶着乱蓬蓬的头发，眯着眼睛，露出一张人畜无害的笑脸，一点也不像传说中游戏人间浪荡随性的富家少爷，倒像个干净清爽的男高中生，夏日校园里穿着白衬衫坐在教室窗边，用白皙修长的手指转笔的那种。

忽然想起岳凛是非常会转笔的，做题时他喜欢一边转笔一边思考，他指尖灵活，转得快花样还多，笔"啪嗒"掉在桌上时，他会神奇地文思泉涌，阅读理解直接输出二百字。

周稳配合地噤声，扭头重新翻倒在床上，随手扯过被子盖住自己。

沈净晗去开门："姜爷爷。"

见她湿着头发，姜焕生站在门口没进去，将一包中草药交给她："过几天回去之前我还要去找些稀缺药材，这些你先替我带回去吧。"

沈净晗接过袋子："行，直接放您药房里吗？"

"先放你店里吧，我回去再取。"姜焕生掏出怀表看看时间，"是一会儿的飞机？"

"嗯，十点。"

"那早点出发，路上小心。"

关了门，沈净晗走到藤椅旁，放下中药袋子，看了眼那块蛋糕，用叉子挖下一小块尝了尝。

口感柔软绵密，奶油味很浓，香香甜甜又不腻。

有人在身后搂住她的腰。

周稳懒洋洋地将下巴抵在她肩头："好吃吗？"

折腾了一夜，他打理过的头发早变得乱蓬蓬，毛茸茸的脑袋蹭着她耳后，又乖又温顺。

虽然已经做过最亲密的事，但沈净晗还是不适应这样暧昧的动作，身体不太自然，放下蛋糕："你穿衣服吧，我要退房了。"

他没动，依然搂着她："一会儿就走？"

"嗯。"

"真不等我？"昨晚知道她的航班，周稳去订机票，没订到同一班，只能下午飞。

沈净晗说："我还有事。"

嗓音淡薄，没什么起伏，平静得像一夜风流后穿上裤子走人的薄情郎，可恶极了。

两人不但没一起走，连早饭都没一起吃，时间有些紧迫，沈净晗收拾完就走了，退房的事也丢给周稳。

周稳去浴室冲了个澡，在花洒的架子上看到一根扎头发的小皮筋，是昨天她头上那根。

他想看她长发垂下的模样，直接撸下去，让那缕散发着淡淡香味的发丝垂在自己胸口。后来她热了，又胡乱扎上，碎发湿湿软软地贴着她白皙的颈侧，是最勾人疯狂的药。

他捡起来套在手腕上。

黑色的小皮筋覆在手腕内侧那道疤上，温柔贴合，像她柔软的指尖。

沈净晗回到岛上，正赶上工人往外搬那些旧床头柜和电视柜，旧时约门前的空地已经堆了大半。她绕过曲折的缝隙从柜子中间穿过去，走到青青身边，问："人来了？"

青青正站在旁边拿个本儿计数："姐你回来啦。"

"买家呢？"

青青努嘴："两个男的，那边一个，另一个去卫生间了。"

沈净晗转头看了眼，杂乱的柜子后有个高高壮壮的男人背影，对着一个电视柜拍拍打打，检查质量。她点了下头："我先把东西送进去。"

进了门，沈净晗把姜焕生的一大袋中药放进厨房，出来时看到门口有个挑染粉色头发的矮瘦男人一闪而过，掀开帘子出了门。

她拎着背包站在那里。

片刻后，她走到窗旁，拨开白色纱帘，看清了那两个人。

沈净晗没想到买家竟然是张志君和曹斌。

上次在青城碰到他们，还以为他们是过来旅游，现在看样子是打算在青城落脚。

张志君和曹斌曾经是沈净晗和岳凛的高中校友。

沈净晗明艳漂亮，成绩又好，运动会上穿着白裙举班牌，男生们的目光都在她身上。

张志君看上沈净晗，三天两头带着小弟来骚扰，他们本就是学校里的小混混，抽烟、喝酒、逃课、泡妞，游戏厅里能待一星期，脑子脏手也脏。

岳凛警告教训过他们好几次，但效果并不明显。

那段时间岳凛每天上学放学都接送她，消停了一段时间，她还以为没事了。但岳凛不可能每分每秒都在她身边，那天她想去家附近的文具店，一出小区就被张志君和曹斌堵住了。两人像小流氓一样嬉皮笑脸，问她去哪儿，想不想看电影，要请她吃饭。

沈净晗转头往回走，两个大男生直接半拉半抱把她拖进巷子里。

如果不是岳凛及时赶到，不知道会发生什么事。

那天事情闹得很大，老师家长都来了，沈净晗哭着用手护着他脸上的伤。

他坐在椅子上整个人都虚脱了，一点劲儿都没有，还不忘摸摸她的脸，问她有没有被吓到。

最后学校对他们几个做出了处分。

张志君和曹斌是惯犯，身上还背着之前惹事记过留校察看的处分，这次数罪并罚，双双被学校开除学籍。

后来很长一段时间里，沈净晗都没见过他们两个，只听说他们没有再继续上学，去台球厅打工了。

再次见到他们时，沈净晗大二，岳凛死了。

他们不知从哪儿得到这个消息，隔三岔五去学校骚扰她，肆无忌惮。

"你男朋友死了，以后谁还护着你？"

"你装什么清高？"

"听说你跟你们老师搞到一起了，原来你这么骚啊。"

"跟我睡一觉，让我爽一下，过去的事一笔勾销。"

后来沈净晗退了学，卖了家里的房子，离开岳城，他们再也找不到她。

没想到今天在这里碰到。

沈净晗折回厨房，关了门，轻轻靠在门板上。

其实沈净晗并不怕他们，当初退学也不是因为他们。

可如果被这两个无赖知道她现在的住址，以后还有安稳日子吗？

她不想跟无关的人纠缠不清，也不想再到处奔波，只想安安静静地守着这片大海。

思虑许久，她还是决定不要露面。

正当她打电话给青青，握着手机转向窗口时，迎面与窗外的张志君视线相撞。

他也在跟别人讲电话，无意间走到厨房窗外。

认出沈净晗的那一刻，张志君愣了一下，显然很意外。

紧接着，他的表情有了明显的变化。

他笑了。

那笑容阴、凉、贼，像发现了还没玩够却丢失已久的宝贝玩具，让人不寒而栗。

青青的声音从听筒里传出来："姐？怎么打电话了？说话呀姐，姐？"

沈净晗挂了电话。

该来的躲不掉，她用力握了握电话，转身开门。

张志君与她同步走向门口。

工人们还在往外搬柜子。

沈净晗直接说："别搬了，东西放下。"

她打开手机，边往外走边点进软件，操作退款："我不卖了。"

门口的青青惊讶地回头："啊？"

张志君已经走到门口，笑容未改："沈同学？真是你。"

沈净晗不接他的话："我不卖了，麻烦你让你的人把东西搬回原处。"

张志君抬头看了眼招牌："这是你的店？"

她依旧不搭腔，示意青青："你去让里面的人都出来，款我已经退了。"

青青觉得气氛不太对，没敢多问，赶紧进去了。

一头粉毛的曹斌猥琐地从上到下打量沈净晗，扭头笑说："志哥，这么多年过去，沈同学越长越好看了。"

张志君觊觎沈净晗多年没得手，后来玩过再多，也都是野鸡炮友，总觉得差点意思。

他往前走了两步："老同学，有新男朋友了吗？"

沈净晗冷着脸："跟你没关系。"

几个搬运工人从里面出来："老板，什么情况？"

曹斌看沈净晗："沈同学，说好的事怎么还带变卦的？"

沈净晗面无表情："尾款还没结，我随时有权结束交易，订金我已经退了，请你们立刻离开这里，否则我会报警。"

张志君觉得这姑娘似乎跟以前不太一样了。

高中时出了事吓得直哭，大学时虽然不哭了，但任凭他们拿捏，说什么都不吭声，只是躲着他们走。

现在完全变了个人。

不怕他了。

真厉害。

他又向前一步，压低身子瞧她眼睛，言语戏谑："警察局我也不是没去过。不过，好歹同学一场，这么不近人情？我还追过你，你忘了？"

他身上有很浓的烟酒味，是危险的信号，沈净晗下意识地后退一步。

双方僵持不下，几秒后，一个声音忽然打破凝固的气氛。

"沈老板，你这儿怎么这么热闹？"成旭双手插兜从隔壁晃过来，身后跟了俱乐部的三个小弟。

沈净晗隐隐松了口气。

成旭连个眼神都没给那几个人,直接问沈净晗:"怎么回事?"
沈净晗说:"柜子我不想卖给他们了。"
成旭这才斜了一眼张志君和曹斌:"哥们儿,人家老板不卖了,还待在这儿干吗呢,一帮男的为难一小姑娘好意思吗?"
成旭一身纨绔样,身后还跟着人,看着又有钱又不好惹,曹斌扯出笑脸:"我们老同学叙叙旧,没事。"
"叙旧?"成旭冷笑一声,"我看人家姑娘不怎么想跟你们叙旧。"
他没什么耐心跟两个流氓扯闲篇儿,直接大手一挥,示意身旁的黄衣小弟:"你回去多叫几个人过来。"
曹斌心里"咯噔"一下:"哥们儿,你这是干吗?"
成旭笑得不阴不阳:"搬柜子啊,你以为干吗?"
隔壁很快跑出来四五个年轻高壮的小伙子,气势汹汹,声势浩大:"旭哥。"
成旭转头:"沈老板,柜子搬到哪儿?"
沈净晗说:"后院儿就行。"
"得嘞。"成旭回头,"听见了?"
话音落下,六七个年轻男人不由分说地将张志君他们挤开,开始往回搬柜子。
成旭歪头示意隔壁:"怎么着哥几个,跟我回俱乐部喝杯咖啡?我那边好玩的东西多,又刺激又新鲜,保管过瘾。"
张志君有心干一仗,但此刻的形势确实对他们不利,他和曹斌只有两个人,另外几个都是搬运公司的人,肯定不会帮他们动手。
不过现在知道了这女人的住处,以后有的是机会。
当年她那个早死的男朋友再厉害,不还是让她落单了。
张志君也没假模假样地示好,凉凉地回了句"不必"就走了。
那辆空货车轰隆隆地开走了,沈净晗真诚地和成旭道谢。
"没事。"成旭随意说,"最看不惯欺负女孩的垃圾。"
成旭朝后面的青青眨了眨眼,痞气地吹了声口哨:"我走了啊,有事喊我。"
另外几个人搬完柜子也回去了,沈净晗一一道谢。
世界终于清静下来。
她转头看青青:"你叫的成旭?"
青青点头:"我看那两个人像是要来找碴。"
沈净晗没说什么,拨了拨她的刘海:"没吓着吧。"
青青摇头:"没有。"
"这几天小心点。"
"嗯。"
成旭干了一件好事,回去就躺沙发上跷着腿,在电话里添油加醋地跟周稳说了,本意是邀功,结果对面反应很平淡,没说两句就挂了。
成旭挺纳闷,周稳不是挺喜欢沈净晗吗,怎么这态度,难不成这趟出门在外面有了新欢？

不过这也正常，周稳一向不喜欢在女人身上浪费时间，讲究个你情我愿。从之前几次沈净晗的态度来看她对周稳似乎很冷淡，他转移目标是早晚的事。

毕竟周稳不是周潮，不屑于做那些下三烂的事。

沈净晗已经做好近期他们会再次过来找碴的准备，没想到第二天张志君和曹斌就来了。

这次只有他们两个人，双双鼻青脸肿，张志君胳膊上甚至还挂了绷带。

两人进门就低头认错，说对不起，求她原谅，说以后再也不踏进云江岛半步，也不会再来打扰她。曹斌还开着手机录像，把两人道歉的过程完整地录下来。

道完歉两人逃也似的跑了。

张志君永远也没脸告诉别人，昨晚他和曹斌被一个黑衣黑裤黑帽黑口罩的男人给揍了。

那时两人正走在昏暗的巷子里，那个男人一身黑衣身手敏捷，像个特种兵一样从墙上翻下来，不由分说就动手，动作之利落下手之狠，有那么一瞬间他以为自己要被打死了。

二对一还打不赢的情况多年前他也经历过一次，这次被揍得更狠。

他甚至都没看清对方的脸。

只看见月光下那个男人扬起拳头揍他时，手腕上那根黑色的皮筋儿。

第四章
我会牵着你

周稳抵达青城当天没回岛上,第二天直接跟周敬渊和周潮去了千里山庄,密会冯时。

两方人马相隔一小时先后进入山庄后院的一间私密茶室。

以往周稳跟随周敬渊参与这样的活动都是不情不愿,就算去了也是在一旁默不作声,当个人形摆件,这次倒是很听话,顺着周敬渊的思路提了不少建议和想法。周敬渊很欣慰,冯时也一个劲儿地夸他,赞年轻人思维敏捷,后生可畏,周敬渊后继有人。

陈保全的事已经过去两三个月,周敬渊一直按兵不动,憋着不散货。冯时那边早就急了,问周敬渊什么时候可以恢复供货。

周敬渊的意思是最迟可能要年底,他还没有找到新的制毒师。

最近他倒是接触了两个人,但都不太满意,要么技术不行,要么张狂自大,提出非常苛刻的要求,这样的人以后不好控制。

"如果有苗子,我倒是想自己培养一个。"周敬渊说。

冯时将杯中余茶泼到一只鳄鱼茶宠上:"恐怕不太好找,我也帮你留意着。"

周稳和周潮坐在另一侧,周潮一边漫不经心地煮茶一边随口说:"你以前从不参与这种事,今儿是怎么了?"

周稳懒懒地倚着靠背,无聊地用指尖绕着茶杯盖子画圈:"看他可怜。"

三天前周敬渊的体检报告出来了,结果不是很好,心脏有点问题,其他脏器的机能也在亮红灯。周敬君特意打电话叮嘱他,以后不能再任性。

周潮瞥了眼隔壁桌:"岳城那个项目签成了,我舅挺高兴。"

"只要赚钱他都高兴。"

"那项目你要自己跟?"

周稳"嗯"了一声。

"那岂不是要在海南待很久?"

"初期跟一段,后面看情况。"

这场密谈持续了三个小时，离开时也是分头行动。

周潮要去别处，回岛的路上只有父子俩。

周敬渊对周稳提出的那些建议很上心，路上就迫不及待地给付龙打电话安排一通。

父子俩从没这么和谐过。

"你能懂事，我很高兴。"周敬渊说。

周稳看着窗外飞速后退的建筑："你以后注意点儿身体，少操劳些。"

周敬渊转头看了儿子一眼，这小子虽然面色依旧不是很温和，但能这样对他言语关心，已是很大的进步。

早知道体检报告这么好用，应该早去做检查。

张志君和曹斌莫名其妙的道歉让沈净晗疑惑了好几天。

看到他们身上的伤，她第一反应是成旭后来是不是又教训了他们，但问过成旭说不是，也想不到还有谁能这样为她出头。

于是这件事成了一桩悬案。

星期一下午，景区又要商户去开会，青青有直播课走不开，沈净晗自己去。

她很少参加这种会议，偶尔去一次也是听到一半就犯困，她也不常出门，认识的人不多，除了旧村约两边的邻居，其他大部分只是面熟，话都没讲过几句。

她一个人找了个不起眼的位置坐。

这次会议时间很长，除了每次例行公事的内容，还有即将到来的中秋小长假和十一国庆长假的安排。

每年这几个假期都是云江岛人最多的时候，做好迎接游客高峰期接待的准备是目前的重中之重，各商户报名参与哪些活动，自己有什么宣传项目需要支持，都要提前报备。

沈净晗低头翻看活动策划书。

走廊一阵骚动，几个人一边讲话一边经过会议室。

透明玻璃的会议室只拉了一半百叶帘，沈净晗在那几个晃动的人影中看到了周稳。

他们这三天没有联系，他回岛后没有找她。

和他一起的还有两个人：一个西装革履气度不凡，是周敬渊；另一个穿着黑色飞行夹克的年轻男人，她也见过，云江岛海洋馆的设计师，现任海洋馆总负责人霍屿辰。

几人走到门口停下，周敬渊朝在台上讲话的部门经理招了招手，经理赶紧出去。

周稳随意瞥向会议室，但只扫了一眼墙上贴着的宣传海报便收回目光。

周敬渊吩咐完事情，那个点头哈腰的经理又回来。

冗长的会议终于结束，景区给各商家发了中秋礼盒，沈净晗最后出门。

走了几步，她转身走向另一侧，准备去一下洗手间。走廊很长，快到尽头时又看到周稳。

他和周敬渊从那边的电梯口出来，周敬渊低声说着什么，他在身侧听。

两人擦肩而过，周稳目不斜视。

走过去后，周敬渊随口问了句："那是谁？"

身后响起一道随意的声音："一个商户。"

沈净晗脚步停下。

但仅仅过了两秒，她便抬起头，目光淡淡地看了眼前面，将中秋礼盒放在走廊右侧的窗台上，进了洗手间。

出来时外间一个人都没有，她在水池旁洗手。舒缓的水流冲掉晶莹的泡沫，她忽然想起应该给猫咪们剪指甲了。

一想到有那么多只爪子要剪就心累。

门口闪过一道人影，有人从身后搂住她。

周稳温热的唇瓣在她耳后蹭了蹭，嗓音低极了："今天怎么是你来开会？"

沈净晗在镜子里跟他对视一眼，随后移开目光，拉开腰上的手。

周稳直接将她的胳膊都圈进怀里，笑意很浓："生气了？因为这几天我没找你，还是因为刚刚没理你？"

沈净晗静了一会儿，抬眼看向镜中的男人："周稳，我们没在谈恋爱，你别想太多。"

周稳转过她的身体，垂眸捏了捏她的嘴唇："你这里怎么就讲不出一句好听的话？"

他手背关节处一片青紫，沈净晗的目光掠过那里，抬头看了他一眼。

周稳转了转手腕："运动过度。没事。"

沈净晗没说什么："我要回去了。"

周稳没松手："晚上一块儿吃饭？去我那儿。"

她的手蹭湿了他的胸口："你衣服。"

周稳低头看了眼："没事。要不要一块儿吃？"

"青青在等我。"

"你跟她说一声。"

她想了想："还是不了。"

"我那儿有鱼，新鲜的。"

沈净晗的目光在他领口那道褶皱处停留片刻："什么鱼？"

"鳕鱼。"

几秒后，她点了头。

沈净晗和岳凛的厨艺都极差。

那时岳凛一个人住,平时三餐都在早餐店和学校食堂解决,周末自己在家就随便对付一口。

沈净晗有时从家里带吃的过去,有时两个人一块儿逛超市,买些菜自己研究着做,常常把厨房搞得一片狼藉也凑不出两道能吃的菜。

岳凛那时特别愁,以后两人结了婚,家里连个会做菜的人都没有,怕不是要天天喝西北风。

素菜相对好做,炒个土豆胡萝卜丝,炒个青菜,但岳凛一个青春期的小伙子,一米八几的大个子,又是高三,马上准备高考,正是能吃又需要营养的时候,哪能天天吃素。

于是两人开始研究做各种肉。

其他的勉强能吃,但每次做鱼都是一种折磨。

红烧鳕鱼,沈净晗第一次做时,煎鱼把自己煎哭了。

真的要气死,明明每个步骤都是按照食谱来的,但就是煎不好,翻面就碎,到最后一盘鱼也找不出几个整块儿的,卖相极差。

岳凛一边哄她一边忍不住笑说她气性太大,把那盘碎鱼肉吃个精光,说碎点怕什么,吃到肚子里都是一样的,味道一点儿不比外面饭馆的差。

周稳带沈净晗回半山别墅。

原本他想做鱼给她吃,但她说要自己做,于是他准备其他食材。

两人在厨房准备食材时,周稳忽然想起什么,把人支开,打开洗碗机旁的储物柜,把剩下的半袋糯米粉挪到顶层她够不到的柜子里,把冰箱里做好的汤圆统统挪到最下层,上面压了几盒水饺。

沈净晗拿了两个玻璃杯回来:"要这个干什么?"

"一会儿榨橙汁。"

于是沈净晗去冰箱那里拿橙子,刚刚拿姜片时看到里面有。

周稳看着她站在开着门的冰箱前认真挑橙子,就有点控制不住,走过去扳过她的肩膀,低头咬住她的唇。

他并没用力,细细密密地磨她的唇瓣,舌尖递进去纠缠了一会儿。

沈净晗安安静静地跟他亲。

亲完他弯腰把掉在地上的橙子捡起来。

周稳反应明显,还要亲,沈净晗推他一下:"吃饭吧。"

沈净晗现在依旧做不好鱼。

两人忙了半天,面对面坐在餐桌前,周稳看着面前那盘碎鱼,笑意明显:"怪不得你的店里不提供餐饮服务,这个手艺是不好做给外人吃。"

令沈净晗意外的是,周稳的厨艺非常不错,做出来的菜卖相极佳,味道也好,像是专门学过。她吃他做的椒盐鸡块:"大少爷也会做菜。"

"大少爷在国外也是要自己做饭的——你能不能不要总是'少爷少爷'地叫?"

沈净晗看他吃了一块鱼肉："好吃吗？"

周稳品了品滋味："我这人不挑，毒不死就成。"

她没吭声。

世界上大概不会再有谁会像岳凛一样不嫌弃她做的碎鱼肉了。

周稳虽然那样说，但吃完一碗饭，又添一碗。

眼看着那盘红烧鳕鱼要见底，沈净晗忍不住提醒他："不要勉强，你不吃我也不会生气。"

周稳说："饿了。"

他吃饭时话很少，这一点跟岳凛很像。

岳凛自小家教严格，老将军要求他食不语，寝不言，不许塌肩懒散，做什么都要端端正正。他只有跟沈净晗在一起时才特别放松。

她看着他把那盘鱼吃光。

之后的一段时间，两人保持着一定频率的联系，偶尔也一起过夜。

青青觉出一些端倪，也问过沈净晗，但她说没有谈恋爱，青青也不好再问。

沈净晗觉得周稳这个人很矛盾，单独跟她在一起时对她特别好，眼睛里全是她，有外人在时反而显得疏离。

也许他们这样的富家公子都很擅长逢场作戏，在男女关系中游刃有余，温柔时会让女人产生一种错觉，好像他真的爱上了你。在别人眼里，你不过是个可以随时换掉的女伴。

但沈净晗并不在意这些，他不走心更好，以后能免去许多麻烦。

国庆长假过去后，云江岛的客流量逐渐回到节前的水平。

成旭新购置了一艘游艇，邀请一众纨绔少爷参加海上派对，周稳带了沈净晗。

沈净晗本不想去，但上次成旭帮了她，后来也一直对旧时约很照顾，不好拂他的面子，于是答应。

那天除了周稳、周潮和成旭，还有三个沈净晗没见过的年轻男人。除了成旭，每人都带了女伴，另外还有两个漂亮女生，不知道是哪家的千金小姐跟出来一起玩。

这些人大概常常参加这样的派对，很悠闲放松。游艇上放了音乐，点心水果一应俱全，他们在半露天的船舱里闲散地坐着，搂着美艳性感的女伴谈论赛车和股价。

沈净晗跟他们不熟，一个人坐在船舱外，趴在栏杆上看海。

她虽然住在海边，但不怎么出海。这里风很大，海水的颜色也跟在岸边看时不一样。

有个漂亮女孩给沈净晗递了一杯果汁。是哪个集团的独生女来着，成旭介绍过名字，沈净晗没记住。

她接过饮料："谢谢。"

女孩很明媚,年龄看着很小,大学都没毕业的样子,她问:"姐姐你怎么不进去玩?"

沈净晗如实说:"我不太喜欢热闹。"

女孩好奇地看着她:"你是周稳哥的女朋友吗?"

沈净晗说不是。

既然不是女朋友,那就是女伴或情人了。

女孩知道这些公子哥,"女伴"可以有很多,但"女朋友"只能有一个。

他们这样的世家公子,不会随便交女朋友,被家里知道,不知道要多出多少麻烦,又要调查家世、人品,又要衡量筛选,好像天底下的姑娘都抢着进他们家的门。

虽然女孩也出身于这样的家庭,但她不屑这种利益至上的婚姻方式。

她挺喜欢沈净晗的,安静话少,不张扬不妖艳,美得像个仙女,往那儿一坐一个背影都能把船舱里那几个俗物比下去。

"你真好看。"女孩真心夸赞。

沈净晗刚要开口道谢,女孩已经欢快地把话题扯到别处去了。

两人聊了一会儿。

沈净晗发现这女孩竟然和赵津津在同一所大学,不过不是同年级,专业也不一样。但她说听过赵津津的名字,因为赵津津在校庆活动中表演节目了。

"我还拍了照来着。"女孩拿出手机翻开相册。

屏幕上方忽然弹出一条新闻。

女孩扫了一眼,立刻皱起眉头,赶紧点开看了看具体内容。

她越看越生气,一阵抱怨:"怎么这样啊?真这样我以后都不想用微信了,太让人焦虑了吧,装死都不行了。"

沈净晗问怎么了。

"微信要出'已读'功能了!"

不远处,端着一盘烤串走过来的周稳停下脚步。

看到周稳,女孩冲沈净晗眨眨眼,跑进船舱里继续跟朋友们吐槽微信去了。

周稳走过来。

他不知从哪儿找到一顶沙滩遮阳帽,直接扣在沈净晗脑袋上:"晒黑了。"

帽檐很大,显得沈净晗的脸更小,一阵海风吹来,险些掀跑,沈净晗忙按住。

周稳递给她一串牛肉:"尝尝。"

沈净晗一手按着帽子一手接过牛肉:"你烤的?"

"嗯。"

"你会的还不少。"

周稳靠在她身边的栏杆上,端着盘子自己也吃了一串:"无聊吗?"

"还好。"

"如果你不喜欢，下次我们就不来。"

沈净晗静静地看了一会儿大海："我喜欢看海。"

周稳凝视她片刻："那下次我带你出海，就我们俩，不带他们。"

沈净晗没出声。

过了会儿，沈净晗去洗手。周稳点开手机，在搜索栏输入"微信"，很快蹦出最新词条——

"微信或将上线'已读'功能"。

评论区吵得很厉害，多数都不支持，对方"已读不回"让人失落是一方面，更多的是不想捆绑自己的精神自由。

看到不想回复或不知道怎么回复的信息不能再继续装作"看不到"，无形中增添了不少社交压力。

周稳重新输入搜索词条：之前的信息是否会同步显示"已读"？

结果五花八门，没有官方确切的答案，但其他有这个功能的软件据说是不会显示。

他出了一会儿神。

如果真有这个功能，那以后都不能再看她的新信息，也不能回看她以前发过的文字了。

如果以前那些信息都显示了"已读"，那就承认吧。

周稳破罐子破摔地想。

沈净晗穿过半开放的船舱，下了几级阶梯进到船身里，不想正碰见周潮半压着他的女伴亲得火热，唇舌交缠的声音很大。周潮的大手在女人腿上使劲儿抓揉，女人哼哼唧唧，红着脸小声说"有人"。

周潮回头，舌尖舔了舔嘴唇，充斥着情欲的双眼玩味地扫了一眼沈净晗，当着她的面狠狠捏女人的胸。女人痛呼出声，求他轻一点。

沈净晗面无表情地经过那条过道，去了洗手间。

出来时，周潮和那女人已经不在了。

沈净晗一直不喜欢周潮，虽然同是周家的人，但他给人的感觉轻浮、无理，莫名让人浑身不舒服。周稳不会给她这样的感觉。

她出去后，周潮跟没事人一样，搂着已经整理好衣服的女伴笑说："沈老板，一会儿下水吗？"

周潮和成旭，包括俱乐部那些小弟，都喊沈净晗"沈老板"。

虽然他们都知道她和周稳的关系，但在岛外玩时，周稳也带过别的女人，他们认为周稳大概率对沈净晗也只是一时新鲜，把她当作在岛上无聊时的消遣，说不准什么时候就腻了。

"嫂子"这类称呼不是随便叫的，哪天入了周家老爷子的耳，怕是要找周稳的麻烦，所以他们只半开玩笑地叫"沈老板"。

沈净晗没看周潮，径直从他身边走过。

几个会游泳的人要游海泳，到后面换好泳装出来。

女人们自然是美的，争奇斗艳，选了最显身材的性感泳装。男人不同，衣服一脱，什么腰什么腿一目了然。周稳宽肩窄腰，线条紧实，匀称不夸张的胸肌和腹肌，皮肤近乎冷白，一点也不糙，一双看着就特有力量的腿，瞬间吸引了所有女人的目光。

就连成旭都起哄："稳哥你这太犯规了啊。"

周稳走到沈净晗面前，一边戴泳镜一边说："试试吗？"

沈净晗摇头："不敢。"

周稳戴好泳镜，用只有她听得到的声音说："下回带你游。"

他做了几个动作热身，准备好后直接从船侧一跃而下。

周潮和另外两个男人也跟着跳下去，两个女伴不太敢，从侧边的梯子慢慢下水。

成旭换了音乐，船上的气氛重新燃起来。

沈净晗趴在栏杆上看周稳游泳。

他游得很快，没一会儿海面上只剩一个小小的脑袋，没多久又游回来，跟她打了个招呼。海水波光粼粼，金色的阳光落在他湿漉漉的头发和眼睫上，像给一个原本已经很完美的画面打了光，将他的五官修饰得更立体好看。

他打完招呼便一个猛子扎进水里。

其他几个男人胜负欲上来，一同潜入水里比闭气。

船上的人都凑过来看热闹，给水里的人加油。

几分钟后，第一个男人已经忍不住冒头，抹了把脸上的水，连连摇头说"不行了"。

紧接着第二个男人也出来了。

周潮第三个冲出水面，一接触到新鲜空气便贪婪地猛吸："这水真凉。"

几个人先后上船。

只有周稳没有动静。

沈净晗扶着栏杆站起来，目不转睛地盯着周稳入水的位置。

成旭看出她担心，笑着说："放心，稳哥是我们这几个人里潜水时间最长纪录的保持者。"

"已经三分钟了。"沈净晗紧紧盯着水面。

周潮披着浴巾走过来："我哥的最长纪录是，七分零三秒。"

一整船的人都在嘻嘻哈哈，轻松愉悦地聊天，看热闹。

可沈净晗的手却越来越冰冷。

这七年，她曾无数次梦到岳凛那艘翻沉的客轮，他在倾斜的船体上抓着栏杆，身体悬在半空中，惊恐无助。

梦到他最终体力不支，坠进深海中。

梦到他漂浮在一望无际的大海上,身体被鲨鱼啃噬撕咬,最终变得血肉模糊,尸骨无存。

他不会游泳,在浅浅的水池里都要紧紧抱着她不敢松手,在那样的深渊中,他该多恐惧、多孤独、多绝望。

每次梦醒都是一身盗汗,冷得发抖。

她的男孩儿,死得很惨。

时间超过五分钟时,沈净晗的手已经开始发抖,颤颤地大声叫周稳的名字,但那片大海一片沉寂,无人回应。

那些人还在笑,还在说没事。

沈净晗思绪一片混乱,梦里的一幕幕无比清晰地在脑海中轮番轰炸。当周稳的脸与梦中那张脸完全重叠时,她什么都没想,毫不犹豫地越过栏杆,跳进大海。

女人们吓得尖叫,所有人都蒙了,"呼啦"一下围过来:"沈老板!"

初入水时沈净晗是慌的。适应几秒后,她颤抖着逼自己镇定,朝着周稳入水的方向游。她没戴泳镜,什么都看不清,勉强睁开眼睛,只看到前方不远处有团影子。

巨大的恐惧让她的双腿不听使唤,但她还是挣扎着游过去。

水里那团影子从发现她那一刻便迅速靠近,在沈净晗忍不住呛水时,紧紧抓住了她的手,一把将人扯进怀里,带她向上游。

两人猛地冲出水面。

沈净晗浑身发抖,湿着眼睛大口呼吸。

周稳抱紧她,一遍一遍地安抚:"没事了,没事了。"

沈净晗浑身湿透,衣裙很薄,身体的玲珑曲线掩藏不住。周稳将人揽进怀里,让上面的人扔下一条浴巾,将人裹得严严实实,扶她上船。

船上的人都松了口气。

他们不懂,只是潜个水,憋个气,怎么吓成这样。

真爱呢。

他们嗤之以鼻。

在他们的世界里,真爱最不值钱。

只有周潮定定地看着沈净晗,若有所思。

周稳让他们都散了,不要围在这里:"我带她进去休息一会儿。"

他将沈净晗抱进船舱里。

别人不懂,他懂,他知道她在想什么,但他什么都不能说,只能将她的头按在自己心口处,沉声说"对不起"。

沈净晗在他怀里平复很久,体温慢慢回升,终于不抖了:"是我小题大做,抱歉,搅了你们的聚会。"

周稳亲她额头:"是我吓着你了。"

她低声说:"我想回去了。"
周稳立刻说好。

因为这个插曲,派对提前结束。上岸后,周稳没让沈净晗回旧时约,直接把她带回自己家,让她在楼上主卧的浴室里洗了个热水澡,出来时又给她端了碗热热的姜汤。

沈净晗裹着浴巾,端着姜汤,走到窗口的望远镜前。

她以前在岳凛那里玩过手持望远镜,还从没玩过这样专业的落地式望远镜。她打开镜头盖,眯起一只眼睛看向里面。

周稳不知什么时候过来,从身后圈住她的身体,握着她的手,教她调试焦距和角度。

"这样看。"他温柔地说。

他洗了澡,没穿衣服,只在腰间围了条浴巾,浑身热气腾腾,身上有跟她相同的沐浴露香味。

繁星璀璨,是另一个世界。

周稳的侧脸贴着她的耳朵,不时偏头亲一下,夸她学得快。

她手上的半碗姜汤被他接走,放到一旁的桌子上。

他转过她的身体,捧起她的脸,细密地亲吻她的唇。

"怎么这么傻?"她在朦胧中听到了一句模糊不清的话,还没有细想,整个人就被周稳抱起来,轻轻放到床上。

他吻得急切,从嘴唇到颈侧。

他细致地吮吻她银链坠子上的小猫爪子,叼起含住又放下,再叼起,顺带咬住一点细嫩的皮肉,把那里弄出一片红晕。

沈净晗觉察出他的动作,扯开坠子不让他碰,他便不再碰,继续往下。

重新回到她唇上时,沈净晗搂住他的脖子。

他低沉着嗓音:"怎么不闭眼睛?"

"想看看你。"沈净晗抚摸他潮湿的眉眼,"怎么,影响你发挥吗?"

他笑着吻她:"不影响,看吧。"

清晨沈净晗醒来时,周稳正背身站在床尾穿衣服。

她很轻地翻了个身,将脑袋埋进被子里,只露出一双眼睛。

周稳听到声音转过身,弯起嘴角:"醒了。"

沈净晗觉得他这样盯着人一粒粒系扣时特别性感,好像下一秒就要扑过来。

从前岳凛也是这样,穿衣服、脱衣服都喜欢当着她的面,然后臭屁地装作不经意间秀出他辛辛苦苦练出来的腹肌。

岳凛上警校后一直留寸头,周稳头发要长一点,打理后很有型,青青背地里总说他和电视上的某个男明星长得像。

沈净晗后来搜过那个人，并不觉得他们像，甚至觉得那人不如周稳。

大概他占了跟岳凛长得像的便宜，在沈净晗这里，别的男人不可能比岳凛好看。

昨天衣服全湿了，周稳帮她洗了还没干，沈净晗裹在被子里出不来。

周稳扔了一件自己的黑衬衫给她，宽宽大大，堪堪遮住腰下。沈净晗拎起衬衫看了看："你不会想让我穿这个回去吧？"

周稳说："你愿意我还不愿意，先下楼吃饭。"

锅里煮好了黑米粥，应该是昨晚他预约的定时。

微波炉里有刚热好的酥饼，煮蛋器里有两颗煮好的鸡蛋。

周稳总是不紧不慢地做好一切准备，不像岳凛，犯懒的时候会和她一起晚起，抱着她在床上赖很久，然后两个人手忙脚乱地穿衣服洗漱。他骑自行车载她，路过常去的早餐店扔进去几块钱，拿两根油条便急匆匆地送她回学校。

别墅的门铃响起。

周稳过去开门，助理送来一个手拎纸袋，周稳拿回来放在沈净晗一旁的餐椅上。

灰白色的纸袋很有质感，沈净晗抬头看他。

周稳说："吃完饭试试，看合不合身。"

沈净晗勾着纸袋看了一眼，是一条晴山色的连衣长裙，触感柔软，轻薄飘逸。这个品牌沈净晗知道，是她平时不会买的牌子。

她松开纸袋："我不要。"

周稳似乎早猜到她会是这样的反应，笑得很痞气："那你只好穿着我的衬衫回去了。不过我应该还会再借给你一条裤子，因为我不太想让别的男人看见你的腿。"

他开玩笑的语气，听起来色色的，不太正经，沈净晗瞪他一眼。

这男人好像特别喜欢她的腿，每次都要亲很久。

岛上没有正经商场，只在一条巷子里有很多沿街小店，卖的都是海边沙滩裙之类的衣服。不知道他从哪里弄来的这条裙子。

沈净晗问他，他说让每天上下班通勤出岛的员工从青城带回来的。

"多少钱？我还你。"

"跟我还要算这么清？"

"清楚一点比较好。"

周稳看她几秒："那先欠着，以后再说。"

最后沈净晗还是换上了那条裙子。

"他发视频，我选款。怎么样，好看吗？"周稳站在一旁看着镜子里的女人。

他的品位很不错，颜色素雅，尺码选得也很合适，这么有经验，大概以前常常给女人买衣服吧，沈净晗想。

周稳的助理打来电话，询问他上午的会议是否能到场，周稳说会去。

他刚挂了电话，沈净晗就说："你去忙吧，我回去了。"

周稳没说别的，两人收拾好东西，将沈净晗半干的裙子折好带着，一起出了门。

时间虽然很赶，但周稳还是先把沈净晗送回旧时约。

青青已经习惯自家老板偶尔夜不归宿，看到周稳也没有太惊讶，笑着打招呼："稳哥。"

她现在跟周稳熟了，和成旭他们一样叫"稳哥"，只有沈净晗叫他名字。

周稳点头答应，又跟几只小猫咪打招呼，猫咪们一如既往的高冷，一只也没有理他。

尤其是"红豆"，每次见着他就龇牙，跟之前在简生怀里撒娇时完全是两副面孔。

周稳怀疑是不是自己偷偷来放项链那次它记住了，认为他是坏人，还顺道通知了另外几只。

青青正在吃一碗牛肉粉，沈净晗看到包装袋："不是常叔家的？"

青青说："常叔家的牛肉粉没有以前好吃了，以前我一天不吃就难受，现在不吃也就那样了。这家昆记是我新开发的，特好吃，尤其是辣椒油，特别香，你尝尝。"

她想给沈净晗分出一点，沈净晗说已经吃过早饭了："你吃吧，吃完去休息，我看店。"

周稳已经准备走了，到门口时忽然停下，转头问青青："常叔是哪家店？"

青青说："常记牛肉粉。"

"从什么时候开始不好吃？"

青青不明白他问这个干什么，但还是如实回答："就前段时间。"

周稳思索片刻："店在什么位置？"

"海洋馆对面那条小吃街里。"

"昆记也是那边的？"

"是。"

沈净晗觉得他问得奇怪："怎么了？"

周稳说没事，他看了眼沈净晗："我先走了。"

"嗯。"

这天上午，周稳在景区办公楼开完会，处理了一些杂事，中午一个人去了常记牛肉粉。正是午饭点儿，店里空了一半位置，他随便找了张桌子坐下，点了一碗牛肉粉。

老板是个光头的中年大叔，大概因为生意不好，他心情也不太好，整个人丧丧的很没精神，面端上来后就拿着蒲扇坐在门口，跷着腿看外面人来人往的游客，偶尔吆喝一声。

周稳喝了一口面汤，没什么特别的味道，普普通通一碗面，他吃了半碗就结账。

出来后，他沿街往里走了二三十米，看到那家昆记面馆，和常记牛肉粉不同，这边明显热闹不少，站在门口就能闻到一股很诱人的香味。

老板是一对中年夫妻，笑容满面地把他请进去，安排在仅剩的一处空位上："您吃点儿什么？"

周稳看了眼墙上的菜单："麻辣面。"

"好嘞！"

等待的间隙，周稳用一次性筷子蘸了点桌上的辣椒油尝了尝，酥酥脆脆，炸得很香。

很快麻辣面端上来，一碗香喷喷的面，红油浮在汤上，配了些青菜点缀，让人很有食欲。

他只吃了一口便不再碰。

筷子拨开面条，翻找片刻，果然在碗底的调料碎渣中看到可疑物。

他没说什么，拍了照片，结账后离开。

这天晚上，周稳撬开地板，取出记事本，记录了几行字。

最后今日收支明细那里，他写——

女士裙装一套，价值7999元（从我工资里扣）。

周少爷是不会每天都去上班的，所以这天去过后，第二天助理就很有眼色地没有打扰他。

周稳在俱乐部混了一会儿，直接拐进隔壁旧时约。

"跟我出去一下。"他敲敲前台的桌子。

沈净晗从电脑前抬起头："干什么？"

"带你去个地方。"

沈净晗摇头："我没空。"

周稳探身看了眼电脑屏幕："这不是挺闲？"

"一会儿要来个团。"

周稳不由分说地越过前台，拉她起来："走吧，跟我走。"

"哎！"沈净晗被他拽出去，"你干吗？"

周稳拉着人一边往外走一边告诉厨房里的青青："待会儿团来了叫你成旭哥过来帮忙。"

周稳带着沈净晗一路往东，经过落日观景台和钓场，沿着海岸线继续走。

那里平时连本地岛民都不去，一个人都没有，周稳牵住她的手。

"你到底要去哪儿？这边什么都没有。"沈净晗平时活动范围很小，最远只到钓场。

周稳带她绕过一片巨大的礁石:"谁说什么都没有。"

沈净晗顺着他的目光看过去,发现那里的海边搁浅了几艘废弃的老式渔船。

斑驳老旧的船身,交错的绳索,船头系着红绳,桅杆上挂了一面五星红旗,船体右侧隐隐有一行白字,只能看清其中一部分,"××渔36128",应该是船的编号。

这边没有细密的沙滩,全是石头,周稳牵着她走向里面最靠近海的那艘船:"没事时我喜欢一个人来这边坐坐,没人打扰,很舒服。"

沈净晗提着裙摆,周稳将她拉上船。

船舱里应该被他清理过,并不杂乱,外面的甲板处一片空地,站在船头吹吹风,看看海,很安静惬意。

像一个秘密基地,一踏进来,整个人都放松许多。

沈净晗笑着回头:"你怎么找到这里的?"

周稳有一瞬间的恍惚。

有多久没有看到她这样的笑容了?

记不清了。

他走到她身边,抬手拨了拨她眼尾处的几根碎发:"你忘了,这是我家的地盘,我什么不知道。"

沈净晗说:"你来这儿都做什么,就发呆看风景?"

周稳想了想:"差不多。"

"周少爷也有心事。"

"我有很多心事。"他作势掐她脸蛋,"告诉你多少次了,不要叫我周少爷。"

沈净晗拨开他的手,转头看海面上飞过的一群海鸥:"那你带我来干什么,一起发呆吗?"

周稳倚着掉了红漆的栏杆:"游泳。"

她怔了怔:"游泳?"

他淡淡地"嗯"了一声:"那天不是答应了带你游?"

沈净晗沉默一会儿:"我不太敢。"

周稳静静地看着她:"那天不是下水了?"

她没说话。

周稳压低身子,凑过去瞧她的眼睛:"怕我死啊?"

他靠得近,身上那股淡淡的好闻的味道很清晰。沈净晗偏头不看他,岔开话题:"没有泳衣怎么下水。"

面前的男人踢了踢脚边的袋子。

沈净晗低头一看,不知他从哪里变出这么个纸袋,里面隐隐能看到泳装、泳镜、白色浴巾,甚至还有女士内裤。

原来早有准备。

周稳捏了捏她的手指:"天快冷了,再不试试就要等明年了。"

虽然他们已经做过最亲密的事，但周稳很尊重她，她在船舱里换衣服时没有进去。

沈净晗又一次感叹周稳挑选衣服的眼光。

他没有为她选性感的比基尼，而是选了纯黑色的套装。

剪裁恰到好处的腰线，俏皮的短裙遮住腿根，身后只用几根细带系着，一层轻薄的细纱罩在外面。完美的曲线若隐若现，藏匿其中，比直白地暴露更耐人寻味。

周稳也换上泳裤，带着沈净晗下了梯子。迈入水里前，沈净晗忽然停下。

周稳转身，牵住她的手："没事的。"

她垂着眼睛，看起来很紧张，手也很凉："周稳，我还是下不去了。"

周稳忽然意识到一件事——

沈净晗不是单纯地不敢游海泳。

虽然她没说过，甚至在给岳凛的信息里也从没提过，但他看得出来，她恐惧这片大海。

她过着撕裂般的生活，折磨着自己。

一边守着这片大海，每天都能看到，一边害怕靠近。

周稳闭上眼睛。

心里绞着疼。

沈净晗想要退缩："周稳，其实我——"

"沈净晗，"周稳捧住她的脸，微微抬高，让她看着自己的眼睛，"大海不可怕。"

沈净晗湿着眼眶看他。

"相信我，"他说，"我会牵着你。"

他带着她一点点往深处走。

沈净晗走得很慢，两只手抓着他的大手，但好像还是不够有安全感，一直提醒他慢一点，注意水里，不要一脚踩空。

水面漫过腰部时，周稳跃入水中，游出几米，转身朝她伸出手："来。"

沈净晗努力平复自己，鼓足勇气，手臂在水中滑动，缓慢地靠近他。

坚持了两米，周稳猛地往前，接住她的手："你看，你可以的，什么事都没有，是不是？"

沈净晗从最开始只敢用基础动作慢慢游，到后来渐渐可以尝试自由转身。身体越来越放松，后面甚至可以潜入水中几秒，看海底经过的小鱼群。

周稳一直游在她身边一米左右的位置，隔一会儿就碰一下她的手，让她有安全感。

见她又潜进去，他也入了水。

海水湛蓝清澈，她闭着眼睛，万千发丝和身上的薄纱随着水流涌动，飘逸

如仙。

周稳凝视她许久，在她撑不住准备上浮时游过去，捧住她的脸，吻下去。

床伴和谈恋爱是不一样的。

床伴很简单，解决生理需求，彼此不干涉对方的生活，有需要时见一面，随时可以抽身，清清爽爽，不受约束。

而暧昧亲昵的轻吻，温声细语的柔情是恋爱专属。

沈净晗不知道周稳对别的女人是不是也这样温柔体贴，但无论从哪方面讲，他都是合格且让人舒适的伴侣。

每次吻她时，都认真且深情。

好像，他真的爱她。

对大海的恐惧，沈净晗没有对任何人讲过，包括对话框里的岳凛。

准备退学换一个城市生活时，她下意识地选择了沿海城市，后来辗转到了云江岛。

她一直以为自己是向往大海的，因为他在那里。

她可以傍晚坐在海边的沙滩上看日落，也可以坐船坐游艇出海，很长一段时间她没有觉察出任何异样。直到有一次她和余笙一起在海边捡贝壳，她才意识到她的心理状态是有问题的。

踩在软绵的沙滩上，越靠近大海，感受着海浪奔腾扑打在小腿上，慌张与惧怕的感觉就越强烈，心脏开始不受控制地加速跳动，好像下一秒就会被深渊般广阔的大海吞噬。

她后知后觉，意识到自己已经几年没有下水游过泳。

她去看心理医生，医生诊断为"创伤后应激障碍"，建议她搬离目前居住的地方，有利于缓解精神紧绷的压力。

她没有吃医生开的药，也没有搬离云江岛，只是不再尝试下水。

那天晚上沈净晗在床上辗转许久。

她不确定今天之后她是不是就好了，也不知道这样做有没有意义。

她依然每天给岳凛发信息，分享自己的琐碎生活，但没有提过周稳。

几天后的一个傍晚，沈净晗正帮隔壁餐馆老板家的小女儿补习功课。

旧时约不提供餐饮服务，网络订房里带的早餐都是住客拿着餐券去那边吃，两家已经合作几年。

这两天市里下来人整体检查云江岛所有餐饮商铺的卫生消防及食品安全情况，听说查得很严，有家面馆因为消防严重不合格已经关停，老板都被带走了。餐馆老板娘忙着整顿自家前厅后厨，让孩子来这边写作业。

小姑娘叫明月，今年初二，学习很好，就是容易溜号，尤其在旧时约，守着几只软乎乎的小猫咪，隔两分钟就要去摸一下。后来沈净晗不得不把猫咪们关到楼上，让她写完作业再玩。

明月写了几道选择题后,又开始托着下巴咬笔头:"净晗姐,余笙姐真不回来啦?"

沈净晗站在前台前擦玻璃杯:"她都结婚了。"

余笙的男朋友从瑞士回来后,没多久两人就领了证。

明月特别惊讶:"这么快?"

她叹了口气:"我哥这下彻底没希望了。"

明月的哥哥明灿,今年刚考上大学,少年情窦初开,初次单恋给了余笙,余笙走的那天,他郁闷地跑海里游了两个小时。

"那天我哥打电话时还问她来着。"

沈净晗走过去,拿起明月的习题册:"你就别管别人了,写完了吗?"

"还差一点。"

沈净晗的视线扫过第一页,很快翻页。

明月对她检查的速度见怪不怪。

沈净晗很快指着其中一道填空题:"甲基苯丙胺的化学式重写。"

明月探头:"不是 $C_{10}H_5N$ 吗?"

"$C_{10}H_{15}N$。"

"哦哦哦,误会,误会,我会的,漏掉了。"明月赶紧拿起笔,在"H"和"5"之间添了个"1"。那地儿原本没留空位,补完后特别挤,糊成一片。

沈净晗又要说话,明月赶紧打岔:"那什么,甲基苯丙胺是什么意思啊?"

"甲基苯丙胺是一种无味或微苦的毒品。"沈净晗坐在她对面,继续翻看她的习题册,"它的外表是一种透明结晶体,很像冰糖,就是我们常听说的'冰毒'。"

她把练习册重新推到明月面前,点点第五题:"这里也漏掉一个数字,你不是不会,你是马虎。"

明月灰溜溜地埋下头:"马上改。"

几份作业直到天黑才做完,放下笔明月就央求沈净晗,要跟猫咪玩一会儿。沈净晗给她拿了瓶汽水,上楼把"红豆"它们放出来。

几只小猫咪扑扑腾腾地跳下楼,沈净晗留在猫屋补粮补水,收拾残局。

周稳打来电话:"吃饭了吗?"

沈净晗用专门吸猫毛的吸尘器收拾地面:"还没。"

"那正好,今晚来吗?我给你做鱼吃。"

"不去了。"她说。

"怎么了,忙吗?"

沈净晗停了一下:"我那个来了。"

电话那边沉默片刻。

"那怎么了?"

"不能做,去干什么?"

沈净晗看不到周稳的表情，但她能感受到他是有些不高兴的。

这通电话在不怎么愉快的氛围中结束。

从学生时代开始，沈净晗每次经期都很难熬，至少要难受个两三天。每次这时候她的脾气就不怎么好，岳凛逗她时，她也没有耐心配合，整天愁眉苦脸哼哼唧唧。

时间久了，岳凛有了经验，每个月这几天都备着红糖姜茶，包里随时能翻出几片暖宝宝。班里饮水机里的热水有限，接几杯就没了，他下课就拎着保温杯往讲台旁冲，接一杯热水送到她班上。

很多人都有"卫生巾羞耻症"，他没有，沈净晗忘记带卫生巾时，他就去超市给她买，大大方方地挑选适合她的品牌和款式，还会顺便带一杯热乎乎的奶茶回来。

那时候沈净晗那些娇气的毛病全是岳凛给惯出来的。

今晚青青值班，沈净晗在房间里休息。

几只猫咪已经归位，或卧或躺零零散散地趴在猫屋里的各个角落，懒洋洋睡觉的样子跟它们的主人一模一样。

今天是经期第一天，入夜后腹痛的感觉越发明显，沈净晗草草洗漱一下，灌了个热水袋用毛巾包着，抱在怀里，掀开被子上床。

有人敲门。

她不想动，动作慢吞吞，不是很情愿地爬起来开门。

竟然是周稳。

他穿着那件在岳城时她替他选的军绿色的冲锋衣，拎着一个黑色纸袋站在门口。

纸袋里是剃须用品和一套家居衣裤。

是要过夜的样子。

沈净晗很意外，有那么两秒不知该说什么。

周稳说："你再不让我进去，青青要上来了。"

除了一起在房顶看星星那晚，后面过夜都是在他的别墅，沈净晗不想让别人看到周稳住在她这里，当然，周稳也不想。

沈净晗侧身让他进来。

她没有问为什么不能做他还要过来，周稳也没解释，放下纸袋，脱了外套，直接去了浴室。

沈净晗抱着热水袋盘腿坐在床上。

隔了会儿，听到他的声音："我用你的沐浴露了。"

她抬头："用吧。"

一阵水声后，那声音又传出来："这里没有浴巾。"

沈净晗只好从柜子里拿出新的浴巾，想了想，又把纸袋里的新内裤和家居裤拿出来,想一并递给他。

忽然有什么东西从他外套口袋里掉出来。

沈净晗捡起看了眼,是一支精致的木簪。

不知道是什么木头,但看起来应该很名贵,流畅的线条像是手工制作,顶端镶嵌了一粒温润莹白的珍珠。

沈净晗将簪子放回原处。

周稳终于洗完澡,整个人热气腾腾地出来,一边擦头发一边问她要吹风机。

沈净晗指了指墙边五斗柜的第一个抽屉。

"红豆"从猫屋那边溜达过来,看到大半夜周稳出现在这里,毛都快奓起来,很大声地"喵"了一下。

声音惊动了其他几只猫,很快周稳被它们围住。

周稳一走动,它们就"喵喵喵"地跟在他身后乱叫。

周稳无语了一会儿:"看来我得想办法贿赂一下。"

沈净晗觉得他身后跟着几只小猫的画面挺有趣:"你做什么了?它们很少这样,一直很乖很黏人的。"

周稳很无辜:"我什么都没做。"

"可能你们天生犯冲。"

周稳一边吹头发一边默默地想待会儿看看它们在吃什么牌子的猫罐头,改天买几箱回来。

他只穿了一条浅灰色的宽松家居裤,裸着上身,年轻的身体朝气蓬勃。沈净晗忽然想起之前的某个夜晚,他在床上一脸严肃地专心做事、额头冒汗的样子。

她垂下眼睛,抱着热水袋挪到靠窗那侧,躺回被子里。

吹完头发,周稳关了灯,掀开被子,躺在她身后。

小猫咪们还没走,守在两人床边,生怕沈净晗被欺负。

周稳贴在她耳边说:"你能不能和它们说一声,让它们回去睡觉?"

沈净晗嘴角微微弯了弯:"怎么,被它们盯着你睡不着啊。"

"有点别扭。"

虽然什么都没做。

于是沈净晗起身把猫咪们哄回猫屋,轻轻关上门。

重新躺好时,周稳搂住她的腰,宽厚结实的胸膛贴着她纤瘦的背,温热的掌心覆在她的小腹上,轻轻揉着:"难受吗?"

静了一会儿,听到她的声音:"还好。"

"明天要不要去我那儿?给你煮红豆红枣粥。"

"你还懂这个。"

"查一下就知道,不费什么事。"

这还是两个人第一次躺在一张床上什么都不做。

沈净晗觉得他就是大半夜跑过来找罪受,即便没有靠得太近,她还是觉察

出一些异样。但身后的男人什么都没说，也没有对她动手动脚缓解自己，默默平复了一会儿就好了。

这男人的自控力强得可怕。

岳凛同样是自控力很强的人。

沈净晗比岳凛小一岁，岳凛大一那年，她高三，他顾及她年龄小，又要高考，一直很守规矩，越线的事一概不做。

有一次她去他家复习功课，学到睡着，两人躺在同一张床上，岳凛贡献出一条胳膊让她枕，一边给自己扇风一边生无可恋地瞪着眼睛看天花板。

怀里那个小姑娘睡得又沉又香，对他毫无防备，软乎乎的身体不知死活地往他身上贴。那一瞬间他真的很想使劲儿把她摇醒，冲她吼，告诉她你要么回家去，要么多穿点儿，要么起来学习，我要难受死了！

但也只是想想而已。

最后他还是认命般捏了捏已经麻了的胳膊，然后重新将怀里的人抱紧，在心里默默计算她成年的日子。

直到沈净晗高考结束，他们才有了第一次。

那一夜，真是……痛并快乐着。

那天两人窝在沙发上看电影。

男女主角在某次旅行中相遇，彼此一见钟情，在篝火旁喝酒聊天，相见恨晚，进展神速，当晚就滚了床单。镜头尺度不小，月白色的纱帘在画面前随风飘过，薄纱朦胧，床上的两个人影相互交叠，暧昧声响不断。

镜头给了女人纤细的手指抓床单和一地凌乱衣裙的特写画面，直接把岳凛和沈净晗给看沉默了。

两人很久没有说话。

视频中的男女主角很快开始第二次。

沈净晗咬了一口薯片。

岳凛觉得有点渴，又不想去找水喝，搂着她肩膀的手连一根手指都不敢动，最后干巴巴地找了个话题："你有没有什么想去玩的地方？"

沈净晗想了想："海南。"

"三亚？"

"不是，三亚人太多，想去海南其他不太出名的海边小镇，风景又好又安静。"

岳凛心不在焉，随口说："那以后有机会我们一起去。"

"嗯。"

又没话了。

天黑透了。

窗帘飘啊飘，和电影里的一样。

他们没有开灯，房间里只有电视机发出的幽蓝亮光。

岳凛喉结滚了滚,在昏暗的光线中问她:"你还看吗?"

怀里那道声音小小的:"不看了。"

"那,我送你回家?"

隔了会儿:"不想回。"

他觉得自己的心跳很快,比初吻时还快:"那,要不,我们做点别的?"

沈净晗的耳朵慢慢发烫,声音小得都要听不见:"做什么啊……"

岳凛在响起片尾曲时低头亲了她。

他亲得很凶,没什么章法,沈净晗意识到即将发生的事,心里很紧张,身体也很僵硬,但还是悄悄搂住了他的脖子。

岳凛把她的裙子蹭到腰间。

在某一刻,岳凛忽然想起什么,跳起来急慌慌地拉窗帘,又稀里哗啦地在茶几下面的抽屉里翻出一盒包装都磨得快坏掉的避孕套。

沈净晗缩在沙发一角,看着他不怎么熟练地拆包装。

岳凛重新亲过来,跟她解释:"早就买了。"

一直没有机会用。

有一次逛超市,结账时他瞥了眼收银台旁边的货架,鬼使神差地拿了一盒。

虽然不知道什么时候有机会用,但还是有备无患比较好。

这一备就备了大半年,包装都要磨秃了。

初尝情爱滋味,两个人都有些忙乱,亲得急,动作也急。

两个人的身体深深陷进沙发里,抱枕和靠背上的毛绒玩偶掉了一地。

那么小的地方怎么够他们两个施展,就在岳凛张嘴咬她耳垂时,两人不慎连同沙发垫一同滚到地板上。虽然那一瞬间岳凛本能地护住了沈净晗的头,但她的肩膀还是撞到地面,岳凛的腿也磕到茶几腿,直接青了一块。

两人双双痛呼出声。

沈净晗疼得直哼哼,岳凛连忙爬起来看她:"磕哪儿了?我看看。"

沈净晗又疼又想笑:"你干吗呀,亲就亲你翻什么?"

岳凛胡乱地给她揉了一会儿,然后抱她起来:"去卧室。"

她耍赖推他:"不要了,疼死了。"

"不行。"岳凛直接把人横抱起来,"今天必须完成人生大事,我等不了了。"

床很大,足够折腾,但他们心里仍然很慌。

"我其实有点害怕。"沈净晗小声说。

"我也有点紧张。"还没怎么样,他额头已经冒汗了。

岳凛对自己的力道没有把握,隔一会儿就问她疼不疼,难不难受。只要她发出一点点不舒适的信号,他就僵在那里不敢动,生怕把什么地方弄坏了。

腿上刚刚磕的那一下劲儿上来了,越来越疼,但岳凛顾不上那些。

他们渐渐找到了点感觉。

岳凛的自学能力真的很强。

那是一个混乱的夜晚。

他们共同体验探索了新的人生。

虽然第二天早上两个人身上痕迹斑斑都是伤，有磕出来的、有亲出来的，一些地方还隐隐作痛，但并不影响这一夜在他们心中的分量。

一辈子都忘不掉。

周稳是在一群猫咪的围观下醒来的。

那时沈净晗已经不在房间，她的那半边床铺上端端正正地坐着一只雪白的猫咪，深海般璀璨的蓝色眼珠直勾勾地盯着他。

视线一转，床尾也有，床下也有。

几只猫咪定格般蹲在那里，像在寻找时机，伺机而动。

周稳是真吓了一跳。

回神后，他摸了摸额头，叹了口气。

他发现离得最近的那只是"红豆"，这只猫咪最像他从前送沈净晗的那只，现在他也只认识它，其他几只依旧分不清。

他抬手揉了揉"红豆"的脑袋："没良心的小东西，你每天咬的那个胡萝卜玩偶还是我给的，就不能对我温柔和气点？"

"红豆"歪着脑袋打了个哈欠，没有理他，但也没像之前那样有敌意，迈着小碎步走到床尾，一跃而下，和其他猫咪一块儿走了。

周稳看了下时间，已经早上七点多，沈净晗大概在楼下忙。

他简单洗漱，换了衣服，走到北边猫屋，在一众猫咪震惊的目光中直接撑着窗沿从二楼跳了下去，敏捷地在院子里晾着的一片床单被罩中穿过，迈上墙角那堆旧家具，翻墙而去。

他直接去了钓场。

这个时间钓场没有人，他从后面设备间取出鱼竿，坐在钓台旁准备鱼饵，调整鱼漂。

他闲散地靠在椅背上，手里把玩着一支木簪，修长的手指像转笔一样灵巧地转动，眼睛盯着面前的水纹出神。

没多久，一个身穿格子裙和白色外套的年轻女孩从斜后方走过来，坐在他身旁的椅子上。

周稳目光没动，依旧保持着原来的姿势，扬起手腕。

余思接过那支簪子。

周稳淡淡开口："知道怎么做吗？"

余思点头："知道的，稳哥。"

"监听器在珍珠里，记住别沾水。饭局结束我会找你。"

余思熟练地绾起长发，将木簪插入发丝中："本来说晚上七点，后来好像推迟到八点了。"

"知道了。"

余思小心翼翼地说:"稳哥,那我走了?"

鱼竿晃动,周稳盯着逐渐不平静的水面:"这件事办好,周家不会亏待你。"

余思忙点头。

周敬渊和冯时明争暗斗这么多年,现在不知道又要抢夺什么生意,但这不是她这种小角色能问的,她只能听从安排。

"去吧。"周稳说。

余思起身,挎上单肩包离开钓场。

沈净晗回到房间时,只看到整理干净的床铺和五斗柜上那个装着周稳家居裤的黑色纸袋。

她一直在楼下,并没有看到他下楼,不知道这人什么时候走的。

她想发个信息问问,但想了想,还是作罢。

阿姨在收拾二楼刚刚退掉的房间,沈净晗路过时叮嘱:"柴姨,仔细检查一下,尤其是电源插座和电视墙。"

柴姨答应着:"放心吧,每回都查。"

在这方面沈净晗一向很谨慎,每个客人退房后都会仔细检查,避免被人偷装针孔摄像头。

十一月底青青就要去参加国考,如果顺利上岸,就不会回来上班了。这几天她有些忧愁,一边担心考试,一边担心离别。

沈净晗已经习惯离别。

已经经历过最痛的,还有什么不能承受。

吃饭时,青青说她有个亲戚家的姐姐,最近想辞掉工作创业:"她比我大三个月,一直挺想开家宾馆或者民宿,想找个这样的地方学学经验。不过她可能不会长期打工,最终还是要自己开店的,不知道你介不介意。"

沈净晗倒了一杯温水:"行啊,她什么时候想来都可以。"

青青一碗粥吃得没滋没味:"不过还要看我考试成绩了,如果没考上,我还想回来上班。"

"你回不回来她都可以来。"

沈净晗对于不稳定的员工没什么所谓,就像当初知道青青准备考公,还是一样留下她。

这个世界上没有什么事情是绝对"稳定"的,即便当时稳定,也还是会有意外发生,像这样提前说清楚反而更好。

知道自己喜欢什么并且为之努力是很幸福的事。

青青挺高兴的,一连谢了好几次:"那我待会儿跟她说一下。"

沈净晗应了一声,随意瞥向窗外,看到旧时约门外不远处的摆渡车停靠点那儿站了个女人。

· 129 ·

这里到码头还有一段距离，如果想要出岛，大部分人都会选择乘坐摆渡车。

女人握着手机，转过身来。她看到女人的脸。

有些眼熟，稍想一下便记起来，是在旧时约住过的人。

周稳让她退房跟他走的那个。

沈净晗的视线落在她头顶的发饰上。

很随意绾出的发髻上斜斜地插了一支精致的木簪，顶端镶嵌了一颗莹白的珍珠。

那木簪她昨晚刚刚见过。

是周稳的外套口袋里掉出来的那一支。

摆渡车来了，女人乘车离开。

沈净晗收回目光。

沉默几秒后，她起身收拾碗筷，随后拿着笔和本子去库房清点剩余的一次性用品，又上楼帮柴姨检查刚刚退掉的房间，补充沐浴用品，开窗通风。

忙完回到电脑前，订购存量少的洗漱套装和纸杯，处理新的订房信息。

之前合作的酒店用品供应商的拖鞋最近几次质量都不太好，她琢磨着再找找其他厂家。

一上午的时间在忙碌中度过。

下午青青看店，沈净晗在楼上休息。

从昨晚到现在身体一直不太舒服，小腹胀痛，腰也有点疼，每个月都要经历这么两三天，她早已习惯，并不当回事，抱着"红豆"窝在床上看视频。

她看剧很挑，没有入眼的新剧就会一遍一遍地刷老剧，有些台词已经倒背如流，无聊时还是会翻看，或者睡觉前开着声音放在一旁当作催眠曲，定时三十分钟自动关闭。

设定好时间，沈净晗把手机放在床头，搂着"红豆"入眠。

日光慢慢移过来，晃到她的眼睛。

她在心里忍了一会儿，祈祷那束光快快移走，但天不遂人愿，光线好一会儿都不见减弱，最后她还是认命般磨着起身，脚尖蹭着拖鞋挪到窗旁拉窗帘。

她无意间看向外面，忽然发现旧时约前面不远的青石板路上有个人摔倒了。

是个穿着深灰色大衣的中年男人，摔倒后坐在地上起不来，一只手捂着心口，面色痛苦。

周围没什么人，唯一路过的一对情侣也因为聊天没有留意到他。

沈净晗转身下楼。

青青看到沈净晗步伐匆匆，有些奇怪："怎么了姐？"

"有人摔倒了。"沈净晗推门出去。

青青赶紧跟出去。

靠近了才发现，这个人竟然是周敬渊，周稳的父亲。

周敬渊说不出话,一直在摸索自己的大衣口袋。沈净晗会意,立刻去翻那个口袋,从里面拿出一个小药盒:"是这个吗?"

周敬渊艰难地点头。

他捂着心口,沈净晗猜测这应该是速效救心丸,一边倒出药丸一边让青青打120。

周敬渊拦住青青,接过沈净晗手里的药丸吞下,缓了一会儿才说:"不用折腾,我吃了药,休息一会儿就好。"

他说得很慢,沈净晗觉得还是需要去医院,但他坚持不去,她只好暂时将人扶进旧时约。

在沙发上休息片刻后,周敬渊的状态恢复不少,也通知了秘书来接。

他一如既往的温和儒雅,不像威严的董事长,倒像邻家亲切的叔伯:"谢谢你,小姑娘。"

沈净晗给他倒了杯水:"您不必客气,谁看到都会帮忙的。"

周敬渊面带笑意:"我看你有些面熟,我们之前是不是在哪里见过?"

沈净晗说:"我去景区办公楼开过会,大概见过吧。"

周敬渊没有再说什么,温水入喉,身体感觉舒适很多,随意打量一楼陈设。

原木风的主题设计,温馨舒适,右侧休闲区面积很大,沙发是温柔的奶白色,搭配太阳花靠垫和各种治愈系小抱枕。窗边一面墙的壁挂植物,郁郁葱葱,生机勃勃。

再往里是一张两米长的原木风桌子,右上角有一台壁挂电视机,住客可以在这里吃东西、聊天、看电视。

背景墙做成一块留言黑板,上面有些注意事项和游客自发贴上去的拍立得照片和便笺。

周敬渊的目光停留在中间最醒目的那幅油画上。

茂密的丛林,漆黑的山洞,日光洒落,氛围感十足。

右下角标着作画日期和英文字母"Jin"。

他笑着转头:"那幅画很有意思,是在哪里买的吗?"

沈净晗说:"不是,是我妹妹画的。"

"画得很有意境,她是学生还是?"

"我妹妹是美术生,还在读大学。"

周敬渊不吝啬夸赞:"很有天赋,什么时候她再来岛上,让她帮我也画一幅,挂到我的办公室里。"他用玩笑的语气说,"我可以付钱,或者请她吃饭。"

沈净晗也笑了:"她如果知道有人这么喜欢她的画,一定很高兴。"

门口急匆匆进来两个人,是周敬渊的秘书陈师杰和另外一个面容阴冷、眉眼锋利、看起来很严肃很凶的陌生男人。

陈师杰面露担忧:"董事长,您现在怎么样?我叫了方医生来,在明珠等您。"

度假景区的事交给周稳后,周敬渊不常在岛上住,偶尔留宿也不和周稳住一起,一般是去明珠酒店给他预留的套房休息。

周敬渊说:"已经没事了,不用看。"

"还是检查一下比较保险。"说完陈师杰将视线转向沈净晗,恭敬致谢,"感谢您救了董事长,稍后我们会准备一份薄礼敬上,以后您有什么事也可以随时来找我。"

一直站在后面没有说话的那位冷面男人也站直身体,朝沈净晗点头行礼。

沈净晗说:"其实我也没做什么,是董事长的药救了他。"

周敬渊起身,陈师杰忙扶住他:"董事长,我也给少爷打了电话,不过他没接到,他现在不在岛上。"

周敬渊摆手:"这点小事别折腾他,我已经没事了。"他转头看向沈净晗,再次道谢,"以后有机会,你带着你妹妹去我那儿,我也收藏了一些名画,估计你们小女生会喜欢,可以挑两幅送你们。"

这谢礼有些贵重,沈净晗不愿收:"您真的不必这样客气。"

周敬渊没有再说什么,带着两人离开。

几天后,陈师杰真的送来了谢礼,都是适合女士的养颜补品,如人参、阿胶。沈净晗几番推辞,奈何陈师杰人精一样,讲出的话句句在理,让人无法拒绝,她只好暂时收下。

"董事长特别叮嘱,答应您的两幅画依旧作数。等您妹妹上岛,二位可一同去品鉴。"

陈师杰说完,礼貌道别,转身离开。

沈净晗也是没想到,赵津津的画竟然这样合周敬渊的眼缘,被她知道,大概要得意很久。

傍晚时分,沈净晗接到周稳的电话。

这几天他都没露面,也没去隔壁俱乐部,不知道在忙些什么。

他开口嗓音很低,问她今晚要不要去他那里。

"我去接你。"他说。

沈净晗窝在猫屋的懒人椅上,怀里抱着"黑豆",眼睫低垂:"不去了。"

"怎么了,有事吗?"

"很累。"

她语气有些冷淡,周稳静了片刻:"那你好好休息。"

挂了电话,沈净晗望向一片漆黑的窗外。

今晚没有月亮,不过就算有,这个房间也看不到。

她一边听音乐一边捏"黑豆"的肉爪子,"红豆"和"芸豆"在那边打架,另外几只在发呆看热闹。

房间里扑扑腾腾一阵闹腾,有愈演愈烈的架势。

沈净晗放下"黑豆",走过去分开两只猫,将一只抱到猫爬架顶端的透明大碗里,一只抱回云朵猫窝:"不许闹了,安静一点。"

她关掉手机音乐,开门下楼。

青青正在前台后刷题:"你干吗去?"

"出去一下。"

青青忙问:"晚上回来吗?"

沈净晗已经走远。

周稳没想到沈净晗会来找他。

他很高兴,拉她进门:"不是说不来吗?怎么忽然过来?"

沈净晗没有说话,周稳抬手蹭了蹭她的眼尾,说:"让我去接你啊,外面那么黑。"

"不用。"

周稳没有留意她的表情,牵着她的手带她上楼:"正好我有东西要给你。"

他把人带到卧室,摁着肩膀让她坐床上,转身拉开抽屉,拿出一个长方形木盒。

"打开看看。"

沈净晗打开木盒。

里面是一支木簪。

款式简约高级,典雅古朴,有一股淡淡的檀香味,顶端镶嵌了一朵白玉制成的桃花。

细腻纯净,轻盈通透,温婉又俏皮。

周稳倾身靠近:"喜欢吗?我买了木料亲手做的,很配你。"

沈净晗静了两秒,合上盖子,将木盒放到床上:"我不要。"

周稳怔了一瞬,盯着她的眼睛:"怎么了?你今天好像心情不好。"

"周稳,我们谈谈吧。"沈净晗站起来。

周稳凝视她片刻,薄唇微抿:"谈什么?"

沈净晗沉默了一会儿:"我对你的私生活没有兴趣,但如果你还有别的女人,我们就不要再联系了。"

周稳皱眉:"什么别的女人?"

沈净晗说:"为彼此的健康考虑,我希望我们是唯一的。但如果你和周潮一样,喜欢新鲜刺激,你大可以找别人,你这样的身份,想要多少都可以,但我不愿意。"

她不想再多说什么,也不愿意再待在他的卧室:"我想今晚我们都没有兴致了,我先走了。"

她没有等他开口,转身出去。

别墅的旋转楼梯很陡,不太好走,但今天沈净晗走得很快,下到一楼,穿过前厅,很快到了门口。

身后响起一阵急促的脚步声。

握上门把手的那一刻,有人扯住她的手臂。

沈净晗猛地甩开他。

她用了很大力气,但没有回头看他,开了门就要出去。

她执拗起来是什么样子,没有人比周稳更清楚。他心里蹿起一团火,将半个身子已经在外面的人扯回来,把她推到门板上,不由分说低头堵住她的嘴。

无论沈净晗怎样挣扎、推拒,都抵不过他的力道,她躲不了分毫。

他吻得热烈,疯狂占有。

沈净晗从没经历过这样猛烈的吻。

她气急了,用尽全力推开他,扬手打了他一巴掌。

时间倏然静止。

两个人都喘得厉害,沈净晗的手垂在身侧,隐隐颤抖。

周稳双眼猩红,定定地凝视她很久,忽然抬起手。

沈净晗下意识地偏头,本能地想要躲避,却退无可退,只能紧贴着门板,手指攥住裙摆。

周稳的掌心在空中停滞片刻,最终温柔地落在她脸上。

他抚摸她的脸颊,叹了口气,低声轻喃:"你什么时候能让我放心?"

沈净晗抿着唇,渐渐将目光挪到他脸上:"什么意思?"

周稳眼底的红渐渐消散,重新变得清明,他说:"我没有别的女人,不管你看到什么,或是听到什么,都不是你想的那样。如果以后有机会,我会解释给你听。"

"我为什么要信你的话?"

他抓着她的手往自己脸上招呼:"如果我骗你,就再让你打,怎么打都行。"

沈净晗没有说话,抽回手。

两人在门口站了一会儿,沈净晗眼前是他依旧起伏不定的炙热胸膛:"以后有机会是什么意思?为什么不能现在说?"

周稳没有回答,将手探到她身后,重新拧上门把手,锁了门。

"别回去了,行吗?天这么黑,你一个人我不放心。"他搂住她的身体,托着腰将人抱起来,转身一步一步走回楼上,"带着气回去睡觉,明天早上会变丑。"

沈净晗紧绷的身体渐渐放松,但并没有很顺从地靠在他肩上:"我没有生气,我只是为我的健康考虑。"

周稳轻笑:"嗯,你考虑得很有必要,那你要看我的体检报告吗?"

"如果你想给,我也可以看。"

周稳把人抱回卧室,直接放在桌上,视线没离开她的眼睛,手探到她腿边,拉开抽屉,取出一份体检报告:"慢慢看,我先去洗澡。"

他拿了换洗衣服进浴室,没两分钟,浴室里传出水声。

沈净晗看了眼报告封皮,有姓名、年龄等基本信息,日期是三个月前。

报告很详细,检查的项目很全面,周稳的身体素质真的很好,各方面指标都正常。

他是 B 型血。

沈净晗也是 B 型血。

岳凛是 A 型,从前他不知从哪里听来,说 B 型血的人招蚊子,还感叹幸亏他不是 B 型,不然以后他们两个有了孩子,有 75% 的可能性还是 B 型。一家三口夏天往院子里一坐,蚊子都过年了。

周稳从浴室出来。

沈净晗已经从桌子上下来。

周稳一边擦头发一边看了眼桌子上的体检报告:"看完了吗?"

他身上湿漉温热,脑袋上搭着白色毛巾,过来抱她,唇瓣含着她的耳垂,吮了几下便放开,转而亲她修长白皙的脖颈:"我很干净的,不会带给你不好的东西,放心跟我做……"

他话说得直白,沈净晗听得耳朵都红了。

周稳细密地在各处亲吻,亲到某一处时,听到她的声音:"刚才为什么不躲?"

他知道她在说什么,弯了弯嘴角:"为什么要躲?强吻要挨打,这我知道。"

沈净晗因这一句话出了神。

从前和岳凛在一起,两人也吵架闹别扭,每次他哄了很久都哄不好,失了耐心时便开始赖皮强吻,亲到她求饶说不生气为止。

沈净晗气急了就会踢他抓他拧他,但从没打过他的脸。

身上一松,周稳抽出了她的内衣。

她抓住他的手:"我没洗澡。"

周稳低声说:"那我陪你。"

"再洗一次。"

沈净晗最终也没有要那支木簪。

周稳也没勉强,将装着木簪的盒子和之前那部手机收在一起。

其实这块紫光檀料子和那部手机是同一天拿到的。

他亲手雕刻了两支不同的款式,一支镶嵌了内藏监听设备的珍珠,另一支一直没找到满意的配饰,直到最近才发现一朵白玉桃花,觉得很配沈净晗,便买下来镶了上去。

削她那支木簪时不小心划到手,还是她帮忙缠的纱布。

这么多年过去，她还是不怎么会系蝴蝶结。

那支镶着珍珠的木簪已经完成使命，当天晚上就回到周稳手里。他将获得的信息整理好后，连同簪子一并秘密交给了宋队。

周稳是当晚得知周敬渊身体有恙的消息的，他忙完岛外的事，就连夜安排船回岛，去明珠看周敬渊。第二天他和周敬渊一同出岛，回到青城的周家。

这几天他一直在周家住，尽一个做儿子的本分，棱角比父子俩刚刚相认时抹平不少。

周敬渊看在眼里，十分欣慰，对着亡妻的遗物念叨，说儿子终于懂事。

妻儿离开这么多年，周敬渊一直没有别的女人，得知妻子病故的消息，他悲痛了许久。这几年对儿子也宠爱有加，想要弥补，想要把自己的一切都留给他。

但所有的父爱和宠爱都基于周稳是他的亲生儿子。

最初得知周稳的消息时，周敬渊并没有直接找上门，而是先暗中调查了他的过往和生活圈子。

周稳在苏黎世读的大学，经济学专业，毕业后没从事相关工作，而是去了因特拉肯当滑翔伞教练。

他很随性自由，上班时间不固定，常常休假和朋友们一块儿出海捕鱼，爬阿尔卑斯山，会开火车和轮船，并且取得了相应的从业执照。

他没有父母，也没有女友，租了镇子里一对老夫妻的房子独居。

据说他去苏黎世读大学之前一直住在英国，母亲去世后才来的瑞士。

周敬渊调查得很仔细，这些年他的行动轨迹、日常活动、交友圈子，甚至当年从英国到苏黎世的航班名单里也找到了他的名字。

英国那边也派了人去查，得知母子两个一直住在布里斯托，但因时间久远，没有找到影像资料。

他的左手手腕内侧有道一指长的疤，是他三岁那年不小心从楼梯上摔下来划的。

从他英俊的眉眼中也能看出几分儿子小时候的模样。

最重要的一点，周敬渊暗中拿到了周稳的头发做了亲子鉴定，得到的结果是 99.99%。

因此，周敬渊已经完全确认周稳就是他的亲生儿子。

父子相认的最初，周稳很排斥周敬渊，觉得他母亲的死跟周敬渊有直接关系，所以当周敬渊让他回国时他一口回绝。

这样僵持的关系持续了将近两年，这期间国内毒品市场暗流涌动，周敬渊几番周旋，成功摘出自己，安安稳稳做成了几笔大生意。

整个地下工厂士气大增，周敬渊志得意满，再次提出接儿子回国。

这一次，周稳没有拒绝，并且接受了周敬渊的安排接手了这座旅游度假岛。

得知除了明面上的产业，周敬渊暗地里还从事贩毒生意，周稳嗤之以鼻，说当年他母亲就是因为这件事出国，到现在他还不知悔改，早晚让人抄家，贩毒的人都不得好死。

周敬渊气得半死，父子俩一见面就剑拔弩张，没有好脸色。

周稳也是做足了富二代纨绔子弟那套派头，毫不心疼地挥霍周敬渊的钱。

云江岛的地下制毒工厂，周稳从未去过。

狡猾如周敬渊，即便是血脉相连的亲生儿子，也不会轻易露出底牌。

之前再弥补、再宠爱，也没有带他去过。

直到最近，周敬渊的身体情况不太好，周稳对他的态度有所改善，愿意陪他去冯时的茶局，愿意出谋划策，帮他分担。他发了病，周稳也悉心照料，看样子是真收了心，周敬渊才松口要带他去。

听到那句话时，周稳面色如常，内心却如巨浪般翻涌。

这条路，他走了七年。

之前不是不能去，可那时周敬渊未必完全信任他，主动提出想去反而惹人怀疑。没有十足的把握，不如静待时机，等周敬渊成为主动的那一方。

当天傍晚父子二人抵达云江岛，周敬渊着一身白色中山装，剪裁得当，气势不凡。

周稳依旧一身青春休闲装，跟在周敬渊身边，俨然一副大佬带着顽劣小儿子的模样。

随行的人还有周敬渊的秘书陈师杰和面冷话少、身手不凡、只听命于他一人的手下付龙。

此二人一白一黑，是周敬渊最得力的助手。

一行人绕过灯火通明的主路，选了一条人烟稀少的土路，一路扬尘飞驰，盘山蜿蜒行至云江岛东北方向那片未开发区域。

那是岛上最大的秘密。

周敬渊终于将底牌亮给周稳。

陈师杰带周稳参观了地下工厂，所到之处一一讲解。

在那里，周稳还看到一个被关押的人。那人瘦骨嶙峋，蜷缩在昏暗的房间里，像一条濒死的鱼，任人宰割。

据陈师杰说，这人从前背叛过周敬渊，被抓回来后一直关在这里。

周稳看着这庞大复杂的地下体系，隐在身侧的拳头攥紧，手指泛青。

从这里生产出来的东西不知会害死多少人、多少家庭。

一群恶魔。

如果不是为了顺藤摸瓜钓大鱼，将买卖上下游一网打尽，他真想现在就端了这个强盗窝。

他最后看了眼小黑屋里那团黑漆漆的人影，转身跟着陈师杰走回大厅。

这里阴冷、黑暗、见不得光，和外面俨然两个世界。

真真正正的人间炼狱。

必须要尽快送沈净晗走。

周稳想。

这一晚他们说了很多，后面周潮也过来了，几人关在小会议室里聊了很久。

临走时，周敬渊问付龙："阿北最近有消息吗？"

付北是付龙的弟弟。

付龙说："大概还要躲一阵子。"

"让他安心待着，多打一些钱给他。"

"是。"

周敬渊又问周稳："什么时候去海南？"

"就这几天。"

"不要在那边耽搁太久，年底会出一批货，我想让你跟着，见见世面。"

"知道了。"

三天后，周稳抱着一箱猫罐头进了旧时约。

与往常不同，这次几只猫非常热情，"喵喵喵"地乱叫，往他身上爬。

周稳受宠若惊："鼻子这么灵？罐头还没开呢。"

青青掀开帘子，从厨房出来："它们最近就这样，不知道抽什么风，特别欢实，还喜欢从窗子上往下跳。净晗姐都想在猫屋那边的窗户上装防护网了，它们现在聪明得都会开纱窗。"

那晚周稳看了猫罐头的牌子，抽空买了一箱，还有些同品牌的猫条，这次一并拿过来。

猫咪们果然很喜欢，一猫一罐，急吼吼地舔，脑袋都快塞进去。

青青笑说这次一定能收买成功。

沈净晗拎了两份面从外面回来，看到一地猫咪大联欢的景象："什么情况？"

周稳说："策反中，请勿打扰。"

"你别撑着它们。"

周稳抬头，看到她手里的面："有我的份吗？"

"没有。"

青青来回看了看两人："要不匀出点儿给稳哥？"

她没等沈净晗同意就跑回厨房，拿了个白瓷碗出来，从两份面中各挑出一些凑了一碗，又分出一些汤："够吗？"

"够了。"周稳很自来熟地接过碗，"谢谢。"

沈净晗看着他们两个分完，也没说什么，把自己那碗端进前台，一边操作电脑一边吃。

一碗面很快被周稳消灭掉。

他走过去倚着前台："拿瓶水。"

沈净晗扔过去一瓶水。

周稳偏头看了眼电脑屏幕:"忙?"

"还好。"

"你身份证呢?"

"干什么?"

"我看看。"

沈净晗瞥他一眼,从抽屉里摸出来递给他。

周稳指尖蹭了蹭照片里那张清秀的脸,嘴角弯了弯。

沈净晗的证件照是她十八岁那年拍的,那时她比现在爱笑,一张青春洋溢的脸,看着心情就特别好。她那时候就是长发,放假时经常用她妈妈的卷发器卷出一点弧度,打扮得漂漂亮亮跟他约会。

他攒了一段时间的零花钱给她买了一条仙气飘飘的少女裙,她特别喜欢,还穿着去拍证件照,拍完特别满意,心情很好地拉着他去吃了一顿大餐。

那个时候每天都是开心的,不会想从前、以后,只有当下。

沈净晗放下筷子。

周稳顺手将她的身份证揣进口袋里:"吃完了?"

"嗯。"

"跟我去个地方。"

"又去哪儿?"沈净晗抬头,"我不游泳,天已经凉了。"

"不游泳。"周稳像上次一样直接把人从前台后牵出来,"走吧,不会卖了你。"

沈净晗不明白他怎么每天有那么多地方可去,这个少爷真的很闲。

周稳直接带沈净晗上了出岛的船。

天快黑了,但沈净晗不担心没有回来的船,周稳想回岛上,景区的人自然能给他安排船。

两人站在船舷边的栏杆旁,海风吹乱了她的长发。

周稳将大衣脱下,裹在她身上,从后边抱住她。

身后一阵暖意,他的气息就在耳畔,沈净晗抿了抿唇,脸转过去一些:"你到底要去哪儿?"

周稳没回答这个问题,将下巴抵在她肩上:"你有没有什么想去的地方?"

这问题莫名其妙,沈净晗微微偏头:"问这个干吗?"

"说一个,你以前想去,但一直没去过的地方。"

天边只留落日余晖,一抹淡淡的橘色。

风迷了沈净晗的眼睛,她不知想到什么,心底一阵柔软:"海南吧。"

身后响起一道低低的笑声。

"好。"他轻声说,"那我们就去海南。"

第五章
微妙的感觉

最初沈净晗只当他开玩笑。

直到下了船,周稳带她一路到达机场的停车场,并拿出后备厢里的行李箱。

沈净晗愣了好一会儿:"真去?"

"不然呢。"他眉眼间全是笑意,一手牵她一手拖着个银黑色的行李箱往候机大厅走。

沈净晗忙挣开他的手:"你等一下,先等一下,我们去海南,现在?"

"对。"

"机票已经买好了?"

"对。"

她哑然:"你怎么知道我想去海南?"

"我不知道,我要去那边筹备项目,想你陪我去,顺便旅个游,散散心。至于你也想去海南,"他痞气地笑了一下,"大概是我们心有灵犀。"

沈净晗觉得他有点疯:"为什么不提前告诉我?我什么都没准备,而且我也不想和你去。"

"提前告诉你,你会来吗?"他拉着她的手,寻找对应的值机服务台,"不想和我去想和谁去,你前男友?"

他一副赖皮相:"他陪不了你了,我替他。"

沈净晗被他拉到服务台,前面有其他人正在办理值机:"可我不想去。"

周稳歪头瞧她:"你多久没出门旅游放松了?"

"岛上就是旅游景点,我还用去哪里旅游。"

"岛上是岛上,海南是海南,不一样。"

沈净晗还是不太乐意:"我走了店里只有青青一个人,她忙不过来。"

"成旭这几天会去帮忙。"

"我什么都没带!"

那人踢了踢箱子:"都在里面,其他缺的到了再买。"

他真是做足了准备。

轮到他们办手续,周稳将两人的证件交给工作人员。大箱子办理托运,他拿着登机牌一身轻松地搂着她去安检,声音低了些,哄着她:"好了,就当陪我,总在岛上也没什么意思,多出去走走心情也好。"

沈净晗默了片刻:"海南哪里?"

她这样就是答应了,周稳心情有点好:"琼海下面的一个小镇,靠海,环境好人又少。"

"你们能有什么项目跑到那么远的地方?"

"准备在那边包下一片海滩,还是做旅游项目。"

安检口人多,两人随便找了个队尾排着。

沈净晗:"你不是说人少,人少的旅游区能赚钱吗?"

离了那座岛,周稳似乎放松许多,身体没离开她超过半米,不是牵着她的手就是把胳膊搭在她肩上:"现在人少,承包价格低,等一切设施准备好,宣传一下,人就多了。"

两个人随着队伍缓慢前行:"我们去了正好提前探探路,感受一下,你也帮我提提意见。"

周稳的计划,飞机在湛江落地,在当地租车自驾去琼海。

沈净晗问为什么不买直达琼海的机票,他说没买到。

直到飞机起飞,沈净晗还有些恍惚。

几个小时前还在店里吃面,这会儿就坐上了去海南的飞机。

多年前的那个夜晚,岳凛问她想去哪里,她说想去海南。那时两人都有些心不在焉,注意力全在别处,讲了什么其实不太过脑子。

后来上了大学,每次假期不是她有事,就是他有事,总是凑不出时间去那么远的地方旅行,这件事便一直搁置。

那时她不太在意,想着未来那么长,总有机会。

可意外比未来来得早一些。

城市的夜景像一片光的海洋,疏疏密密。哪里繁荣,哪里萧条,都清清楚楚,无所遁形。

沈净晗看了一会儿就困了,歪在座位上闭上眼睛。

朦胧中有人为她盖了薄毯,似乎还有一道温热气息拂在耳畔,但并没有发生什么。

沈净晗很快睡着了。

不知过了多久,身边的人轻轻握了握她的手:"醒醒。"

她睁开眼睛,嗓音有点哑,像以前赖床不爱起时撒娇:"嗯?"

周稳有那么一瞬间心跳有点儿快,勉强压下那股劲儿后,又觉得自己是不是太没出息。

这么多年了，他还是会因为她的某个动作、某个眼神心动。

他低声提醒："快到了。"

沈净晗指尖抵了抵眼尾，清醒了一些："嗯。"

两人在头等舱，又没有随身行李，所以很利落地第一个下了飞机。

已经是晚上，他们在机场附近的酒店休息一晚，于第二天上午租了车，但周稳却没有按照预定计划南下前往徐闻港坐轮渡上岛，而是一路向西行驶。

"先去办个事，再去海南。"他这样解释。

沈净晗已经习惯了这位少爷的随性，反正这边她都没去过，去哪里都一样。

她靠在副驾驶舒适的椅背上，歪着头看外面陌生的道路、陌生的建筑。这个季节，云江岛上的绿叶已经枯黄，掉了大半，但这边还是生机勃勃、郁郁葱葱，是不一样的风景。

看着看着，她又困了。

她是真的很喜欢睡觉，尤其他放的音乐，是她喜欢的舒缓旋律，治愈又催眠。车里开着空调，她身上盖着他的外套，脑袋往里缩了缩，闭上眼睛。

不知过了多久，沈净晗迷迷糊糊醒来，车还在行进的路上。

路旁已经没有了建筑，一眼望过去全是绿植和防护栏，路边的蓝色指示牌上明晃晃的几个大字：兰海高速。

她猛地坐直身体："上高速了？"

周稳只看了她一眼便转回视线专心开车："醒了？"

沈净晗转头："你到底要去哪儿办事？"

"普洱。"

沈净晗有些无语："云南普洱？"

周稳嘴角弯起来："地理不错。"

"大少爷，中间隔着一个省呢，你轻飘飘一句办事，我还以为半小时就到了。"

沈净晗这样略带埋怨的小表情和从前一模一样，周稳没有忍住，笑着抬手揉了揉她的脑袋："又不用你开车，你接着睡，或者吃点东西、喝点水？后座那个袋子里有。"

沈净晗没埋他，打开手机查路线。

从这里开车到云南普洱至少还需要七八个小时，她揉了揉眼尾靠近太阳穴的位置，暗暗运气："如果你早就决定要去普洱，就应该直接飞过去，办完事再去海南。"

这样开十几个小时的车，真是找罪受。

周稳一点都不觉得疲惫，悠闲地开车、听歌，修长的手指很有节奏地轻点方向盘："不觉得这样一路自驾，看看蓝天白云，看看不一样的风景很浪漫吗？"

沈净晗将头扭到另一边："你别疲劳驾驶。"

周稳转头看她一眼："担心我啊？"

"担心我自己,我和你坐一辆车呢。"

他笑出声,没有反驳她。

自从出了岛,这个人总是笑、总是笑,不知道那座岛怎么他了,好歹是他家的摇钱树。

半小时后,到了一个服务区,沈净晗去卫生间,周稳斜斜地靠在驾驶窗旁给已经提前到达琼海的团队打电话:"我到湛江了,先去东海岛度假区那边考察几天。你们该干什么干什么,不用等我。"

负责人问:"小周总,需要派人去那边陪您吗?"

"不用。"

"行,那我们就按计划往下走了。您到琼海之前联系我,我去接您。"

"好。"

沈净晗回来时,周稳正在查地图:"前面不远有个小镇,咱们在那儿住一晚,明天再走。"

洗手间的烘手机不好用,沈净晗举着手轻轻甩。周稳从兜里掏出一张纸巾,握住她湿湿的手,垂着头仔细擦拭,自然得好像曾经做过无数次:"饿不饿?先吃点小蛋糕垫一下,一会儿到地方就吃饭。"

沈净晗抬起头,清亮的眼睛静静地看着那张脸。

沣南姥姥家附近有条小溪,小时候沈净晗最喜欢挽起裤腿光着脚站在浅浅的小溪里抓小鱼小虾,弄得手上都是泥。

那时岳凛个子跟她一样高,顶着一张严肃的脸,扯着衣襟像个小战士一样站在她身边。等她在水里洗完手就凑过去,用他的衣服给她擦手。

每次玩完回家,他的衣服总是比她的脏。

那个时候他也是这样认真。

"尝尝这个。"周稳递来一块小蛋糕。

沈净晗接了:"谢谢。"

周稳咬了一口蛋糕:"跟我这么客气?"

沈净晗转过身,靠在车上,也咬了一小口:"你累了就多歇会儿再走。"

"还行,早到早吃饭,休息一会儿还能在镇上逛逛。"

沈净晗打开一罐牛奶,不知想到什么,忽然问:"普洱市是不是有很正宗的普洱茶?"

周稳懒懒地"嗯"一声:"普洱市是茶马古道上的重要驿站,盛产普洱茶。不过普洱茶也不止普洱市有,像西双版纳、临沧,都是普洱茶的主要产地。"

他偏头瞧她:"怎么,喜欢喝茶?"

沈净晗说:"姜爷爷喜欢喝。"

"那到时买一点寄回去。"

"嗯。"

当晚他们在一个小镇落脚，令人意外的是，这个从没听过名字的小镇环境非常好，街道整洁干净，有很多他们那边没有的植物花草。

这里并不是旅游景区，街上的人步伐悠闲，拎着新鲜的菜慢悠悠地回家，看起来是个生活舒适、慢节奏的地方。

周稳选了一家民宿入住。

是真的纯民宿，比旧时约还纯，农家乐一样的房子，墙上爬满青绿色的藤蔓，老板娘和姐妹们在院子里聊天，两个穿着背心短袖的小男孩蹲在地上扇纸牌。

院门口放了一台老式音响，正在放《弥渡山歌》。

"山对山来崖对崖，蜜蜂采花深山里来。"浓浓的民歌味道，很对味也很应景。

沈净晗小声问："这是什么民族的歌？"

周稳也很小声："我也不知道，一会儿查查。"

老板讲着不太标准的普通话，热情地将两人送到房间："管一顿饭，饿了就跟我说，我们这儿有各种粉、糯米饭什么的，都是这儿的特色。"

周稳道谢，又问："这附近有什么能逛的地方吗？晚上热闹一点的。"

老板指着南边："往前走十多分钟，晚上有夜市，吃的玩的都有。"

"谢谢。"

房间不是普通的床，是那种类似东北的大炕，老板说他几年前去了一趟东北，睡热炕上了瘾，回来就把自家民宿的其中几间房改成了东北大炕。但因为这边的气候问题，不需要烧炕，所以炕下并没有烧柴灶。

炕上铺好了双人被褥，其他就是民宿都有的配置。

沈净晗有点职业病发作，会不自觉地注意那些一次性用品的质量和卫生情况，整体看下来还好，很干净。

两人在老板那里吃了一碗米粉，回来休息，准备晚上再出去逛。

周稳的大箱子里装得很齐全，换洗衣物和洗漱用品都是新的，还帮沈净晗带了手机充电器和护肤品。

沈净晗素颜很漂亮，所以平时不太化妆，基础的保湿产品就够。周稳带来的都是未拆封的新品，与沈净晗目前使用的那套是同一个品牌。

"待会儿弄套裙子穿穿，带流苏的那种。"周稳也不知道该怎样形容，反正就是那种云南民族特色的长裙，带彩色花边和流苏的裙子，她穿着一定很好看。

说完他拉着沈净晗的手一扯，直接把人拽到床上搂进怀里："睡觉。"

沈净晗不想睡，挣扎着要起来："我不困。"

他没松手："陪我睡。"

赖皮劲儿和岳凛一模一样，沈净晗只好躺下，翻身背对他。

周稳顺势搂着腰把人抱得更紧："多睡会儿，养精蓄锐，待会儿还有消耗体力的事要做。"

沈净晗手肘往后，想捅他一下。

周稳精准地预判了她的动作，瞬间抓住她的手往身前一拢："别闹。"

沈净晗又看到他手腕上的伤疤。

她的目光掠过那道浅浅的痕迹:"周稳。"

"嗯。"身后响起一道懒懒的声音。

"你手上的伤是怎么弄的?"

周稳睁开眼睛,目之所及是她蓬松微卷的长发,柔顺清香。

"不记得,从小就有。"

怀里的女人说:"这个地方很危险,差一点就伤到动脉了。"

周稳将人抱紧,低头深埋进她香香的发丝中:"嗯。"

沈净晗没有再说话。

这一觉睡得很沉,周稳醒来时天已经黑透。

院子里很热闹,有人打牌,有小孩子的嬉笑声,有饭菜香味,有虫鸣鸟叫。

有那么一瞬间,周稳觉得像是回到了沣南爷爷家的院子里。

他静静地躺了一会儿,随后在沈净晗的脸上捏了一下:"出去逛逛?"

沈净晗把脸埋进枕头里。

那人凑过来亲她的耳垂:"你要睡到明天?那也行,我也不出去了。"

说完他就要重新躺下,沈净晗忽然又翻身坐起来,呆呆的,有点睡蒙了的感觉:"去。"

周稳笑出来:"行,那去洗个脸,清醒一下。"

两人收拾完出门,沿着这条街一路往南,果然在一个十字路口看到一条很热闹的夜市街。

这里的夜市和青城那边差不多,都是小吃摊位和一些小饰品、小玩意儿。

沈净晗第一次吃芒果花,整个芒果切成花瓣的形状,蘸酱汁和辣椒面,酸甜脆辣,第一口不太习惯,后面再吃也还好。

越南春卷和芋头糕摊位前人很多,周稳都买了一份。

有一个摊位摆满了各种昆虫,沈净晗快速溜走。

周稳在后面笑个不停。

这里最多的还是各种粉,卷粉、捞粉、螺蛳粉。

沈净晗吃不下了,不让他买。两人拎着一堆小吃在旁边闻了闻香喷喷的味道。

这里小吃的种类很多,都是当地特色,外地很少见到,和其他景区同质化的食物不一样。

两人在街边的台阶上席地而坐,一边喝甘蔗汁一边吃烤排骨。

沈净晗已经很多年没有这样吃过东西,味蕾得到巨大满足,心情也畅快许多。

周稳撑着下巴看她,手里还拿着几根烤串,见她一口喝掉半杯甘蔗汁,有点怕她闹肚子:"慢点喝。"

沈净晗意识到自己今天有点放纵,不自觉地放慢速度,脸扭到一边,看街对面那家挂满星星灯的店铺。

周稳还在看她。

沈净晗有些不自在："你看什么？"

那人温温柔柔："好吃吗？"

她戳喝甘蔗汁的吸管："还行。"

"高兴吗？"

沈净晗静了一会儿，抬头看了看前面："那边好像还有别的东西，去看看。"

后面还有不少饰品摊位，一些民族特色的配饰、挂件、小包包。

沈净晗在一个红玛瑙散珠的摊位前停下。

每颗晶莹剔透的珠子上都刻着一个姓氏，架子上展示了编好的手链、项链和挂件。

摊主笑呵呵地介绍："常用的百家姓都有，姑娘挑一个吧。两个人的姓氏珠编在一起，寓意心心相印，永不分离。"

他拢了一把成堆的珠子，发出"哗啦哗啦"的清脆响声："你和你男朋友姓什么？我来帮你找。"

沈净晗的视线扫过那些珠子，在某一处停下。

摊主看她有些发愣："小姑娘？"

沈净晗回神，嘴角弯了弯，礼貌地拒绝："不用了，谢谢。"

周稳全程没有说话。

后来他们又逛了一会儿，周稳有了一些收获。

他买了一个上面绣着"平安"二字的米白色的小香包，说要挂在车里辟邪保平安。又给沈净晗挑了一套之前他说的那种裙子，夜市里不能试穿，但他信誓旦旦，说他选的尺码不会错，一定合身。

不过这话很快打脸，回到民宿后，沈净晗试了试，腰身有点紧，勉强穿进去。

周稳皱眉抱怨："这裙子是给小孩子做的吗？你这么瘦竟然穿不了。"

沈净晗反手拽拉链："还不是因为你，我都说了要大一码的。"

周稳走过去环住她的腰，手探到她背后，帮她把拉链拉下来，垂眸盯着那双漂亮的眼睛，嘴角含笑："别生气啊，我去帮你换回来就好了。"

他温热的指尖滑过她腰间细腻的肌肤，不太老实地往下探了探。

沈净晗耳朵泛红，推开他的手，进浴室换下衣裙，回来扔到他手里："快去吧，一会儿都收摊了。"

周稳把衣裙折好，转身出门。

换完裙子回来的路上，周稳接到周敬渊的电话："听说你去东海岛了。"

周稳站在路口等红灯："嗯。"

"那边天气怎么样？"

"风挺大，气温还行。"

云江岛天气已经凉了，虽然温差不太大，但周敬渊还是担心他的身体："一冷一热，注意不要感冒。"

"知道了。"

周敬渊又说:"琼海那边你不必费太多心思,尽快回来,我还有别的事交给你。"

本来不需要周稳亲自过来,是他主动要求,周敬渊只好随他。

周稳应了一声。

挂了电话,周敬渊跟一旁的陈师杰说:"这孩子跟我说话还是这样不耐烦。"

陈师杰笑说:"孩子都是这样的,时间久了,少爷自会明白您的苦心。"

付龙推门进来。

陈师杰还有事,先行离开。

付龙将门关好,走到周敬渊身旁:"您让我打听的事有消息了。"

周敬渊摩挲着茶杯盖子:"说。"

付龙:"画那幅画的人叫赵津津,是青城大学的艺术生,刚上大二,经常来岛上采风画画。那幅画应该就是她无意中看到并画下来的,但她应该并不知晓其中关窍,不然也不会这样堂而皇之地挂出来。"

周敬渊凝神思索,又听付龙说:"大哥,我也顺道查了查那个旧时约的老板。"

周敬渊抬眼:"怎么?"

"那老板叫沈净晗,老家岳城,父母双亡,有个男朋友也死在一场海难里了,现在只剩她一个人。那个赵津津就是她男朋友的妹妹。"

周敬渊抿了口茶:"是个可怜人。"

付龙继续说:"她是以全国第一的成绩进了岳城C大化学系,是个化学天才,不过中途退学了,没有念完。"

"化学天才。"周敬渊精明狡黠的眼眸微动,"为什么退学?"

付龙说:"我也打听了,似乎是因为和他们系里的任课教授有不正当男女关系,流言蜚语太多,就退学了。"

说到这里,付龙停顿一下,周敬渊看出他还有话要说:"讲。"

付龙颔首:"这个沈净晗似乎和少爷有点关系。"

周敬渊把玩茶盖的手指停下:"什么关系?"

付龙斟酌着说:"不是男女朋友,但走得很近,这次去海南也带着她。周潮少爷他们都认识。不过少爷并没给她什么名分,大概只是逢场作戏,并不认真。"

周稳之前的事周敬渊也略知一二,儿子二十几岁的年纪,年轻气盛,血气方刚,男欢女爱,人之常情,只要不玩得太过分,或者把不相干的女人领到家里来,他从不过问。

周敬渊并未当回事:"找机会处理赵津津,手脚干净些,免留祸患。就算她现在不知道,难保她以后不会重返故地,发现玄机。至于那个沈净晗,给我留着,我要再接触接触。"

付龙大致猜到他的意思："是。"

周稳回到房间时，沈净晗已经洗过澡。

除了换尺码的那套衣服，他还带回一个编发头饰，很精致漂亮："听说古城里的姑娘都这么打扮，明天到了普洱你就换上，咱们入乡随俗。"

沈净晗趴在床上，看他把那些东西都装进袋子里："这套行头一看就是游客。"

"咱们本来就是游客。"

周稳花了十分钟冲澡，出来后看到沈净晗侧身躺在床上，纤瘦的身体只占小半张床。

他耐心告罄，直接扑过去。

疯狂的同时，他唯一的期望就是这家民宿隔音可以好一点。

做这件事时，沈净晗很喜欢看他的脸。

有时也会细细地抚摸他的眼尾，像在看他，又像在透过他看别人。

以前周稳从不说什么，但今晚他似乎不太高兴，赌气似的捂住她的眼睛不让看。

看着她的红唇一张一翕，难耐的诱人模样，周稳只觉得全身的血液都在奔涌流动，低吼一声，捏过她的下巴堵住嘴。

沈净晗听得头皮发麻，将他宽厚的肩抓出痕迹。

直到深夜，翻涌的热潮才逐渐停息。

因为剩下的路程只需要半天就到，所以第二天上午他们是自然醒，没有特意早起。

收拾完吃了早餐后已经十点，两人准备启程。

开车前，周稳将那个米白色的小香包挂在车上。

这一路很顺利，不到傍晚就到了普洱市。

周稳没去高端的连锁酒店，依旧选择了不起眼的民宿。安顿好后，两人在周边转了转。

这里有市区的繁华街道，也有古朴低调的古寨，距离热闹的西双版纳不远，人却不多，看起来是个舒适宜居的城市。

他们在这里停留了三天。

这三天周稳开车带沈净晗去了很多地方，那柯里古镇、景迈山，也走了茶马古道，去了茶园亲自采红茶。

他带她吃了很多当地的特色美食，沈净晗吃不了太酸的东西，点了一碗面巨酸，她只吃了一口便不吃了，剩下的都被周稳消灭。

除了这些，两人还一路开车，经过了许多山山水水，看到了很多不一样的风景。

周稳最远甚至开到了几个边陲小镇，那里与邻国接壤，周围环境各有不同，有些地方横亘一座山,有些地方是田埂小路,有些只隔一个栅栏,手伸过去就算出国了。

周稳沿着这些地方转了一圈儿,找了个地方停下来,给沈净晗买当地特色炒饭和菠萝鸡脚。等待的过程中顺便跟店家阿叔闲聊几句。

沈净晗说这几天她都吃胖了,周稳笑着摸摸她的脑袋:"胖点儿好,健康。"

她问他到底要办什么事,已经来了好几天,一直在玩。

他说已经办完了。

沈净晗不明白,但没有再问。

沈净晗还在茶庄买了很多茶,有普洱、小青柑、小金沱什么的,零零总总一大包。她将这些茶分成两份,在离开普洱市前找了个快递公司寄走。

一份地址写了云江岛,是给姜焕生的。

另一份地址栏中,她端端正正写了一行字:沣南市中山区西雁街26号。

周稳静静地看着那行字,指尖攥紧包裹。

离开快递站后,周稳借口落了东西自己回去,将寄往云江岛的那个快递改了地址,寄到在海南要住的酒店里,准备到时再转寄给姜焕生。

那晚周稳要得很凶。

直到后半夜,沈净晗已经累到睡着,他才抱着人,小心地为她擦拭额角细密的汗。

他低下头,吻了又吻。

他仔仔细细地凝视她长长的睫毛、微红的眼尾、红润的唇。

他爱她的每一处。

"沈净晗,"他从身后抱着她,紧紧贴着她柔软的身体,颤颤地轻声说,"如果有一天,我不在你身边了,你也要好好生活,好好过日子,开开心心,多笑一笑,好吗?"

他将头轻轻靠在她身上,闭上双眼。

待身后人的呼吸逐渐平稳,沈净晗才缓缓睁开眼睛,漆黑莹润的双眸格外幽深静谧。

她觉得周稳有些异样。

这些天他都有些异样。

带她去好玩的地方,带她吃美食,给她讲动听的情话,还有刚刚那一句。

如果,有一天。

给人一种感觉。

好像,在做某种告别。

隔天下午,周稳和沈净晗到达海口新海港。

项目负责人陈征来接,一行人开车前往琼海下面的一个沿海小镇。

周稳没说他和沈净晗的关系，陈征也很懂规矩地没有问，一路和周稳报告这几天的进展，沈净晗看窗外的风景。

无论是环境还是气候，这里都比想象中舒适，暖风吹在脸上，隐隐带一丝不知是什么植物散发出来的清香。

沈净晗将手伸出窗外，感受薄纱一般温柔的风。

周稳忽然搂住她的身体，将她的手拢回车内。

沈净晗转头，看到他依然目视前方，认真听陈征讲话，不知道怎么眼神那么好使。

两人在镇上最好的一家酒店入住，周稳要去见团队其他人，留沈净晗在房间里："你如果无聊就出去走走，但别走远，我结束就给你打电话。"

"想睡觉。"

"嗯，那你睡会儿。"

沈净晗在房间里补觉，直到傍晚肚子有些饿才起来。

周稳还没回来，但手机里有一条他的信息。

——醒了给服务台打个电话。

沈净晗拨了座机，五分钟后服务人员来敲门，送了一份套餐和几个购物袋："沈小姐您好，套餐是周先生帮您点的，嘱咐您务必趁热吃。这几个纸袋也是周先生让我们转交给您。"

沈净晗接了："谢谢。"

关了门，她拎着纸袋和餐盒走到桌前，先打开餐盒看了眼，是牛肉饭和一些小菜。

纸袋里有几套裙装、外套和两双鞋，一双小白鞋、一双海边沙滩凉拖，都是她的风格。

云江岛已经深秋，她身上这套衣服确实不适合在海南穿。

沈净晗吃完饭，随便挑了条蕉月色的连衣长裙，换上小白鞋，拢了拢长发，拿了手机和房卡出门。

这里离海边很近，出门转个弯就是。

这边确实是一副有待开发的样子，海边没什么娱乐项目，一片寂静，偶尔有三两个人经过，看起来也像是当地居民。

不过沈净晗喜欢这样的寂静。

其实自从上了岛，沈净晗的心情就有些沉重。

年少时的美好约定，现在她和别人来了。

以前上学时总是想，高考后一定要好好旅个游，到处玩一玩。

后来考完了，又总是因为这样那样的事耽搁，几乎没有时间去很远的地方，但岳凛常常带她去岳城附近的地方玩。

印象很深的一次是他们两人去爬山。

算是一座小有名气的山，也有一些游客会专门去那里。说是爬山，但沈净晗有点懒,走一会儿就累了。岳凛就在景区里租了辆自行车,载着她沿着盘山路慢悠悠地骑。

那天天气不算晴,快到山顶时马上要下雨,沈净晗抱着他的腰着急地往前看,让他快点:"来不及了。"

最终他们赶在下雨前躲进一个亭子里。

不知是姻缘亭还是许愿亭,整个亭子包括出入亭子必经之路两旁的木栏,全部被系满红丝带,还有许多许愿木牌和银锁。

有个年轻的姐姐坐在一张木桌前,桌子上摆了一台刻字机器和一个笔记本。

旁边一个小招牌:天锁刻字三十元。

沈净晗转头说:"我也要刻。"

岳凛那时还是个傲娇的大男孩,瞥了眼满墙的红丝带:"幼稚。"

沈净晗不理他,跑去那边选了一把锁,对面姐姐让她把想刻的字写在本子上。

沈净晗认认真真地在上面写上两人的名字,中间还画了一颗小心心,最后附上日期。

锁头很快刻好,那人又给了她一条红丝带:"用丝带绑上,随便找地方系起来就行。"

"谢谢。"沈净晗很高兴,摸兜掏钱,旁边那人已经先她一步把钱付了。

依然一副嫌弃的模样。

沈净晗在亭子里绕了一圈,找了个满意的地方,把锁头扣好,挂上去。

她一向不会系蝴蝶结,怎么系都不满意,闷头弄了很久。

"我来,笨死了。"岳凛把她系了一半的红丝带拆开,低着头认真地重新系了一个特别漂亮的蝴蝶结。

沈净晗的眼睛笑成一弯月牙,踮起脚使劲儿亲了他一下。

手机收到一条新信息,沈净晗低头翻看。

是青青发来的。

——听说姜爷爷正式出家了。

沈净晗看着那行字,沉默很久。

姜焕生在庙里义诊多年,早想皈依佛门,是住持说他六根不净,一直不收。

现今竟然收了,大抵是他得知师兄已故,心底再无牵挂。

人世间的爱恨情仇大约都逃不过时间的消磨,再执迷,时间到了,也就尽了。

肩上一暖,有人给她披了一件薄衫。

周稳从后面圈住她,下巴抵着她肩头:"我目测的尺码果然不错,裙子很合身,也很漂亮,但晚上还是有点风。"

她嘴上不怎么饶人:"前几天不是错了一次?"

"总有看走眼的时候。"

他身上有淡淡的酒味,但唇息间没有。

沈净晗偏头:"忙完了?"

"嗯。"他有点疲惫似的,将自己的重量交给她大半,懒懒地靠着她,"我没喝酒。"

"怎么不喝?"

"怕你嫌我难闻。"

他这样讲话,真的很像热恋中的男孩和喜欢的女孩撒娇,沈净晗不太接得上话,只好沉默。

他依然抱着她:"给你订的餐吃了吗?"

"吃过了。"

"好吃吗?这边的口味和家里那边不太一样。"

"还好。"

喜欢吗,好吃吗,忙吗,难受吗,舒服吗?

周稳常常这样问她。

她的回答永远都是一句温温淡淡的"还好",没有很强烈的情感表达,好像怎样都可以。

周稳脑袋在她颈间蹭了蹭,没出声。

之后的将近半个月,周稳忙于考察勘测这片海岸的基本情况,推进项目进展。

他带着沈净晗,有些地方她也能出出主意,提提意见。工作时间安排得不是很满,结束后他会继续带她到处玩。

他开车带她绕着整座岛游山玩水,带她去最热闹的三亚,也带她去了岛中央不靠海的一些城镇吃小吃。

他用她的手机给她拍照,一边录视频一边叹气,嫌她的手机太慢。

他们在一个小村子里迷路,赶上下雨,不得不把车停在土路边,一边等雨停,一边等信号。

周稳在雨滴砸在车顶的闷声中吻她,将她的身体压在车窗上。

那天下午他们在沿海的一户原住民家做问卷调查,两人被慈祥的老奶奶留下吃饭。

奶奶听说他们是来开发旅游的,非常高兴,说以后这里来的人多了,她可以做一些贝壳手工在家门口摆摊卖,也能给儿子减轻些压力。

桌上摆满了新鲜的海鲜和当地家常菜,还有纯正的土鸡蛋,奶奶说这个鸡蛋最有营养。她不停地给沈净晗夹菜:"小姑娘太瘦了,要多吃。"

沈净晗的碗已经堆满了,但为了不辜负老人家的好意,一直在吃。

她想起她的姥姥。

以前姥姥做饭也特别好吃,每次放假她去姥姥家,姥姥都会做她最喜欢的炸鱼、炸虾片、红烧鸡翅、海鲜汤,还会把岳凛叫过来蹭饭。

两个小朋友坐在椅子上晃荡着两条小腿吃到撑。

有一次赶上岳凛生日,他已经在家里吃完饭也要跑过来再吃一顿,说留了肚子。

姥姥会给他煮一个鸡蛋,说过生日得吃水煮蛋。

沈净晗看着桌上的水煮蛋,默默拿过来吃了一个。

周稳也吃了一个。

傍晚,两人在海边散步。

周稳牵着沈净晗的手:"这里民风淳朴,很不错。"

沈净晗望着一望无际的大海:"嗯。"

"海也很蓝,很干净。"

"嗯。"

"和云江岛比怎么样?"

沈净晗说:"都是海岛,有什么区别?"

"那……"周稳停顿片刻,"要不要留下来?"

沈净晗停下脚步,转头看他:"什么意思?"

周稳说:"接下来两三年,我会把工作重心移到这边跟项目,每年有大半时间都在这边,有事才会回去。"

他搂住她的腰,低低的嗓音混着海浪的声音:"要不要来陪我?"

沈净晗干脆回答:"我不要。"

周稳微怔。

这些日子以来,她对他比以前柔软许多,不像最初那样冰冷,本以为她至少会犹豫一下,慢慢考虑,没想到她拒绝得这样干脆。

周稳凝视她的眼睛:"为什么不要,你不想天天看到我吗?"

沈净晗推开他的拥抱,转身往海边走了几步。

周稳跟过去,耐心地哄她:"你不是喜欢大海吗?这里也有大海,到时在这边租个店面,一样可以开民宿。"

"我不想。"她声音已经有些冷,"周稳,你别忘了,我们不是谈恋爱,你没资格要求我做什么,我也不会为了你离开云江岛。"

她冷漠起来比任何人都凉薄,好像这些日子的快乐都是假的,在她心里没有泛起过一点点波澜。

眼看着周家就要有所动作,云江岛暗流涌动,也许在不久的将来会有大批量的警力潜入,伺机而动,而据他所知,周敬渊还有枪。

如果他的身份不慎暴露,沈净晗会处在怎样的危险中,会被怎样对待,被怎样折磨、利用、欺辱……

他不敢想。

就算只有万分之一的可能,他也赌不起。

他渐渐不再平静、不再从容。焦躁、不安，也生气，气她固执，一直活在过去，陷在他为她编织的美好幻境里出不来。

也许，他更应该气的是自己。

他握紧拳头："你不想跟我走，是因为你前男友？"

沈净晗的身体僵硬一瞬："跟你没关系。"

周稳双眼泛红，上前用力攥住她的肩膀："我活生生站在这里，还比不过一个死了的人吗？你不是说我和他长得很像？你可以把我当成他，我不介意。"

沈净晗挣开他的束缚："我介意。"

他血气上涌，恨其不争，几乎是吼出来："他已经死了！你再怎么样他都不会回来了！"

这句话像点了火，沈净晗双眼迅速泛红，她狠狠推开他，声音里带着哭腔，既气愤又委屈："不许你说他！谁都不许说他！"

她几乎用尽了全力，周稳被她推得后退两步，勉强站稳。

两人隔着一些距离，胸膛起伏不定，死死盯着对方，谁也不让。

气氛降至冰点。

沈净晗掉下眼泪。

泪水很快模糊了双眼，她抹了一把眼睛，哑着声音说："他在我心里没死。"

说完这句话，她转身跑掉。

周稳一个人在海滩上吹了很久的风。

项目负责人打来电话，也许是有什么事，但他直接挂断。

沈净晗这样的反应，他是有些意外的。

这么久以来，她竟然真的对他一点感情都没有。但在这之前，周稳对自己多少是有些信心的，毕竟他顶着一张和岳凛一模一样的脸。他还以为她心里至少应该有一点点周稳的位置。

打不过死掉七年的自己，不知道是该生气还是该高兴。

周稳回到酒店房间，发现沈净晗还没回来。

已经晚上九点多，他迅速转身跑出去。

这里并不大，周稳沿着海岸线一路寻过去，在这片沙滩的尽头看到坐在地上的那个小小的身影。那里再往前是一片山岩礁石，阻断了去路。

沈净晗抱着膝盖坐在地上，海风吹乱了她的长发。

面前的沙滩上有一幅生日蛋糕简笔画。

沈净晗拿着树枝，竖着画下一道，在顶端点了一下，画出蜡烛。

她的眼尾还有一抹红晕，眼睫湿湿的，盯着那个蛋糕看了好一会儿，轻声说："今年我也没有忘哦。

"生日快乐，阿凛。"

一股海浪涌来，吞噬了大半图案，打湿了沈净晗的裙角。

周稳就是这个时候走过来,坐在她身边。

两个人都没有说话。

海上有星星点点的光亮,有货船经过。

不知过了多久,沈净晗忽然开口:"周稳。"

他指尖微蜷,细沙从指缝漏下。

"你喜欢过一个人吗?认真地、热烈地、用尽全力地爱一个人。"

周稳沉默良久:"有。"

"你们为什么分开?"

"不可抗力。"

"你花了多久时间忘掉她?"她盯着只剩一点痕迹的蛋糕,"有没有什么好办法教教我。"

周稳没有回应。

不知过了多久,身旁响起一道很轻的声音:"周稳,我们就到这儿吧。

"不管你把我当消遣也好,或是真的有一点喜欢我,我都不想再继续了。谢谢你这段时间带给我的快乐。

"我,没有办法再给你更多了。"

那晚沈净晗没有住在周稳的房间,单独开了一间房,第二天便从琼海机场直飞青城。

傍晚青青看到沈净晗不声不响地回来了,还有点意外:"姐,怎么没提前说一声?"她往门外看,"稳哥呢?"

沈净晗有些疲惫,抱起扑过来的"红豆"上楼:"我有点累,先去睡一会儿。这段时间你辛苦了,明天开始放几天假吧,好好休息一下。"

两个人去,一个人回,情绪还不高,明显是吵架了,青青没有再追问,趴在楼梯口的栏杆上往上瞧:"那你先睡一会儿,待会儿吃饭我叫你。"

回到房间,沈净晗先被猫咪们"围攻"了一会儿。这么久不见,小东西们极度兴奋,上蹿下跳,一个接一个地往怀里挤,争宠意味十足。

沈净晗挨个宠幸了一会儿,摸摸脑袋撸撸毛,总算消停。

她换了衣服,准备把之前那套塞进洗衣机,忽然发现口袋里有东西,拿出来一看,是周稳那天晚上在夜市里买的那个米白色的小香包。

香包留香效果持久,现在还有淡淡的味道。

不知道他什么时候塞到她口袋里的。

柜子上还有他上次没有带走的黑色纸袋,里面有一套他晚上睡觉时穿的家居服。

浴室的洗手台上有他的剃须刀和须后水。

他只是在这里住了一夜,就留下这么多东西。

沈净晗将他的所有东西都装进那个袋子里,搁在墙角。

之后的几天，两个人没有联系。

沈净晗不知道周稳回来没有，也没有去问。倒是青青消息灵通，从隔壁俱乐部那边听说周稳也回来好几天了，只是一直忙于出入各种交际场合，替父亲应酬，不在岛上。

"他们问你俩怎么不一起回来，是不是吵架了，我说不知道。"青青一边吃面一边说。

这倒是事实，她本来也不知道，有几次想问，但不太敢。

沈净晗虽然一贯不爱笑，但心情还可以时的不笑和心情不好时的不笑，她还是能分清的。

青青闷头吃了半碗面，忽然想起一件事："对了姐，我过几天就要回老家考试了，你看我表姐哪天过来比较合适？"

沈净晗说都可以。

"那我让她明后天就来吧，我有好多事要交代。"

"你决定吧，记得给她留间房。"

正说着，外面有人进来，青青放下碗去招呼："您好，住店吗？"

"开间房。"一个男人的声音。

有些耳熟，沈净晗抬头看了眼。

是周潮。

他带了个年轻漂亮的美人，勾着唇，将证件递进来："要朝阳，隔音好的。"

青青也认识周潮，但没怎么说过话，她下意识地看向沈净晗。

沈净晗收回视线："后面那位也出示一下身份证。"

大概跟着周潮去他的地盘一向没出示过什么证件，那女人看了眼周潮。

周潮没给她面子："沈老板让你拿身份证，没听见？"

那女人被凶了一下，有些委屈，但没敢吭声，低头翻证件。

青青开好房后，将房卡递给周潮。周潮两指夹着房卡，又扫了沈净晗一眼，手臂搭着木质前台，笑容轻佻："沈老板，这几天没见着我哥吧？"

沈净晗不抬头。

他幽幽地说："最近我舅在帮他挑选家世、相貌般配的世家小姐，准备联姻，你知道吗？"

沈净晗直接端着碗站起来，转身进了厨房。

没过多久，青青也端着碗进来："我洗吧。"

"没事，放那儿吧。"沈净晗打开水龙头，将瓷碗上的泡沫冲掉。

青青说："净晗姐，周潮家那么大的明珠酒店，为什么来咱们这里开房啊？"

"交钱了吗？"

"交了。"

"交了就行，别的咱们不管。"

"哦。"青青指尖绕了绕头发,"那,他说稳哥那事不会是真的吧?"

沈净晗顿了下:"别人的事不要管。"

她洗青青那只碗:"你不是还有课吗?回房听吧,我看着。"

青青观察了一下,沈净晗的表情并无异样,只好说:"那你有事叫我。"

"嗯。"青青出去了。

舒缓的水流冲刷着白瓷碗上晶莹的泡沫。

沈净晗出了会儿神。

碗上的泡沫早已冲干净,她关了水龙头,放下碗,湿湿的手心撑在水池旁,闭眼静了一会儿,随后将碗筷放回原位,掀帘子出去。

晚上八点多,青青上完课就出来换沈净晗。

沈净晗披了条格子薄毯上楼。

路过周潮的房间时,听到里面传出女人痛苦的惨叫声,隐隐夹杂着其他暧昧声响。

旧时约隔音效果很好,能听得这么清楚,想必里面声音很大。

沈净晗快走了几步,回到房间,重重地关上门。

不知道为什么,虽然周潮没对她做过什么过分的举动,但沈净晗就是看他不顺眼。

一副登徒浪子的流氓相,披着上流社会富家少爷外皮的禽兽。

洗了澡,吹干头发,沈净晗坐在小沙发上打开投影,随便抱起一只猫撸脑袋。

没什么想看的剧,便在历史记录里找了部老电影重温。

真的是很老的电影了,差不多二十年前的港片,画质不是很好,年代感十足。

她也没怎么看,权当背景音乐,没多久就侧躺在沙发上翻手机。

最上面是岳凛的账号,最后一条是她早上发的"早安"。

下面紧挨着的是周稳。

是他们刚到海南那天,他出去和团队的人吃饭,给她发的信息,让她给前台打电话。

之后他们每天都在一起,再没有发过信息。

沈净晗点进周稳的账号,指尖悬在屏幕上方,片刻后,点了删除。

第二天早上沈净晗下楼时看到阿姨在打扫周潮住过的那间房。

一屋子糜乱难闻的气味,床铺一片凌乱。她皱了皱眉,走到里面打开窗户通风,转身对正在捡地上的枕头的阿姨说:"柴姨,这房间的床单被套,还有枕套不用洗了,全扔掉。"

柴姨愣了下:"全扔掉吗?这批是新换不久的。"

"扔掉吧。"

柴姨答应着:"行,我现在就收拾出来。"

沈净晗又下楼告诉青青，以后这个人来不接待，就说没房间。

下午青青的表姐来了，小姑娘叫向秋，戴着一副甜甜的白桃色眼镜，讲话干脆利落，人很机灵，学东西很快，待人接物也礼貌周到。沈净晗挺满意。

青青教她怎么使用订房系统，以及一些注意事项。

"除了201是一直锁定的，其他房间都可以订。"青青看着电脑说。

向秋问为什么201要锁定。

青青解释："是给净晗姐的一个朋友留的房间。"

两人的工作交接了三天，青青收拾东西准备离岛。

临走前沈净晗本想请她好好吃顿大餐送一下，被青青拒绝了："万一没考上，我还得回来，这饭不白吃了？"

向秋说她乌鸦嘴："赶紧呸出去，一定能考上。"

青青拖着行李箱站在摆渡车的站点，回头看向俱乐部的方向。

门口只有两个小弟在闲聊，没有看到那个人。

摆渡车来了，她提着箱子上车。

向秋送她去码头，沈净晗在门口道别。

大概习惯了分别，沈净晗并没有太难过。

生命中来来往往的人太多，有些人注定只会陪伴你其中一段旅程，再热闹都要落幕。

能和你一起走到终点的人，只有自己。

接下来的日子很平静，每天接待游客、开房、退房、喂猫、晒太阳。

月末青青考完试，没有立刻回来，说要在老家等消息，如果通过就接着准备明年年初的面试。

据她自我感觉，成绩应该不错。

向秋也非常高兴，两个人打了很久的电话。

这样的生活持续了半个月，直到沈净晗接到赵津津的电话："你知不知道，我那天差点死了！你差点就见不到我了！"

沈净晗吓了一跳："怎么回事？"

赵津津现在已经回魂，像讲故事一样眉飞色舞："就我那天和朋友一块儿出去玩嘛，有辆车不知从哪里冒出来，刹车失灵停不下来，直奔我来了。要不是我朋友眼疾手快把我抱走，我这会儿就躺盒子里了！"

沈净晗听得心惊肉跳："这么大的事你怎么不早点告诉我？你还有心思开玩笑！"

赵津津笑嘻嘻的："我这不是没事了吗？过两天我去找你玩，我同学还想去林子里采风呢，现在那边和之前的景色肯定又不一样了。"

沈净晗的心跳还没平稳："你老老实实在学校待着吧，别总出来乱逛。"

"那是个意外嘛，总不能永远不出门。"

沈净晗懒懒地窝在猫窝的单人沙发上,怀里搂着两只猫:"是谁救了你,同学吗?"

一向伶牙俐齿的赵津津忽然语塞:"就,一个朋友。"

沈净晗听出端倪,直接问:"你交男朋友了?"

"还不是男朋友呢!"赵津津急了。

听声音都能觉出她在脸红。

小丫头长大了。

沈净晗没有追问,只是叮嘱她:"你大二了,可以交男朋友,但要擦亮眼睛,不要一高兴就一头陷进去。"

"哎呀,知道了。"赵津津不耐烦,"你真的比我妈还像我妈。"

"你给我们准备好酒就行了!我同学想尝尝你酿的清酒。"赵津津怕她再问别的,抓紧时间结束话题。

沈净晗逗她:"你那个男朋友来不来?"

"他不来……说了还不是男朋友!"

气急败坏急着撇清又有点害羞的样子像极了当年岳凛和她表白时。

初恋果真都是甘甜酸涩的。

下午沈净晗去码头附近的快递站取猫粮,在出口处看到周稳和周潮。

两人似乎刚刚下船,一边讲话一边沿着石板路向东走。

不知是什么话题,周稳似乎很严肃,周潮倒是一如既往的漫不经心。

周稳的视线无意中偏了一点,两人目光相碰。

他像没见到她,表情平淡地收回视线,继续和周潮说着什么。

有搬货的工人经过,沈净晗靠边一点,让出好走的路,转身走向快递站。

一阵凉风吹过,周稳扯了扯衣领:"刚说的你记住了?"

周潮懒洋洋地说:"知道,兄弟俩不碰同一个女人,你忌讳。"他"啧"了一声,"我也没干什么啊。"

"前些天你去了旧时约。"

"是安娜住够了明珠,想换个地方玩。"他瞥一眼周稳,"哥,你跟那沈老板真断了?断了我再给你找个新人,我前几天刚认识一个,特漂亮,还是雏儿,是你的口味。"

周稳没看他:"你自己留着吧,我不想肾虚。"

周潮急了:"谁肾虚了?"

"不肾虚你倒腾什么药。"

"我那是助兴,你不懂那种快乐,再清高的女人喝一口,都能骚上天。"

周稳停下脚步,冷冽的目光盯着他。

周潮被看得发毛:"干什么你?"

"你先去吧,我回趟别墅。"周稳说,"到那儿先看看资料,姑姑让你学东西,你别整天游手好闲,只知道睡女人。"

周潮"喊"了一声:"你才不游手好闲几天啊就来说我,再说我妈和舅舅现在最看重的是你,跟乔家联姻也先考虑你,哪有时间管我的死活。"

他摆了摆手,一个人往办公室那边溜达。

沈净晗买了一堆猫粮和猫罐头。

家里小祖宗多,每天消耗巨大,每个月光买口粮就得几大箱,还要时不时换换牌子,调节口味。

这次又是一大箱。

沈净晗抱起箱子准备走时,老板说还有一个快递,让她等一下。

她并没其他快递,疑惑地看着老板在架子上翻翻找找,最终取出一个小纸箱,不算大,二十厘米见方的样子,老板直接把纸箱摞在猫粮箱上面。

沈净晗看了一眼收件人,是她没错。再看发件人,是青青。

快递是食品包装箱,沈净晗略扫了一眼就知道,是她从前爱吃的一种小酥饼,后来断货了,网上也没找到,就再没吃过。

大概青青在现在生活的城市里看到了,买来给她。

箱子有点重,沈净晗捧得吃力,出了快递站的门就停下,往上颠了颠,调整位置。

走了几步,再次调整。

上面的食品箱子不老实,总是往旁边掉,她走得艰难。

当箱子再一次倾斜,眼看着要滑下去时,一只强劲有力、骨节分明的手从她身旁探过来,覆在她手上,稳稳托住那只箱子。

周稳接过她手里的箱子,轻松地捧起:"我来吧。"

沈净晗顿了下,将手从他的手和箱子间抽出。

"买了什么?这么重。"周稳往旧时约的方向走。

沈净晗走在他旁边:"猫粮。"

"哦。"

两人没有再讲话。

之前两人不欢而散,大半个月都没联系,气氛有些沉闷,只能听到耳边"呼呼"的风声和两人衣料偶尔摩擦的声音。

行至路程一半,周稳忽然开口:"对不起。"

沈净晗目光偏了一些,微微转向他。

"那晚我话讲重了,不该那么说。"

她受到刺激,一定又狠狠哭了一场。

沈净晗略低了头,没有回应。

周稳转头看了她一会儿:"怎么,吵了一架就要跟我断,现在连朋友都不是了?"

她抿了抿唇:"没有。"

"那怎么不理我？"

"只是不知道说什么。"

走到离旧时约不远的那棵大树下，周稳停下，将箱子放在石椅上，转身看着她："你不想去就不去，我还能强迫你吗？我只是提个建议，你就那么激动，要和我结束，一言不合自己飞回来，半个月都不找我。"

"你也没有找我。"沈净晗说这话时，语气是平静的。

周稳凝视她的眼睛："那还要跟我断吗？"

她垂眸静了片刻："要。"

周稳眼睛忽然酸涩。

他极力克制翻涌的情绪，抬手摸了摸她的头发："嗯，那说好了，要断就断干净，以后如果有人问你，和我是什么关系，要说不熟，没有关系。"

他嗓音有些沙哑："记住了吗？"

沈净晗抬头看他。

他的双眸已经恢复清明，换上一副笑脸："这里离旧时约不远了，能自己搬回去吗？我还有点事，不能送你回去了。"

直到周稳的身影消失在转角处，沈净晗还在想他的话。

听起来莫名其妙，却又像是刻意提醒。

她越来越看不透他。

周末那天，赵津津带了几个同学来岛上。

他们都是艺术学院的学生，一人背一个大画架，拎着零零碎碎的绘画工具，热热闹闹地进了旧时约。

赵津津一一介绍她的同学们，又给他们介绍沈净晗："这是比我亲姐还亲的姐！"

一群青春年少的面孔整齐大声地喊："姐姐好！"

现在是旅游淡季，旧时约已经很久没有这么热闹，沈净晗被他们的热情弄得有点招架不住："你们好。"

她招呼他们去休息区那边坐，让向秋给他们开房间。

算上赵津津，一共两男四女，正好三间房。

赵津津跑过来说："我们自己付钱。"

沈净晗拍她脑袋一下："我还能收你的钱？你让他们安心住吧，反正现在是淡季，房间空着也是空着。"

赵津津笑眯眯地搂她脖子："就知道你对我最好。"

沈净晗嫌弃地挣开她的束缚："你们一会儿去哪儿吃饭？我这里弄不了这么多人的饭。"

赵津津说："不用管我们，我们先去海边逛逛，玩一会儿，吃点海鲜，下午再进林子。"

沈净晗不太放心："那边是原住民都不去的丛林，你们就这样进去行吗？别迷路。"

赵津津拍着胸脯保证："没问题的，我上次一个人都出来了，我记得路，我们这次带着任务来的，不画点儿东西带回去没办法跟老师交差。"

"行吧。"沈净晗知道拦不住，但还是忍不住叮嘱，"那要保持联络，手机带好。"

"知道啦。"赵津津又提那酒，"可不可以给我们带两壶？我们吃饭的时候喝。"

沈净晗说："你们要吃海鲜就别喝酒，对身体不好，容易过敏，可以明天走的时候给你们带一些。但不许上课时喝的，周末放假时再尝。"

赵津津虽然很想喝，但还是答应了。毕竟同学是她带来的，万一真有谁喝过敏了，也不太好交代。

一行人安顿好后，下楼跟沈净晗打了个招呼，就成群结队地出去玩了。

下午，周稳在钓场钓鱼。

不知是不是因为天气凉了，他已经在这儿坐了一个小时，一条鱼都没钓上来。

在他两米外的另一把椅子上坐了个戴着黑色渔夫帽的中年男人。

男人将帽檐压得很低，看不清脸。他的渔具虽然十分老旧，但收获明显比周稳好，只十分钟就钓上一条中等大小的鱼。

"你上次说的那个人名叫坤发，他的情况与你说的基本一致，只不过陈师杰有一件事没讲，坤发当年曾意图自首，人已经走进警察局，但最后关头忽然改了主意，想必是家人遭到威胁。"渔线有拉紧的趋势，宋队握了握鱼竿，"这个人要好好利用，保证他的生命安全，说不定最后会成为我们的证人，指认周敬渊。"

周稳盯着水面的鱼漂："明白。"

"还有一件事。"宋队欲言又止。

周稳等他开口。

宋队停了几秒，说："我在查坤发这个人的过程中，在他当年遭遇的那场大巴车祸的遇难名单中发现了两个名字。"

"沈见涛，张佳存。"

周稳握着鱼竿的手瞬间僵住。

那是沈净晗父母的名字。

这对夫妻遗体认领人处的签名是沈净晗，所以宋队格外留意，才知道这两人是她的父母。

周稳紧紧攥着鱼竿的手已经泛青，微微颤抖。

他怎么都想不到，她父母的死竟然与周家有关。

那场大巴车祸事故的罪魁祸首是周敬君，但没有她，周敬渊也会出手。

一群遭天谴的恶魔。

为了一个人,害了整车无辜的性命,害沈净晗失去双亲,无依无靠。

宋队看出周稳情绪的变化:"我们已经掌握大量有效信息,一旦拿到交易证据,立刻收网。阿凛,沉住气,光明会来,法律会还她公道。"

西边传来一阵杂乱的交谈声,宋队偏头看了眼,是群大学生模样的年轻人,一边打闹一边往这边走。

"保护好自己。"他留下这句话,收回渔线,拎着水桶从另一边离开。

周稳一眼就从那些大学生里看到了赵津津。

他离开那年赵津津才刚上初中,一晃眼已经长成漂亮的大姑娘了。

赵津津小时候很喜欢黏着他和沈净晗,常常跟在他俩后面甜甜软软地叫"哥哥姐姐"。沈净晗特别喜欢她,每次都会把好吃好玩的东西分给她。

这些年他不在,沈净晗也常常在微信里和岳凛讲赵津津。

她中考成绩不错,考上了重点高中。

有个男孩子追她,被老师发现,把那个男生的座位调了好远。

她想考艺术学院,学油画,她妈妈不同意,母女两个大吵一架。

沈净晗说,津津现在长得很好,很漂亮,性格也好,让他放心。

而就在前天,他收到一条新消息。

——津津好像要谈恋爱了。

这小丫头,长大了。

其实在上次得知微信可能会推出"已读"功能时,周稳每次点沈净晗的信息时都很小心,要先去网上查一下最新信息,再去周稳那个账号实际操作一下,确保没有才放心点开。

后来他渐渐觉得心烦意乱,想着要不赶紧推出得了,这样可以逼着他不得不承认。

每天看着她那么不开心,他心里比她还煎熬。

赵津津并没留意到坐在那里钓鱼的男人,很快和同学们经过那里,说说笑笑往别处溜达。

周稳收起渔具,离开钓场。

直到晚上,周稳的心绪依旧不平静。

他不想回家,一个人在岛上转,不知不觉走到旧时约前面的那片海滩。

旧时约灯火通明,他站在远处安静地望着那扇窗户。

他至今记得,当年收到她的信息时有多心疼,想立刻飞回去紧紧抱住她,陪在她身边。

她人生最孤独无助的时候他却不在。

毒品改变了他的人生,还有她的。

原来她早已在多年前就已经不知不觉被牵扯进来。

周稳看着旧时约,渐渐觉得不对劲。

门口聚集的人越来越多,他们匆匆忙忙,屋内屋外地跑,似乎出了什么事。

他立刻快步走过去。

进了旧时约,大厅里一屋子横七竖八的画架,没看到沈净晗,他直接问向秋:"你们老板呢?"

向秋不认识周稳,慌乱的情绪写在脸上:"不好意思,我们暂时不营业——"

"我问你们老板呢?"周稳也没有看到赵津津,只有白天和她一起的那些同学,"还有赵津津呢?"

赵津津的一个同学在他旁边回了话,语气焦灼担忧:"津津在林子里和我们走散了!我们找了好久都找不到,净晗姐去找她还没回来!"

周稳言简意赅:"哪个林子?"

"就海洋馆东边那片。"

"多久了?"

"三四个小时了,我们在里面没有信号,出来后给她打电话也打不通。净晗姐又去找了,现在净晗姐的电话也打不通了,我们正想报警呢。"

这个学生面向前台的方向,正后方就是那面涂鸦墙。

周稳视线一偏,猛然看见墙上挂着的那幅油画。

青山绿水,漆黑的山洞,草木结构都如此熟悉。

不知道什么时候挂上去的,之前竟然没有留意到。

他心内震动,但面色如常,指着那幅画问向秋:"那是哪里来的?"

向秋说:"好像是津津画的。"

她今天第一次跟赵津津见面,但上午赵津津和同学在大厅里等人时提起过那幅画。

"挂多久了?"

"我不太清楚,我来的时候就有了。"

那至少已经挂上去半个月了。

旧时约人来人往,难免被一些有心人看到。

周稳后背发凉,他想到一种可能性。

"我去找,先不用报警。"他丢下这句话,直接推门出去,一边往林子的方向跑一边给付龙打电话,"你们今天是不是抓了一个小姑娘?"

那边说了句话,周稳顿时青筋暴起,直接吼出来:"都先别动!等我去处理!别动她,听见没有?"

得到肯定的答复,他才挂掉电话,直奔那片无人丛林。

沈净晗已经在这片丛林里转了两个小时。

手机没有信号,电量告罄,着急忙慌抓来的小手电也快要没电了,在这片幽暗阴森的丛林中发出微弱的光线。

她一遍遍地喊赵津津的名字,可这里除了风吹落叶的声音、偶尔鸟鸣的声音,还有她踩着酥脆落叶的"咔嚓"声,什么都没有。

她现在已经有些认不清方向,只能凭借轻微海浪的声音辨别哪边靠海。

小手电探照的可视范围不远,夜色越来越深。

不知不觉间,她来到一片凹凸不平的山丘,空气中弥漫着刺鼻难闻的味道,像是某种化学药剂的残留物。附近寸草不生,土地焦黑。

沈净晗觉得奇怪,但她没有时间细想,朝着另一个方向继续寻找。

身后忽然有声音,她猛地转身,将手电筒的光照过去。

除了疏密不均的树木草丛,什么都没有。

她有些慌了。

喊赵津津名字时,声音都是颤抖的。

小手电彻底没电。

她一脚踩空,从一个斜坡滚下去,最终被一棵倒了的大树拦下。

她的腰被狠狠撞了一下,疼得她忍不住闷哼。

她缓了一会儿,艰难地坐起来,看着黑漆漆的丛林,忽然发现这里刚刚似乎来过。

她又转回来了。

黑暗与恐惧充斥着大脑,她将身体往后缩,紧紧靠着倒了的枯树,妄图寻求一丝安全感。

不知道他们有没有找到津津。

如果津津出了什么事,要怎么跟岳凛交代。

岳凛。

她茫然地看着这片四面八方都有路的丛林,一瞬间真的特别想他。

如果他在就好了。

她的手无意间碰到脚边的小手电,摸到一个东西。

她愣了愣。

是周稳在青城郊区的废弃玩具厂里给她的那个粉红色的大眼仔玩偶。

是个小挂件,当时她拿回来就随手拴在小手电上,再没碰过。

玩偶头顶的帽子上有个小小的按钮,沈净晗试着按了一下。

那个玩偶的大眼睛突然强烈地闪了一下,发出青白的光芒,照亮了四周的环境。

同时伴随着小黄人儿一样的机械声音:"I love you!I love you!"

按一下,响一声。

很强劲坚定的力量。

在这幽深恐怖的环境中,格外清晰。

沈净晗瞬间掉下眼泪。

她紧紧攥个大眼仔玩偶，逼自己镇静下来，不要怕，随后忍着腰痛站起来，在一声声"I love you"中朝着印象中来时的路往回走。

她靠着那仅有的亮光走了很久，直到那束光线照到一双幽蓝的眼睛。

野性、尖锐、骇人。

是狼眼。

没想到这丛林里还有狼。

沈净晗的身体瞬间僵住，不敢进，不敢退，打在狼脸上的那束光也不敢动，生怕有什么动作惹恼了它。

那匹狼体形不大，躯体精瘦，看起来矫健敏捷，不声不响地和沈净晗对视片刻后便一步一步靠近她，像面对一个志在必得的猎物，从容缓慢。

沈净晗下意识地后退两步，但她刚一动，那匹狼便猛然加速，迅速窜向她。

沈净晗转身就跑。

她几乎用尽了全身的力气，这辈子都没跑这么快过，心跳急剧加速，耳边全是"呼呼"的风声和身后越发清晰的狼身急速擦过草丛的声音。

沈净晗速度过快，不慎被横在地面的枯藤绊倒，整个人在地上滚了几圈，停下后只看到暗夜中那个飞扑向自己的狼身。

她已来不及站起来，绝望地护住自己的头，下意识地闭眼大叫他的名字："岳凛！"

电光石火间，一抹黑影突然从草丛中窜出，毫不犹豫地扑向狂躁的野狼，两团黑影瞬间重叠，翻滚在一起。

沈净晗颤抖着身体抬起头，看到了在草丛中与野狼缠斗厮打的周稳。

野狼嘶吼咆哮，周稳速度极快，动作干脆利落，双眼是她从未见过的狠厉，精光四射，胜过狼眼。他扯下一只衣袖将狼嘴牢牢捆死，直到它再也不能反抗，只能躺在地上扭曲着身体抽搐哀鸣。

周稳双手反撑着地面重重喘息，两秒后爬起来敏捷地跳过碍事的枯枝，瞬间到达她面前，半跪在地上一把将人扯进怀里。

他同样心跳剧烈，后怕不已，不停地说"对不起，对不起"。

一遍又一遍，深入骨髓般地懊悔。

沈净晗不懂他为什么要说对不起，明明刚刚是他救了她。

周稳捧住她的脸，仔细检查："伤哪儿没有？吓着没有？"

沈净晗湿湿的眼睛看着他，摇了摇头。

周稳不放心，从头到脚检查一遍，确定她身上没有外伤，才略松了口气。

他的脸比她还要惨白。

这里不能久留，不知道那狼还有没有同伴，周稳直接将手探到她身下，想将她拦腰抱起，可刚一动，她便痛呼出声。

他心里一慌，动作僵住："怎么了？"

沈净晗眉头紧蹙："刚才撞到腰了。"

他放轻动作，慢慢起身："行吗？"

"嗯。"

周稳方向感极强，抱着人大步往西。

沈净晗抬起头，看着那张坚毅俊朗的侧脸，犹豫几秒："你怎么在这儿？"

周稳脚步很稳，即便脚下的路再崎岖不平，也将她抱得很稳："我说路过，你信吗？"

她静了片刻，忽然挺起身体要下来："我要找津津。"

周稳捏紧她的肩膀，把她的身体往上颠了颠，调整了一个让她更舒适的姿势："我的人找到她了，一会儿我把你送回旧时约，再去接她。"

沈净晗很紧张："她怎么样，受伤了吗？我跟你一起去。"

周稳垂眸看她："我向你保证，一定安全把她送回。你在家等我，行吗？"

他用商量的口吻讲着不容她反驳的话，沈净晗没有再说什么。

他似乎从没食言过。

他颈侧有两道血痕，应该是狼爪子抓的，沈净晗指尖轻轻碰了碰那附近："你受伤了。"

周稳"嗯"了一声："没事。"

"要打疫苗。"

他弯了弯唇角："好。"

她的身体渐渐变得柔软放松，靠在他怀里，看着手里那个粉红色的大眼仔玩偶。

将沈净晗送回旧时约后，周稳立刻返回那片丛林，一小时后带回昏迷不醒的赵津津。

一群焦灼等待的人一下子围上来："她没事吧？"

周稳将赵津津放到沙发上："没事，被掉落的树干砸到头晕过去一会儿，刚刚已经醒了，可能太累，又睡着了。"

赵津津的同学说："我们在那儿来来回回找了好久都没找到。"

周稳说她滚到了山坡下，被灌木丛挡住了。

同学们有些懊恼："再仔细点就好了。"

周稳看向沈净晗："你给她处理下伤口，我看过了，不算严重，先涂点药，明天让她回青城那边的医院查查脑袋，看看有没有脑震荡什么的。"

沈净晗点头："知道了，我有药箱。"

"嗯，那我先走了。"他看向沈净晗，偏头示意。

沈净晗跟着他走出去。

周稳仔细打量她："你怎么样，腰还疼吗？"

"好多了。"沈净晗语气认真，"谢谢你。"

"没事。她在岛上出了事，我就得负责到底。"

沈净晗犹豫了一下说:"你明天是不是要去打疫苗?"

周稳这才想起颈侧的伤口,指尖碰了下,火辣辣地疼:"有空就去。"

"如果有时间,明天我跟你去吧。"沈净晗说。

周稳与她对视片刻:"好。"

沈净晗看到他身上只有一件薄衫,那件外套捆狼用了,她声音很低:"回去吧。"

"嗯。"

走之前,周稳叮嘱沈净晗:"告诉他们,丛林里有狼,以后不要再进去。"

沈净晗点头答应:"会不会还有别的野兽?它们会不会什么时候跑出来?"

周稳说:"明天我让景区那边发个通告,提醒一下岛上的人和游客,再弄个铁栅栏把那一片围起来。"

"沿着海岸线那么大一圈,工程很大吧?"

"安全第一。"

周稳离开没多久赵津津就醒了。

沈净晗在自己的房间里给她擦药,贴纱布。

赵津津痛得龇牙咧嘴:"我最近太倒霉了吧,我是不是应该去庙里求个签什么的?"

沈净晗把她的脑袋转过来:"别动。"

她没责怪赵津津,不太忍心,一个小姑娘孤零零地躺在那个危险的树林里昏迷那么久,万一碰到狼,命都没了。

想想就后怕。

"你有没有觉得头晕?身上还有哪里不舒服吗?"沈净晗处理完伤口,收拾药箱。

"除了疼一点没别的。"赵津津晃了晃脑子,"不过我真得查查,我都被砸出幻觉了。"

"什么幻觉?"

"我好像看见我哥了。"赵津津摸着纱布说。

迷糊中,她感知到了岳凛的存在。

她想起他们小时候。

那时她太小了,才两三岁的样子,常常被妈妈抱回外公家玩。

岳凛整天在外面疯跑,和小小孩玩不到一起,但也会随手用路边薅的狗尾巴草给她编个小狗、小兔子。每次她都特别开心,话都讲不利索还要艰难地说"谢谢哥哥"。

外公给她买了棒棒冰,她也会留一半给他,自己拧不下来就求助外公,然后跑到院子里坐在小马扎上,一边吃自己那半一边等哥哥回来。

有时等到棒棒冰都化了他才回家,她就小心翼翼地捧着棒冰怕撒了:"哥哥快吃。"

她被别的小孩欺负了，也是第一时间找哥哥给她报仇撑腰。岳凛会一阵风似的冲到那个小孩家，帮她要回被抢走的玩具，并且当着对方家长的面说"再敢欺负我妹，有你好看"。

她不小心打碎外公最喜欢的茶杯，吓得直哭，是岳凛站出来替她承担责任，结果白白被训了一顿，还罚站两个小时。

岳凛转学去岳城，临走那天她哭得惊天动地，抱着哥哥的胳膊不撒手，被妈妈强行拖回屋里，岳凛才能成功上车。

一晃眼，这些事已经过去十几年。

赵津津曾经很依赖哥哥。

沈净晗停顿一下，几秒后起身将药箱放回原处，回来时说："那可能不是幻觉。"

赵津津抬头："啊？"

"是周稳救了你，他把你找回来的。"

赵津津一时没反应过来："周稳是谁啊？"

"就是跟你哥长得很像的那个人。"

赵津津猛然记起那个人，上次来时见过的。

她有点意外："是他把我救回来的？"

"嗯。"

"怪不得我觉得看见我哥了呢，估计是迷迷糊糊看见他了。"她念叨着，"我是不是得好好感谢一下人家？用不用买点东西什么的？"

"不用。"沈净晗也没让她回房间，就让她在自己这儿睡了，"早点休息吧，明天和同学回去，到医院再查查。"

赵津津忽然伸手在她的领口捞了一下，拽出一根银链："姐，你这项链断了啊。"

沈净晗低头一看，项链果然断了。那个猫爪银牌因为银环比较小，卡在挂钩那里，不然可能丢了。

估计是在林子里摔来摔去刮哪儿了。

她将链子收进背包里："明天找地方修一下。"

赵津津躺在床上，翻了个身避开脑袋上的伤口，幽幽地说："幸好画完才晕，我还挺满意今天的作品。"

沈净晗忍不住拍了她屁股一下："现在还有心思想你的画。"

"我可是优等生！未来的大画家。"

"是，大画家快点睡觉吧。"

第二天赵津津起来后并没觉得哪里不适，沈净晗放心了一些。

她和几个同学吃完早餐，准备离岛："我下周再来。"

"你养好再来吧。"

同学们纷纷和沈净晗道别,说给她添了麻烦,不好意思。

沈净晗说没事:"下次不要带着画画的任务,好好在岛上玩几天。"

送走一行人,沈净晗将店里的事交给向秋,背包去了岛上的医院。

她和周稳约好在医院门口见。

她比约定的时间提早十分钟到,但周稳到得更早,穿了件之前没见过的黑色风衣,斜斜地靠在门口的大柱子旁,高大挺拔,眉眼冷峻,指尖摆弄他的银白色打火机,目光落在前方某一处,不知在想什么。

沈净晗停在他前方几米外。

周稳抬眼,两人目光相碰,他冷峻的表情顿时软下来,弯了弯嘴角:"来了。"

沈净晗走过去:"我来晚了吗?"

"是我早了。"

她微微抿唇:"那走吧。"

周稳的视线落在她肩上那个布艺背包的拉链上。

那里之前空荡荡,现在挂着他送她的那个粉红色的大眼仔玩偶。

他视线上移,落在她白皙的脖子上。

她没有戴那条猫爪银链。

他脚步微顿,停在那里。

指尖不自觉地碾过手机边缘,视线有些游离。

不知为什么,他心里忽然有种微妙的、说不出的感觉。

好像,并不是很开心。

沈净晗见他没有跟上来,回头看他:"怎么了?"

周稳薄唇微抿:"没事。"

他快走几步,两人一同进了医院。

挂了号,等待的过程中,两人坐在走廊的椅子上。

沈净晗动作略迟缓,周稳下意识地扶住她的腰:"还疼?"

"一点点。"

"一块儿看看吧,我去挂个号。"

周稳说完就要起身,沈净晗拉住他的手臂:"不用,我回去贴片膏药就好,昨天忘了。"

周稳重新坐下:"我给你买的那个?"

他们第一次同床共枕那晚,他发现她膝盖疼,第二天给她买的那两盒。

沈净晗点了下头。

"后来又用了吗?"

"嗯。"

"有用吗?"

"还行。"

170

她没告诉他,后来她贴在了他撞她时不小心让她磕到的肩膀,没贴在膝盖上。

护士开门叫了他们前面的那个号,门很快又关上。

周稳说:"腰那里自己不方便贴吧。"

"我让向秋帮忙。"

"一会儿要不要去我那儿?我帮你贴,我那儿还有。"他转头看她。

沈净晗没有答应,但也没拒绝。

手机里收到一条信息,来自景区商户业主群。

周稳办事效率很高,昨天晚上发生的事,今天上午他的人就已经拟定了文件,下发到全岛,通知山里不安全,即日起禁止进山。

围栏也在采购中,很快那一片会被全部围起来,确保大家的安全。

群里很快有商户回应,纷纷表示收到。

沈净晗没有回复的意思,周稳偏头看她:"怎么不回?"

她说懒得回:"不差我一个。"

"啧。"他不满,牵起她一根手指在手机屏幕上戳戳点点,回复了一个"收到"的表情包,"不支持我工作。"

沈净晗忍不住笑了一下。

周稳盯着她漂亮的侧脸瞧了一会儿,忽然说:"你笑起来很美,以后多笑一笑。"

沈净晗想起在普洱的最后一晚,他说的那句话。

他要她好好生活,好好过日子,开开心心,多笑一笑。

怎么听都像道别。

她转头看周稳。

周稳猝不及防与她四目相对,觉出她眼神有些异样:"怎么了?"

沈净晗看着他:"你之前不是说要把工作重心挪到海南,现在怎么不去了?"

护士出来叫了周稳的号,他站起来,把黑色大衣脱给她,进门之前说:"你都不去,我还去干什么。"

听起来像是要与她一起,但为什么会说那样的话。

好像要把她一个人留在那里一样。

没多久周稳从里面出来,将左边袖口扯下来,接过大衣穿好:"走吧。"

沈净晗跟在他身边:"还有几针?"

"两针。"

"不是一共五针吗?"

"也有四针的。"

周稳推开玻璃门,等沈净晗先走:"后面我自己来就可以。"

沈净晗越过他走出大门:"所以你刚刚挨了两针?"

他跟上:"对。"

"有什么需要注意的事吗?"

他一副无所谓的样子："没什么需要注意的。"

"你别不当回事。"沈净晗皱眉，"打完疫苗手不能提重物，不能吃辣的东西，要多休息，伤口不能沾水。"

周稳唇边的笑意一点点漾出来："知道了，那现在能去我那儿了吗？给你贴个膏药。"

对于这类疫苗，沈净晗记忆特别深刻，因为岳凛被狗咬过。

他初二那年，她初一，有一次两人从学校出来，一边分吃一袋干脆面一边往家走。

干脆面是岳凛的，一袋里很少的量，他拆开包装把整块的递给她，准备自己吃碎渣。沈净晗不干，吵着要吃碎渣，说喜欢把碎渣一起倒进嘴里的感觉。

岳凛就掰下一块塞进嘴里，其余的放回去，直接全部捏碎，摇匀调料递给她。

沈净晗挺高兴的，背着书包在他前面倒着走，一边吃一边说自己班里有意思的事。

岳凛就笑着听她说，还要留意她身后有没有什么障碍物和过往行人。

沈净晗讲到她后座的男生总是揪她小辫儿时，发现岳凛的眼睛越过她往后看，同时听到身后一阵犬吠。她赶紧回头，看到一只大型犬不知怎么发了狂，直奔两人扑过来。

跑已经来不及，岳凛动作特别快，一下子就把手臂伸到沈净晗身前，将她连人带书包用力一抱，迅速转身用自己的后背对着那发狂的狗。

不知道那狗最开始的目标到底是谁，反正现在这个姿势，它直接挑了下口最方便的地方，一口咬住岳凛的小腿。

岳凛那时才初二啊，就那么能忍，大概怕吓着沈净晗，愣是一声没吭。

狗主人在后面追得直喘气，看见自家狗咬了人，吓得半死，连拉带踹把那狗弄一边去了，并且第一时间给它套上了不慎脱落的狗绳。

狗主人惶恐不已，连连道歉，说要带他去打狂犬疫苗，沈净晗这才知道岳凛被咬了。

看到他腿上的血和那清清楚楚的牙印，沈净晗吓得脸都白了，紧紧抓着岳凛的袖子问他怎么样了。

岳凛表情欠欠的："疼死了。"

他是真的疼，但见她都要哭了，眼看着泪珠要掉下来，她那小哭包一哭起来准没完没了，哄都不好哄，于是他伸手摸她的脑袋，笑着说"我逗你呢，不疼"。

后来狗主人带两人去打了疫苗，又硬塞给岳凛几百块钱说是让他买点好吃的补补身体，问需不需要联系他的家长说明情况。

看对方态度这么好，岳凛也没计较，说不用找家长，钱也没要，直接带着沈净晗走了。

岳凛打针的时候，沈净晗在旁边听到医生嘱咐的注意事项，全记住了。

从那天开始,她连续帮岳凛拎了一个星期书包,说太沉他手不能拎;还拿出自己的零花钱给他买好吃的,但不会买辣的东西;还啰啰唆唆叮嘱他不要洗澡,不要像以前一样路过个什么篮球架就要去投一下,路过个单双杠就要去做几个引体向上,路过老头老太太练胳膊的健身器材都要去抡几圈。

"你消停几天。"沈净晗说。

岳凛也真是听话,基本都按她说的来,不过有一点没听她的,下了课他没老老实实在班里待着,一瘸一拐溜达到她的班级,在后门口勾了勾手指,把沈净晗后座那男生叫了出来,冷着脸说:"以后别再揪沈净晗的头发。"

他个子比同龄男生高,严肃起来小孩儿都怕他,那个男生赶紧点头说:"不揪了,哥。"

沈净晗跟着周稳往半山别墅那边走。

走了不到一半她忽然停下:"对了,我得先去个地方。"

"去哪儿?"

沈净晗掉转方向,进了生活区那边的一条主路。

那里离海边有些距离,住的都是原本生活在这座岛上的居民,他们会沿街开一些小店谋生计,比如杂货店、小卖部什么的。

沈净晗走到一栋破旧的民房那里,斑驳的木头大门上有一个硕大的红色箭头:这里不修收音机,别瞎敲门!

看来已经忍到极限,不得不做此提醒。

沈净晗挺理解的,因为从外面看,这一排门房都长得差不多,她偶尔也会找错。

她进了旁边的那扇门。

这是个已经开了几十年的维修铺子,店主是个六七十岁的老人家,一辈子的手艺人,简单的家用电器、台灯、收音机,包括一些零散小活,大多都能拾掇拾掇。虽然没有正经门牌,只在家门口挂了个"维修"的小牌子,但岛上的人都知道。

老师傅正坐在杂乱的桌子后戴着眼镜看报纸,听到声音抬起头:"修点啥?"

沈净晗从包里拿出那条猫爪项链:"师傅,您看这个链子能修吗?断掉了。"

周稳看到那条项链,嘴角弯了弯,但很快恢复如常。

舒坦了。

老师傅用放大镜看了看项链的断口处:"能修。"

他放下链子,转身鼓捣他那台点焊机:"你这项链以前断过,环儿可能质量不行,换一个环儿吧,免费。"

沈净晗说:"我这个项链以前没断过。"

"怎么没断过呢?"老师傅把项链递到她面前,"你看这焊点多清楚,颜色都不一样,肯定修过。"

沈净晗仔细看了看，圆环接口那里果然有一圈颜色变深，还有一点明显的凸起，但以前不是那样的。

太奇怪了，这条项链她一直随身佩戴，从没修过，怎么可能凭空多出这样的痕迹。

老师傅通过镜框上方看了眼一直没讲话的周稳，觉得眼熟，刚想问他是不是来过，就见周稳直接转身，走到对面那个杂货架边看那些老物件去了。

老师傅低头继续修。

从铺子里出来后，沈净晗还在疑惑："怎么可能呢？太奇怪了。"

她两只手在脖子后戴了半天戴不上，周稳接过来，把她微卷的长发拨到一边，露出白皙的脖颈，将项链仔细戴好："也许你忘了。"

"不可能。"沈净晗斩钉截铁，"绝对没修过。"

"好了。"周稳温柔地将她的头发整理回原处，"别想了，先想想中午吃什么？"

沈净晗转头看他一眼，又转回去看前面的路："不是要贴膏药吗？"

"贴膏药就不吃饭了？"

两人并肩走着，微风拂过面颊，有点凉，但不算冷。

两人袖口的衣料摩擦几次。

周稳轻轻拉住了她的手，而后，插进纤瘦的指缝，与她十指相扣。

沈净晗的手明显有些僵硬，但慢慢被他温热的掌心融化，一点点软下来。

她将视线转向别处，没有看他。

也没有挣开。

路过的小猫儿在墙头欢快地摇着尾巴。

骑着老旧自行车的小男孩从前面的路口飞速掠过。

两人指尖的温度逐渐趋向对方，直到变得一样热。

回到别墅后，周稳让沈净晗去沙发那边坐着，自己上楼取了膏药回来："趴好。"

他让她脱了外套，拿开沙发上碍事的抱枕，空出一片地方让她趴着，掀开后腰处的衣料，露出一片雪白的肌肤。

光滑细腻的触感，恰到好处的线条，不盈一握的腰身，和那曼妙微翘的臀。

周稳已经尽量控制自己，但还是免不了分心，脑子里总是在想一些电视上不能播出的画面。

他撕开一片膏药，贴在她细腰左侧，凉凉的触感激得她腰身微微挺动一下。

他立马觉得不行了，撕开另一片快速贴在右侧，直接把衣服往下一扯给她盖住："好了。"

沈净晗翻过身："有什么颜色吗？红了吗？"

"没什么。"白得晃眼，还很滑。

沈净晗扶着腰坐起来。

周稳却仍然蹲在原地，仰头望着她。

两人对视几秒。

周稳说："你是不是把我删了？"

沈净晗抿了抿唇："你怎么知道，你给我发信息了吗？"

"猜的。"他笑了，"我猜，你应该会删我。"

这个角度，沈净晗看他时视线需要下移："你很了解我吗？"

他想了想："也许。"

"那你猜我现在在想什么？"

周稳煞有介事地思考："在想……我等下给你做什么午饭？"

沈净晗一下子笑了出来。

周稳盯着她的脸看了一会儿，忽然抬起手轻轻抚摸她的脸颊。

沈净晗低了头，收回那样放松的表情。

"还要和我断吗？"他轻声问。

沈净晗的视线与他缠绕很久，指尖深深陷进沙发里。

"周稳，我不可能忘掉他的。"

像是给他的答案，也是最后的妥协，只有这一点，不能改变。

她眼尾泛红："如果，你可以接受——"

话没有说完，周稳忽然揽住她的后脑，将人压向自己，狠狠吻住她。

唇齿缠绵，至死方休。

第六章
好久不见

周稳亲了很久,结束后抱着人躺在宽大的沙发上,将沈净晗搂进怀里。

沈净晗喘得厉害,调整了很长时间,呼吸才渐渐平稳下来。

周稳气息波动没有她那么大,肺活量那么好,怪不得能在水里潜那么久。

沈净晗的身体往里挪了挪,他直接将人拢回来,让她的脸颊贴着他热热的胸口:"没关系,沙发很大,不会掉下去。"

她仰起头看他。

沈净晗不知道他这个样子是不是就算接受了,但如果是她,喜欢的人心里永远有个忘不掉的人,大概会很介意吧。

谁不想自己在对方心里独一无二。

这对他不公平。

思虑很久,她还是开口:"周稳,我刚才——"

"饿不饿?我厨房里没什么东西,只能煮面,可以吗?"周稳似乎不太想继续刚才的话题,讲了别的。

沈净晗没有继续说。

他低下头,隔着很近的距离看她的眼睛:"今晚住我这儿吧?"

沈净晗的睫毛颤动两下:"不行。"

"怎么又不行?"

"我腰疼。"

"你躺着,又不用你出力……"他低笑出声,"不是,我也不是非要干那个,我就是想抱着你睡觉,单纯睡觉。"

隔了会儿,沈净晗说:"那我要和向秋商量一下,今晚本来是我值夜。"

"商量吧。"说完,他指尖抵着她的下巴,轻轻往上一抬,轻而易举碰到她的唇。

又开始亲。

周稳的手从她腰侧探到后面,但并没有乱摸,而是在她腰间轻轻揉捏。

沈净晗被突如其来的触感惹得忍不住轻哼一声，周稳离开她的唇瓣，转而在嘴角轻吻，气息温热："疼？"

她低声："还好。"

"揉一下舒服。"

"嗯。"

"晚上我给你好好揉一下。"

"你还会这个。"

"我会的还很多。"他又含住那柔软的唇瓣。

这一次他没像之前那样强势霸道，亲得断断续续，若即若离，给她喘息的机会，让她不那么难受，享受接吻。

向秋本来就是奔着学习经验来的，能有更多的机会独自打理民宿的生意是好事，所以在接到沈净晗的电话时特别痛快地答应了，也没问沈净晗不回家要去哪儿住，不知道是青青和她说过什么还是她本身就不爱管闲事。

那天沈净晗在周稳那里和他厮混了一下午，中午周稳给她煮了碗面，吃完后两人躺在沙发上看电影。下午五点左右，他又给她弄晚饭，天黑了带她去楼上用望远镜看星星。

周稳白天说得好好的不动她，结果刚给她按了二十分钟就有点控制不住，直接把她的裤子褪下去了。

当时的姿势也是挺方便，她趴在床上脑袋枕着手臂，他坐在她腿上，很专业地给她揉腰。

两人已经换了睡觉穿的衣服，轻薄的衣料，细腻的触感，所有感知都像羽毛一样似有似无地蹭着他的心。

他居高临下，她的完美曲线尽收眼底。

于是手比脑子快。

身上一凉，沈净晗下意识地回头："你——"

话都来不及讲完，那个人就跟头狼似的扑过去，扭着她的脸堵她嘴，她像个娃娃一样翻来覆去被他折腾。

但有一点他没有食言，真的没要她出一点力，连后来洗澡她都是被他抱去浴室的。

沈净晗脑子昏昏沉沉却还记得他打疫苗那里不能沾水，于是周稳把她放进浴缸，调好水温用花洒帮她冲洗。

这天后，两人的关系似乎有了变化，虽然他们都没有明说什么，但沈净晗已经没办法再把他当成从前那样单纯的床伴。

她也没有想过未来他们会发展到哪一步，就像当初没想到他们会走到今天一样。

顺其自然吧，就像余笙说的，活在当下。

云江岛虽然是个有海又有雪的岛屿，但冷得晚，下雪也晚，如今已经十二月中旬，今年的初雪还没有到。

冬天是旅游淡季，旧时约很闲。

周五傍晚，旧时约迎来了那天的第一对住客。

赵津津和她那个还不是男朋友的朋友。

赵津津说她带了谢礼，要谢谢那天救了她的周稳。

而关于身边这个英俊的年轻男士，赵津津是这么说的："他死皮赖脸非要跟我来。"

沈净晗意外发现，这位"死皮赖脸"的男士竟然是陆辰辙。

他是江述的表弟，当初就是他先上岛，选了旧时约住下，又把他哥叫来，余笙和江述才有机会重逢。

说起来，他还是个大功臣。

陆辰辙笑着跟沈净晗打招呼："沈老板好。"

他环视四周："又回来了，上次来还赶上台风，都没玩好。"

赵津津说："上次他说公司要团建，还是我给他推荐的云江岛，推荐了咱们家。"

所以，余笙和江述的重逢，赵津津也有一份功劳？

沈净晗想问这两人一个学生、一个在他表哥公司混日子的大少爷是怎么认识的，但没开口，准备待会儿没人时再审赵津津。

向秋在电脑前问："开几间房？"

赵津津说一间。

沈净晗和陆辰辙同时看向她。

陆辰辙平日一副吊儿郎当公子哥的模样，这会儿竟然红了脸，不太好意思地偷瞥了眼沈净晗，然后凑到赵津津耳边小声嘀咕："这不太好吧，虽然我也挺想，但这是你姐的店，在你家人面前还是矜持点——"

赵津津直接拧了他胳膊一下："想什么呢你，你自己睡！我和我姐睡！"

陆辰辙尴尬地清了清嗓子："那就好，我知道你觊觎我美色，但你也要控制点，关系要一点点发展，循序渐进，我可是很保守的。"

赵津津翻了个白眼："谁要跟你发展？"

反应两秒，她又吼："谁觊觎你美色！"

沈净晗觉得有点吵。

旧时约很久没这么吵过了，这两人一来，好像半个店都住满了。

晚上赵津津坐在沈净晗的床上，怀里抱着个篮球："这可是全球限量版，那个谁亲笔签名的篮球。那年我拜托我爸早早买好了想等我哥生日时送他的，可惜没等到。"她叹了口气，"现在送周稳吧，那天要不是他，没准我就被狼叼去了。他和我哥长得那么像，就当送我哥了，我心里还能舒服点。"

赵津津想了很久要送什么谢礼,觉得都不太合适,又听说周稳是这座岛的"小岛主",什么都不缺,想来想去,最终决定把这个珍藏多年的篮球送给他。

"不知道他喜不喜欢打篮球,不过他和我哥长那么像,我哥喜欢,他应该也会喜欢吧。"

这是她能力范围内能送的最好的礼物。

沈净晗想说"岳凛喜欢的东西周稳就要喜欢"这个逻辑不太对,但想了想,没说出口,转而问她:"你和陆辰辙怎么认识的?"

赵津津小脸儿一红,直接把篮球丢旁边,扯过被子蒙在脑袋上:"睡觉!"

沈净晗直接把被子扯下来:"说。"

赵津津又用枕头蒙住脑袋:"睡觉!"

沈净晗叉着腰站在床尾:"你们俩不会干了什么不该干的事吧?"

赵津津猛地从床上弹起来,挥舞着拳头:"干什么了?我干什么了!我还小呢,你怎么能有这种揣测?"

沈净晗就喜欢逗她冒毛:"你不是觊觎人家美色吗?上次是谁说的开学都大二了不小了什么都懂了。"

赵津津抓着枕头使劲儿往床上砸:"啊啊啊啊啊,我没有!我才没有觊觎他美色!"

"他长得是挺帅。"

"没有我哥帅!"

这一句沈净晗没有意见。

这晚直到最后赵津津也没说他们两个到底怎么认识的,也不知道有什么秘密不能讲。

第二天赵津津设宴款待周稳。

说是设宴,其实就是旧时约这几个人加周稳一起吃个饭。

沈净晗也做不出什么大餐,直接去隔壁餐馆点了几个菜送过来。

吃饭时,赵津津把那个签名篮球送给周稳,说了不少感谢的话,但没提这本是想送给自己哥哥的。

周稳接受了她的礼物,说很喜欢。

赵津津给沈净晗使了个眼色:看吧我就说吧,我就说我哥喜欢他就能喜欢。

整顿饭时间不长,除去客套话和送礼环节,吃饭时间也就不到一个小时。

赵津津却从这一个小时的时间里看出一些端倪。

她那双眼睛跟个小雷达一样,对某些事特别敏感。周稳和沈净晗你看我一眼,我看你一眼,挨着坐,手机都放一起。周稳还帮沈净晗夹菜,她那个一向待人尤其是待男人很冷淡的姐竟然没有拒绝。

绝对有问题。

她私下问向秋,又给青青打了电话,确定了自己的想法。

没想到吃个饭竟然还有这收获。

怎么说呢，心里多少还是有点不舒服。

毕竟她这么多年来都把沈净晗当亲嫂子看，虽然她哥已经去世多年。

而且是别人也就算了，偏偏是周稳，一个和她哥长得一模一样的人。

任谁都会觉得沈净晗是把周稳当成她哥的替身，这能幸福吗？而且似乎周稳也知道这件事，现在不介意，以后吵架时会不会翻旧账，以为自己占据了道德高点就欺负她？

赵津津操着各种各样的心。

于是在沈净晗去厨房切水果时，赵津津跟陆辰辙咬耳朵说了两句话。陆辰辙看她一眼，起身去了厨房。

赵津津走到沙发那边坐下，正跟周稳玩的"红豆"看到"赵魔头"立马溜走。

赵津津觉得无语。

这见色起意没良心的喵，白疼它了。

见赵津津一副正襟危坐有话要讲的样子，周稳也放下手里的逗猫棒，抬头看她。

时间有限，赵津津单刀直入："你是不是喜欢我姐？"

周稳眉眼弯了弯："很明显吗？"

这是承认了。

赵津津清了清嗓子："那你知不知道我和她的关系？我的意思是她不是我亲姐。"

周稳点头："这个我们第一次见面时听你说了，你是她以前男朋友的妹妹。"

赵津津没想到周稳也这么直接，之前心里打的草稿很多都没用上，她有点探究地看着他："你不介意？"

"介意什么？"

"你和我哥长得一样。"

周稳重新拿起逗猫棒，拨了一下路过的"黑豆"："我一个大活人，介意什么。"

好像也没什么可问的了。

等了一会儿，赵津津抿了抿唇："那你家是什么情况，父母好相处吗？你有兄弟姐妹吗？你有几个前女友？现在还有联系吗？"

她竹筒倒豆子一样抛出一堆问题，周稳有些哭笑不得："查户口呢？"

"你先说说。"

周稳很配合她："母亲已故，父亲健在，独生子，至于前女友，这是我的隐私，可以不说吗？"

赵津津："你前女友很多？"

她自问自答："看看就不像少的样子。"

"为什么？"

"看你像花花公子。"

周稳反问她:"你是说长相?那我和你哥长得一样,他女朋友也很多吗?"

赵津津被问住了。

她哥只有一个。

她沉默片刻,语气忽然变得严肃起来:"其实我哥去世这几年,我姐过得很不好,她也没再交过别的男朋友。既然她现在跟你好了,就一定是认真的,你可不许欺负她,要对她好,宠着她,哄着她,得比我哥对她还好,知道吗?

"我姐迈出这一步很不容易的。"

周稳幽深的双眸盯着逗猫棒顶端的彩色羽毛看了几秒:"那我要是让她伤心了呢?"

赵津津立刻说:"那我一定不会放过你的!"

"你不陪陪她,安慰她?"

"当然会。"

周稳嘴角弯了弯:"那就好。"

厨房里,陆辰辙帮沈净晗洗水果,切橙子:"我哥嫂他们都挺好的,前段时间来青城办事,时间有点紧张,没来看你。"

沈净晗说:"余笙在信息里和我说了,他们来也见不到我,那段时间我不在岛上。"

见沈净晗端着盘子要出去,陆辰辙忙说:"姐,再洗点儿葡萄吧,津津爱吃。"

沈净晗低笑了下,又把盘子放下,转身开冰箱拿出一串葡萄。

往水里撒小苏打时,沈净晗问:"你和津津怎么认识的?"

谁知这人跟昨晚的赵津津一样,对这事讳莫如深:"她没跟你说啊?"

"等你说呢。"

陆辰辙耳尖红了:"她不说,那我更不敢说了,你还是问她吧。"

回头被她知道,又要挨顿吵,说不定还会动手。

沈净晗想起之前赵津津在青城发生的意外:"还没谢谢你救了津津。"

陆辰辙笑了:"这算什么,应该的。"

两人端着果盘出去时,看到赵津津正把她那幅画摘下来。

沈净晗放下装着葡萄的水晶盘:"干什么呢?"

赵津津极度兴奋:"姐!我就说我以后准成大画家吧?有人要买我的画!"

周稳解释:"我一个朋友之前看到很喜欢,托我问问,没想到竟然是你妹妹画的。"

这下沈净晗真是挺意外了,之前周敬渊说欣赏,她还以为是个例,没想到竟然还有人出价。

"所以是成交了?"陆辰辙问。

赵津津一脸得意:"有人眼光高,懂得欣赏,我当然愿意了,他出了很高

的价，但我只小小地象征性地收了一点，以作纪念。"

陆辰辙冲她竖起大拇指："厉害了大画家，多少钱？下回给我画一个。"

赵津津冲他翻了个白眼："比你工资高。"

陆辰辙被怼得说不出话。

他刚毕业时吊儿郎当四处混，被他爸妈停了卡，发配到工作狂表哥江述的公司历练，说要扳扳他那身懒骨头，天天打杂干苦力工资还不高，还没赵津津爸妈给的生活费多。

周稳将画框装进大纸袋里："回头我把钱给你姐，让你姐给你转过去。"

"没问题！"

赵津津卖出了人生第一幅画，心情大好，连带沈净晗也跟着高兴。

周稳趁赵津津和陆辰辙讲话的空当靠近沈净晗，用只有他们两个人能听到的声音说："晚上出去走走？"

沈净晗点了头。

傍晚吃完饭，陆辰辙公司有事要先回青城，赵津津去码头送他。

沈净晗一个人沿着海边往东走。

周稳在钓场门口接到她，牵着她的手带她往废弃渔船那边走。

那边本来就没人，天色一暗更安静。石子路不太好走，沈净晗鞋底很薄，走得艰难。

"好像鹅卵石地垫。"沈净晗委婉地说。

"疼？"

"一点点。"

周稳直接快走一步，半蹲在她身前："上来。"

沈净晗愣了一下："不用，我说着玩的。"

周稳没管那么多，拉着手让人搭着自己的肩，两只手将她的腿拢在身侧，轻松站起来："抱紧点儿，还要走挺长一段。"

沈净晗默默地趴在他背上，搂住他的脖子。

这段路真的挺长，之前第一次来时并没觉得。

沈净晗的长发丝丝缕缕地扫着他的脖子。

像许多年前，另一个人背她时一样。

沈净晗看着那张坚毅俊朗的侧脸，长长的睫毛、微薄的唇。

她轻轻地，将脸颊靠在他肩上。

周稳感受到她的温顺，视线偏了一点，只看到她光洁的额头和发丝。

他走得很慢，这条路永远走不完才好。

"你脚不疼吗？"沈净晗问。

周稳说："我很能忍。"

"你是挺能忍的。"

"你指哪方面？"

"各方面。"

他意有所指："我不想忍的时候也比较控制不住，比如你不穿衣服的时候。"

沈净晗直接动手掐他胳膊："乱讲。"

像挠痒痒，但周稳很夸张地叫了一声。沈净晗有些头皮发麻，去捂他的嘴："你能不能注意点影响？"

他声音闷闷的："这里又没人。"

"那也要注意。"

周稳把她背到渔船旁边，沈净晗从他背上跳下来。

他先上了船，伸手将她拉上去。

船头风大，两人也没做别的，就坐在船舱门口安静地待着。

周稳用大衣把她整个人裹进怀里，暖乎乎的，只有露在外面的半张脸能感受到一丝凉意。

周稳歪着头，用脸颊贴着她的额头："你现在还怕海吗？"

沈净晗望着近在咫尺的大海："不知道。"

"其实也没什么好怕的，是不是？"

沈净晗静了许久："他死在海里。"

这是她第一次跟周稳讲岳凛的死因。

"我……"她声音很轻，带着一丝不易察觉的哽咽，"过不去。"

周稳庆幸此时天色已晚，她看不清他的表情："他如果知道，一定不愿意看到你现在这个样子。"

沈净晗偏头，将眼泪擦在他胸口的衣料上："是吗？"

"是啊。"他用手掌抹掉她脸上残余的湿润，"他一定希望你开开心心，好好生活，多交朋友，多笑一笑，也许……"

沈净晗没有听到后面："也许什么？"

"也许未来某一天，你会有意想不到的收获。"

"什么收获？"

他没有再回答。

那晚周稳将沈净晗送回旧时约，说有事要出岛几天："你好好吃饭，我会给你打电话。"

沈净晗点头，目送他往码头的方向走。

转身进屋时，赵津津正站在大厅中间抱着手臂单脚点地："约会回来了？"

沈净晗原地站了两秒，转身进了前台喝水。

赵津津跟过去，趴在前台上："你怎么回事？说好交了男朋友要告诉我的，不把我当妹妹了？"

"不是。"沈净晗不知道怎么说，"我怕你不高兴。"

"因为他和我哥长得一样？"

沈净晗坐在电脑前，握着杯子没说话。

赵津津钻进前台，坐到她身边："我不是说过吗，我希望你幸福，我不反对你谈恋爱，只是这个人……"她斟酌措辞，但最后还是觉得直说比较好，"你是真喜欢他，还是因为他长得像我哥？"

沈净晗说："其实一开始我们不是谈恋爱。"

"那现在是在谈恋爱？"

在谈恋爱吗？

沈净晗不确定。

虽然经过中间那段短暂的波折，周稳似乎也接受了她心里永远会有岳凛存在这件事，但他并没有讲过"我喜欢你""做我女朋友吧"这类话，也没有把她正式介绍给他的朋友们。

他们之间没有一个确切的时间点分割从前与现在，相处模式和以前没有任何区别。

她也从没仔细想过这个问题。

沉默许久，沈净晗只能说："我也不知道。"

赵津津有点糊涂了。

谈了就是谈了，没谈就是没谈，为什么会不知道呢？她的经历好像不足以理解这件事。

但她没有过多思虑，只说："我今天找他谈了。"

沈净晗抬头："找谁，周稳？"

"嗯。"

"找他谈什么？"

赵津津说："我让他对你好点儿，不然我不会放过他。"

沈净晗笑了。

她抬手摸摸赵津津的脑袋："你能把人家怎么样？"

赵津津仰起脸："我也有后台的好吗？揍他一顿还是能做到的。"

沈净晗心想你没见过他徒手和野狼搏斗的样子，一招一式都很干脆利落，如果和人打架，只会更游刃有余。

她想起多年前岳凛也为她打过架。

动作也很干脆利落，招招直击要害，让人毫无还手之力。

忽然觉得他们两个动手时的样子很像。

沈净晗的脑子里忽然有什么东西闪过，还没来得及细想，思绪便被门外进来的人打断。

是周敬渊的秘书陈师杰。

他依旧一副恭敬有礼的样子："我们董事长听说您的妹妹来岛上了，特邀二位明天上午去他那里赏鉴画作。董事长有很多珍藏的名画，相信会对令妹的学业有所帮助。"

赵津津小声问怎么回事，沈净晗简单说了那天的事。

赵津津心潮澎湃："这么大的人物欣赏我的画，你怎么不早告诉我？"

沈净晗说："没来得及，那天你一来不就出事了？"

陈师杰又说："我们董事长也听说了赵小姐前些日子在岛上发生的意外，深表歉意。明日除了赏画，还想请二位小姐一同吃个便饭，请一定赏光。"

人家说到这个份上，再推托显得不太好，于是沈净晗答应了："明天去哪里？"

陈师杰："明珠酒店，上午九点我来接二位。"

人走后，赵津津才问："这个董事长是不是周稳的爸爸？"

沈净晗说是。

赵津津："他爸知道你俩的事吗？"

"应该不知道吧。"

"感觉应该是个很好相处的人，知恩图报，还很有眼光。"赵津津边说边钻出前台，去厨房找水果吃。

第二天上午，陈师杰准时来接人。

明珠离这里不远，走路也不过十几分钟，但他还是开车过来，到了酒店一直把两人送到顶层周敬渊的专属套房："董事长在岛上都是在这边住，所以喜欢的画作也挪过来一些，方便观赏。为了让二位品鉴更多，昨天还特意从岛外送过来一些。"

两人有些受宠若惊，沈净晗说："董事长太客气了。"

陈师杰打开门请她们进去："董事长说了，投缘的人不好碰，他觉得与二位有缘。"

周敬渊穿着一身白色休闲服从里间迎出来，手上握着一串佛珠，面含笑意："来了。"

几人寒暄一番，周敬渊看向赵津津："你就是那位画画很好的赵小姐？"

赵津津有点不好意思："也没有啦，我还是学生，多谢您喜欢。"

周敬渊笑说："画技好坏不在年龄，你这么小就有这么高的造诣，将来必成大器。"

赵津津被捧得飘飘然，一张脸青春洋溢笑得跟花儿一样："您也是！您穿着谈吐这么有气质，特别像电影里的帮派大佬，又帅又酷！"

周敬渊愣了一下，随即爽朗大笑："这个比喻还挺新鲜的，年轻人果然有趣。"

几人都笑起来。

周敬渊示意里间："那咱们先进去吧，你看看我这些画，虽然不是特别名贵，但也有两三幅拿得出手的,你看上哪幅都可以送你。"

赵津津虽然想到他可能是在客气,但真进去看了才知道他太谦虚了。

左右两面墙挂了不下十幅油画,全是名家真迹,价值至少几千万,有些她还在老师的鉴赏课上见过临摹的版本。

沈净晗不太懂油画,看不出笔触和颜色之间细枝末节的差异,她对角落的那个实验台倒是很留意。

超大的一张老板桌上摆着各种化学实验器具,烧杯、锥形瓶、试管、滤网,一应俱全。

赵津津也走过去,有点好奇:"这些是做什么的?"

周敬渊说:"我最近得闲,除了赏画,也在研究自制一些油画颜料,挺有意思的。"

他看着赵津津:"你有兴趣吗?可以试试。"

赵津津忙摆手:"我不行,我都是买现成的。不过我们老师说过,用一些矿石啊花草之类的东西,甚至日常生活中的食物,黑豆、荔枝什么的,都能提取出颜色。不过这需要一定的化学功底,我高中时理科最差了,尤其化学。"

周敬渊将目光转向沈净晗:"你呢?要试试吗?"

沈净晗摇头:"不了,我也不太懂。"

"你怎么不懂,你化学那么好。"赵津津特别骄傲地说,"我姐可是化学天才,上学的时候拿过全国化学竞赛一等奖,她还以专业第一的成绩考进了C大化学系。他们老师做实验都找她帮忙,特别厉害!"

周敬渊似乎很意外:"是吗?那不如试试,让我也见识一下,我刚开始研究,有些地方还不太懂。"

沈净晗依旧推拒:"还是不了,我很久不碰这些,生疏了。"

"没关系。"周敬渊语气温和,"咱们一切随缘,出来什么颜色都好,像做实验一样,应该会很有趣。"

赵津津也来了兴致:"试试吧姐,我也想学学,我还没自己做过颜料呢。"

沈净晗只好答应:"那我试试。"

她来到实验桌前,先检查了一下各种量具,又看了眼旁边一排贴有成分标签的化学溶液和粉剂,笑了:"这可以做彩虹。"

赵津津探头:"哪儿有彩虹?"

沈净晗将第一瓶透明溶液倒进一支大号试管中:"你看着。"

她依次将氢氧化钠、草酸、硅酸钠等七瓶溶液分别倒入七支试管中,另外准备七个透明的小瓶子,分别加入氯化铁溶液、铁氰化钾、硫酸铜等粉末,配成溶液后分别滴进七支试管中,试管内的液体立刻变了颜色,按顺序呈现出赤橙黄绿青蓝紫七色。

赵津津情绪价值拉满:"哇,太厉害了!你怎么知道什么东西调出什么颜色?"

沈净晗点了点她的脑门："有些是高中就学过的，你也不记。"

赵津津摸了摸刘海："我怎么不记得学过。"

"还有些是以前做实验试出来的。"

周敬渊看着那些原本毫无关联的粉末与溶液在沈净晗手中轻松变得五彩斑斓，面露欣赏神色。

沈净晗有点遗憾："过滤沉淀物最少也要几个小时，今天大概看不到成品了。"

周敬渊转身出了房间，半分钟后回来，拿着一盘干燥的蓝色粉末："昨天我试着做了一点蓝色颜料，已经用烤箱烤过，研磨成粉，你看看。"

沈净晗接过托盘看了看："您这个配比和我的不一样，我的颜色出来应该比这个淡一些。"

她将粉末挖出一点放在另一个盘子里，倒了一点亚麻油，用平底器具细细研磨。

这时已经很像油画颜料，赵津津看得有点激动："回去我也要试试。"

周敬渊今天心情很好，一定要送她们两幅画。那么贵重的东西两人实在不敢收，几番推拒，最终周敬渊只好妥协："那这样，我把我的联系方式留给你们，以后不论是在岛上，还是任何别的地方，你们两个有什么麻烦都可以直接联系我。我想，只要不是什么违法乱纪的事，我应该都能帮得上忙。"

这次两人没有拒绝。

中午了，周敬渊将两人请到明珠餐厅的包厢吃饭。

一桌海鲜大餐，盛情款待，沈净晗和赵津津再次感谢。

周敬渊笑说："谢我做什么，如果不是沈小姐，那天我还不知道会怎样。"

他问沈净晗还有什么想吃的东西，又问赵津津还要不要再点一只龙虾。赵津津说："不用了董事长，我们真的吃撑了。"

周敬渊看着沈净晗，言语中尽显惋惜之意："我是真的很欣赏你，如果我那不成器的儿子没有婚约在身，我真想撮合你们两个。"

一句话，令桌上另外两个人都止住了手上的动作。

赵津津看了眼沈净晗，又看周敬渊："董事长，您儿子……是周稳吗？"

周敬渊点头："是，你认识他？"

"听说过。"赵津津装作不经意地问，"他有婚约了啊？"

周敬渊说："也是最近定下的，和青城地产大亨乔家的独生女乔灵。不过这小子心还没有收回来，我催了几次他才同意去青城和乔灵见见面，联络一下感情。"

"他现在就在青城？"

"应当是。"

沈净晗自始至终一句话都没有说。

回旧时约的路上，赵津津特别生气："他怎么这样啊，我昨天刚跟他说完，竟然晚上就跑去青城找别的女人，再说他怎么有未婚妻还瞒着你，渣男！渣男！"

她挽着沈净晗的胳膊："姐，怎么办啊，你要不要问问他？"

沈净晗垂着眼睛，不知道在想什么，只低声回了句："嗯，要问的。"

赵津津有点担心地看着她，后悔自己刚才话太多："姐，其实周稳也不一定是自愿的，没听董事长说吗？他催了几次周稳才去，可能就是应付一下，你好好问问，先别着急。"

"我知道，没事。"沈净晗重新抬起头，一双温润的眼睛晦涩幽深。

周稳一连两天都没有回来。

晚上两人通电话时，沈净晗正抱着"红豆"窝在猫屋的单人沙发上。

周稳问她有没有吃晚饭。

"吃了。"她轻抿唇，"你呢？在做什么？"

周稳的声音有些疲惫："刚回公寓，好累。"

"很忙吗？"

"嗯。"他低声说，"想抱你。"

沈净晗没有说话。

周稳没有听到回应："信号不好吗？"

"周稳。"沈净晗说。

"在呢。"

"你什么时候回来？"

他低笑："想我了？"

"我有话想问你。"

"什么话？现在能说吗？"

沈净晗："见面再说吧。"

她挂了电话。

因为这个电话，原本要隔天才回的周稳第二天就回来了。

他直接去了旧时约，大厅里只有向秋，他问沈净晗在哪儿。

向秋指了指厨房："冲燕麦奶呢。"

正说着，沈净晗端着一杯燕麦奶从厨房掀帘子出来。看到周稳，她脸上没什么表情，把杯子放到前台，转身："出去走走吧。"

周稳要拉她的手，被她躲开。

两人沿着海边慢慢向东走。

直到快到落日观景台，沈净晗才停下。

她看着周稳，没有铺垫，没有试探，直接问出来："你是不是有未婚妻了？"

周稳似乎不意外她会知道这件事，凝视她几秒后承认："是。"

沈净晗不懂他为什么会这样平静："为什么不告诉我？"

·188·

"只是商业联姻,我不觉得这是多大的事,我也不喜欢那个女人。"

她抿着唇:"那你会和她结婚吗?"

片刻后,他说:"也许。"

她与他对视许久:"那我呢?"

周稳沉默片刻:"我们的关系不会受到任何影响。"

沈净晗静静地看着面前这个男人。

他变得好陌生。

也许,她从没真正了解过他。

她克制着情绪,让自己的声音尽量平稳:"周稳,你想把我变成那种被藏起来的女人吗?把我关进一间屋子里,想见时就来,没有时间就不来,是吗?"

"我不想,也不愿意做见不得光、破坏别人家庭的第三者。"她努力维持自己的骄傲,"如果你是这样想的,那我们就分开。"

周稳双眼依旧平静,隐在衣袖下的拳头却已攥得快要滴血。

心在见不到阳光的地方一点点坍塌。

许久后,周稳轻叹,似有些遗憾:"既然你不想,我也不愿勉强你。"

他微笑着看她:"我从不亏待女人,前段时间我在岳城收购了一家酒店,就是我住过的那家,你知道的。规模不大,但生意很好,我送你好不好?你去经营。"

沈净晗慢慢抬起头,湿漉漉的双眸不可置信地看着他。

周稳倾身靠近,像以前一样温柔地哄她:"不喜欢吗?那你想要什么,随便提,我都给你。"

虽然没有明说,但她以为他们的关系已经和以前不一样了。

现在看来,在周稳眼里,从没变过。

他轻描淡写,把她当成一个可以随时结束的情人、床伴。

那张脸和岳凛一模一样,却有着不一样的心肠,岳凛绝对不会这样对她。

绝对不会。

她忍着巨大的失望,笑容酸涩:"周少爷送出去几个酒店了?

"你送别人吧,我不需要。"

沈净晗走得头也不回。

难过吗?好像也不是那么难过,毕竟在这个世界上再也不会有谁比岳凛更爱她。

她和周稳之间从来不是纯粹的恋爱关系,周稳对她始于情欲、兴趣,也许有喜欢,但没到为了她违抗父亲的地步。

她也不怪周稳,毕竟她对他的那点心思也并非单纯。如果他不是拥有和岳凛一模一样的脸,当初她大概不会多看他一眼,也算扯平了吧。

在岳凛离开七年后,沈净晗终于鼓起勇气迈出的那一小步,又悄悄退了回去。

心底那片荒芜之地，再一次变成了无人之处。

失望。

周稳戴着温柔的面具将她裹挟，一点点侵蚀她的心，让她误以为自己好像有机会痊愈。

她昏昏沉沉，忘记了那是周稳，周家的独生子，小岛主。

他们那样的人，怎么可能轻易对谁交付真心。

沈净晗只在某一瞬间湿了眼眶，之后再没流泪，面色如常地回到旧时约。

赵津津昨天就回去了，这会儿又打来电话，问情况。

"我们结束了。"沈净晗平静地说。

赵津津愣了下："怎么就结束了？他没解释吗？"

沈净晗站在窗前，用小喷壶给壁挂植物浇水："没事津津，我们本来在一起的时间也不长，他对我影响没那么大。"

她提起另一件事："你是不是快要期末考，放假回家了？"

"还有一个月。"

"代我向岳爷爷问好。"

她的反应太不正常，赵津津实在担心："姐，我请假去陪你几天吧。"

"不用，你好好上课，我真没事。"

她催促赵津津快去吃饭，挂了电话。

之后的几天，沈净晗照常生活，与往常没有任何不同，好像周稳这个人从没出现过一样。

周稳也和从前没有任何不同，和那帮富家公子聚会、出海、打牌，闲了去景区办公楼转一转，批批文件签签字。

周稳没想到，简生会来找他。

"有时间吗？我想和你聊聊。"简生站在景区办公楼门口。

他穿着不合云江岛气温的薄外套，也许是从什么温暖的地方匆匆赶来。

看到周稳的眼神，简生以为他不记得自己："我是沈净晗的朋友，之前我们在旧时约见过一次。"

"我们之间有什么好聊的。"

"聊聊净晗。"简生看了眼过往行人，"我们就在这儿说吗？"

周稳的目光在他脸上停留片刻："走吧。"

也许怕被沈净晗碰到，两人默契地选了进山的方向，随便找了条人烟稀少的小路。

说是聊沈净晗，但简生开口却提了另一个名字："你知道岳凛吗？"

他似乎也没指望周稳能有什么回应，自顾自地继续说："岳凛是净晗的男朋友，我最好的兄弟。"

周稳将目光瞥向别处，落在山间的枯树上。

"当年上学时,我们三个关系最好,我们常常一起吃饭、一起去图书馆。我那个时候不太爱讲话,也没什么朋友,只有他们愿意和我这种呆板无趣的人一起玩。

"岳凛桀骜正气,讲义气,重情义。净晗单纯善良,明艳热烈,笑起来像个小太阳,特别漂亮。他们两个在我心里是世界上最般配的一对,是要幸福一辈子的。

"后来岳凛死了,净晗的心也跟着死了。"

提起那段往事,简生依然沉重:"净晗曾经想不开过。"

周稳的心猛然一滞。

这里虽然不靠海,但地势高,依旧可以看到远处的海平线,简生静静地望着海与天相接的那条几乎看不清的分界线:"岳凛死后不久,净晗的父母也因意外去世,她接连遭受打击,几乎不能承受。当我发现她关着窗子,开着家里的煤气,躺在地上昏迷不醒时,我几乎心疼得快要死掉,恨不得替她去承受这一切。

"她被救回来后,没多久就退了学,离开岳城,来到青城。那段时间她的状态很差,每天都要吃抗抑郁的药,吃可以让自己睡着的药。直到搬到云江岛,她才好了一些,不再依赖药物。"

周稳一直以为他知道沈净晗所有的事。

这些年来,沈净晗把他们的聊天窗口当成心灵慰藉,几乎什么都说。

他知道她早上吃了什么,今天店里的生意好不好;知道她剪了头发,刘海剪得不好看,好几天都不愿意出门;知道她喝了凉牛奶肚子疼,但又懒得去热;知道她开在青城郊区的民宿附近的体育场开了演唱会,她在床上躺着就能听到帅气男歌手的声音。

她说搜了那个男歌手的照片,虽然长得真的很帅,但在她心里他最帅,让他不要吃醋。

她说了所有细碎的日常生活,她的喜怒哀乐,唯独没说她曾想不开过,也没说她曾吃过抗抑郁的药。

她说她每天都好困,好想睡觉,真是越来越懒。

现在想想,那是因为她吃了药。

连死去的岳凛,她都不忍打扰,怕他担心。

周稳的心像被绞碎了一样疼,翻江倒海般地酸楚与懊悔,这么多年他到底在坚持什么?

他有什么资格让一个女孩为他这样付出,如果当年她真的死了,那他还能活吗?

这个任务就非他不可吗?

他也是个普通人,有割舍不掉的情爱与牵挂,有悬在心里永远放不下的人。

国家赋予的沉重责任和心爱的女孩，要怎样选，他忽然有些迷茫，不知道自己当初的选择是不是错了。

可这世间有多少家庭被毒品毁掉，支离破碎，家破人亡；有多少一线警员被毒贩报复、折磨，失去性命。

就连他的父亲也是因协助缉毒警追捕毒贩而死。

一群嗜血的恶魔，需要神明来降服。

他不是神明，他是组成神明的千千万万分之一。

除了他，还有数以万计的缉毒警奋斗在一线，他们发过同样的誓言，有着共同的目标。

他肩上扛着数不清的责任。

也扛着她的未来。

既然已经走上这条路，就走到底吧。

如果他退缩了，那个正义感十足的女孩说不定会看轻他。

周稳没有回应，简生停下脚步："为什么要伤害她？"

"因为你拥有她喜欢的样子，我多少年的陪伴，都不如你出现的几天。为什么要辜负她……她走出这一步有多不容易，你知道吗？"

简生几乎发泄了自己所有的脾气与怨念。

在岳凛离开的这些年里，他以为他会有机会，他以为，只要他足够耐心，对她足够好，他们早晚会在一起。

但不管怎样努力，他都没办法走进她心里。

他永远比不过岳凛，甚至比不过周稳。

简生看着面前那张熟悉又陌生的脸："对她好一点吧，算我求你。"

周稳沉默许久："如果你真喜欢她，就应该带她走，让她远离纷扰。"

简生苦涩地笑了笑："你以为我不想吗？如果我可以，我早带她走了。但她的人不肯跟我走，心也不肯跟我走，我又能怎么办。"

最终周稳也没有给他任何承诺。

简生也没有指望他能改变什么，只是想让周稳了解一些事，知道她的不易，以后再做任何决定时能谨慎思考，尽量减少对她的伤害。

他能做的，也只有这些了。

和简生分开后，周稳直接出了岛，去了约好的地方和周潮、成旭打台球。

他整个人的情绪和从前没有任何区别，似乎没受和沈净晗断了关系的影响，也没有初为别人未婚夫的喜悦，完全是漠然无所谓的状态，很符合"周稳"这个人的人设。

他一杆进洞，一杆又一杆。成旭站在球台旁，拄着球杆都等得不耐烦了："你出国这些年是不是一点正经事没干，就玩了。你到底不会什么？下回让我们也虐虐你。"

周稳压低身体，瞄准一颗花色球，找好着力点，球杆轻击，花球慢吞吞地朝着洞口滚过去，掉进洞里。

他用巧克粉擦球杆顶部："下辈子吧。"

成旭笑说："你怎么看着一点都不高兴的样子，那乔灵也跟咱们一块儿玩过，不是挺好的，挺单纯的小丫头，大学还没毕业就许给你了，可见乔家看好你。"

一旁沙发上跷腿坐着喝红酒的周潮说："结了婚就不自由了，谁乐意结婚。"

成旭咂咂嘴："不知道有多少年轻女孩要心碎了，沈老板为了你都敢跳海，如果她知道你要结婚，不得寻死觅活。"

周稳握着球杆的手停了一秒，但很快恢复动作，利落地进球："不是你说的？"

成旭："她知道了？"

"嗯。"

成旭摊手："这事你们两家都没对外正式公布，我哪敢先透露。"

他转头问周潮："潮哥说的吧？"

周潮不知在给哪个女人发信息，闻言抬头："我多少天没上岛了，哪有那个闲心。"

成旭开玩笑的语气："总共就这么几个人知道，不是咱们几个，难不成是你家老爷子？寻儿多年终如愿，这回儿子又要结婚了，说不定很快就能抱孙子，多大的喜事，老人家心里藏不住事也可以理解。"

周稳没再追问，话题很快转到别处。

今晚成旭不回岛，周稳和他们分开后，开车行驶一段时间，直到彻底离了他们的视线，他才猛地加大油门，往码头疾驰而去。

已经没了回岛的船，他让码头的人给他调船："速度，尽快。"

码头的人赶紧照办。

岛上唯一一家宠物诊所在医院附近，诊所规模不大，但技术还行，只要不是疑难杂症，基本的小毛病都能解决。

"红豆"这两天肠胃不太好，沈净晗去宠物诊所开了些益生菌，出来时碰到简生曾经的同事。

是个女医生，简生进修回来，科室里给他接风时她也在，沈净晗认识。

两人打了招呼，邱医生说："猫猫病了吗？"

沈净晗说："肠胃有点不好，买了些益生菌。"

邱医生笑说："简医生怎么没陪你来？"

沈净晗很意外："谁？"

"简医生今天回岛上了，他没找你吗？"

沈净晗摇头。

简生对沈净晗的感情,科室里的同事们都看在眼里,一直觉得他就这么走了挺遗憾的。

"净晗,有句话我现在说可能有点晚,但简医生他真的对你特别好。他这么年轻就能在《柳叶刀》上发表文章,前途无量,愿意在我们这个岛上的小医院工作,都是为了你。他离开的时候挺伤心的,但对你一句怨言都没有,还嘱咐我们照顾你。"

沈净晗微微抿着唇,没有说话。

邱医生说:"净晗,你们之前的事我多少也知道一点,我真的希望你能放下过去,好好珍惜身边的人。我听说那边有人帮他介绍女孩子,他一个都没有见,我想他应该还是放不下你。如果你改变主意,就早点去找他吧,别错过这么好的人。"

有人给沈净晗打来电话,邱医生说:"那我先走了,今晚值班。"

沈净晗点了头:"再见。"

她接起电话,是赵津津。

赵津津问沈净晗元旦跨年怎么过,要不要去青城和她一起:"我室友有的回家,有的和男朋友出去,那天晚上宿舍只有我一个人,我可以带你进去,咱俩一起住。"

沈净晗没有回答这个问题:"津津,你有没有把我的事告诉简生?"

赵津津愣了下,声音不太有底气:"怎么啦,为什么这么问?"

"简生来岛上了。"

赵津津"啊"了一声,小声嘀咕:"他真去了啊。"

她有点心虚:"他给我打电话问你最近怎么样,我就说了……他找你了吗?"

"没有,我碰到他同事了。"

"我昨天晚上才说的,他今天就去了,怎么不找你,那他去干什么。"

当初简生临走时说不会再给她压力,不会再打扰她。

他做到了。

即便为她回到这里,也没有再找她,可能只是在某一处悄悄地看了她一眼。

沈净晗心里很乱,手机里,赵津津还在问她元旦要不要和自己一起过。

她一手握着手机,一手拿着几盒益生菌,在下台阶时看到远处急忙朝她奔跑过来的周稳。

"到时再看,如果不忙就去。"沈净晗讲完,挂了电话。

周稳喘得很厉害,大步迈上台阶,紧紧拽着她的胳膊:"你怎么知道的我订婚的事?"

他体力那么好,不知道跑多快才能喘成这样。

沈净晗下意识地想挣开他的手,却被人攥得更紧。

她很抗拒他的触碰:"放手。"

"你先告诉我!"他语气严肃,似乎真的很急。

她停顿片刻:"你父亲说的。"

周稳的表情瞬间变了,失控般地抓着她的双肩:"你怎么会认识他,你什么时候见的他?见过几次,都说过什么?"

沈净晗不懂他为什么反应这么大,她用力摆脱他的束缚:"你别碰我。"

周稳猛地将人扯进怀里:"晗晗。"

沈净晗僵住了。

周稳从没有这样叫过她。

这是岳凛的专属。

她突然崩溃,不停地在他怀里挣扎,推他打他:"谁允许你这么叫我的!不许你这么叫我,你放开我!"

想起白天简生的话,心脏绞痛的感觉依旧强烈,周稳扣住她的后脑,低头强势吻她的唇。

沈净晗非常激烈地抗拒,但抵不过他的力道,被动承受他炙热的唇舌。

他知道她的道德底线,不会允许自己和已经有婚约的男人这样亲密,但他管不了那么多。

直到他的唇瓣一阵刺痛,他尝到了血腥味,才粗喘着放开她。

沈净晗咬了他。

她满脸泪水,带着哭腔,极度委屈:"你凭什么这么欺负我?"

周稳再次将她搂进怀里,已经顾不得伪装,沙哑着嗓音:"要我拿你怎么办。"

他将脸颊深深地埋进她的颈窝:"晗晗,你听话一点啊,乖一点,等我回来。"

那天晚上,沈净晗一个人坐在旧时约楼顶吹了好久的风。

这个季节已经不适合上楼顶,很冷,但她现在想让自己冷静下来。

她不去想周稳说过的话,他不过再次迷惑俘虏她,想把她变成见不得光的私有物品,他舍不得她,也舍不得他身后的家族。

她不会再信他。

向秋不知什么时候上来,拿了床毯子给她披上,自己也披了床毯子坐在她身边。

最近这段时间,虽然不知道沈净晗发生了什么,但向秋看得出来,她心情很差。

她没有主动说,向秋也没问,只是觉得此时此刻,她或许需要陪伴,安静的陪伴。

岛上的夜空星星很多,但没有小时候姥姥家院子里的多。

沈净晗望着幽深的海面,轻声开口:"小秋,我想走了。"

向秋转头:"去哪里?"

沈净晗想了想:"还不知道,可能会去一些没去过的海边?看心情。"

向秋有些担忧:"那你还回来吗?店怎么办?"

沈净晗笑了笑:"回来啊,肯定要回来的,就是想出去散散心。"

她抬手摸了摸向秋的脑袋:"你很聪明,又有能力,店交给你我放心。你不是一直想开一家属于自己的店吗?正好可以磨炼一下。"

向秋心情也有点差了:"那你要早点回来,我好好帮你看家。"

"嗯。"她轻声说,"猫猫可以替我照顾吗?我带不走。"

"当然可以。"

那晚沈净晗睡得很早。

她打定主意要走,第二天很早就起来,简单收拾了行李,还看了几个沿海城市的机票,想先随便去个地方再做其他规划。

她在想要不要给简生打个电话,问问他是不是还在岛上,但思虑过后,还是作罢。

既然之前已经说清楚,他信守承诺没有再来打扰,她也不便主动联系他,以免产生误会,让他心存希望,白白浪费时间。

她简单冲了个澡,一边擦头发一边走出浴室,看到墙角那个装着周稳东西的黑色纸袋不知什么时候被顽皮的猫猫撞翻,里面的东西滚出来,散落在地上。

"红豆"正低着头专注地撕咬周稳买的那个米白色的小香包。

沈净晗放下毛巾走过去,抱起"红豆",把香包从它嘴里拯救出来,但似乎已经晚了,布料被它扯坏,露出里面的香料。

有两颗圆溜溜的红玛瑙珠子从里面滚出来。

沈净晗愣了愣。

那珠子她认识,和那个南方小镇的夜市里卖的姓氏珠一模一样。

她捡起两颗珠子。

一颗上面是"沈"。

而另一颗,上面是"岳"。

沈净晗的手几乎在颤抖。

这香包是封死的,如果不是"红豆"咬开,她一辈子都不会发现里面的珠子。

这是周稳买的香包,一定是他放进去的。

可他为什么要放她和岳凛的姓氏?

这说不通。

沈净晗的心里渐渐滋生出一个念头,一个她曾多次怀疑,却一次次被周稳平息的念头。

她的心脏开始加速跳动,不敢相信心里那个荒谬的想法。

她从最开始的不断试探,到后来已经渐渐接受周稳和岳凛是两个不同的人。

她攥着珠子瘫坐在地上,回想和周稳的一幕幕。

她去修手机,给岳凛的号码充话费时,他的手机那么巧也响了一声。

她给岳凛发信息想吃水果冰沙,没多久岛上就出现一个和学校门口一样味道的摊位。

在岳城的医院，她和岳凛说晚安，夜深后，他也俯身在她耳畔说晚安。

那一晚，她其实并没睡着。

可那个时候她没往别处想，只是在想，如果岳凛也能这样亲口对她说晚安多好。

他在她生日那天那么巧拿了个蛋糕和她分享，虽然只是剩一半的蛋糕。

他抱着她吻她时对她说生日快乐。

他说了几次？

记不起来了，那时她的注意力全被他手指的动作分散。

他们在床上都很喜欢舔咬她的耳垂。

还有在普洱的最后一晚，他那些像是在告别的话。

在幽暗的原始丛林中，他为了她与野狼搏斗，那些和岳凛如出一辙的利落动作。

还有这两颗珠子。

可是周稳手腕上有不属于岳凛的旧伤疤，她给岳凛留下的那颗蓝痣也不在。

他们在床上缠绵沉沦，他的腹部没有岳凛的胎记。

他不恐高，他会游泳，他能潜水七分钟，还很爱吃岳凛不喜欢的牛肉，不爱吃岳凛喜欢的冰激凌。岳凛不会做菜，他厨艺却极佳。

岳凛是 A 型血，他是 B 型血。

他是周家唯一的儿子，是周敬渊辛苦找了将近二十年的独生子。

对啊。

他是周家后找回来的儿子。

在这之前，他已经十几年不在周家。

那这个人，还会是从前那个人吗？

周家那样的家世地位，会随便认儿子吗？一定已经调查得很清楚，说不定还做了亲子鉴定。

"红豆"慢慢走过来，用软软的小脑袋蹭她的手。

沈净晗将"红豆"紧紧抱进怀里。

是你吗？如果是你，为什么不肯认我？

她脑子一片混乱，觉得不能再这样胡思乱想下去了，于是立刻换衣服下楼跑出去。

周稳的办公室在景区办公楼顶层，一楼导引牌上有写，但沈净晗从没去过。

这会儿工作人员刚刚上班，正是忙碌的时候，沈净晗没有和其他人一样乘电梯，一个人走楼梯上到六楼，穿过狭长的走廊，看到总经理办公室的牌子。

周稳没在办公室，有负责打扫的保洁阿姨在擦桌子，看到门口站着人，问："你找周总？"

沈净晗点头，阿姨说："你等一会儿吧，周总这会儿在开会呢。"

"在哪里开会？"

"三楼会议室。"

沈净晗转身下楼。

会议室很好找，就在商户开会的房间隔壁，同样是全透明的落地玻璃，里面的百叶帘没有完整地拉下，沈净晗透过细窄的缝隙看进去。

周稳坐在会议长桌的主位上，靠着椅背听某个部门主管的汇报，用修长的手指转一支黑色签字笔。

他的目光落在某一处没动，不知道是真的在听还是在想别的。

那支笔在他指尖灵活地转动，让沈净晗想起某个晴朗的夏日，坐在教室窗边的岳凛穿着白衬衫，一边思考一边转笔的模样。

周稳似有所感，忽然抬眼看向百叶帘的方向。

沈净晗转身贴在一旁的墙壁上。

在有了某种猜疑后，她再看他时，总有种与从前不一样的感觉。

会议结束，管理层先后出来，没有人留意到沈净晗。

周稳最后出来，两人站在落地玻璃墙两侧对视片刻。

沈净晗的长发是半干的状态，两侧的刘海微卷，半湿不湿，一张脸素淡干净、不施粉黛，唇是自然的淡红色，微微抿着，一双眼睛直直地盯着他，一动不动。

周稳先看了眼她身后那些分散着回到各自办公室的人，直到走廊里只剩他们两个，才朝沈净晗走过去："来找我？"

沈净晗没有回答他的话，只是仔细看他的眉毛、眼睛、薄薄的唇，想象他剪了寸头是什么样子。

周稳却有些等不及，牵着她的手腕带她进了电梯对面的消防通道："正好我有事问你。"

沈净晗也不挣扎，任由他拉着。

消防通道里光线很暗，两人站在三楼半的位置，周稳依旧问了昨晚那个问题："你怎么认识的我爸，你们什么时候见过面？"

这一次，沈净晗老老实实地回答他。

周稳越听越心惊。

之前陈师杰只说周敬渊犯了心脏病，并没提他被沈净晗救了的事。赵津津的那幅画，应该就是他在旧时约休息时看到的。

那晚他的注意力全在赵津津的安危上，与他联络的只有付龙，他一直以为是付龙发现的那幅画。

原来这中间有这么多他不知道的事。

周稳对自己的疏忽感到自责，也后怕，他又问："你们都说了什么？"

沈净晗盯着他的眼睛："你怕我说了什么不该说的吗？放心，我没有和他提过我和你的关系，不会影响你的婚事。"

这一句有点厉害，周稳不知道该怎样回应。

沈净晗看到他唇上的伤。

她昨晚咬破的。

消防门外有人走动，周稳等杂乱的脚步声消失才开口："你来找我有事吗？"

沈净晗的视线从他唇上移开，重新落在他的眼睛上："除了和别人订婚，你还有没有别的事瞒着我？"她紧紧盯着周稳脸上的每一个表情，每一处微小的变化，"不许骗我。"

周稳同样也在审视她，推测她问这句话的意思："你指什么？"

"任何事。"

周稳思虑片刻："如果你指感情方面，我没有骗过你，我对你说过的每句话都是真心话。"

他牵住她的手，低头看她："不要生气了，好吗？我保证，不管发生什么事，都不会影响我们的关系。我不会关着你，你是自由的，想去哪里都可以，只是我想你的时候，想见见你。"

他在混淆概念，转移话题。

沈净晗此刻的思维无比清晰。

他本意是想激她一下，以她的脾气秉性，说不定会打他一巴掌，从此再也不见他，还会因为这座岛属于周家而厌烦抵触，尽快离开这里。

可没想到，沈净晗竟然没有甩开他的手，也没有生气，只是温柔乖顺地仰起头，静静地看着他："那你能保证，我想见你的时候就能见到吗？"

周稳眉心微蹙，只有短暂的一瞬间，几乎细微到难以察觉。

但沈净晗捕捉到了。

她没有移开目光，仍然望着他："我发现，我们分开这几天，我心里想的都是你，"她用很确定的语气说，"不是他。"

"这么多年过去了，以前是我太执着。"她轻轻叹气，像是放下一块心病，释怀地笑了笑，"我想清楚了，我以后不再想着他，不再喜欢他了。

"我以后都喜欢你，好不好？"

周稳沉默地望着她，许久没有开口。

深邃漆黑的眼睛里藏匿着复杂的情绪，隐秘不可窥视，指尖的动作也停下。

沈净晗靠近一步："为什么不说话？"

这不正是他想要的吗？但他看起来好像并不开心。

向秋打来电话，沈净晗看了眼手机，没有着急接起来，重新抬头对他说："我店里有事，先回去了，我们晚一点见。"

她走楼梯，下到二楼时抬起头，透过楼梯扶手的缝隙看向仍然站在那里的周稳。

他像是还没有从她的话里走出来，也没有像从前那样自如地管理表情，沉重得像是沈净晗刚刚放下的那块心病转移到了他身上。

沈净晗出了办公大楼才给向秋回电话:"我往回走了。"
向秋在那边急得不行:"净晗姐,出事了!"
沈净晗以为店里的住客出了意外,脚步不自觉地加快:"怎么了?"
向秋慌张地说:"有个女人跑来闹事,说要找一个叫周潮的人。我说不认识这个人,她说你认识,还说她怀了周潮的孩子,现在怎么都找不到人,闹得好多人围观看热闹。后来又来了几个人,其中一个说是周潮的母亲,她把那女人叫走谈话,没多久就听说外面出事了。我跑出去一看,那个怀了孕的女人捂着肚子躺在地上挣扎,周潮的母亲被一辆路过拉货的车撞到了,现在两个人都送医院去了。"
向秋有点紧张地说:"净晗姐,咱们会不会沾上什么麻烦,会不会担责?"
沈净晗想起之前周潮带去店里过夜的那个女人,除了她,应该不会有别的女人找到旧时约,她安抚向秋:"别担心,不是在店里出的事,跟咱们没关系。如果有店里的住客受到影响和惊吓,你解释一下,我马上回来。"
老板这样镇定,向秋心里轻松不少,忙答应了。
沈净晗刚挂断电话,就看到周稳一边听电话一边往医院的方向跑。
她猜想他的电话里应该和向秋说的是同一件事,也跟着跑过去。

手术室外焦急地站着几个人,周敬君的助手将事情的始末告诉周稳,没一会儿,周敬渊也匆匆赶来,问现在里面什么情况。
一名手下说:"医生正在全力抢救。"
"周潮在哪儿?"
"他在岛外,正往回赶。"
"那个女人呢?"
"孩子保不住了,正在楼下做手术。"
最近事情太多,忙得焦头烂额,周潮那小子还搞出这种人命关天的大事。如果那个女人继续纠缠,能用钱解决还好,解决不了,事情说不定会闹大。一旦通过媒体扩散出去,周家将会面临极大的社会关注,这将直接影响策划已久的地下交易。
周敬渊异常愤怒。
周稳忽然发现人群后的沈净晗,本就严肃的面孔更加阴霾,刚想趁乱过去带她离开,手术室的门忽然开了。
一名护士从里面出来:"病人急需 B 型血,目前血库存量不够,你们谁是 B 型血?"
几个手下互相看了看,都摇摇头。
周敬渊说:"我是。"
他年龄偏大,看起来身体不太硬朗,护士询问了一些他的身体状况后说他不适合输血，问还有没有别人。

周敬渊看向周稳。

周稳说："亲属间可以输血吗？"

护士问："你和病人是什么关系？"

"她是我姑姑。"

护士说："一般是不建议的，但现在从岛外血库调血需要时间，你不是直系，先跟我来做个化验。如果可以我们还需要进一步处理血液，时间比较紧张。"

周稳当然不能去做化验，他的大脑在顷刻间急速运转，寻找拒绝的理由。

周敬渊幽暗的目光沉沉地盯着他。

几秒过去，再不回应势必会引起怀疑，千钧一发之际，沈净晗忽然从后面走出来："我来吧，我是B型血，我和病人没有血缘关系。"

周敬渊看到沈净晗，意外她怎么在这里。

沈净晗主动解释："她们两个是在我店前面出的事，我来看看。"

时间紧迫，沈净晗是最适合输血的人，护士立刻带她去准备，周敬渊深表感谢。

周稳也表达了谢意，两人对视的一秒，他眼中闪过一丝不易察觉的痛楚与歉疚。

沈净晗替他解了天大的围，可对方偏偏是周敬君。

她父母死亡的直接操控者。

如果未来有一天，她知道这件事，心里会是怎样的感受？

放任仇人死去，或是救活她，等待法律公正的审判。

这是任何一个普通人都无法立即抉择的事。

而他只能在心底再一次发誓，一定会将这些人，将害她家破人亡的人全部绳之以法，不让她后悔今天的决定。

沈净晗输血后，没有再回来。

周敬渊派了人送她回旧时约休息，还让人买了大量的补品送过去，并说等事情过后一定登门拜访，以礼重谢。

直到手术结束，周潮才匆匆赶到，一句话都没来得及讲就被周敬渊狠狠扇了一巴掌。

他闯了祸，低着头一声不敢吭。当着这么多外人的面，周敬渊不好多说，只叫他滚去ICU外面守着他妈。

周稳拍拍他肩膀："去吧，姑姑手术很成功，只是还需要再观察一段时间。"

周稳声音清晰："安娜在楼下做了流产手术，你要不要抽空去看看？"

周敬渊听了更火大，直接将一串手持珠丢出去，砸在周潮脸上，怒喝："尽早处理掉你那些莺莺燕燕，以后再乱搞，就别进周家的门！"

周潮狠狠地低着头，不再张狂："我知错了，舅舅。"

他将手串拾起来，双手奉给周敬渊。

周敬君在ICU观察了两天，于第三天转入VIP病房，稍稳定后，周敬渊便将她转到岛外的大医院进行更好的康复治疗。她的左腿伤势严重，据说可能会跛脚。

周潮彻底消停了，再不敢花天酒地，天天往医院跑。

几天后，周敬渊带着厚礼亲自登门道谢，这一次他带来的礼物比上一次还要丰厚贵重，沈净晗不收，周敬渊说："你救了我们兄妹两次，是周家的恩人，这些身外之物不算什么，也许以后你与周家的缘分会更深。"

沈净晗的手微顿，但很快继续为他斟茶："您说笑了，我只是个小小的民宿店老板，能维持现状，保持温饱就可以了，不敢想太多。"

周敬渊没有过多解释，尝了尝她的茶："很正宗的无量山茶，比山上茶庄的要纯。"

这是上次沈净晗和周稳去普洱时买的茶，除了寄走的两份，她还带了几包回来。

"是云南普洱的茶。"沈净晗讲完，忽然想到什么，很快补充，"托朋友带回来的。"

周敬渊恍然："怪不得这样纯。"

周敬渊随意看向涂鸦墙，那里原本挂着赵津津画作的地方已经被其他拍立得照片和便笺占据。

"红豆"和"黑豆"正在抢夺那个毛茸茸的胡萝卜玩偶，胡萝卜玩偶不堪热情，已经被咬破几个洞。

周敬渊含笑转头："那个小玩意儿很有趣，小猫似乎很喜欢，我家也养了一只小黑猫。"

沈净晗面色平静地说："您喜欢吗？我很久之前在网上买的，可以找找链接，给您寄个新的过来。"

"不用。"周敬渊说，"我家的小黑猫牙尖嘴利，喜欢啃硬骨头。"

周敬渊倒闭的玩具厂里有这种东西，他怎么会不认识，明显在试探。

如果周稳真的是岳凛，在他没有失忆的情况下，他一定是有什么原因才会假冒周敬渊的儿子。那么她有必要提防周敬渊这个人，之前和周稳做过的事，最好不要让他知道。

周敬渊离开后，沈净晗回到楼上，把包上挂着的那个粉红色的大眼仔玩偶摘掉收起来了。

单独一个胡萝卜玩偶还可以说是同款，两样一起出现在她这里，就不好解释了。

虽然沈净晗不知道自己这样做是不是有意义，但她下意识觉得应该这样做。

退一步讲，就算她多虑，也没有任何损失。

这几天沈净晗一直在等周稳的电话,但他没有联系她,她也没再主动联系周稳,连岳凛的信息也一并断掉,早安晚安都不再发。

跨年那天,沈净晗出岛和赵津津会合。两人是近几年第一次一起跨年,吃了一顿很丰盛的晚餐,还看了青城举办的焰火晚会。

两个女孩买了小朋友同款会发光的发卡,吃饱喝足后牵着小青蛙气球回了学校。

赵津津时间把控得很准,一分钟都不浪费,十点半关寝,她在十点二十九分时拉着沈净晗冲进楼里,前脚进门,后脚阿姨就把大锁头挂上了。

沈净晗气喘吁吁:"我被狼追的时候都没跑这么快。"

赵津津说她夸张:"那不早被狼叼去了。"

更让人绝望的是,赵津津住七楼,这宿舍楼还没电梯。

沈净晗两只手拎满了东西,有夜市买的奇奇怪怪的小玩意,有气球,还有一些没吃完的小吃,赵津津说回宿舍后要全部消灭掉。

沈净晗一边慢腾腾地上楼一边说:"你这宿舍跟当年我们学校宿舍差不多破。"

赵津津用左手拎东西,空出右手撸串:"这还算好的,我们学校最破的那栋楼,传闻要重新装修,从我大一传到现在也没见动工。"

对此沈净晗深有体会,当年她就是听着一模一样的传言从大一到退学。

虽然楼道里比较旧,但赵津津的宿舍里很干净,四人宿舍,上床下桌,和沈净晗的大学宿舍布局差不多,不同的是她们这里每个宿舍都有单独的卫浴,沈净晗的学校是公共水房。

几个女孩都特别爱干净,书桌、床铺整整齐齐,上铺挂着粉嫩的少女床帘。

赵津津指着左边靠窗那个铺位:"那是我的,你今晚住那儿,我住对面同学的床。"

"好。"沈净晗把赵津津买的那些小玩意儿放桌上。

赵津津翻箱倒柜,拿出一套珊瑚绒睡衣:"你穿这个吧。"

两人磨磨蹭蹭,换衣服收拾自己,还没忙完,宿舍忽然一片漆黑。

熄灯了。

赵津津不紧不慢地拿出一个充电台灯放在两人中间,拆开炸蘑菇的包装袋。

沈净晗已经很多年没感受过这样的氛围了。

和宿舍里的人在黑漆漆的房间里围在一起吃东西聊天,还要时刻关注查寝阿姨的动向,兴奋又刺激,聊天内容都已经不重要了。

她只有大一时是美好的。

那个宿舍里的人她也没有再联系过。

赵津津有点感慨:"一转眼我都大二了,当年我哥走的时候我才上初中。"

"七年多了。"沈净晗说。

"记得我哥还答应回来时给我带麻花呢。"赵津津咬了一口酥脆的小麻花。

沈净晗想起岳凛登船的前一天。

那天她接到他的电话,他说给她和津津买了很多好吃的,还单独给她买了一串月光石手串,她皮肤那么白,戴上一定好看。

沈净晗很想配合他,讲一些好听的话,但那天她真的很难受,午饭都没吃,一个人躺在被窝里发烧。

听到岳凛的声音,她就有点控制不住,眼泪不停地往下掉,委屈地问他什么时候回来。

岳凛当时就急了:"量体温了吗?吃药了吗?"

她哑着嗓音:"量了,吃了。"

"多少度?"

"38.5。"

"药吃多久了?"

"一个多小时。"

"有好转吗?"

"没……"

岳凛哄着她:"别哭啊,你乖乖的,我找人去看你,不退烧就要去打针,知道吗?"

她小声嘟囔:"你快点回来吧。"

"嗯。"岳凛答应着,"我明天就回,你好好吃饭,难受也要吃,知道吗?"

"嗯。"

这房子是岳凛在 C 大附近租的。

他在警校上学,平时不能出来,两人只有周末才能见面。他们不想总是在外面逛街吃饭,喜欢安安静静在家待着,两个人的学校离家都很远,每周回去实在折腾。

再加上沈净晗住的那栋宿舍楼供暖不足,冬天很冷,所以岳凛干脆在她学校附近租了一套房子,这样每个星期只他一个人折腾就行。

沈净晗家在本市,偶尔可以不回宿舍住,她就总是在没课的时候跑去那套房子里享受热乎乎的暖气。

他们每周末都会在那套房子里一起做饭,一起看电影,一起打游戏,一起睡觉。

每次小别后岳凛都很急,几乎都会折腾到后半夜,然后起来给她洗澡,做夜宵。

两个人衣服都不穿,只在身上裹着个被单,坐在方桌一侧,同吃一碗面。

那段日子真的很美好。

后来家里多了个小成员,一只非常漂亮的布偶猫。

沈净晗特别喜欢猫，之前家里不让养，后来又住宿舍不能养。现在他们有了自己的房子，岳凛便送了她一只特别漂亮的小白猫。

沈净晗给它取名豆豆。

没什么特别的原因，只因为那天早上他们喝了豆浆。

她说以后如果豆豆有了宝宝就叫"红豆"。

岳凛问为什么。

她说因为"红豆最相思"呀。

夜深了，两人洗漱完，各自躺在床上。

赵津津还不太困，她永远有讲不完的话题，连今晚在大街上看到一只没人管的小狗她都能担忧半天，不知道是不是谁家的宝贝走丢了，今晚会不会挨饿，在哪里睡。

沈净晗有一会儿没搭话，赵津津问她是不是困了。

沈净晗盯着灰蒙蒙的天花板："津津，你说——"

她停了好一会儿，赵津津在对面转头："什么？"

"你说，如果你哥还活着，他是不是一定会回来找我们？"

每到跨年夜或者农历新年这样阖家团圆的日子，沈净晗都会格外思念岳凛，赵津津已经习惯。虽然知道这个假设根本不成立，但她还是很配合地说："会的，为什么不找？我们是他最亲的人啊。"

是啊，我们是他最亲的人。

赵津津问沈净晗："你明天是不是回岛上？"

"不回。"

"那你还在我这儿吗？明晚我们宿舍回来人了，咱们两个可以出去住。"

"我要回岳城。"沈净晗说。

赵津津有点意外："为什么回岳城？"

沈净晗在那里已经没有亲人，除了每年岳凛的忌日，她几乎不回去。

沈净晗沉默许久："我要去确认一件事。"

新年的第一天，很混乱。

周敬君得知自己以后可能跛脚，在病房里闹了一场，没了往昔高傲的心气，整个人都很颓丧。一个沉稳温厚的中年男人从国外风尘仆仆地赶回来，耐心开解。

同时，周敬渊也完成了沉寂许久的第一场交易。

交易成功了。

周敬渊这个老狐狸竟然还有底牌，躲过了宋队的部署。

幸好宋队的人隐藏得很好，没有暴露。

"有时你看到的不一定是真相，眼睛也会骗人。"周敬渊对周稳说。

这一天，地下工厂狂欢庆祝，纸醉金迷，群魔乱舞。

宋队连夜开会总结，复盘全局。

沈净晗在这样混乱的局面中，悄然离开青城，登上飞往岳城的航班。

飞机抵达岳城时已是傍晚，但沈净晗并没着急入住提前订好的酒店，而是直接去了她和岳凛曾经读过的那所高中。

此时低年级已经放学，只有高三年级的楼层亮着灯。

沈净晗沿着栅栏走到头，穿过马路，来到那个水果冰沙常在的位置前。

这里地面干净，一点水渍都没有，那个大叔应该已经很久不出摊了。

沈净晗有这个心理准备，以前大叔就是这样，天冷了，买的人不多就不做了。

她向四周看了看，朝着一排商铺走去，直接进了第一家："您好，我想打听个人。"

老板从电脑前抬起头："什么？"

沈净晗指着外面水果冰沙摊的位置："之前那里每天都有个卖水果冰沙的大叔，您认识吗？我想找他。"

老板摇摇头："不认识。"

"打扰了。"

从这家出来，沈净晗直接拐进隔壁文具店，半分钟后出来，接着下一家。

她连续问了整栋楼的底层商户，都不认识，离这个路口最远的那两家连这里之前有卖水果冰沙的摊位都不知道。

沈净晗没有气馁，抱着背包坐在马路边，回想之前和大叔那寥寥无几的对话。

他说有个什么景区的人跟他买配方，说租店面费用高，等孩子上了初中再说。

所以他的孩子现在应该是在小学，离这里最近的小学就在下面那条街，如果他接送孩子上学放学，说不定能碰到。小学现在还没放寒假，应该来得及。

沈净晗打定主意，不再浪费时间，背上双肩包回酒店休息。

她预订了之前周稳住过的那家酒店，就是他说要送她的那家。

她的房间和他住过的在同一侧，发现这里视野广阔，可以看到她上次住的那家小山楼酒店。

沈净晗站在落地窗前，静静凝望岳城璀璨的夜。

手机里，和岳凛的聊天记录终止于几天前。

她再也没有给他发过信息。

她不知道自己现在做的事是不是有意义，也许最后还是一场空。但如果不这样做，她一定会寝食难安，夜不能寐。

就当给自己找一个答案吧。

而此时此刻的周稳，已经过上了寝食难安、夜不能寐的生活。

行动失败了，周敬渊又赢了一次，又有大量的毒品流入市场，不知要祸害多少人。

如今的境况，更不能直接捣毁那毒窝了，连仓库里他亲眼看着一点点码高的货都能变成面粉,现在剿了地下工厂,说不定一点证据捞不到,还会彻底打草惊蛇,没有丝毫好处。

工厂内一定还有其他连工人们都不知道的玄机。

宋队已经联络各地的同事加强对社会闲散人员的管控和声色场所、酒吧、网吧、小旅馆等地的监管,尽量堵死最终的流通渠道,能追缴回一些是一些。

沈净晗也已经几天没有给他发信息了。

这是之前从没发生过的事。

那天他听到她说以后不再喜欢岳凛,心脏抽搐的感觉记忆犹新。

她说了他曾梦到过无数次的话。

他和她一样,过着撕裂般的生活,折磨着自己。

一边想让她忘掉自己,好好生活,一边恐惧她忘掉自己,自私地希望她能爱他到他可以光明正大做回岳凛的那一天。

虽然她如今喜欢的人——他暂时不想称之为"爱"——依旧是自己,但就是难受,特别难受,骨头都疼的那种难受。

他现在有点抗拒和她见面,连电话都不想。

不想听见她的声音,怕她又说什么他不想听的话。

沈净晗第二天早早起床,简单梳洗后就跑到离这里最近的那个小学蹲点儿。直到快要上课,所有学生都已经进校,也没看到那个大叔。

她放学时又去,依然没有收获。

在这件事情上,沈净晗有着空前的耐心,她在这所小学门口守了三天,没有再继续,而是转到另一所稍远的小学继续蹲守。

幸运的是,到那边的当天她就看到了那个大叔。

大叔骑着电动车,接到儿子就走,沈净晗在马路对面狂招手:"大叔!"

大叔的儿子眼尖看到,拍了拍他爸的后背:"爸,那个姐姐是不是喊你呢?"

大叔转头,果然看到一个年轻姑娘站在马路对面,跳起来挥着两只手,生怕他看不到。

他骑着电动车过了马路:"你叫我吗?"

沈净晗激动得有点脸红:"叔叔,您还记得我吗?我以前在三中上学,经常去您那里买水果冰沙。"她指了指自己的脸,"我前一阵秋天时还回来过,您说看我眼熟,您还记得吗?"

大叔打量她几秒,想起来了:"是你啊姑娘,你有事啊?"

沈净晗点头,看了眼马路上的过往车辆:"您靠边一点,这里车多危险。"

大叔让儿子下车,将车往里挪了挪:"有什么事你就说吧。"

沈净晗从讲第一个字开始,心跳就有点快:"之前您说过,有个景区的人找您买配方,您还记得是哪个景区吗?"

大叔回想片刻:"这我还真没太记住,好像是个什么岛。"

"云江岛？"

大叔不太确定："记不清了。"

"那您还记得找您的那个人长什么样子吗？"

这个大叔有印象："高高瘦瘦的年轻小伙子。"

沈净晗拆开手机壳，拿出岳凛的一寸证件照给他看："是这个人吗？"她补充，"这张照片上的人年龄小一点，他现在应该是二十七岁。"

大叔眯起眼睛看了看："轮廓有点像，但他那天戴着口罩，我没看见他的样子。"

沈净晗伸出一根手指，将照片里岳凛的脸挡住，只露出一双英俊漆黑的眼睛："这样呢？"

大叔凑近了仔细看，片刻后眉眼豁然放松："对对，就是他。他说他老板的一个什么朋友的女朋友爱吃我家的小汤圆，还特地学了汤圆的做法呢。"

沈净晗的表情短暂地凝滞几秒，笑容像是经过漫长无尽的黑暗煎熬，终于得以重见光明，绽放开来，整个人从内而外地轻松下来，像是被注入新鲜的元气，重新活过来："谢谢您。"

大叔吓了一跳："姑娘，你怎么哭了？"

沈净晗愣了一下，摸了摸自己的眼睛。

眼泪不知什么时候流下来，视线一片模糊。

大叔觉得这姑娘奇奇怪怪，问她找那个男人做什么。

沈净晗没解释，朝大叔深深鞠了一躬："真的谢谢您。"

她在大叔不解的眼神中转身跑掉。

沈净晗去了陵园。

石板路蜿蜒曲折，路两旁的植被已经枯萎，只剩寥寥无几的叶子顽强地挂在上面摇晃。

她数着步子，最终停在一块墓碑前。

她从角落里捡了几根树枝，拢在一起做了把简单的扫帚，将周围的杂草、碎石扫净，又用湿巾和纸巾将碑身仔仔细细擦干净，最后坐在墓碑前，盯着照片里的清隽少年看了很久。

"是你吧？"她轻声开口。

"为什么不认我啊？"她用指尖轻碰照片上少年冰冷的脸，"你是不是有什么苦衷？"

"你知道的，你走了以后，我过得不太好。"她垂着眼睛，用一根枯枝拨弄地上的碎石子，"你这个浑蛋，是不是忘了答应过我的事了。

"你说过要一辈子对我好，一辈子宠着我的。

"你就是这么对我好的？

"你等着吧，如果他就是你，我绝对不会原谅你。

"到时咱俩就正式分手，我也能踏踏实实地找别的男朋友去了。"

她抹了抹脸上的眼泪，将枯枝丢到碑上："你就等着吧。"

沈净晗回到岛上时，已经是第二天的傍晚。

出门几天，店里运转一切正常，向秋很能干，将旧时约打理得井井有条。向秋给她看这几天房间的入住情况、现金收益、线上收益，账目清清楚楚。

沈净晗夸她："出师了。"

向秋不好意思地挠挠头："经营方面学到不少，但一遇到突发事件，像上次那个周潮的事，我就会很慌。"

"慢慢来。"

向秋去准备晚饭，沈净晗照例轮番且公平地宠幸了几只猫猫，少摸谁一下都不行。

她将从岛外带回来的新款猫罐头摆了一排，全部打开，蹲在地上看着它们吃。

向秋端出两碗饭："汤好了就开饭。"

之前沈净晗和青青两人都是半斤八两，吃饭一直挺凑合，都是简单的菜。而向秋厨艺很好，她来的这段时间，沈净晗吃到了很多她家乡那边的特色美食。

吃饭时，沈净晗问这几天有没有人来找她。

向秋说："没有，倒是隔壁那个成旭打听过青青，问她什么时候考完试，还回不回来了。"

"青青笔试过了吗？"

"还不知道呢，说是一月中旬出成绩。"向秋边喝汤边看向窗外，"天阴沉沉的，好像要下雪。"

沈净晗转头看向窗外那片广阔的大海。

天黑了，沈净晗一个人去了海边。

气温比前些天低很多，云江岛到现在才有了一点冬天的感觉。

海水冰冷，左右两边强劲的水流不断向中间聚拢。全然不似温暖的夏日那般静谧温和。

沈净晗握着手机站在岸边，眼睛盯着不断翻涌的海浪，许久后，她拿出手机，拍了一张大海的照片给岳凛发过去。

——*海的那边有你吗？我去找你好不好？*

做完这件事，她关掉手机，重新看向一望无际的大海。

夜间强劲的海风刮得脸疼，海面上有路过的货轮发出星星点点的微弱光芒。

天更阴了。

沈净晗计算着时间、路程，一步一步走向大海。

海水浸透了她的鞋，慢慢淹没她的脚踝。

她在等一个答案。

冰冷的海水浸没她的小腿时，她听到了身后急速奔跑的声音。

那声音由远及近，越来越明显，她甚至可以听到那道熟悉的喘息声。

直到那人一脚踩进水里,水花四溅,瞬间到达她身边,一把扯住她的胳膊,将她的身体拉回几步,一双猩红的眼气急败坏又无可奈何地盯着她,冲她吼:"这里是离岸流!会把你卷进去!你是不是疯了!"

　　沈净晗平静地看着那张极度惊恐的脸:"你怎么知道我在这儿?"

　　周稳喘得厉害,胸口起伏很大,听到她的话,似乎愣了一下,看到信息那一刻瞬间变得一片空白的大脑逐渐清明,他才意识到自己失控了。

　　此时时刻他没有理由出现在这里。

　　他本能地思考对策,寻找托词。可沈净晗就那样看着他,眼神像一柄温柔的利刃,将他所有的理智和伪装一层一层剥下来,无所遁形,无处藏匿。

　　沈净晗看到他手里紧紧攥着的手机,伸手过去,他下意识地躲开。

　　她抬眼看他,指尖触碰到他冰冷的手,而后,握住他的手机,等他一点点放弃抵抗,松开僵硬微颤的手指,才慢慢抽出。

　　手机屏幕上,是她刚刚发给岳凛的那句话。

　　她盯着那行字看了很久,以为自己会哭出来,但并没有。

　　天空缓缓落下零星的雪花。

　　下雪了。

　　今年的初雪。

　　她抬起头,对上那双漆黑的眼:"你还有什么想说的吗?

　　"岳凛。"

第七章
疯狂有什么不好

岳凛从没这样慌乱无措过。

他红着眼僵硬地站在原地，下意识地去抓她的手，但被甩开。

沈净晗努力不让眼泪掉下来，但微颤的声音掩藏不住她的委屈："如果我没有发现，你是不是准备永远装作不认识我？"

"七年了，你在暗处看着我像傻子一样痛苦、挣扎，活在过去。我哭了你不管，我生病你不管，我被人欺负你不管，我快死了你也不管，你还装成别人欺负我。"

她把手机丢给他，伸手拽下脖子上的猫爪银链狠狠砸在他身上："你不要我了，我也不要你了，反正没你的日子我也过惯了！"

沈净晗说完转身就跑。银链落入海中，岳凛立刻弯腰在水里朝着那稍纵即逝的影子抓了一把，抓到她的项链，匆忙揣进兜里。耽搁的这两秒钟，她已经跑了很远。

岳凛速度极快，几步便追上她，拽住了她的胳膊："晗晗！"

他触碰到她的那一刻，沈净晗突然崩溃，泪如雨下，奋力挣扎，推拒："你放开我，不许碰我！"

岳凛怕她跑掉，又怕她的喊声被人听到，只能死死地困住她，不停地在她耳边低声重复，安抚："小声点，晗晗，小声一点，我解释，我跟你解释，我什么都告诉你，求你了。"

沈净晗从没这样失控过，哭到失声。岳凛直接将人扛起来，大步往东走。

沈净晗在他身上不停地反抗，怎么都挣脱不掉，情急之下狠狠咬住他的肩膀。

岳凛痛得沉声闷哼，但他脚步没停，也没放下她，一直将人扛到那艘废弃的渔船里。

沈净晗死命推他，哭着不许他碰。岳凛强势地将人抱进怀里，死活不松手，将脸颊深深埋进她颈窝，一声不吭地承受她的踢打挣扎。

直到沈净晗累了，渐渐打不动了，才安静地趴在他怀里，小声抽泣。

不知过了多久，她才哑着嗓音骂："浑蛋。"

岳凛轻轻"嗯"了一声，和她一起哭："我浑蛋。"

"我讨厌你。"

"我爱你。"

"我恨死你了。"

"我爱你。"

"我不要你了。"

岳凛沉默很久，同样哑着嗓音："那以后就没人要我了。"

两人抱在一起哭了很久，久到沈净晗有些站不住了。

她真的没力气了，一直在哭，又发了好久的狂，体力消耗不少。岳凛将人抱起来，走到船舱最里面，扯了之前的人遗留在这里的旧垫子放在墙边，让她坐在上面。

她鞋里全是水，袜子也湿了，岳凛帮她脱掉，用自己的衣服给她擦又冰又湿的脚。

沈净晗缩回脚，不让他碰。

岳凛抬头看她。

沈净晗抱着膝盖贴紧墙壁："你要跟我解释，如果我不接受，我就不要你了。"

岳凛想先把她的脚擦干，手在空中停留许久，却始终不敢再去触碰她，颤颤地收回手指。

他湿着眼眶沉默半晌，心中翻涌着极其复杂的情绪，纠结、酸楚、歉疚、苦涩、艰难，以及孤独。

"我去做卧底了。"

七年，六个字。

沈净晗怔住了。

唇瓣微动，却说不出任何话。

"那年我没有上船。"岳凛垂着头，重新握住她细白的脚踝，像小时候一样扯过自己的衣服，一点点为她擦拭水渍，然后将她冰凉的脚放进自己的衣服里暖着。

他用简短的两分钟讲了这七年的经历，他的任务、他的坚持、他的信仰。

而那些艰难和痛楚都被轻描淡写，一语带过。

"我爷爷当了一辈子军人，我父亲为禁毒而死，我是个警察，晗晗，我必须去。"

沈净晗没有问"为什么不告诉我"这种问题。

作为警察的女朋友，她什么都懂，也理解，只是她没有办法和这些年的痛苦和解。

她陷入了长久的沉默中。

眼泪止不住地往下掉。

岳凛不厌其烦,一遍遍地为她擦掉眼泪,试探着靠近,轻轻将人拥进怀里,吻她的耳侧:"晗晗,我知道你委屈,我知道你受了很多苦,但你可不可以原谅我,等等我?等我可以重新做回岳凛那天,我随你处置,你想怎样对我都行。

"我欠你的,我用余生补偿你,把我一辈子都赔给你。"

沈净晗的脸颊贴着他炙热的胸口,听着他真实热烈的心跳声,直到这一刻,她才渐渐接受这个事实。

他还活着,他没有死。

她的手被他握住,放在他的心口处,听着他低低地倾诉:"在国外的那几年,不确定我是否会被启用,不确定那样的等待是否有意义。如果没有你的信息、你的照片、你的每一个字,我大概会疯。我可能撑不下来,承受不了那日复一日,年复一年,枯燥的,乏味的,没有你的,属于别人的人生。后来周家找到我,我想,快了,我离回到你身边,又近了一步。"

他掉了眼泪,这辈子没这么哭过:"我从没想过我们会分开这么多年。这些年,我煎熬,你比我更煎熬,你面对的是死亡,是永远的失去,是无止境、无意义的等待。而我什么都做不了,只能眼睁睁看着你日复一日地活在过去,活在我给你编织的美好梦境里。我希望你放下我,好好生活,又自私地希望你永远记得我。怕你把我忘了,哪天我回来了,你已经不再爱我。"

船舱的帘子被风刮开,有零星雪花飘进来。

岳凛将人抱得更紧,为她挡住寒风:"其实,最初那段时间我很没有信心。我相信,如果我走了,不管多少年你都会等我,可如果我死了,也许最初几年你会为我伤心难过,但随着时光流逝,总有一天你会慢慢走出来,过新的生活,认识新的朋友,会有比我更好的男人喜欢你,对你好,你会渐渐忘了我,爱上别人。

"我在这种担忧里过了一年又一年。你没有变,但我却越来越不开心,我知道,我把你困住了,我的爱,把你困在了过去,所以我告诉自己,我一定要活着回来,回到你身边,不让你白白蹉跎岁月。"

这些话,他讲得很慢,但一字一句,情真难抑,像是埋藏许久、忍耐许久,经过漫长岁月的等待,突破结界,恣意生长,终于有机会让她看到,让她听到。

讲完那一刻,他浑身轻松,像濒死之人终于汲取到珍贵的氧气,得以重生。

他静静等待她的审判。

沈净晗离开他的怀抱,正视他的眼睛。

两人目光相碰,对视许久。

她的视线从他的发丝扫到锋利的眉,漆黑的眼,薄薄的唇,慢慢往下,直到他的手。

她的指尖轻轻在他手腕内侧那道伤疤处滑过:"这是你自己弄的吗?"

岳凛愣住了。

他没想到她第一句话会问这个。

他盯着她的眼睛:"嗯。"

"还有哪里?"

"没有了,只有这一处。"

沈净晗重新抬起头看他,睫毛湿漉漉:"痣也没了。"

他认真耐心地回答她:"所有属于岳凛的痕迹都要消掉。"

她声音颤颤,抚摸他手腕上的疤:"疼吗?"

他心脏又开始抽疼,诚实地告诉她:"当时很疼。"

"怎么弄的?"

"水果刀。"

沈净晗搂住他的脖子,紧紧抱住他。

岳凛立刻回应,将她的身体死死扣进怀里。

他将人抱起来,换了位置,自己坐在软垫上,把她放在腿上,让她舒服地趴在自己怀里:"心疼我吗?"

她没说话。

他当她默认:"那可以抵消一点点恨吗?"

"不能。"她躺在他怀里,听着外面一阵阵的海风,"这是两码事。"

"哦。"他低声说,"好。"

沈净晗又从他怀里坐起来,捧住他的脸仔细看了很久。

"岳凛。"

他回答:"嗯。"

"岳凛。"

"嗯。"

她一遍遍叫他的名字,他不厌其烦地回答她。

"好久不见。"沈净晗的指尖轻轻擦过他的眼尾。

岳凛忍不住弯起唇角:"不是天天见?"

"天天见周稳,岳凛好久不见。"

"嗯。"他抓着她的手贴在自己的脸颊上,"看吧。"

沈净晗真的就这样坐在他腿上,看了他很久。

岳凛静静地凝视她,忽然问:"你有没有一点点原谅我,刚刚说的话还算数吗?"

她问什么话。

岳凛说:"不要我了。"

她抿唇:"就是不想要你了。"

他一双眼睛温柔不得了,搂住她的腰往自己身上贴紧:"我要怎样做你才肯要我?"

她低着头闷了一会儿:"不知道。"

岳凛抬起手,将她额前的碎发拨到一边,轻轻含住她的唇。

并没有猛烈索取,只是轻吮,放开,再轻吮,舌尖温柔纠缠。

亲完,沈净晗重新趴进他怀里:"我真的怀疑过,可周稳和你太不一样,除了长相,其他都不一样。你花了多长时间克服恐高,又花了多久时间学会了游泳?"

他低头亲了亲她的头发:"其实我从来不恐高,也会游泳,我学游泳比你早。"

沈净晗猛地坐直身体,手里还攥着他衣服上的扣子,一脸不可置信:"那你之前骗我的?"

"第一次时,我只是故意装作恐高,想逗逗你。可你那样认真地牵着我,让我不要怕,我很喜欢看你保护我的样子,就一直没有跟你讲实话。游泳也是。"

沈净晗:"那牛肉呢?"

以前一块儿吃牛肉面,他都把自己的那份牛肉全夹给她。

他淡笑:"牛肉我是真的不爱吃。"

"上次在青城你还吃了两份。"

"那是为了诓你吃两份。"

沈净晗觉得自己还是太天真。

仔细想想也是,一个警察恐高又怕水,大概会影响以后办案吧。那个时候她真的是傻乎乎,无条件相信岳凛,他说什么都信。

"那手机呢?"她又问,"那次我怀疑你,给岳凛那个号码打电话,你的手机也没有响。"

"我调了静音。"他说。

沈净晗说不对:"当时电话里明明说是关机。"

"你现在打一个。"

沈净晗拿出手机,给岳凛的号码拨过去,听筒里依然是那句"您拨打的电话已关机,请稍后再拨"。

而岳凛的手机上却安静地跳跃着她的名字。

沈净晗愣了愣:"关机那段话是彩铃?"

他"嗯"了一声:"我想看你的信息,又怕看的时候你打来电话,露出破绽,所以将彩铃设置成了那段话。"

她拧他胸口一下:"这么狡猾。"

他顺势捉住她的手,重新将人摁进怀里。

沈净晗没有再说什么,两人安静地抱了一会儿。

天很冷,船舱里气温不高,岳凛把大衣敞开,将她整个人裹进去。沈净晗听了一会儿他的心跳声:"你就不怕我跟别人好了。"

岳凛将脸颊贴着她的发顶,闻着她发丝间淡淡的洗发水香味:"怕啊,怕死了。"

"那我要是真跟别人好了，你怎么办？"

"还能怎么办，有命回来，就抢呗，我有信心，我肯定能抢回你。"

"那我要是很喜欢很喜欢那个人，舍不得离开他呢？"

这一次，岳凛没有立刻回答。

不是没想过这种可能。

他沉默一会儿，嗓音低得让人心疼："如果是那样，我好像也没有什么办法了。"

像六岁那年弄丢了他最宝贝的玩具弹珠，可怜死了。

看他眼眶又红了，沈净晗忙捧住他的脸："你干吗呀，我只是假设，又不是真的。"

这一刻她才明白，这些年他的煎熬，丝毫不比她少。

要不停跟人交际，让更多的人知道他的身份，为以后周家的调查铺路；要在各方面提升自己，丝毫不敢懈怠，为未来的行动计划做准备；还要时刻担心，哪一天回去了，是不是会变得一无所有。

她搂住他的脖子，主动亲他。

舌尖大胆地探进去，安慰他，哄着他。

可亲到一半，她忽然又退出来。

岳凛还沉浸在她的温柔里，软软的舌尖忽然没了，他不解地睁开眼睛。

"你有未婚妻。"沈净晗依然搂着他的脖子。

岳凛纠正："周稳的，不是我的。"

"你见过她吗？"

"见过几次。"

她松开手，闷闷地问："她长得好看吗？"

岳凛嘴角的笑意一点点漾开，好像又看到十几岁时那个特别爱吃醋的小女孩："不清楚，没细看。"

沈净晗不打算就这样放过他："还有那个女人。"

岳凛没反应过来："哪个？"

"你送她簪子的那个。"

岳凛有点好奇："你怎么知道我送谁簪子？"

沈净晗说："你别管我怎么知道，我就是看见了，而且不止一次。"

沈净晗想起第一次见到那个女人时，她说周稳让她退房跟他走，不知道他们那晚是不是住在一起……

这些事只要稍微往深处想一想，心里就难受得不行。

但岳凛没给她机会往深处想："她只是个幌子。周稳这样的身份，自己不找女人，别人也会给他找。别人找的我无法控制，所以会在身边安排一两个这样的人做挡箭牌。"

"我没有碰过她们，一次都没有。"他盯着她的眼睛认真地说，"那支簪子里有监听器，让她帮我办事用的，给你的那支才是真的簪子。"

他凑过去，低声在她耳边讲了两句话。

沈净晗的耳朵渐渐红了："你也不怕人家传出去。"

他修长的手指卷着她一缕长发："我又不是真的有问题，我怕什么，不这么说，怎么干干净净回来见你。"

沈净晗盯着他看了一会儿，脸有点红，又低下头，手指卷着他刚刚玩过的那缕头发。

岳凛搂着她的腰："审完了？"

"嗯。"

"还满意吗？"

"还行。"

"那到我了。"

沈净晗抬起眼睛："你要问什么？"

岳凛慢慢揉搓着她的指尖，缓缓地轻声问："你爱过周稳吗？"

沈净晗静静凝视他许久。

她知道他心里在想什么，故作认真地说："如果我爱呢？"

岳凛很诚实地说："那我可能会有点难过。"

"那如果我不爱呢？"

他想了想："那我好像也有点难过。"

她轻笑着搂住他的脖子，额头抵着他，鼻尖轻轻磨蹭，说不出地温柔缱绻，低声问："那你想听哪种答案？"

岳凛轻易被这样的沈净晗蛊惑，不自觉地去寻她的唇，用同样温柔的声音说："我是不是给自己挖了个坑？"

左右都是他，还有什么好计较。

沈净晗抱紧他，趴在他肩上："其实我也不知道。和周稳在一起，我确实比从前开心许多，但我不确定这种感觉是因为周稳，还是因为那张跟你一样的脸。我也有想过，要不要将你放在心底，尝试和周稳发展下去，过新的生活。

"那晚在深山里，我靠着周稳送我的玩偶走出最可怕、最黑暗的地方，那一瞬间，我对他真的有一些心动。"

岳凛偏头吻她耳后："什么'他'，那也是我。"

沈净晗起身正视岳凛："可那时在我心里，你是你，他是他，你们是不同的两个人，我不会把你们混在一起，这样不尊重你，也对周稳不公平。"

她眼神暗些："后来，知道你有了未婚妻——"

岳凛更正："周稳的。"

"你不要打断我。"沈净晗说，"我那时真的很失望，觉得周稳也不过如此，世界上再也不会有人像你一样对我好。"

岳凛很心疼，抬手抚摸她的眼尾："我又伤害你一次，对不起。"

本来还想问之前她说"我以后不再想着他，不再喜欢他了"这句话是不是真的，现在也没必要再问。她那么聪明，一定是因为怀疑他的身份才故意那样说。

他问沈净晗："你之前已经认定我不是岳凛，为什么又怀疑？"

"因为那个香包。"沈净晗说，"哪有人会选喜欢的人和她前男友的姓氏放进去的。"

岳凛没想到破绽出现在这里："我封死了香包，以为你不会看到。"

"是'红豆'不小心咬开的。你什么时候买的？"

"回去换裙子的时候。"

"你故意买小码？"

"嗯。"

心眼儿全给他长去了。

岳凛又问："那你在医院替我解围，给周敬君输血，也是因为知道我是岳凛？"

沈净晗摇头："那时候我还不确定你是不是岳凛，只是觉得，万一你是，那你一定是有什么原因才假冒人家儿子。如果被人发现血型不对，可能会有麻烦。"

岳凛搂紧她，两个人的身体紧紧贴在一起，他轻声说："你救了我。"

沈净晗低头笑了笑，没有说话。

岳凛捏捏她的细腰："你不是第一次救我了，知道吗？"

她的手轻轻搭着他的肩："我什么时候还救过你？"

"知道当年我为什么没有上那艘船吗？"

她摇头。

"是因为你。"岳凛凝视她的眼睛，"那天给你打电话，你哭着问我什么时候回去，要我快点回去，我当时心里特别难受，想赶紧回去见你，挂了电话就决定提前走。我搭了别人的顺风车，虽然路上多花了不少时间，但到达的时间比乘船早。我刚到就听说那艘船驶出不久便出了事，然后宋队找到我，说选中我去做卧底。"

"宋队是谁？"

"我的联络人。"岳凛想起多年前他和宋队的那场对话，"离开前我想偷偷看你一眼，又不敢，我怕见了你就舍不得，不想走了。

"是你救了我，如果没有你，我真的会死在那场海难里。"

沈净晗又掉下眼泪。

岳凛无奈地抹了抹她脸上的泪："第几轮儿了，怎么又哭？"

他捧住她的脸，凑过去："我亲亲，别哭了。"

沈净晗哭完，又想起之前的话题："你接受这个未婚妻，是为了案件吗？"

"不，是为了逼你离开。"

"你怎么确定我会离开？"

他点点她的脑门，很笃定地说："因为我了解你。"

她那么骄傲的个性，不会允许自己和有婚约的男人有牵扯，还会因为这个恶劣的男人讨厌这座岛，离开这里。

沈净晗想起他曾经想让她留在海南："你为什么总是想让我走？"

岳凛认真地说："因为周家。如果周家发现了我的身份，一定会牵连我身边的人。晗晗，我不能让你有一丝危险。如果不是因为周潮，我根本不会接近你。"

他语气凝重："周潮对你心怀不轨，你要提防他，离他远远的，不要理他，知道吗？"

沈净晗点头："我没有理过他。"

"还有周敬渊，他以后再找你，要想办法推掉。"

她突然想起一件事："周敬渊之前去旧时约，问起你给我的那个胡萝卜玩偶，我没有说实话，说是在网上买的。"

岳凛用力揉她脑袋一下："干得漂亮。"

得到夸奖，沈净晗并没觉得高兴，她有些后怕："如果他们发现你的身份，你岂不是很危险？"

贩毒的人有多狠毒，就算沈净晗没见过，也听过不少，她开始害怕："阿凛——"

"晗晗，"岳凛抓住她的手，"这是我的责任，我必须面对。"

沈净晗的手碰到他肩膀的某一处，岳凛忍不住"嘶"了一声。

她吓得松开他："怎么了？"

"没事。"

她想起之前咬他那一下，忙凑过去扒他衣服想看看："对不起，我太大力了。"

岳凛握住她的手："说什么对不起，如果能让你消气，咬多少下都行。"他觉得不够似的，拉着她的手往自己脸上招呼，"再多打几下，我让你打。"

沈净晗的手软绵绵的，一点力气都舍不得用，蜷起手指抵抗他的力道："不要，不打你。"

她重新趴进他怀里，两人有一会儿没说话，只这样安静地抱着。

岳凛心悸难忍，又想低头亲她，沈净晗忽然又坐起来："完了。"

岳凛问怎么了。

"项链扔海里了。"她起身要去找，被人拽回来按进怀里，"那是大海，多久了，早卷跑了，上哪儿找去？"

沈净晗后悔死了，低着头不吭声。

岳凛弯着唇角看她："一生气就丢海里，现在怎么办？"

她闷闷的，嘴硬："找不到就不要了。"

"你舍得？"

· 219 ·

"那怎么办？"

"闭上眼睛。"岳凛说。

沈净晗没有心情配合他："干什么？"

"闭上。"

她不情不愿地闭上："别亲我，现在没有心情亲——"

话没说完，嘴唇被他软软热热的唇吻住，唇齿轻易被撬开，又亲又咬折腾很久，她这会儿虽然不想亲，但没舍得推开他，还是任由他的舌尖到处索取。

亲完岳凛退开，她睁开眼睛刚想说"我就知道你要亲我"，忽然看到垂在她眼前摇摇晃晃的猫爪银链。

她愣了愣，反应过来后，立马抢回来："我的项链！"

她高兴极了，眼睛都在发光："你怎么找回来的？"

他笑着看她："你刚扔我就捞出来了，不然你以为你能跑那么远。"

链子被她扯断了，这次不是之前断的地方，是另一处。

沈净晗有点心疼这条命运多舛的链子："又断了。"

岳凛接过来揣进兜里："我修好了给你。"

"你会修吗？"

"我什么不会？"

他讲这话时那股欠欠的劲儿跟以前上学时一模一样，沈净晗没有忍住，扑过去捧着他的脸亲。

两个人边亲边笑，闹着滚到软垫外。

地板硬硬的，岳凛的手掌垫着她的脑袋，从她唇上起来："很晚了，你得回去了。"

沈净晗看了眼时间，发现竟然已经快凌晨了。

不知不觉竟然讲了这么久的话，可她还觉得不够，好像还有很多很多话没和他说。

岳凛抱着她坐起来，拍打她身上的灰尘："我不能送你回旧时约，只能陪你到钓场，之后你一个人走，我在后面看着你。"

沈净晗不想回去，又环住他的脖子，特别依赖地贴着他的身体。

岳凛轻拍她的背，偏头亲她耳朵："乖。"

两人磨蹭了半天才从船舱里出来，发现雪已经下得很大。岳凛先跳下去，转身接住她，两人往钓场走。

本来觉得很远的距离，好像一下子就走到了。在钓场门口，岳凛抱了她一下："回去吧，鞋还湿着，到家赶紧换掉，洗个热水澡，知道吗？"

沈净晗攥着他一根手指："以后我还能见你吗？"

毕竟他们两个现在在别人面前已经决裂。

"能。"岳凛摸摸她的头发，"明晚我去找你，我还有事要跟你说。"

她抬起头："什么事？"

"明晚再说，你今天早点睡。"

沈净晗松开他的手，往前走了几步，又转身跑回去扑进他怀里。

她没说话，岳凛抱着她，低头轻吻她的头发："乖，等我找你。"

沈净晗回到旧时约，正碰上向秋拿着手机要出门："净晗姐你去哪儿了，怎么没接电话？太晚了我正要出去找你。"

沈净晗看了看手机，十几分钟前有两个未接来电，那时她和岳凛还在钓场门口。

向秋看她头上和身上落了不少雪，眼睛红红的像是哭过，裤子小腿往下全湿了，有点惊讶，赶紧过去扶她："姐你怎么了，出什么事了吗？"

沈净晗低头看了看自己，往上提了提裤腿："没事啊。"

她踮起脚，尽量不踩脏地面："不小心踩水里了，我先上去换个衣服，好冷。"

向秋在原地愣了一会儿。

刚才沈净晗那是……笑吗？

这么狼狈怎么还很开心的样子。

沈净晗回到房间，把湿湿的衣服和鞋都脱掉，也没换别的，直接扑到床上，卷着被子滚了几圈，把自己裹得乱七八糟。

她躺在床上，盯着天花板发了会儿呆，抓起被子蒙住自己的脸，几秒后又掀开，翻身趴着，点开手机盯着岳凛的聊天界面。

界面左侧已经七年多没有新消息发来。

她磕磕绊绊地打了两个字：晚安。

指尖悬在手机屏幕上方好一会儿，才烫手一样飞速地点了发送。

不知为什么，她有点紧张，心脏"扑通扑通"地跳，虽然知道他可能不会用这个号码给她回任何信息，但只要想到他此时此刻就在离她不远的地方，看着她刚刚发出的新鲜热乎的文字，就很兴奋。

一只猫跳上床，沈净晗随手捞起，抱着它在床上滚了两圈。猫咪被她吓得"喵喵"叫，然后一脸蒙地承受沈净晗猛烈的亲亲。

猫生几年，从记事起，沈净晗就没这么热情过。

它的宝贝主人不会中邪了吧？

猫猫担忧中。

这一夜沈净晗都没睡着，天一亮又点开手机，他果然没有回复。

但现在她的心不再空落落，撑着下巴盯着屏幕看了一会儿，然后又发了一条"早安"。

向秋觉得今天老板不对劲儿。

边煮粥边哼歌，吃了满满一大碗，猫猫打翻了花盆也不生气，耐着性子去扫地上的土，还抓起它的爪子问有没有被砸到。

客人弄坏了房间里的遥控器，主动赔偿，她也没要，还把原本属于柴姨的活儿干了一大半。

六只猫坐成一排，瞪着圆溜溜的大眼睛整齐划一地盯着沈净晗拖地。

从这头到那头，又从那头到这头。

到了下午，沈净晗又开始心神不宁，不知道他什么时候来，也不知道他怎么来，万一被人看到怎么办。她抱着"红豆"在床上坐到天黑，从来都不知道时间可以过得这么慢。

直到快十点，猫屋那边忽然有动静。

沈净晗立刻跑过去，看到窗户大开，一个黑影从窗外跳进来，敏捷落地后反手拉上窗帘，隔绝了外面的昏暗夜色。

沈净晗冲过去扑到他身上，岳凛双手稳稳托住她的腰臀。

两个人胡乱急切又热烈地吻着。

岳凛在她温软的唇齿间含混地说："怎么不开灯？"

她喘得厉害："还是有些做贼心虚的。"

他抱着她走回南边，两人一同摔进柔软的大床里。

几只被惊醒的猫默默地跟在岳凛身后，圆溜溜的大眼睛盯着床上的宝贝主人和那个奇怪的男人，还没有意识到，即将发生什么。

两个人都急切得很，床单被褥被揉搓得乱糟糟，枕头也掉到地上。

岳凛一边往下扒衣服一边吻她，嘴巴忽然被她柔软的手捂住，他热血上涌，一时停不下来："怎么了？"

沈净晗看向床下。

岳凛顺着她的视线转头，吓了一跳。

六只小猫咪前后错落，或坐或趴地守在床边，其中一只还跳到床头柜上蹲着，圆溜溜的眼珠在黑暗中散发着幽蓝的光，紧紧地盯着他们两个。

岳凛不想停下，低头继续："没事。"

"不行。"沈净晗推他肩膀，不让他亲，"我在它们眼里一直很温柔正经的，不能破坏掉我在它们心中的美好形象。"

岳凛心里憋着股火，却不得不从她身上起来，想将猫咪们抱出去，可这几只猫哪里听他的话，到处跑到处躲，灵巧得很，根本捉不完，他有些哀怨地回头看她。

沈净晗趴在床上笑个不停，撑起身子打了个响指。

那几只刚刚还到处乱跑的猫瞬间停下，一溜烟儿跑到沈净晗面前。她揉了揉离她最近那只猫的脑袋，指着猫屋的方向："回去睡觉，不许过来。"

小猫们"喵喵"乱叫一阵，竟然真的扭头溜达回去。

沈净晗连床都没下就轻松搞定。

岳凛早已等不及，直接扑过去。

这次和之前每一次都不一样，两个人像两团火，疯狂纠缠，吻得热烈，不知疲倦，一次又一次，做到没力气了还在硬撑，浑身没一处好地儿。

直到天都快亮了，两人才双双平躺在床上，盯着灰蒙蒙的天花板，喘着气不说话。

隔了会儿，岳凛伸手将人搂进怀里："继续吗？"

沈净晗累得胳膊都抬不起来："不行了。"

黑暗中，他的笑声很清晰。

他抬手抹了下她额角的细汗："有件事昨天没说，以后不许抽烟了。"他有些责备的语气，"什么时候学会了抽烟，对身体不好不知道吗？"

沈净晗的脑袋蹭着他胸口："本来我也没什么瘾，只是偶尔心烦时抽一根。"

岳凛低头看她。

沈净晗被他盯得心虚："知道了，我会戒掉。"

她小声反驳："就那一盒，你拿走后我再没抽过，都几个月了，跟戒掉也差不多吧。"

岳凛亲了亲她的头发："那晚很心烦？"

她声音有点小："你说呢，糊里糊涂跟人睡了，还是跟你长得一样的人，我心虚得你忌日那天都没敢去看你。"她忽然想起一件事，"对了，你没有死，你的墓怎么办？"

岳凛问墓里埋了什么。

沈净晗说："岳爷爷选了一套你的衣服，还有……我送你的护腕。"

"哪个？"

"第一个。"

"黑色那个？"

那年她忘记他的生日，为了补偿他，跑了好多地方，花了半个月的零花钱才买到的漂亮护腕。

"嗯。"她往他怀里靠了靠，"我和岳爷爷说了，他就答应了。"

他说："到时拿出来。"

"不要。"沈净晗觉得不太好，"我再给你买吧。"

岳凛不觉得这有什么："没事，我就要那个，到时我去拿。"

他翻身起来："等我一下，我去拿个东西。"

他去猫屋那边把窗台上的一个袋子拿回来，坐到床上。

沈净晗也起来，两人面对面盘腿而坐。

她看着他从袋子里拿出两个长方形盒子，一个白色纸盒、一个木盒。

是他之前没送出去的手机和木簪。

岳凛将纸盒拆开，拿出手机递给她："用这个吧，你那个慢到我着急，万一以后我想找你，你卡得接不到电话怎么办？"

她乖乖收下："好。"

岳凛又把木簪拿出来，想给她试戴一下，抬头就看到她乱糟糟的头发。

他的杰作。

他轻咳一声，抬手帮她把头发梳理好："明天再试吧。"

他把东西都放到一边，拉住她的手，语气严肃："晗晗，我今天来，是有事要跟你说。"

沈净晗立刻坐直身体："什么事？"

她第一反应，脱口而出："你又要走了吗？"

岳凛顿住。

她在害怕，她没有安全感。

他摸了摸她的脸，轻声说："我是要离开一段时间，但我要说的不是这个。"

她已经开始紧张："你要去哪儿？"

他说了一个地名。

在世人眼中，那是个很可怕的地方，沈净晗有些害怕："阿凛。"

岳凛握住她的手："晗晗，我答应你，会保护好自己，而且这次只是谈事，不会有什么危险。"

沈净晗望着他："那你什么时候回来？"

"我不确定，至少半个月。"

她耷拉着肩膀，没了刚刚那股兴奋劲儿："那你本来要和我说什么？"

"还是之前说过的，你得离开这里。"岳凛说。

沈净晗抬起头。

两人对视片刻，她低声开口："你要我去哪里？"

岳凛说："去沣南，去爷爷身边。如果将来真有什么，只有爷爷护得住你，你只有待在爷爷那里，我才放心。"

她好一会儿没说话。

岳凛将她搂进怀里，用力吻她的额头："晗晗，听话，你在这里，我会分心。而且这次跟以前不一样，是不是？你知道我还好好地活着，你知道我每一天都在为回到你身边努力。"

沈净晗不敢任性，不敢说不，可心里还是忍不住难受。

才刚刚知道他没有死，就又要分开。

她眼睛有湿润的迹象，被她生生忍住："那我还能给你发信息吗？"

岳凛说："你可以发，但我不会再看，不会再用那张卡，我要保证你绝对的安全。"

"那你什么时候回去找我？"

岳凛沉默许久："我不知道，晗晗。"

沈净晗垂着头不说话。

岳凛拿过她的手机，拆掉手机壳，把她的手机卡换到新的手机上："我的事先不要和爷爷说，你可以以探望他的名义住在我家，也可以住隔壁你姥姥的房子。姥姥的房子是不是还在？没有卖掉吧。"

"嗯，还在。"

岳凛把手机放到一旁，抱着她重新躺下："睡一会儿吧，天快亮了。"

沈净晗窝在他怀里："你要我什么时候走？"

"越快越好。"

"你呢？什么时候出发？"

"七天后。"

"那等你走了我再走。"

这样还有七天时间可以见面。

岳凛也舍不得她，低头亲了亲她的嘴角："好。"

这一觉只睡了两个小时，天就亮了。

沈净晗睡得不太沉，岳凛一动她就醒了，她从被子里抬起头："你要走吗？"

岳凛的掌心在她细腻纤瘦的背上抚了两下："你接着睡。"

她睡眼惺忪地爬起来："我送你。"

他弯起唇角，揉了揉她的脑袋："我原路返回，你要怎么送？"

她抿了抿红红的唇："你就直接跳下去？别摔着。"

"没事，不是第一次。"

她惊讶："以前也跳过？"

"嗯。"

之前那几次她还以为他是趁楼下没人走正门，原来是跳窗。

"那你也小心。"她叮嘱。

岳凛从猫屋的窗户跳下去时，沈净晗看到以"红豆"为首的猫咪们一脸崇拜的表情。

终于知道它们为什么不再追着他乱叫，还很喜欢跟他玩了。

沈净晗跑到窗口，看着他攀着墙角那堆旧家具，轻松翻墙而去。

还好阿姨勤快，已经把后院的雪扫了，没有留下脚印。

浪漫的人向往大海，也向往落雪，所以云江岛一下雪，就迎来了除炎炎夏日的另一个旅游小高峰。

有情侣或闺蜜特意来到云江岛和落雪与海合影。

不过这种热闹只能维持三四天，雪化了人也就少了。

沈净晗和向秋一人一把扫帚，扫旧时约门前的雪。

隔壁停了一辆车，成旭从副驾驶下来，扭头看到沈净晗，指尖勾了勾眼尾，小跑过来，笑着说："沈老板，要不要帮忙？我让他们过来给你扫。"

沈净晗说不用。

成旭清了清嗓子："那个，稳哥的事你别往心里去，他也没办法。不光他，我们这些人也没一个逃得过，早晚得联姻。"

沈净晗声音一如既往的冷："以后有关他的任何事都跟我没关系，我也不想再听到这个人的名字。"

像极了因爱生恨连坐对方所有朋友的前女友。

成旭深知不能得罪被抛弃的女人，容易惹火上身，尤其沈净晗这种原本就清高又冷冰冰的个性，更得罪不起，讪讪地讲了几句客套话，便溜回隔壁。

向秋从那头扫过来："净晗姐，怎么了？"

沈净晗将向秋扫过来的雪和自己的合成一堆，拿了个铁锹拍拍打打："以后不要理隔壁那些人，还有那两个姓周的。"

向秋说知道了，看她用铁锹拍打雪堆，好像想做雪人的样子："我去拿手套。"

她转身跑回旧时约，没多久拿了两副手套回来。两人忙活半天，堆了个半米高的雪人，眼睛是海边捡来的两颗圆润石子，又拿了个碎掉一半不太完整的贝壳插到鼻子那里。

沈净晗拄着铁锹欣赏了一会儿："有点丑。"

向秋对此表示赞同："是有点丑。"

沈净晗忽然蹲下，捡了地上的小树枝在雪人的肚子上写了两个字。

向秋擦了擦眼镜上的白雾，弯腰细看："上岸。"

她点头："挺好的，吉利，希望我们都能上岸，我能拥有自己的店，青青能顺利考上喜欢的职位。"她转头，"你呢？净晗姐，对你来说，什么是上岸？"

沈净晗想了想，说了八个字——

"黎明破晓，勇者归来。"

这之后整整一天，沈净晗都没见到岳凛。

就在她郁闷浪费了一天时间时，接到一个陌生号码的来电。

那时她正抱着一只猫坐在猫屋的单人沙发上："您好。"

对面传来熟悉的声音："您好。"

她一下坐直身体："岳——"她不敢喊他的名字，"这是谁的号？"

"一个可以联系你的号。"

她不自觉地笑起来："你在哪里？"

"在家。"

沈净晗说："我也在家，我在猫屋。"

那人声音淡淡的："嗯，我知道。"

她重新窝进沙发里，调整了一个适合煲电话粥的舒适姿势："你怎么知道？"

"你怀里那只猫是哪个'豆'？"

她下意识地回答:"'黑豆'。"

她撸猫的手忽然停下:"你怎么知道我怀里有只猫?"

对面欠欠的语气:"猜的。"

她不信:"快点说。"

"我有千里眼。"

"你正经点。"

他笑出声,不再逗她:"我看得到你。"

沈净晗立刻从沙发上起来,跑到窗前往外看,后院没人,墙头也没人,再后面隔一条小路就是别人家的住宅院子,根本没他的影子。

岳凛说:"往远处看。"

沈净晗抬起头,将视线落在远处,半山腰除了堆积了厚厚一层雪的松树群和一些不知名的枯树,什么都没有:"往哪儿看?没有啊。"

他耐心地引导:"再仔细点,树后面。"

沈净晗打开窗子,看向密林深处,隐隐可以看到一些建筑。

是半山别墅区的方向。

她有些震惊:"你家那么远怎么看得到我?"她从这里只能看到小小的房子。

她想起他卧室里那台天文望远镜:"你用望远镜?"

岳凛唇角的笑意很浓:"好聪明。"

沈净晗特别激动,立刻朝他的方向挥手:"看得到吗?看到我在做什么吗?"

岳凛闭上一只眼睛,慢慢调整焦距,左耳戴着一只无线耳机:"窗户关上吧,冷。"

"我不冷。"沈净晗兴奋得耳热,"你以前也用这个看过我吗?"

"嗯。"

"看过几次?"

"常常。"

"我都在做什么?"

他微笑着措辞:"撸猫、发呆、睡懒觉、想我。"

她"哼"了一声:"想你又没写脸上,你怎么知道?"

"我就是知道。"

两人短暂地沉默了一会儿。

沈净晗小声说:"我现在就有点想你。"

等了两秒,对面说:"我也是。"

"要是能见你就好了。"

岳凛盯着镜头里在窗口趴着的那个晃动的人影,忽然就做了某个决定:"要不要和我一起逛街、看电影?"

沈净晗愣了一下,有点不敢相信:"可以吗?不怕被人看到吗?"

看到她那么期待，岳凛也不自觉地高兴起来，同时又有点心酸，情侣间这样简单的日常生活，对她来说却那么遥不可及。

他问："你有无线耳机吗？"

沈净晗回头看了眼墙角的五斗柜，过去拉开抽屉翻了翻："干什么？"

"找出来，看看能不能连新手机。"

她在抽屉最里面翻出那副已经很久没用过的耳机："找到了，我一会儿连一下试试。"

"嗯，手机和耳机都充满电，三个小时后码头见。"

沈净晗虽然还没明白他要做什么，但还是听话地按照他说的，把手机和耳机都充上电。

充好后，她试了试，可以连现在用的新手机。

她已经把旧手机上的微信聊天记录移到新手机上，但照片没挪，还是保存在旧手机里。

三个小时后，沈净晗如约到达码头，她没看到岳凛，也不知道要买哪趟船票，正想进里面等，那个陌生号码又打来电话。

她接起来："你到了吗？"

他说看前面。

沈净晗抬起头，看到入口旁边的石墩上悠闲潇洒地坐着个人。

那人戴着黑色口罩，穿着深灰色长款羽绒服、黑裤、黑短靴，长腿无处安放，踩在一块石头上，戴一顶深色无檐针织帽，无线耳机隐在帽子里，只露出一点小白边。

他朝沈净晗的方向看了一眼，伸出一根修长的手指抵在唇边，做了个"嘘"的手势。

沈净晗立刻明白了他的意思，将自己的无线耳机连上，塞进耳朵里，用嫩鹅黄色的针织毛球帽子遮住耳机，将同色系围巾往上扯了扯，遮住半张脸，只露出一双清亮的眼睛。

虽然岳凛口罩遮面，但沈净晗还是从那双眼睛里看出他在笑，同时耳机里他的声音传过来："买十分钟后那班船。"

说完岳凛起身一个人进了售票室。

他不用买票，通过VIP通道直接上船。

沈净晗买票后跟随人群坐在普通船舱的位置上，他们彼此见不到对方。

沈净晗觉得这样的约会很新奇，也很刺激，一边看外面白茫茫的海天交界处一边说："我们等下去哪里？"

岳凛说："除了看电影、逛街，你还想去哪里？"

沈净晗想了想："还想逛超市。"

"那我们就逛超市。"

沈净晗激动得搓手跺脚，像个十七八岁的小女生，无比期待今天这场特殊的约会。

下了船，一路上两个人都保持着十几米的距离。

沈净晗打车，他的车就跟在后面。她下了车，会等他找到车位停好车才继续往前走。

路边有小妹妹卖鲜花，沈净晗蹲在那里看了一会儿就走了。没多久岳凛在这里停下，付了钱没拿花，几分钟后沈净晗又绕回来，捧了鲜花美滋滋地离开。

他们一起在大排档点同一家牛肉面，坐在十几排位置的对角线两头，是最远的距离。

"这家牛肉面有点咸。"沈净晗边吃边说。

岳凛表示同意："我也觉得没上次那家好吃。"

"电影票买了吗？"

"买好了，两小时后的那场。"

"那还来得及，先去超市吧。"

"好。"

岳凛在档口买了两瓶水，没多久有个小朋友抱着水跑来沈净晗桌边，说一个大哥哥让他帮忙送来。沈净晗笑着摸了摸小朋友的脑袋，把自己包里的零食全给了他。

超市在负一层，沈净晗推了一辆购物车在零食货架前穿梭。

她买什么，岳凛就往自己的购物车里放什么。

路过水果区，她想让他吃什么，就拿起来看一看，再放下。后面岳凛再推车到那里，把她刚刚拿过的那盒水果放进车里。

沈净晗在冷冻柜前停下，拿起一袋水饺："这个牌子的水饺好吃，你尝尝。"

岳凛在几米外的生鲜区看活虾："机器包的水饺没有灵魂，馅料也不知道干不干净，有机会我给你包。"

沈净晗有点惊讶："你什么时候学会包饺子了？"

岳凛说："在外面那几年吃不到正宗的中国菜，自己研究着学了一些。"

沈净晗想起之前他给她做过菜，手艺很不错："你都会做菜了。"

而她还是当年煎碎鱼的水平。

岳凛听出她的意思，低笑了声："没关系，咱们家有我一个人会做菜就可以了。"

围巾遮住了沈净晗的脸，但她露出的眼睛却弯成了亮晶晶的漂亮月牙。

两人各自结账，分别将买好的东西暂存在商场的储物柜里。

电影院就在这个商场的顶层，沈净晗乘扶梯上楼，看到岳凛已经站在自助取票机前取票。她转身去买了份爆米花和可乐套餐，然后拿着吃的喝的走到取票机前，拿出岳凛留在出票口的另一张票。

时间刚好，没怎么等就开始检票，沈净晗先进，按照票上的位置找到后面不显眼的地方坐下。

这部电影最近很火，观影的人很多，几乎爆满。沈净晗知道他买这场的意思，只有这样，两个不相识的人坐在一起才不容易引起怀疑。

直到影厅的灯熄灭，电影开始了两分钟，岳凛才不紧不慢地摸黑从另一边侧身进来，坐在她旁边。

离得太近，他们暂时中断了通话。

沈净晗觉得自己就不是偷情的料，只是这种程度，心就控制不住地"怦怦"跳。前面银幕里的人讲了什么她也听不进去，耳朵里只能听到身边那道细微的呼吸声。

她将爆米花摆到两个座位中间的扶手上。

岳凛眼睛盯着前面的银幕，偶尔伸手抓两颗吃。

有那么一瞬间，两人同时伸手，他碰到她的手，她吓得赶紧缩回去。

岳凛见不得她这样小心翼翼，有点心疼，直接将碍事的爆米花挪到他座位的另一侧，手从下面探过去，摸到她的手，然后紧紧攥住。

做这些事时，他一直认真看前面的银幕，眼睛都没动一下。

沈净晗抿了抿唇，也将视线落在前方的电影上，回应似的动了动手指。

整个电影过程中，他都没有松开她的手。

影片里，男女主角的感情跌宕起伏，一会儿在一起，一会儿又分开，撕心裂肺地抱一起哭，哭完又开始滚床单。电影拍摄手法很隐晦，但氛围感拉满，暧昧情愫很浓。

沈净晗被他们的爱情故事感动，泪眼汪汪，完全沉浸在剧情里。

而岳凛却想到他们的初夜。

他略偏了头，用只有两个人能听到的声音说："我现在想亲你，怎么办？"

沈净晗紧张地环视四周："不行吧，怕被人看到。"

电影还有十分钟结束时，岳凛松开她的手，先行离开。

不到两分钟，他打来电话："出来。"

沈净晗整理衣服和围巾，拿着花弯着腰溜出去。

外面宽阔的通道两侧都是放映厅，沈净晗跟着他的指示往里走。

他没告诉她具体位置，只叫她往前，再往前。

经过一个消防通道时，厚重的消防门忽然开了一道不算宽的缝隙，一只手从里面伸出来，直接将沈净晗拽了进去。

岳凛将人狠狠推到墙上，扯下她的围巾，对着那张红润饱满的唇深吻下去，掠夺她口中新鲜的氧气，侵占她的唇舌，像忍耐许久，暴躁激烈。

沈净晗努力踮起脚适应他的高度，紧紧搂着他的脖子，同样热烈地回应他。

她穿得很厚，岳凛使劲儿摸也摸不到什么，索性直接扣着她的腰把人狠狠

230

往自己身上搋。

空荡荡的消防通道里回响着暧昧的声音。

他们的通话没有间断，沈净晗的耳机里还响着另一道延迟一秒的接吻声。

湿漉漉的、令人脸红的声音。

在这样的双重刺激下，沈净晗的身体变得很热，气喘吁吁，有点跟不上他的节奏。

她在他不停歇的吻中找出一点空隙，小声艰难地说："喘不过气了。"

他依然在吻她的嘴角，但力道轻了很多。

电影快散场了，到时通道里全是人，不好出去，岳凛克制着没有继续，最后吮了下她红润的唇："回去吗？"

其实舍不得结束这样难得的相处机会，但沈净晗还是点了头："嗯。"

岳凛将她的领口和围巾整理好，捡起掉在地上的花塞回她手中，从口袋里摸出她的猫爪项链，探身过去，一边为她佩戴，一边眷恋地再次亲吻她的嘴角："不要再弄丢了。"

这次出岛，沈净晗满载而归，拎了两大袋水果和零食，还有给猫咪们的玩具。

猫咪们闻着味儿就来了，争先恐后地往她身上扑。

向秋接过她手里的东西："我的天，怎么买了这么多，你怎么拎回来的啊？太重了。"

沈净晗说："临走前给你留点吃的。"

她已经和向秋说好，几天后离开。

向秋心情有点低落："以后就剩我自己了。"

沈净晗把猫猫的玩具挑出来："如果你忙不过来，可以找个人帮忙，工资直接从账户的钱里出，不用通知我。"

向秋答应着，将装着水果的购物袋拎进厨房，整理后放进冰箱。

沈净晗回到二楼卧室，拆开猫咪们的玩具包装，把几颗薄荷球和几个小玩偶扔给它们。

猫咪们在猫屋里撒欢儿，沈净晗懒懒地靠在沙发上，看"红豆"叼着一颗藤编球跳上猫爬架，一溜烟钻进半空中的洞里，尾巴留在外面摇啊摇。

猫咪们真的很容易满足，一颗小小的球就能高兴很久，还能提供情绪价值，依赖陪伴你。

之前她想到处走走，不方便带它们，现在已经决定回沣南，还是准备将猫咪们空运过去，养在姥姥家。

说不定岳爷爷也很喜欢猫，还能陪陪老人家。

沈净晗找了个玻璃花瓶，把岳凛买的花插进去，放到猫屋窗台最显眼的位置。

她朝北边半山腰的方向看了看，尝试着挥了挥手，不知道他这会儿是不是恰巧也在看她。

等了一会儿,没收到什么回应,她转身坐到那张单人沙发上,调整了一个舒适的姿势,点开岳凛的聊天界面,回看之前她发过的信息。

他说这次分开后不会再看她的信息,不知道这几天他是不是还可以看。

沈净晗轻轻点了两下屏幕,发了个"。"过去。

她知道对面不会有什么回应,但还是忍不住一遍遍地看手机,好像刚刚和岳凛谈恋爱那会儿一样,每天都很期待他的信息。

岳凛不是一个话多的人,但给她发信息时例外。

不在一起时,他常常会发很多文字给她,说他和兄弟们新开发的那个没人管的篮球场很爽,玩多久都可以,就是篮筐比较破,后面的玻璃也碎了。

说他们班新调来个物理老师,口头禅特别多,但讲得很好。

说明早记得给他带早餐,要一根油条、一份豆浆、一颗水煮蛋,他校服落在那个野生篮球场了要去取一下,一夜过去希望不要丢。

偶尔还要质问一下沈净晗那个男同桌怎么那么多话,每天脑袋凑到她那边说个不停。

所以后来无论沈净晗发了多少条信息,对面都没有回复一个字,那个头像再也不出现时,她失落至极,经历了很长一段时间的戒断反应,悲伤与空虚成倍叠加。

现在偶尔回想之前那些年,还是会很难受,但心境完全不一样。

好像这些年的煎熬痛苦也不算什么,他在她看不见的地方一个人战斗,她在原地等他,就好像在和他并肩作战一样。

沈净晗一点点往上翻看她这几年给岳凛发的信息。

越看越心惊。

好肉麻啊。

白天还好,只是一些日常,可一到深夜,文字就会变得很忧伤,一些她当着岳凛的面绝对不会讲的话,还有深夜哭红了眼睛,趴在枕头上随意拍摄的一些楚楚可怜挂着泪珠的脸。

还有一些没有言语,只是录下了她小声抽噎、断断续续哭声的语音。

他听到时心里一定也很难受吧。

那个陌生号码又打来电话。

沈净晗瞬间接起来:"您好?"

那边笑出来,轻咳一声,正经道:"您好。"

她将双腿蜷缩在沙发上,顺手接住从猫爬架上跳到她怀里的一只猫:"请问您有什么事吗?"

对面说:"句号是什么意思?"

沈净晗有点高兴:"试试你还看不看了。"

"这几天还看。"

沈净晗看了眼窗台上的花:"花瓶有没有挡住视线,还能看到我吗?"

"能，你又抱了什么'豆'？"

"'红豆'。"沈净晗揉了揉"红豆"的脑袋，"它最像豆豆。"

豆豆当年生完崽崽不久就回到了喵星，沈净晗伤心了好一阵，岳凛也知道。

沈净晗没有提这件难过的事，问他："你这个号码我可以打吗？"

岳凛说："我不用的时候会关掉。"

"哦。"在预料之中，她并没很失落。

岳凛又说："但如果你有特别紧急的事，可以给周稳的号码打。"

"可以吗？会不会有人监听什么的。"

"倒不会监听，只是可能会留下通话记录，但你以被抛弃的前女友身份给我打个电话骂我两句，符合逻辑，可以蒙混过关。"

沈净晗笑起来："我还没有骂负心汉的经验。"

她起身走到窗前，扶着窗沿看向他所在的方向，犹犹豫豫地问："那个……"

岳凛温声说："你可以叫我的名字。"

沈净晗小心翼翼，生怕给他惹麻烦，从来不敢说。

她听了他的话："阿凛。"

他轻声回应："嗯。"

"我之前给你发的信息你都看过吗？"

"嗯。"

"没有漏掉的时候？"

"每一条都看过无数遍。"

沈净晗叹了口气，一点侥幸心理都没有了。

岳凛问怎么了。

她说没事。

他低笑着："害羞了吗？不想我看到你多想我？"

他总是能轻易猜到她的心事。

沈净晗嘴硬说不是，岳凛没戳穿她："明天晚上去渔船那里，我们见一面。"

她立刻高兴了："几点？"

"天一黑就去。"

她兴奋地答应。

如今见一面少一面，每一面她都很珍惜。

晚上九点，沈净晗下楼替换向秋，走到楼梯转角处时，迎面和一个风尘仆仆匆匆上楼的年轻女孩碰到。

两人对视一眼，同时认出对方。

"姐姐，是你啊？"女孩很惊喜。

是之前参加成旭的海上聚会时和沈净晗聊过天，还夸沈净晗好看的那个漂亮女孩。

沈净晗对女孩印象不错，但不知道她的名字。

女孩穿着浅色的羽绒服，毛茸茸的帽子和围巾，厚厚的雪地靴，皮肤白白的，笑得很甜："还记得我吗？我们在成旭的游艇上见过。"

沈净晗弯了弯嘴角："记得，好久不见。"

"嗯，是好久不见了。你怎么在这儿？"

沈净晗说："这是我的店，你呢？来岛上玩？"

提到这个，女孩脸上的笑意渐渐消失，变得有些郁闷，她犹豫着问："姐姐，你是不是和周稳哥分手了？"

沈净晗没想到她会问这个："是。"

"是因为周稳哥要结婚吗？"

沈净晗已经进入状态，脑子里很快想好怎么说："有这方面的原因，但也不完全是因为这个。你知道的，我和他本来就不是恋爱关系，散了就散了。"

女孩一副着急模样："可你们真的很配啊，就这么分开不是很可惜吗？"

沈净晗审视她的眼睛："你为什么对这件事这么关心？"

女孩说："因为我就是他那个'未婚妻'……"

沈净晗怔住。

两人坐在一楼休闲区的沙发上。

乔灵非常苦恼："这件事都是我爸和周伯伯那两个老顽固的主意，我根本不想结婚。都什么年代了还包办婚姻，我不管他们什么合作什么共赢，周稳哥是挺好的，长得也很帅，可我不喜欢他啊。而且我们也没见过几次，根本都不熟，我怎么能和一个不熟的人结婚？我这个人从来都不相信一见钟情，我比较喜欢日久生情。我也不想当他们的工具。"

她对周稳也不太理解："我觉得周稳哥对我也没有那个意思，不知道为什么不痛快地拒绝。我这次来就是想找他谈谈，问问他到底怎么想的。我们两个必须统一起来，一致对外，才能对抗那两个老古董。"

乔灵盯着沈净晗看，忽然灵光一闪，说："姐，要不你别跟周稳哥分开吧，那大你都为他跳海了，你一定很喜欢他。你得学会为自己的幸福争取，不要对命运屈服。"

她越说越觉得这是个好办法："你去找他，哭啊闹啊都行，让他千万别答应这桩婚事。这样你们两个能在一起，我也解脱了，不是皆大欢喜吗？"

沈净晗都有点感动了。

她试图解释："那天我跳海，确实是因为怕他出事，但那天的情况，换了别人我也一样会这么做，我只是单纯怕出事。

"我没办法配合你，他不喜欢我，我也从没想过要和他长久发展，我也不是那种缠人的性格。"

听了沈净晗的话，乔灵有点泄气。

· 234 ·

她恨恨地说:"反正我是不会同意的,实在不行我就离家出走,让他们都找不到我。"

乔灵回楼上后,沈净晗进了前台,躺在那张单人床上休息。

这会儿住客已经都回来了,她不用等谁,盖着厚厚的珊瑚绒毯翻看手机。

她有点想告诉岳凛刚刚的事,又觉得似乎没必要那么急。这个大厅朝南,他看不到她,如果主动联系他只能打周稳的号码。

还是算了,明天再说。

第二天沈净晗早早起来,煮了一锅红豆粥,红豆是昨天晚上提前泡好的,加了几颗枣,很香。又用锅烙了几张小饼,不是那种需要技巧的和面烙饼,只需要在面粉中加入适量的清水和盐,调成面糊,直接倒进锅里,用小铲子摊平就可以,很简单。

再加两颗水煮蛋和咸菜,就是一顿还算丰盛的早餐。

向秋出来时,碗筷已经摆好了,她去厨房端出盛粥的小锅放到前台的桌子上:"今天好像挺暖和。"

沈净晗看了眼外面,天气晴朗,阳光很足。

前几天下的雪已经化了不少,道路有些泥泞,游客不多。

乔灵从楼上下来,打了个招呼匆匆离开,应该是找周稳去了。

沈净晗没再留意乔灵的动向,吃了饭回楼上补觉,不知道她是不是谈完回来了,也不知道她是不是退房了。

睡醒后,沈净晗打开衣柜,抱着手臂挑衣服。

天气不冷,可以穿薄一点的外套吧,显得不那么臃肿。

鞋子也选了干净的浅色,踩脏了明天刷就好。

她整理好自己,在猫屋里撸猫发呆,等到天黑。

出门前她照了照镜子,想了一下,翻箱倒柜找出一支口红,是赵津津送她的生日礼物,哪年的来着?应该没有过期吧……

沈净晗对着镜子仔细涂好口红,果然气色显得好了不少。

赵津津的眼光还是不错的,色号很配她。

一切准备停当,她拿了手机转身出门,走了两步又停下,叹了口气,转身回到浴室里,对着镜子又把口红擦了。

这东西好几年了,不知道有没有过期,一会儿见了岳凛,他一定会亲她,万一吃到口红,中毒了怎么办……

沈净晗一个人往废弃渔船那边走,她小心再小心,鞋子还是弄脏了一些,她没管那么多,借着微弱的月光爬上那艘船。

不知道岳凛来了没有,以防万一,她没叫岳凛的名字,试探着轻喊了声:"你在吗?"

船舱里黑漆漆的，她不太敢进去，准备就在外面等，但又有点冷，权衡几秒，她还是壮着胆子掀开棉布帘子往里看了看。

一只手忽然从帘子后面伸出来，直接把她拽了进去。

她有心理准备，没有被吓到，整个人被他腾空抱起。

她紧紧搂着他的脖子，双腿习惯性地圈住他的腰。

岳凛果然第一时间就亲她，一边用力吮她的唇一边转身往船舱里面走。

沈净晗唇齿间都是那熟悉的雨后清新水汽的味道，亲完趴在他肩膀上。

他抱着她坐在厚厚的垫子上，捏了捏她的腰："怎么穿这么少？"

沈净晗说："我不冷。"

船舱里有他不知从哪里搞到的充电款小暖风机，还带个夜视灯，打开后又亮又暖和。

岳凛说这个暖风机能维持五个小时。

沈净晗借着微弱的光线看他的眼睛："倒计时四天。"

岳凛掌心扶着她的背，把人往自己身上压："离我们下次见面也近了一天。"

她笑了："你说得对。"

沈净晗坐在他腿上，与他面对面，手搭着他的肩："你未婚妻今天找你了？"

"找了。"他再次纠正，"周稳的，不是我的。"

他问："你怎么知道？"

沈净晗说："她昨晚在我那里住的，她也跟我谈了一下。"

岳凛将她耳侧的碎发捋顺："谈什么了？"

沈净晗眼睛亮晶晶的："她让我不要放弃，要跟命运抗争，让我缠着你，不让你答应这桩婚事。"

岳凛轻轻抵着她的额头："那你怎么说？"

"我说你不喜欢我，我也不喜欢你，没办法配合她。"

"说得好。"

两人一同笑出来。

沈净晗离开一点，坐直身体，语气变得认真了一些："我挺喜欢乔灵的，她大学还没毕业就要被家里逼着结婚，挺可怜的。"

岳凛"嗯"一声："我也没打算真应下这门婚事，之前是为了逼你走才没马上拒绝，我今天已经和她说好了，我们两个都不同意。乔灵是乔家的独生女，哭一哭闹一闹，估计她爸就心软了，再加上我这边也不配合，这事成不了。"

沈净晗稍稍放心："她看起来单纯柔弱，没想到性格这么坚韧，不认命，不愿意被人摆布，挺勇敢的，我挺佩服她。"

岳凛没有说话，将人搂进怀里。

之后的时间，他们没怎么聊天，只是这样静静地依偎在一起，听外面海浪的声音。

沈净晗不知不觉在他怀里睡着了，醒来时岳凛已经不在船舱里。

她身上盖着他的大衣，暖风机依然亮着暖洋洋的光。

不知道是不是睡迷糊了，她总觉得船体有些晃。

沈净晗扶着墙壁站起来，问他在不在。

岳凛在外面说："穿好衣服出来。"

沈净晗裹紧他的大衣，掀开帘子走出去，看到岳凛站在甲板上，转头朝她伸手："来。"

渔船微晃，沈净晗看向四周。

一片望不到头的汪洋大海。

这艘渔船正漂浮在海上。

他们竟然出海了。

沈净晗惊得说不出话。

岳凛走过来，牵着她的手把她带到船头。

沈净晗有点蒙："这不是废弃渔船吗？"

岳凛说："其他几艘确实是废弃渔船，这艘还能救，我偷偷修了修，外面看着挺破的，但还能开。"

冬日海风凛冽，沈净晗脱了身上的大衣让他自己穿。岳凛穿了，敞开衣襟将人裹进去。

沈净晗的背紧紧贴着他温热的胸口，一张脸被他的大衣遮住大半，只露出一双眼睛，她问："你还会开船和修船？"

岳凛将下巴抵在她肩上："在瑞士那几年，空闲时间很多，想学就学了。"

"你还会什么？"

岳凛数了数："滑翔伞、开火车——"

沈净晗惊讶："开火车？"她不吝啬夸赞，"你好厉害。"

岳凛偏头亲了亲她的脸颊。

沈净晗说："给我讲讲你的事吧，你在国外那几年都经历过什么？"

"以后有机会我带你去，我那些年去过的地方、住过的房子，都带你去。"岳凛的手不老实地在她身上捏了捏，"但现在，想不想先做点别的？"

沈净晗一时间没反应过来："做什么？"

岳凛贴着她的耳朵小声说："这里天高海阔，只有我们，怎么叫都不会有人听到，比你那里还安全，我们可以为所欲为。"

沈净晗的耳朵渐渐发烫："大冬天在海上做这种事，是不是有点疯狂？"

他表示赞同："是有点疯狂，但疯狂有什么不好？"

是啊，疯狂有什么不好。

能和喜欢的人做疯狂事的机会，一辈子也没有几次。

于是沈净晗转身跳到他身上，搂住他的脖子："那我们快点进去吧。"

岳凛笑着托起她的腰臀，大步迈进船舱中。

没过多久，船舱中就传出一些暧昧的、不加克制的声音。

随着海浪晃动的渔船似乎增加了某种情调，有那么一瞬间，沈净晗有点担忧："要不轻一点？船会不会翻啊？"

岳凛没有回答，而是用实际行动告诉她，更晃也不会翻。

沈净晗从没有过这样的感觉，像一条在水中浮浮沉沉的鱼，想要奋力跃出水面，又被猛烈的海水吞噬裹挟，原本在水中可以自由呼吸，却也缺氧似的挣扎着喘息。

充电暖风机的电量快要耗尽时，沈净晗觉得自己好像被折腾掉了半条命。

岳凛将他的大衣铺在垫子上，抱着她躺在上面，问她冷不冷。

沈净晗热得冒汗："一点都不冷。"

岳凛摸摸她潮湿的额头："一会儿擦干了再出去，不然要着凉。"

"嗯。"她趴在他胸口上，"几点了？"

"快十二点了。"

要回去了，待会儿暖风停了，船舱里的气温会快速下降，温差太大，容易生病。

岳凛没有耽搁太久，穿好衣服，走到前面小小的驾驶舱里，操控船身，掉头往岸边的方向行驶。

他操作那些拉杆和按钮的时候，沈净晗就披着外套站在后面看，有点新奇，好像又看到了一个不一样的岳凛。

船舱里响起电话铃声，是沈净晗的手机。

她以为是向秋，拿起来一看发现是赵津津，她接起来："津津。"

电话那边焦急地讲了几句话，沈净晗听完，脸色骤变，下意识地看向岳凛。

岳凛还在专注地操控渔船，没留意到她的异样。

她小声说："我知道了，我一会儿再打给你。"

直到岳凛将渔船开回原处，两人恢复了船舱内的陈设，将电量彻底耗尽的小暖风机暂时藏到杂物堆后，下了船，走在回去的路上，沈净晗还没想好要不要和岳凛说。

说了，一定会影响他的情绪和状态；不说，万一真有什么事，或许他会后悔一辈子。

而且他们现在只有最后几天时间可以见面，如果这个时候她离开云江岛，他一定会起疑心。

两人走到钓场门口，岳凛抬手把她的领口往上拽了拽："还没想好吗？要不要和我说。"

沈净晗抬起头看他。

什么都瞒不过他。

岳凛牵住她的手："津津和你说什么了？"

沈净晗抿着唇犹豫很久，最终还是开口："是……岳爷爷。"

岳凛的表情有明显的变化："爷爷怎么了？"

沈净晗反握住他的手："你别着急，爷爷是进了医院，但目前没有生命危险。津津只是说她明天要回沣南，问我要不要和她一起回去看看。"

即便沈净晗没有说，岳凛也能猜到一些，如果不是很严重，他们怎么可能通知没有亲属关系，只是已故孙子的女朋友回去。

他的手因紧张而变得冰凉，沈净晗紧紧抱住他，温柔地安抚："阿凛，我回去看爷爷，明天早上我就走。我答应你，有什么消息一定马上通知你，你不要着急。"

岳凛充满了无力感，不知道此刻还能做什么，慢慢地将头低下，抵在她肩头。

父亲去世得早，他又离开这么多年，没有在爷爷膝下尽过一天孝心，连爷爷生病住院都不能去探望照顾。

他忽然有些心力交瘁，无助极了。

沈净晗回到旧时约就给赵津津回了电话，两人定好会合时间，买好机票，于第二天中午飞往沣南。

落地后两人直接去了医院，赵津津的父母和几位亲属，包括一些老部下都在医院守着。

老人家是因为肺部的一些问题住进医院，昨晚紧急抢救后，已经渡过危险期，现在人还在昏睡，但性命已经确认无忧。

沈净晗默默松了口气。

病房里不便有那么多人，老部下和几位亲属先后离开，只留赵津津一家和沈净晗。

沈净晗陪赵父赵母将几人送到病房外，刚想趁机离开一会儿，告诉岳凛这个好消息，目光就无意间落在走廊楼梯口，猛然看到一个熟悉的身影。

那人着一身黑，戴口罩，躲在转角处，眼神里满是焦急与担忧。

两人中间隔着在门口低声交谈的那些人，目光长久纠缠。

沈净晗用口型无声讲了两个字：放心。

岳凛瞬间松了口气，整个人像泄了气一样靠在墙上。

他朝沈净晗点了下头，最后看了眼那道门缝，拉高口罩，转身迅速离开。

那晚赵津津强烈要求留在医院，于是赵父赵母暂时先回家住。

他们认识沈净晗多年，拿她当自家孩子一样看待，不把她当外人，所以当沈净晗说也要留下时，他们也同意了。反正这边还有专门的护工照看，也不用两个姑娘做什么，最多留意一下那些仪器的数据变化。

夜深了，两个女孩守在病床前，一刻都没有离开。

赵津津小声说："自我记事以来，外公身体一直特别好，从没住过院，忽然这么严重，都吓坏我了。"

沈净晗看着监测屏幕上的那些时刻变化的数字："年纪大了是会这样，当初我姥姥也是。"

赵津津去床对面的桌上拿了两瓶水，递给沈净晗一瓶："外公如果没事，我明后天就得回去了，我还有两门考试，考完再回来，你呢？要跟我一起回去吗？"

沈净晗说："看情况，也许跟你一起回去，收拾一下东西，搬过来住一段时间。"

赵津津有点意外："搬过来住？"

"嗯，我想回我姥姥的房子里住一段时间。你放寒假了正好我们可以常常见面，还方便看望岳爷爷。"

赵津津很高兴："那我要跟你住，咱们俩天天去外公家蹭饭，猫猫带来吗？"

"带。"

"太好了。"

快十二点时，岳安怀醒了。

看到沈净晗也在，老人家说："怎么还把你折腾来？"

沈净晗忙凑过去："我那边不忙，过来看看。爷爷，您感觉怎么样？"

岳安怀声音很虚，不似往日那般浑厚有力："没什么事，你们不必挂心。"

赵津津端来一杯温水："外公，喝点水吧。"

沈净晗拿了透明吸管，两人看着岳安怀喝了半杯。

没多久，医生过来检查，说老人家身体指标很正常，好好休息，很快就能康复。

赵津津给爸妈打了电话。

岳安怀似乎不太想睡，坚持跟两个姑娘聊了一会儿，话说一半，又合上眼，不知道是不是累了。

沈净晗和赵津津对视一眼，不再出声。

沈净晗看了眼时间，已经十二点半，她小声说："我出去一下，你在这儿看着，别走开。"

赵津津答应着："知道了，我不走。"

沈净晗觉得岳凛一定还在医院附近，她在走廊里找了一圈，从这层的楼道一直往下，直到下到一楼都没看到他。

出了住院部就是个环境特别好的小花园，沈净晗拿着手机站在楼门口最亮的地方，想着如果他还没走，说不定会看到她，联系她。

不过五分钟，她就接到那个陌生号码的来电，岳凛说："往前走，进了花园左转。"

沈净晗按照他的指示走到花园里很僻静的角落，看到那身黑衣。

她跑过去扑进他怀里，第一时间告诉他："爷爷没事，刚刚还醒了，喝了点水，跟我和津津说了会儿话，这会儿又睡着了。"

岳凛紧紧扣着她的腰，嘴唇贴着她的耳朵："晗晗，谢谢你。"

沈净晗眼眶有点湿:"跟我说什么谢啊,你放心吧,过几天我搬过来,就住在爷爷隔壁,我每天都去看他。"

他嗓音沙哑:"嗯。"

岳凛不能在这里多做停留,连夜赶回了青城。

两天后,沈净晗和赵津津也启程返回。沈净晗和岳安怀讲好,她很快就会搬到他隔壁住一段时间,到时天天陪他下棋。

老人家很高兴,说她每次都来去匆匆,这次一定要多住一段时间,还说到时他要找人去她的院子里帮忙清理杂草。如果她喜欢,来年开春还可以种些花。

下飞机后,沈净晗先把赵津津送回学校,没下出租,直接让车开到码头。

她不知道岳凛此刻在不在岛上,但知道他这几天特别忙。

距离他出门只剩两天时间,还要算上今天,她不知道还有没有机会再单独见他一次。

今天这班船人很多,下船时,沈净晗跟随乘客往出口走。人群拥挤,她不小心撞到身旁的年轻男人,连忙道歉:"对不起。"

身旁响起一道冷冷的声音:"没事。"

沈净晗看向那个男人,是个个子不高、精瘦的寸头男人,颈侧有文身,一双眼阴鸷骇人,只对视那么一眼,就觉得浑身发冷。

她觉得这眼神有些熟悉,很像周敬渊身边那个话不多、看着很凶的男人。

她这样想着,视线一偏,真的看到了那个男人。

他们是一起的。

怪不得这么像,说不定是兄弟。

周敬渊是毒贩,他身边亲近的手下很可能与此有关,沈净晗没有再看那边,很快离开。

岸边,刚刚归来的付北死死地盯着沈净晗的背影。

付龙问他看什么。

付北指着已经走远的沈净晗:"就是她。在机场给便衣指路,害老陈被抓的那个女人,就是她。"

付北在外躲了半年,吃了不少苦,周敬渊给了他不少钱,又安排了丰盛的晚宴为他接风。

见面没说几句话,付北就提起在岛上看到了给便衣指路的那个女人。

付龙说:"就是那个旧时约的老板沈净晗。"

付北诧异:"你们认识她?"

"关于这个女人的事回头我再跟你说。"付龙转头问周敬渊,"大哥,怎么处理?"

周敬渊没想到付北之前提过的那个女人竟然就是沈净晗,他更觉有趣。

如果不是陈保全被抓,他不会寻找新的帮手,也不会留意到沈净晗,而没有沈净晗,也许陈保全便可躲过那一劫。

这似乎是一个循环,只有一条路,将她推向周家。

是天意让她出现在他面前,也许这个化学天才真能带给他惊喜。

他抬起手:"先别动她,我有其他安排。"

付龙已经从之前他的态度中察觉出什么:"大哥,你是想?"

周敬渊说:"她不听话,再说。"

"明白。"

没过多久,岳凛和周潮进了包厢,陈师杰、付龙和付北纷纷起身:"少爷。"

周潮让他们坐,岳凛看向付北:"辛苦了。"

付北一副痞子样,在周家人面前却不敢造次:"您言重了。"

岳凛和周潮分别坐在周敬渊左右两侧。

周敬渊问周潮:"你母亲怎么样?"

周潮说:"恢复得很好,就是情绪还不太好。"

"让她宽心,多陪陪她。"

"是。"

趁这次人齐,周敬渊对之后的事做了安排。以周敬君目前的情况,她有相当长一段时间不能主事,这些事大部分都落在周敬渊身上,他目前实在脱不开身,所以经过一番考量,他决定这次让岳凛和付家兄弟一同前往南边。

岳凛经验少,由付龙兄弟两人助其左右。周潮和陈师杰留下协助周敬渊。

周敬君还在医院,所以这次没让周潮去,他也不敢有异议。

回到别墅,岳凛立刻联系了宋队。

周敬渊不跟他一起走,他有些不放心。他将沈净晗已经知道他身份的事告诉了宋队,拜托宋队亲自来接沈净晗,务必将她安全送上飞机。

安排好一切,岳凛走到卧室窗口,压低镜头,看向旧时约那扇窗。

沈净晗正窝在那张单人沙发上睡觉。

自从知道在这个房间里他能看到她,她几乎每天都要过来待很久,有时撸猫,有时玩手机,有时看会儿书,实在没什么事可做就睡觉。

岳凛想给她打个电话,号码拨出前又停下,重新将望远镜的角度调高,扣上镜头盖,从地板下取出记事本,将周敬渊近期的安排一一记录,随后将本子放回原处,换衣服出门。

他轻车熟路地从后院翻墙进去,攀至二楼,敲了敲窗。

沈净晗立刻睁开眼睛,跑去开窗。岳凛跳进房间,稳稳接住扑进怀里的人:"睡着了?"

沈净晗仰起头:"在等你。"

明天他就要走了,下次见面不知道是什么时候,今晚他一定会来。

岳凛关上窗子，拉上窗帘，转身将人抱起来，走回南边卧室："东西都收拾好了吗？准备什么时候动身？"

沈净晗说："差不多了，我本来东西也不多，机票是后天的，也给"红豆"它们准备了航空箱，一起带回去。"

岳凛把人放到床上："那么多怎么带？"

沈净晗盘着腿，抱着枕头："我约的那个车的司机能帮我拎，在机场有工作人员。到了沣南，津津的爸爸会来接我。"

岳凛放心了，揉了把她的脑袋："好。"

最后一个晚上，时间自然不能浪费，岳凛匆匆冲了个澡，两个人很快纠缠在一起。

很长一段时间内，他们都没有说话，屋子里只有低低的喘息声和唇舌交缠的暧昧声响。

为了不被打扰，岳凛提前把猫屋那边的门关上了。空间变小，房间里的气温升高，两个人的身上都是汗。

他们各种尝试，默契又透顶地舒服，感受无法言说。

也许这一次带着些许离别的感伤，他们谁都没有主动停下，直到消耗掉最后一分力气。

结束后沈净晗趴在床上："好饿。"

岳凛扯过被子将她腰以下的部位盖住，掌心往上，抚过她滑腻的背："晚上没吃饱？"

"吃饱也没用。"

岳凛的视线在她房间里巡视一圈："你这里有没有什么吃的？"

"没有。"沈净晗睁开眼睛，"想吃煮方便面。"

她一下坐起来，开始穿衣服："我下楼弄两碗上来，你在这儿等我。"

岳凛想起大学那会儿，他们两个常常在她学校附近的那个出租房里做快乐的事，做完披着床单一边看电影一边吃煮方便面，不过那个时候是他去煮。

于是岳凛拿过床头的遥控器："去吧，我挑部电影。"

正合沈净晗的意，她随手理了理头发，用头绳在脑后团了个慵懒的小团子，出去时不忘把门带上。

时间太晚，向秋已经躺在前台后面那个小床上。听到有人下楼，她以为是哪个住客有事，便坐起来。看到是沈净晗，她有点意外："姐，这么晚怎么还没睡？"

"我有点饿了，煮碗面吃。"沈净晗一阵风似的进了厨房。

几秒后，她又探出头来："你吃不吃？"

向秋摇头说不吃："太晚了。"

沈净晗关了厨房的门，打开储物柜拿了两包方便面、两颗鸡蛋。

等待水开的过程中,她把两个方便面的包装袋塞进垃圾桶最下面。

她饭量很小,如果被向秋发现煮了两包,说不定会起疑心。

沈净晗越发觉得自己有当警察的潜力,具备了一定的反侦察能力。

她将两碗面和两个荷包蛋全部放进一个大碗里,又从冰箱里拿了两罐可乐揣进兜里,端着碗上楼。

岳凛已经把凌乱的床铺和地面收拾干净,找好了一部电影,屏幕暂停在片头界面,靠在床头等她。

听到声音,他起身去开门,把碗筷接过来:"香辣味。"

他们以前最常吃的味道。

沈净晗搓着烫烫的手:"电影找好了吗?"

岳凛将碗端到桌子那边,示意屏幕。

是个欢乐的喜剧片,沈净晗很满意:"快开动。"

她按了开始,坐到岳凛旁边,两个人的脑袋凑到一起,同吃一碗面。

不小心夹到同一根面时,岳凛会放开让给她,等她吃完,自己再去喝一点汤。

两个鸡蛋一人一个,谁也没有少吃。

冰镇可乐很爽,欢乐的喜剧片也让氛围变得很轻松,一切看起来都那么美好。

他们谁也没提明天。

吃饱喝足,沈净晗有点困了,两人重新洗了澡,躺在床上抱在一起,没有说话,也没睡觉,就这么静静地待着,听海浪的声音,看窗外的月色。

岳凛说:"我和宋队打过招呼,后天他会过来接你,亲自送你去机场。所以如果有陌生人找你,别害怕,他是我的联络人,自己人,他叫宋雷。"

沈净晗在他怀里仰起头:"为什么要人送我?"

"周敬渊突然留下,不和我们一起去,我总觉得不安心,还是有人送你好一些。"

沈净晗没再说什么。

夜渐渐深了,已经快要凌晨两点。

沈净晗已经很困,但还是坚持没闭上眼睛。

岳凛知道她在想什么,将人搂进怀里,低头亲了亲她的唇:"睡吧,听话。"

"不要。"她小声说。

他轻拍她的背:"我向你保证,明天早上你醒来,还能见到我。"

她默不作声。

如果是以前,沈净晗早就掉眼泪了,可今天她一直忍着,不想他担心,也不想将最后的几个小时浪费在流眼泪上。

岳凛低声哄着,再三承诺,一定不会悄悄走,她才勉强闭上眼睛。

两人就这样相拥着浅睡过去。

差不多过了三四个小时,天就亮了。

岳凛睁开眼睛，一动不动地听着她浅浅的呼吸声。

他知道她没睡。

她也知道他知道。

时间一点一点过去，已经到了不得不走的时候，岳凛撑起身体，凑到她耳畔："晗晗。"

沈净晗睫毛微颤，她没说话。

"我要来不及了，晗晗。"

她眼角滑过一滴泪。

也许不睁眼，就可以装作没醒，他的承诺就还算数，但沈净晗不忍心为难他。

于是她睁开眼睛。

岳凛低头吻住她。

而后，他在她耳边低声轻喃："等我。"

第八章
她要与他并肩站在一起

从岳凛离开到沈净晗离岛,还有整整一天时间。

这一天有点难熬,沈净晗总觉得心里空落落的,莫名有点慌。

虽然他说这次出门只是谈事,不会有危险,但那地方毕竟很乱,万一与那些人交涉不顺,起了冲突,不知道要面临怎样的危险。

岳凛说他以后不会再用以前那张卡,但沈净晗依然会发信息,而且比之前发得更频繁。除了暴露他身份的事,其他零零碎碎的日常,想到什么都会讲一下,不知道以后他恢复了身份,再打开那张卡,看到那么多未读信息会不会惊到。

沈净晗的东西已经收拾得差不多,一大一小两个行李箱、一个随身背包、六只猫。

店里的事也完全交给向秋,过些时间农历新年,如果向秋要回家过年,就把店关几天。

猫猫们不知道是不是感知到要离开,一直有点焦躁。沈净晗怕它们不适应航空箱和飞机的环境,给它们准备了很多熟悉的玩具和喜欢的零食。

下午一点,店里来了新的住客。

沈净晗站好最后一班岗,让向秋去休息,今天她看店。来人是个戴着帽子的中年大叔,个子不高,眼睛不大却有神。

沈净晗从前台站起来:"您好,有提前预约吗?"

"没有。还有标间吗?"

"有的。麻烦出示一下身份证。"

大叔将证件递给她。

沈净晗接过来,坐在电脑前,刚要操作系统,猛然看到这个人的名字。

宋雷。

她立刻抬起头。

宋队对她笑了笑。

沈净晗有点紧张,不敢乱讲话,她假装操作了几下电脑,起身将证件还给他:

"楼上206，我带您上去。"

"谢谢。"

沈净晗关了电脑屏幕，从前台出来，带宋雷上楼。走廊里没人，两人先后进入客房。

将门反锁后，沈净晗转身，看到宋雷正在检查房间里是否有针孔摄像头。她走进去："我们每天都会检查，这里很安全。"

宋雷将帽子摘下，面带笑容："沈净晗，我七年多以前就听过你的名字，今天终于见面了。"他伸出手，"我是宋雷，岳凛的联络人。"

沈净晗与他握手："阿凛也和我提过您，谢谢您抽时间送我。"

宋雷说："阿凛付出这么多，这点小事我还是能帮的。"

沈净晗心里很急，没有过多寒暄："宋队，阿凛这次出门安全吗？我真的很担心。"

宋雷安抚说："放心，我们已经部署好，一定确保他的人身安全。"

沈净晗稍稍放下了心。

宋雷和沈净晗约好明天在码头见面的时间："我会提前在码头等你，到了青城，我的车会跟在你后面。"

沈净晗再次道谢。

离开前，宋雷回头看向沈净晗，眼神中充满了敬佩："谢谢你理解他，也谢谢你，这么多年没有放弃他。"他言语中蕴含了些许无奈，"做我们这一行，无愧于心，无愧党和国家，唯独亏欠我们的家人。纵使不被理解，也只能默默承受，幸而阿凛有你。"

沈净晗沉默数秒："如果可以选择，我也不想要这样的理解，我只想他平安健康地待在我身边。"

宋雷没有再说什么，戴上帽子，离开旧时约。

第二天上午，沈净晗约好的车准时到达旧时约门口。

虽然是下午的航班，但给几只猫办乘机手续要耽误不少时间，所以她提早出发。

向秋依依不舍："姐，你没事要常回来看看，我怕我一个人顶不住。"

沈净晗很信任她："你一定可以的，相信自己。"她抬头看了眼旧时约的招牌，"说不定什么时候我不想做了，直接把店转给你呢。你就把这儿当成自己的店，一切都由你做主，不用问我了。"

她这话有种一去不回的感觉，向秋听着不舒服："姐，你说什么呢，这店你辛苦经营这么久，怎么能转给我。"

行李箱和猫猫已经装车完毕，沈净晗最后抱了抱向秋："这里交给你了，再见。"

成旭和几个小弟站在俱乐部门口，目送沈净晗。

虽然沈净晗和周稳掰了之后,她再也不理周稳的这些朋友,但毕竟做邻居这么久,成旭心里还是拿沈净晗当朋友的。

他看得出,沈净晗和那些女人都不一样,可惜周稳没有珍惜。

沈净晗坐上后座,出租车启动离开。

她望向窗外那片一望无际的大海。

她因这片大海来到这里,这里曾带给她无数慰藉,几年后离开,心境跟来时完全不一样。

虽然每天提心吊胆,不比从前好过多少,但知道他没有死,他总有一天会回来,她心里装着那个希望,每天都充满期待。

这里距离码头不远,几分钟便可到达,沈净晗甚至已经远远看到码头的入口。

就在这个时候,忽然有辆车加速超过他们的车,横在马路中间。

司机被迫停下,刚想下车问问怎么回事,前车已经来人。

沈净晗认识那个人,是周敬渊的秘书陈师杰。

陈师杰没有理司机的询问,径直走到后座,叩了叩车窗。

沈净晗不自觉地攥紧背包,几秒后,佯装镇定地滑下车窗:"陈秘书,有事吗?"

陈师杰依然如从前那般恭敬:"沈小姐,我们董事长想请您喝茶。"

沈净晗说:"对不起,我赶时间,改天吧。"

陈师杰直接打开车门,请她下车:"我只负责传话,董事长就在前面,沈小姐亲自和董事长说吧。"

他语气平和,但压迫感极强,没留拒绝的余地,沈净晗被迫下车。

她走向前车,车窗主动滑下,周敬渊坐在里面,笑容和善:"沈小姐,我本想找个合适的机会请你喝茶,可看现在的情形,你这是要走吗?"

沈净晗说是:"我要出门散散心。"

"准备去哪儿?"

"没有要在什么地方长久停留的打算,看情况。"

周敬渊深觉可惜:"你救了我周家人两次,我一直认为我们是有缘的,我还没有好好感谢你,你就要走。"

他打开车门,让开位置:"这样吧,你上车,我们好好聊一聊,我正好还有事和你商量。"

沈净晗直接拒绝:"谢谢您的好意,我赶时间,没办法和您聊。至于无意中救过您的事,您也不必放在心上,换了任何人我都会那样做。"

她转身要走,却被陈师杰拦下去路。

她转头看向车里的周敬渊:"您这是什么意思?"

周敬渊依然面色温和,像邻家热情善良的伯伯随口邀她去家里玩:"我只是想请沈小姐喝杯茶,不会耽误你多长时间。"

说罢,他给陈师杰使了个眼色,陈师杰半推半强制,将沈净晗推上车。

她甚至都没来得及和后面的司机说句话，周敬渊的车便疾驰而去。

司机将车开进一条小路，直奔那片茂密的原始丛林。

岳凛和她说过那里有什么，沈净晗强迫自己镇定下来，装作不懂："董事长，我不明白您的意思，不是说喝茶吗，为什么带我来这么偏僻的地方？"

周敬渊不再过多解释，只说："到了你就明白了。"

司机将车开到小路的尽头，那里是一排高耸的栅栏。陈师杰将栅栏接缝处的锁头打开，几人转为步行。

不多时，沈净晗看到那个山洞。

那个和赵津津油画里如出一辙的山洞。

进洞前，陈师杰没收了她的手机。

周敬渊要沈净晗加入，成为他的合作伙伴。

沈净晗装作第一次知道周敬渊的底细，惊恐的情绪半真半假，浑身僵硬地看着对面那个人："董事长，我救了你们周家两次，你现在却逼我犯法，你不觉得这是一种恩将仇报吗？"

周敬渊一脸惊奇："这怎么会是恩将仇报？我们一起合作，以后就是自己人，我带你赚钱，赚好多好多钱，这样不好吗？而且——"

他停顿一下，目光变得阴冷且耐人寻味："那次你在机场为警察指路，让我失去了那么好的制毒师，你现在赔给我一个，是不是理所应当？"

沈净晗不懂他的话："我什么时候给警察指路？"

机场。

她突然想起那次看岳爷爷回来，在机场碰到的那个被便衣警察追捕的男人。

原来他是周敬渊的人。

她靠坐在椅子上，一时说不出话。

周敬渊的目光重新变得温和起来："因为对你的欣赏，我都没有计较那件事。要知道，我的手下早就想弄死你，是我压下，保你一命，说起来，你还要谢谢我。"

周敬渊和她聊了很久，说了很多，无一不是看似有理，实则强词夺理的言论。

沈净晗思索许久，做出一副略有动摇的样子："那你总要给我时间，让我考虑一下吧，毕竟这风险很大，不是小事。"

周敬渊很高兴："没有问题，你可以慢慢考虑，我不着急。"

"你就让我在这儿考虑？连个窗户都没有，我要出去，这儿太闷了。"

"可以，我在明珠给你安排一个最好的房间，你可以慢慢想，但最好不要做一些无用功。你知道的，虽然我脾气很好，但我的手下很不听话，他们如果发现你私下联络别人，或是报警，把我们的秘密抖搂出去，会直接解决掉你，不会和我打招呼的。"

沈净晗恢复往日高冷的模样："那也请让你的人尊重我一点，我一个女孩家，不方便他们时刻跟着，想看着我，就到门外去。"

"没问题。"

"手机还我，我赶不上车，外地的朋友接不到我也会起疑心。"

陈师杰看了眼周敬渊的脸色，将手机暂时还给沈净晗，她打电话告诉赵津津的父亲，说临时有事，暂时不能过去，不用去接她，刚挂了电话，手机又被收走。

幸好已经换了新的手机，照片没有转移过来，聊天记录里也没有提过岳凛的身份，岳凛打来的那个陌生号码每次挂掉后她都会删除，就算他们检查，也看不出什么。

就这样，沈净晗秘密住进了明珠酒店。

她一进去就把门反锁，跑去墙边把几个航空箱全部打开，放出猫猫。

猫猫们焦虑坏了，自由的第一时间就窜出来，扑进沈净晗怀里，委屈地撒娇。

她挨个安抚："对不起，吓着没有？我摸摸。"

这个房间的装修风格跟之前周敬渊邀她们赏油画的那间是一样的，只不过面积小了很多，不是套房，是只有一个房间的大床房。

沈净晗抱着猫一边装作继续安抚，一边在房间里四处检查有没有摄像头，并没什么发现。

她在这里一直待到晚上，门外始终有人看守，连午饭和晚饭都是他们送进来。

沈净晗在思考怎样脱身。

这是顶层，想要从窗户逃跑不可能。

旧手机还能用，但里面没卡，她尝试无卡拨打110和119，里面有语音提示，但并未接通。酒店的无线网也连不上，不知道是整个酒店都连不上，还是只有她房间的密码被改掉了。

关掉旧手机前，她看到相册里的那些照片。

她珍藏了很多年，她和岳凛从前的许多照片，从中学到大学都有，还有她在岳爷爷家用手机拍的一些旧相册里的老照片，都是岳凛很小的时候。

虽然很舍不得，但为了岳凛的安全，她还是忍痛全部删掉了。

万一他们搜查她的东西，翻出这个手机，就全完了。

从最近删除里彻底删掉时，沈净晗掉下眼泪，但很快被她抹掉。

她抱着猫盘腿坐在床上，在头脑风暴中，慢慢滋生出一个念头。

一个很大胆、很冒险，岳凛如果知道，一定不会同意的念头。

她在斟酌这件事的可行性时，窗外忽然有动静。她下意识地转头，竟然看到一个人影从天而降，顺着一根绳子爬下来，轻轻叩了叩她的窗。

沈净晗看清那个人的样子时，惊到下意识地捂住嘴巴。

门外的人听到动静，敲了敲门："沈小姐？"

沈净晗努力调整自己的声音，冲门口喊："没事，我的猫。"

几只猫受到惊吓，真的叫了起来，门口的人没再问。

她确认门已经锁好，跑去打开窗子，放宋雷进来。

宋雷是眼睁睁看着沈净晗被推进周敬渊车里的，他跟着那辆车直到栅栏外，猜到他们要把沈净晗带到地下工厂里，但他不明白周敬渊为什么要这样做。

他想了很多办法想要营救沈净晗，后来已经准备调派人手过来，以搜寻逃犯的名义搜山，以期震慑周敬渊，逼他停止迫害。

就算打草惊蛇，前番准备功亏一篑也在所不惜，一定要救出沈净晗。

岳凛还在前方搏命，如果连他最重要的人都保护不了，还有什么脸见他。

宋雷已经打定主意要这样做，可还没等实施，发现沈净晗竟然毫发无伤地被带了出来。

他继续跟踪，发现他们把她送进了明珠酒店。

他一直在酒店外等到天黑，才上了楼顶，冒险吊下来见她。

沈净晗音量很小，言简意赅地和宋雷交代目前的情况："周敬渊要我跟他合作。"

宋雷非常意外："他怎么会选中你？"

"他查过我，知道我的专业，有些功底。"

宋雷一直知道周敬渊在寻觅新的合作伙伴，但怎么都想不到他会找到沈净晗头上。

这事有些棘手。

他立刻做出决定："你必须离开这里，我想办法送你走。"

沈净晗摇头："我走不了了。"

"为什么？"

"周敬渊把他的老巢都给我看了，我怎么可能全身而退？他是打定主意想拖我下水，如果我不同意，说不定出岛的船直接沉了，他有一万种方法能让我消失。"沈净晗沉默片刻，"宋队，我在想，我是不是可以顺势答应他，说不定我能帮到你们。"

宋雷心里隐隐猜到一点她的想法："你的意思是……"

"如果我成了他们的人，就能多一个人为你们传递消息，打探内幕。"

宋雷打断她："不行，你没有受过专业训练，这样做太危险，而且阿凛也不会同意。"

"我知道这很危险，也知道他不会同意，但现在的情况，我已经没办法脱身。就算跑了，周敬渊也还能找到我的店，找到我妹妹，我不能让她们也陷入危险之中。

"我真的过够这样的日子了，现在有机会可以毫不费力地进入他们的核心区域，利用我的专长帮到他，帮到你们，不是很好吗？与其每天躲在后面提心吊胆地等，我宁愿和他一起并肩作战，早点结束这个案件，让我们都能恢复正常生活，回到原本的轨道上。"

宋雷再次对沈净晗刮目相看。

她早已不是那个被家人、被岳凛护在羽翼下，不受风吹雨淋的温室花朵，经过这么多年的磨砺、锤炼，她的内心变得强大坚韧，勇敢且机智。

她不愿意成为他的软肋牵绊，她要与他并肩站在一起。

这样的女孩令人钦佩，也值得岳凛为她倾尽一切。

宋雷一直不肯松口，沈净晗看了眼门口，有点着急："宋队，我保证，我一定保护好自己，不给你们添麻烦，也一定尽我所能，协助你们办案。你们有没有什么紧急情况下的联络方式？可不可以告诉我？阿凛回来之前，我不知道怎样联系你。"

宋雷有些被她说动了。

目前的情况，沈净晗的加入对他们来说非常有利，而且她是被迫加入，不是主动靠近，这会让周敬渊松懈许多，起码不会怀疑她的身份。

他沉默数秒："阿凛不会同意。"

"我会说服他。"沈净晗说，"他会理解我。"

宋雷妥协了，他将联络暗号和方式告诉沈净晗："行动过程中发现异常，立刻停止，你的安全是第一位，其他靠后，明白吗？"

"明白。"

"阿凛回来，如果他不同意，你也要立即停止，我会想办法送你走。"

"好。"

宋雷最后说："谢谢你愿意做这些事，你不止帮了阿凛和我，也帮了千千万万被毒品祸害的人。"讲完这句话，他转身跳上窗台，将绳索缠在腰间，踩着建筑边沿，利落攀爬上去，消失在窗口。

沈净晗坐回床上，抚着自己"怦怦"跳的胸口。

讲那些话时，她是紧张的。她觉得此刻她的人生和之前二十几年都不一样，毕竟在这之前，她只是个再普通不过的民宿老板，好像突然有了某种身份，所做的事有了更深层的意义。

一种使命感油然而生。

很莫名，还隐隐有些兴奋。

好像终于进入到了岳凛的世界，更加了解他的坚持与信仰。

就这样，沈净晗答应了周敬渊的邀请。

她提了许多苛刻的条件，连陈师杰都看不下去，周敬渊却一一应允，对她十分宽容。

她可以随意进出地下工厂，也不听任何人差遣。

独来独往，谁也不理。

岳凛这趟出门比预计时间要长，直到快到农历新年，才有消息说他要回来了。

这期间，沈净晗也从陈师杰他们那里听说了一点他的事，说周少这趟出门很顺利，似乎带回了很大一笔生意，周敬渊很高兴，给工人的奖金增加了一倍。

腊月二十七，周氏集团年会，周敬君住进半山二号别墅。

腊月二十八，地下工厂庆功，之后放年假。

腊月二十九，周敬渊在明珠酒店的包间里摆了一桌宴席，给岳凛及付家兄弟接风。

岳凛这次带回一笔大生意，那边的意思是，愿意将手上的一批订单分三成给他们，由他们生产制作。这虽然不多，却是周敬渊打开国际市场的第一步，十分重要。

周敬渊心情不错，示意身边人："把我们的新伙伴叫来，和大家一起热闹热闹。"

陈师杰应了一声，起身出门。

岳凛已经听说周敬渊找到了满意的人选，只是不知何方神圣能入这个老狐狸的眼。对于这个神秘的合作伙伴，他有许多隐忧，不知道对方是个什么样的人，如果那人和周敬渊一般狡猾，无疑会对后面的行动造成影响。

几分钟后，陈师杰回来了。

他站在门旁，让出位置给后面的人："董事长，沈小姐来了。"

岳凛在听到"沈小姐"三个字时便下意识地抬头，目光猝不及防与进门的沈净晗相撞。

他一时僵住，随即震惊不已，纵使再三压抑自己的情绪，脸上依然流露出一丝错愕。

好在这个房间里的人都知道他们两个曾经有过一段，并未对岳凛的表现起疑，反而觉得很正常。

曾经与其有过感情纠葛的女人成了父亲的合作伙伴，以后要如何相处？

在座有一半的人都屏息静坐，想看看这对曾经不欢而散的旧情人再相见是个什么场面。

沈净晗没有满足他们那颗八卦的心，她看都没看岳凛一眼，直接走到周敬渊身边坐下。

周敬渊笑着对付龙说："沈小姐之前你见过，她曾经救过我，也救过你们君姐。"

他看向付北："以前的事都过去了，不必追究，当时的情况，就算没有她，老陈也未必逃得掉。"

付北不敢忤逆周敬渊，却敢对沈净晗冷哼："你行吗？"

沈净晗的脸比他还冷："我也不是很情愿加入你们，是你们董事长非要我来。如果你有意见，可以跟你们董事长提。"

这一句很厉害，怼得付北没话说。

周敬渊知道付北看不惯沈净晗，及时止住这场对话："行了，和和气气地吃顿饭,以后都是自家人。"

众人没再继续这个话题。

宴席结束,众人各自回家,准备迎接新年。沈净晗之前和向秋说好,过完年就回来,所以这个新年她要一个人在酒店过了。

她盘腿坐在床上,抱着"红豆"发呆。电视里播着热热闹闹的电视剧,她也没留意是什么内容。这些日子,不在工厂时她都是这样过来的,不能随意出去,因为岛上认识她的人都以为她已经走了。

猫猫们起初不太适应这里,但因为沈净晗也在这儿,时间久了,它们也习惯了。没了之前的大型猫爬架,窗帘成了新的玩具,短短半个月已经被它们抓成流苏。

十分钟后,岳凛敲开她房间的门。

现在还不到晚上九点,沈净晗没想到他竟然这样堂而皇之地过来找她,一脸慌张。她还以为他就算要来,也会像以前一样等半夜偷偷过来。

岳凛直接甩上门,攥着她手腕带她往里走几步,声音克制不住地颤抖:"晗晗——"

沈净晗猛地抱住他。

岳凛的心脏剧烈地跳动,早已乱了节奏。他一时间竟说不出话,只用掌心狠狠按着她的身体,感受到她同样节奏的心跳。直到现在,他都不敢相信这件事。

沈净晗的脸颊紧紧地贴着他的胸口,这些日子对他的担忧,一个人面对毒贩团伙的恐惧此刻全部倾注在这个拥抱里。

她其实害怕极了。

她强忍眼泪:"周敬渊查过我,逼我跟他合作。"

她事无巨细,将这些日子的经历说给他听,包括和宋雷的对话、和周敬渊的两次对话,以及她对赵津津,对向秋人身安全的担忧:"我知道周敬渊的秘密,没办法置身事外了,他不会放过我的。"

她抬起头:"我已经和宋队讲好,假意答应周敬渊,说不定能帮到你。你别怪宋队,他原本是不同意的,是我一直坚持。"

岳凛紧握着她的肩膀,眼睛已经红了:"晗晗,你知道这有多危险吗?你要吓死我吗?趁现在还来得及,你赶紧走,其他事我来善后。"

他每天处在怎样的生存环境里,他比任何人都清楚,现在让她也处在同样的环境下,他怕自己坚持不了多久就会疯掉。

那些人行事阴狠,手段毒辣,如果知道沈净晗的底细,对她身体上的伤害不用说,更可怕的是精神上的摧残,人格上的侮辱,女人在毒窝里会遭受什么,可想而知。

那些恐怖卑劣的行径他只要稍微想一想,就浑身冒冷汗。

沈净晗摇头:"我走不了了,我也不想走。如果我走了,周敬渊一定会追查到底,查到我的老家,查到你,那你这些年的心血就全白费了。"

他立刻说:"这不是你该考虑的事,我会想办法。"

沈净晗止住他后面的话:"周敬渊现在对我抱很大期望,我可以在那个工厂里自由出入,货的事我甚至比你知道得还早,我真的能帮到你,阿凛。"

岳凛恨死那些人,他低下头,深埋进她颈窝中,自责懊悔透顶:"对不起,是我连累你。"

沈净晗轻拍他的背,温声又坚定地说:"你没有连累我啊,周敬渊不是因为你才注意到我,就算没有你,我也还是会救他,认识他,这一切还是会发生。"她将头歪在他肩上,"换个角度想,如今这种情况,如果没有你,让我一个人面对他们,我真的会害怕。可现在有你,我不怕。阿凛,我们一起面对吧,我们一起努力,为你能光明正大地站在阳光下、站在我身边努力,好不好?"

她踮起脚,吻他湿漉漉的眼睛。

这么多年,除了父亲去世,岳凛其他几次流泪,都是因为她。

岳凛扣住她的腰,低头吻她。

不掺杂任何情欲,混着担忧、纠结、对未来的迷茫、思念、沉重爱意的吻。

亲完,沈净晗退开一点,检查他的身体:"你怎么样,有没有受伤?"

岳凛握住她到处检查的手:"什么都没有,一切都很顺利,放心。"

他问起另一件事:"饭局上,周敬渊和付北说的话是什么意思?什么以前的事?"

沈净晗把那次在机场的事说了。

岳凛听得心惊肉跳,后怕极了:"如果你对周敬渊没有利用价值,他一定会报复你。"

她从小到大喜欢并擅长的化学,无形中救了她一命。

这之后的时间,两人互相交换了自己所掌握的线索,沈净晗说:"现在就是不知道真货到底是怎么出库的,是吗?"

"对,我亲眼看着从仓库里运出来的货物,最终都变成了面粉。"

沈净晗点头:"我知道了,我会留意这个。"

"晗晗,"岳凛牵她的手,"你不要太往前冲,首先要确保自己的安全,明白吗?"

她又点头。

"有事可以直接给周稳的号码打电话,现在你可以联系周稳。"

"知道。"

岳凛的手机突然响起,他看了眼屏幕,是周敬渊。

沈净晗立刻紧张起来。

岳凛伸出一根手指比在唇边:"别出声。"

他镇定地接起来:"爸。"

周敬渊问他在哪儿。

岳凛说:"在沈净晗这里。"

沈净晗吓得睁大了眼睛,他怎么敢直接说?

谁知周敬渊并未说什么,只说他和周潮都在周敬君那里,让他办完事就过去。

"知道了,这就去。"岳凛挂了电话。

沈净晗惊魂未定:"你怎么么直接说了?"

岳凛说:"明珠到处都是监控,瞒也瞒不住。而且以我们之前的关系,我来找你很正常,顶多是藕断丝连,男女那点事。"

沈净晗放心了,在随机应变这方面,她还是差得远,总是会忍不住紧张。

岳凛低头看她:"我得走了。"

"嗯。"

"明天除夕,你怎么办?"

"只能在这儿了,我和向秋说我过完年回来,大概还要在酒店住三五天。"

这样阖家团圆的日子,她却要孤零零一个人待在酒店里,岳凛心里很不好受。

沈净晗似乎看出他的心思,抱了抱他:"没事啊,我有猫猫陪着,还能看电视,再点一堆吃的,也很好。"

她语气狡黠,故意逗他开心:"我让周敬渊买了好多猫粮、猫罐头、小鱼干和玩具,都是最好最贵的,狠狠坑了他一笔。"

他勉强笑了下:"这个时候你还有心情开玩笑。"

沈净晗踮脚亲他:"走吧,我有事就给你打电话。"

"嗯。"

今年周家在岛上过年,就在周敬君所在的半山二号别墅。

青城那边的阿姨也跟着过来,把过年要用的食材都准备好,在这边准备年夜饭。

景区已经安排好,除夕夜晚上八点准时燃放烟花。

这次岳凛出门带回这么好的生意,周敬渊十分高兴,亲自为他斟茶,夸他有勇有谋,有自己年轻时的胆识和风范。

周敬君坐在轮椅上,静静地看着外面的冰雪天地,周潮站在轮椅后为母亲捏肩。

倒真是一片温馨和谐的家庭氛围。

周敬渊聊到高兴处,忽然想起什么:"沈净晗还在明珠吧,她一个人想必也没什么意思,不如让她过来一起吃个年夜饭。"

岳凛指尖微顿,随即继续喝茶:"大过年的,咱们一家人团聚,让外人来做什么。"

周敬渊说:"有些事你还是不懂,所谓收买人心,要让人心甘情愿为你做事,她父母双亡,只剩自己,这个时候让她感受到温暖,更容易拉近距离。她骨子里并不情愿做这些,现在正是拉拢她,让她完完全全为我们所用的最好机会。"

·256·

岳凛并不想让沈净晗来,何况这里还有周潮。

但周敬渊已经提出,便是做了决定,他也没有非拒绝不可的理由。

周敬渊抬眼看他,忽然问:"你不同意和乔家的婚事,是因为她?"

岳凛淡淡的:"那倒不是,只是不想这么早结婚。"

"那你对她——"

"她挺漂亮的,不是吗?"岳凛语气轻浮随意,身体靠在椅背上,一副懒洋洋的富家少爷模样。

周敬渊笑着摇了摇头。

在风月方面,这个儿子倒是比他爱玩。

他没再继续问,只说:"我不管你和她是什么关系,怎么玩,你只要不把她惹毛,给我罢工,其他随你。"

他用茶水浇茶宠:"打电话吧。"

岳凛给沈净晗拨过去。

那边一声"喂",没有叫他名字。

岳凛说:"沈小姐,我父亲怕你一个人过年闷得慌,让你过来和我们一起吃顿饭。"

沈净晗有些摸不着头脑,不知道应该答应还是拒绝,思索几秒,还是觉得拒绝比较稳妥:"不去了,你们一家人团圆,我去干什么。"

距离很近,对面的周敬渊听到了,他示意岳凛把手机给他。

周敬渊讲话世故圆滑,让人无法拒绝,显得诚意十足,沈净晗推托不掉,只好答应。

挂了电话,周敬渊让司机去明珠接人。

窗旁的周潮说:"睡都睡过了,还'沈小姐'。"

岳凛一脸无奈:"她现在烦我,不让我叫她名字,叫了就挂电话。"

周敬渊说:"你要是能让她不烦你,给我把人牢牢抓住,让她心甘情愿为咱们卖命,算你能耐。"

岳凛抬眼:"怎么,要我哄骗她,假装喜欢她?"

"这招若有用,未尝不可。"

沈净晗进门时,周敬渊刚刚摆出棋盘,招手让她过去坐:"一会儿开饭。"

亲切得像是她亲爹。

沈净晗和岳凛对视一眼,又看了眼窗旁的周敬君母子,脸上没什么表情,依旧和往日一样高冷,也没客气,走到周敬渊对面坐下。

周敬渊笑着问:"会下围棋吗?陪我下两盘。"

沈净晗说:"我只是刚入门的级别,不敢和您下。"

她后知后觉,发现自己坐了岳凛的位置,站起来说:"周少下吧。"

岳凛随手扶了下她的胳膊:"你来吧。"

沈净晗不动声色地甩开他，去窗口那边看周敬君。

两人的小动作都落在周敬渊眼里，他看了眼吃瘪的儿子："有个性的女人都很难追。"

岳凛在他对面坐下，执黑先行："可惜我没多少耐心，我比较喜欢你情我愿。"

周敬渊执白："当年你妈也很难追。"

岳凛看了他一眼。

当年周稳的母亲不同意周敬渊做这件事，劝阻不成，带着儿子离开这里，想必她虽然失望，但也还是深爱着他的。

但她也许没有想过，那个时候周敬渊还没有泥足深陷，就算被抓，或许还有救，但现在，一旦落网，只有死路一条。

沈净晗对周敬君说话时，语气略显温和："您怎么样，恢复得还好吗？"

周敬君抬起头，将目光落在这个并不熟悉的年轻女孩身上，开口讲了这大半天以来的第一句话："我还没有向你道谢，听说那天是你为我输血。"

沈净晗摇了摇头："您别这样说，换作其他人我也会这样做。"

周敬君示意身后的周潮："还不给沈小姐搬张椅子来。"

周潮看了一眼沈净晗，为她搬来一张椅子："我也得谢谢你救了我妈，以后有机会请你吃饭。"

沈净晗坐下，没有回他的话。

周潮走到周敬渊那边，看他们下棋，同时瞥了一眼窗边的人，低声说道："舅舅，其实你不必担心，我哥拿下那女人是迟早的事。"

周敬渊思索着棋局："怎么讲？"

"当初她为了我哥都敢跳海，心里肯定有他。这是生我哥要跟别人结婚的气，闹别扭呢。"他把之前在海上出游那天发生的事简单说了。

周敬渊落下一枚白子："还有这种事。"

岳凛跟了一步棋："正因为这样，才不好挽回。伤心难治，爸不把人留下来，说不定她早就走了，再也不想见我。"

周敬渊想起一些前尘往事。

曾经他的妻子也是这样，对他伤心失望透顶，离开后便再没回来。

"那天她确实是要离岛。"周敬渊说。

岳凛看了他一眼，又看向窗口的沈净晗，她正和周敬君聊天。

年夜饭开席，周敬渊坐主位，周敬君左一，沈净晗是客人，周敬渊让她坐了右边第一个位置，她身边是岳凛，岳凛对面是周潮。

饭菜很丰盛，但不奢华，很有家庭氛围。

这也是沈净晗和岳凛第一次一起吃年夜饭。

从前每年都是他们各自在家吃完，再约着出去玩。

· 258 ·

周敬渊举起酒杯，再次感谢沈净晗对周家的恩情。

这话听着很假，但沈净晗没表现出来："'恩情'两个字太言重，我不过是碰巧遇到，您不必放在心上。"

"有些事情必须要放在心上。"

几人举杯，一饮而尽，周敬渊让岳凛为沈净晗夹菜。

岳凛给沈净晗夹了几样，只有他们两个知道，他夹的都是她爱吃的菜。

这顿饭还算和谐，饭后沈净晗要走，周敬渊没挽留，让岳凛送她。

岳凛套上大衣，拿了手机，跟着她出门。

从别墅区到明珠酒店，一路都是偏僻小路，但两人谁都没说话，一直走到转角处，彻底看不见身后的建筑时，岳凛才牵住她的手："冷不冷？"

她往他身边靠了靠："不冷。"

他攥着她的手揣进暖乎乎的大衣口袋里："吃饱了吗？你只吃了半碗饭。"

"吃了好多菜，你怎么给我夹那么多。"

岳凛说："周敬渊让我笼络你，让你沉迷我的美色不可自拔，然后心甘情愿为周家卖命。"

沈净晗有点意外："美男计？"

岳凛挑眉："是这个意思。"

"那我怎么办，要'沉迷'吗？"

岳凛想了想："你暂时像以前一样，对我冷着脸就好，以后看情况再定。"他捏捏她的手，"没什么难的，都是你擅长的。"

沈净晗弯起眼睛笑："我有那么冷？"

岳凛立刻说："不冷，热乎乎。"

两人一同笑出来。

海边的方向炸起一簇烟花。

八点了。

两人停下脚步，静静地凝视这场盛大的跨年烟火。

沈净晗忽然想起一件事："岛上固定时间放的那个烟花，第一次是我生日那天，是你故意的吗？"

岳凛点了头。

沈净晗没有再讲话，重新将视线落在远处天空中那转瞬即逝的绝美烟火上。最大最美的那簇烟花燃烧得最热烈时，岳凛轻声说："新年快乐，晗晗。"他没有看她，只是更紧地握住了她的手。

沈净晗连续七年在手机上发"新年快乐"，终于在此刻等到了他亲口讲的这一句。

她忽然对未来充满信心，什么都不怕了。

这一年的新年在看似平静温和、实则暗潮汹涌的局势中度过。

三月，周敬渊再次交易成功。

沈净晗也是事后才知道当时的惊险与细节。

周敬渊怀疑他们中间有卧底，几大心腹互相猜忌指责，闹得很不好看。

当晚，岳凛悄悄去找沈净晗，沈净晗将她发现的仓库异常告诉岳凛。岳凛思考片刻，决定连夜回工厂查看。

岳凛走后，沈净晗也躺不住了，披了条棕色格子薄毯下楼等。向秋正在厨房做饭，听到外面的声音以为来了游客，出来一看是沈净晗："姐，晚上吃炸虾。"

说完她又回了厨房。

直到吃完这顿饭，岳凛还没有消息。

沈净晗在厨房洗碗，向秋捧着一杯热水在旁边喝："青青今天正式入职，工作的地方就在我们老家县城，她爸妈挺高兴的。她还说要抽时间回来好好谢谢你，说要不是你给了她那么多自由时间复习，她不可能这么顺利。"

沈净晗有些心不在焉，冲掉白瓷碗上的泡沫："是她自己争气。她也没耽误店里的事。"

楼上下来一个住客，说浴室花洒调不出热水，向秋在厨房门口答应一声，转头说："我上去看看。"

"好。"

沈净晗收拾完出来时，有人推门进了旧时约。

她进了前台："您好，住店吗？"

"是。"

"麻烦出示一下证件。"

来人是个二十几岁的年轻男人，个子很高，穿一身青灰色的冲锋衣，单肩挎着一只大号登山包，剑眉星目，英俊帅气。

沈净晗莫名觉得这个人的长相有一丝熟悉感，眉眼间和岳凛有些像。

男人递过证件。

沈净晗看到他手腕内侧有一道疤，形状和位置跟岳凛手腕上那道一模一样。

第九章
回头

证件上的名字——

周稳。

沈净晗瞬间抬起头。

年轻男人看到她惊异的目光，低头看了看自己，不解但友好地温柔微笑："怎么了？"

沈净晗又看了眼证件上的名字："周稳。"

男人点头："是，有什么问题吗？"

"没有，确认一下。"

沈净晗坐在电脑前为他办理入住，心跳得很快。

如果只是叫周稳，说不定是重名，但他手腕上还有那道疤。

这事太严重。

周稳拿着房卡上楼，和向秋擦身而过。

沈净晗怕岳凛这会儿不方便接电话，从前台出来，小声叮嘱向秋："刚刚上去那个男人住209，你帮我盯着他，如果他出门就给我打电话，记住了吗？"

向秋没听懂："为什么要盯着他？"

"你先别问了，帮我看着就好。我出去一下，一会儿回来。"

沈净晗出了旧时约，一路奔向工厂。

见了岳凛，她压低声音，直接说："有个叫周稳的人，住我们店。"

岳凛神色微顿，在昏暗中牵了她的手："出去说。"

从山洞里出来，空气霍然新鲜，沈净晗大口呼吸。天已经黑透，岳凛牵着她没松手，带她避开那些荆棘丛生的地方。

沈净晗把刚才的事详细地说了一遍，但因为也没有跟那个周稳交谈太多，所以没有多少有效信息。

岳凛的声音相对镇定："先别慌，也许是重名。"

"可他手腕上有和你一样的疤。"

对于周稳母子，当年宋队掌握的资料是两人一直在英国居住，后来周稳的母亲病故，他料理完后事就去了冰岛，并且申请了延长居住期，似乎想在那里定居，所以宋队他们将分界点定在英国，直接将线索引到岳凛后来所在的瑞士。

沈净晗跟随岳凛的步伐，走得很快："我觉得那个人长得跟你有点像，眼睛和嘴巴。"

岳凛偏头看她一眼："当年宋队说，他见过周稳小时候的照片，和我小时候确实有些相似，这也是他选中我很重要的一个原因。"

沈净晗听了，心里更慌，几乎已经认定那人就是周敬渊的儿子："那怎么办？万一他去找周敬渊，你的身份就暴露了。"

"未必。"岳凛说，"根据宋队当年调查到的信息，周稳的母亲从没和他提过他的父亲。他出国那年才三四岁，二十几年过去，儿时的记忆早已模糊，说不定他根本不记得自己的父亲是谁。咱们先别急，探探情况再说，确定了真是他，再通知宋队。"

他攥了攥她的手："别紧张，有我呢。"

两人很快回到旧时约，沈净晗在门口停下："他现在已经进房间了，明天之前可能不会出来，你要怎么看他？"

岳凛想了想，俯身在她耳边讲了几句话。沈净晗点头，转身进门，岳凛在外面等。

向秋听到声音，从电脑前抬起头："姐你回来了，那人没下楼。"

沈净晗应了一声，一阵风一样地进了后院。

一楼通往后院有个两米长的小通道，整个旧时约的总电闸就在那里。

一组空气开关控制三个房间，沈净晗从左往右数，找到控制周稳房间的空气开关，利落地扳了下去。

之后她像没事人一样走到前台那边，和向秋说话。

没一会儿楼上有动静，紧接着有人下楼："老板，怎么没电了？"

不是周稳。

向秋站起来："是吗？我去看看。"

沈净晗冲她挥了下手："我去吧。"

她磨蹭着时间，问游客有没有使用大功率电器。

住客说："什么都没用，忽然就没电了。"

两人交谈中，周稳从楼上下来。

他换了身清爽的家居服，似乎刚洗过澡，头发湿漉漉的，样子干干净净。

他也问起停电的事。

沈净晗指着休息区那边的沙发："你们先过去坐会儿等等吧，我看看电闸。"

先下来那人说："我回去等吧，我老婆还在屋里。"

沈净晗看了窗外一眼，去了后面那个小通道。

她站在总电闸前等了几秒,故意拖延时间,感觉岳凛应该已经看清楚后才推上空气开关,走出去说:"应该好了,你看看。"

周稳却没着急上去:"你这儿能点餐吗?"

沈净晗说:"我家只有桶装泡面,想吃饭菜的话隔壁有。"

周稳说:"那我吃泡面吧。"

"要哪种?"

"海鲜。"

沈净晗回头,向秋答应道:"听到了。"

没几分钟,面泡好。

沈净晗亲自给他端到长桌那边,放到岳凛在窗外可以看到的位置。

周稳道谢。

沈净晗没走,无聊一样坐在他斜对面的位置玩手机。

没过多久,她用闲聊的语气随口问:"你来这边旅游吗?"

周稳低头吃面:"是的。"

为吃面方便,他挽起袖口,沈净晗又看到那个疤痕。

"你从哪里来?"

周稳说:"冰岛。"

"冰岛?"

"嗯。"

"你不是中国人吗?"

"我是中国人,不过从小就生活在国外,现在在冰岛定居。"

沈净晗忍不住看了眼窗外,又试探着问:"你是回国探亲?"

周稳喝了口汤:"不是,我爸妈都去世了,我一个人,这几年一直抽时间满世界玩,最近才回中国。"

"这样啊,那你应该会在这里多待一段时间吧,毕竟回来一趟不容易。"

周稳笑说:"我已经在国内玩了两个多月了,也快回去了,再去爬个华山就走。"

"你中文真好,很标准的普通话。"

"这归功于我妈。"周稳又笑了笑,"在家里我和我妈都是用中文对话,不过我文字不太行,认不太全,我离开中国那会儿太小了,还不认字。"

他已经吃完:"面的钱现在付还是记在房间号上?"

"先记着吧。"

"好,我是209,麻烦帮我记上吧。"

周稳走后,沈净晗出去找岳凛。岳凛拉着她的手走远一些,两人停在之前那棵大树下。

岳凛说:"你们说的话我都听到了,基本可以确定他就是周敬渊的儿子。"

他摸了摸她的脸颊："但你放心,这件事没我们想得那么严重。你刚刚问得很好,套到了很有用的信息。"

他仔细耐心地和她分析："目前看,周稳并不知道自己的身世,他暂时不会给我们造成威胁,但他和周敬渊毕竟是父子,一旦见面,我们无法预料会发生什么,也许周敬渊会觉得这个人比我更像他的儿子。"

沈净晗抓着他腰间的衣服,抬起头："那怎么办?"

岳凛思路很清晰："好在周敬渊未来几天都不会上岛,只要他们不见面就什么事都没有。"

他低头看她："周稳订了几天房间?"

"三天。"

"所以只要保证这三天内不让他们父子碰面,三天后他离岛,之后再爬个山,很快就会回冰岛,就可以消除隐患。"

"不过这件事我还是要和宋队说一下,以防出现意外。"

见沈净晗满面愁容,岳凛捧住她的脸揉了揉:"不要这样,最近你的神经太紧绷了,放松一点,一切有我。"

岳凛不想让她脑子里都是这些事,掌心护着她的脑袋,揉了揉太阳穴的位置:"回去吧,早点休息。"

沈净晗说:"你明天去工厂吗?"

"去。"

"那个周稳明天不知道会去哪里。"

岳凛说:"明天周敬渊和周潮都不在,不会碰上,别担心。"

第二天周敬渊和周潮确实不在岛上,但岳凛忘记了一件事。

隔壁成旭也见过小时候的周稳。

而他想起这件事时,周稳已经迈进游艇俱乐部的大门。

云江岛不算大,三天时间基本能走遍,时间很宽裕。

周稳是个爱玩的人,所以第一天就准备租游艇出海。其实这么多年他走过很多地方,也见过许多海,尤其他住在冰岛,几乎每天都能见到大海,但他还是愿意尝试感受不同的风光。在他眼中,每一片海都是不一样的。

从记事起他就住在国外,和母亲相依为命。

他没有父亲,母亲说父亲已经去世,所以他们才搬去国外住。

他接受了多年西方教育,但心底还是非常憧憬这片神秘的东方故土,所以他来到中国。

但他所有的朋友和事业都在冰岛,所以即便在这里玩得再开心也还是要回去的。

阳春三月,气温逐渐升高,选择出海的人越来越多,俱乐部这边人也渐渐多起来。

周稳过去时正巧赶上成旭在，他亲自接待，问周稳想玩什么项目。

周稳说想玩快艇。

成旭："你有证儿吗？"

"有的。"周稳拿出相关证件，"国外考的，应该可以用吧？"

证件上是他的英文名字，不是周稳。

成旭看了眼内容，在有效期内："行，你去挑一艘吧，一会儿有人带你试驾。"

"谢谢。"

成旭还证件时才仔细打量周稳，笑了："兄弟，你跟我一哥们儿长得还有点像。"

周稳也笑："是吗？那很巧。"

成旭转头让人带他出去。

岳凛就是这个时候赶到旧时约。

沈净晗早上还没走，看到周稳进了隔壁俱乐部，就跟岳凛说了。她只是想让岳凛了解周稳都去过哪里，但岳凛却猛然记起，周稳和成旭小时候是见过的。

那时两人都是三四岁的样子，都是圈子里的小公子，自然有机会一起玩。

时隔那么多年，两人的相貌早已不同，能认出来的概率不大，但岳凛还是不放心，过来看看。

周稳跟一个俱乐部小弟走了。成旭站在门口，扭头就看到旧时约门前的岳凛和沈净晗。

他悠闲地溜达过去："稳哥，刚才看见一哥们儿，跟你长得挺像。"

"是吗？"岳凛面色如常，"最近很忙？有阵子没见你。"

成旭说："还那样，改天约球啊。"

"行。"

成旭看向沈净晗，又看岳凛，笑得别有深意："稳哥，你们两个？"

沈净晗瞪了岳凛一眼，扭头就走。

岳凛无奈："闹着呢。"

成旭说："人家占据道德制高点，闹得有凭有据，你好好哄哄吧，我觉得她挺好。"

岳凛摆摆手："走了，约球打我电话。"

接下来的两天，沈净晗都在担忧和不安中度过。

周稳每天都出去玩，上山下海，日出日落，捕鱼垂钓，包括寺庙和茶庄，能去的地方都去了。最后一天，他租了一辆山地车，准备沿着整座岛的环岛公路骑行。

他将山地车立在旧时约门口，顺便带了早餐回来，准备吃完再走，进门时不慎与步履匆匆，同样要进门的乔灵撞在一起。

眼看乔灵要摔倒，周稳一把扯住她的胳膊，将人扶起。

乔灵惊魂未定，刚要说"谢谢"，抬头便看到那张朝气蓬勃、英俊帅气的脸。
她有一瞬间的怔然，动作迟疑一秒，这期间，周稳已经放开她。
他走到长桌那边，一个人吃早餐。
乔灵盯着他看了一会儿，抿了抿唇，转头去找沈净晗。
向秋指了指厨房，乔灵掀帘子进去："净晗姐。"
沈净晗正在煮红豆粥，看到乔灵有点意外："你怎么来了？"
乔灵一脸愁容："我来找周稳哥，现在有点早，一会儿再去。"
沈净晗盖上锅盖："找他做什么？"
乔灵气得不行："我想跟他说说，让他管管他弟弟，那个周潮最近总是来烦我，躲都躲不开，真的讨厌死了。"
周潮是什么样的人她早有耳闻，也曾见过他身边不停更换女伴，她怎么可能答应跟那种人交往。
沈净晗也不想乔灵跟周潮扯上关系，但这种事她不方便说什么："那一会儿你问问吧，不知道周稳会不会听他的。"
乔灵忽然神神秘秘，小声问："净晗姐，外面那个男人是谁呀？你店里的住客吗？"
沈净晗掀开一点帘子看了看，只有周稳坐在休息区的长桌那儿吃早餐。
她放下帘子："是游客。"
"哦。"乔灵没再说什么。
两人又讲了一些别的，乔灵无意中看向窗外，看到周稳已经吃完早餐，站在山地车前戴手套，准备离开。
她和沈净晗匆匆道别，跑出厨房。
周稳准备好，刚要跨上车，乔灵便追出来："等一下！"
周稳回头。
乔灵跑到他身旁停下，两人中间隔着山地车，她声音里似乎带了一点紧张："刚刚还没和你说谢谢。"
周稳说："不用客气，是我抱歉才对，是我没有留意到你。"
"你是来岛上旅游的吗？"
"是的。"
"我不是，我来找朋友的，我来过这里好几次了。"
两人一同往前走，因为乔灵在，周稳绅士地没有骑车，推着走。
"其实我想和你说，你跟我前未婚夫长得有点像。"
"是吗？"
"嗯。你叫什么名字？"
"周稳。"
乔灵惊讶："你和我前未婚夫名字也一样！"
周稳笑出来，似乎根本不信，但觉得她很有趣："这个搭讪方式有点老套。"

乔灵有点急:"是真的,我没骗你。"

"嗯,就当是了。"

两人交谈的声音随着远去的背影逐渐变小,直到消失不见。

与此同时,一辆黑色豪车与两人擦身而过。

车里坐着周敬渊和他的多年老友钟正年。

周敬渊说:"你来也不早说,弄得我措手不及,我还没告诉我那儿子,明珠那边估计也是手忙脚乱,上等的帝王蟹需要提前预订。"

钟正年与周敬渊年龄相仿,身上同样拥有成功人士的稳重与神采,他笑着说:"咱们两个哪里需要那些客套,简单吃吃就可以。我多年不回这边,这趟回来,实在觉得亲切。咱们兄弟两个坐下来好好聊聊天。对了,阿稳的母亲没同他一起回来吗?"

周敬渊一声叹息:"他母亲去世了,我连最后一面都没见到。"

钟正年唏嘘不已,感叹世事难料。

他们的车与两个人擦身而过,钟正年无意中瞥见那个年轻人的脸:"哎?那是不是阿稳,长得跟你年轻时很像。"

周敬渊回头时,只看到那人的背影:"不是,阿稳这会儿应该在家,或者景区办公楼那边。待会儿到了,我让他去明珠见你。"

钟正年又说了句别的,但周敬渊没有留心听。

他脑海中闪过那个年轻人的背影,鬼使神差地,再次回头看。

周敬渊并没看到什么,因为车已经开出去很远,只能瞥见两道小小的身影。

岳凛得知周敬渊上岛时,一边赶往明珠一边给沈净晗打电话,问周稳什么时候退房。

沈净晗说:"下午两点是最后退房时间,他刚刚租了辆山地车环岛骑行去了,应该中午之前就能回来,早上他说了不续住。"

岳凛在心里计算着环岛骑行的路线和大致时间,心里有了底。

钟正年见到岳凛,大赞他相貌英俊,年轻有为,不输周敬渊年轻时,夸得周敬渊喜眉笑目,心情非常愉悦。

两位老友多年未见,自是有许多话要讲,聊得热络。

岳凛作为小辈,陪在父亲身边,为两位长辈添茶倒水,偶尔搭句话,非常乖顺。

钟正年实在喜欢,问他是否婚配,有没有兴趣和他的小女儿认识一下。

虽然是故友,但周敬渊似乎并没有这个想法,说了几句玩笑话揭过这个话题。

宴席时间定在中午,现在还早,十点时,周敬渊提议坐车在岛上转转,一边聊天一边欣赏海景。

钟正年正有此意,岳凛却说:"最近听说环山公路时常有碎石坠落,有些危险,我正准备让人重新维护一下防护网,岛上其他地方行车不便,不如出海?

天暖了,气温刚好,我安排游艇,再准备一些云江岛的特色小吃和水果,中午回来刚好开饭。"

安排得这样妥帖,两位长辈自然应允,几人乘车赶往游艇码头。

年轻人喜欢速度激情,长辈们可能更适合稳一点,岳凛让游艇放慢速度,开到海中央便停下,随波漂浮。他架好鱼竿,让两人可以一边聊天一边海钓。

安排好一切,岳凛走到船尾,看向那座小小的岛屿。

再过一会儿,周稳就会离开云江岛,再过几天,他就会离开中国。

时隔二十几年,他们父子第一次距离这样近,却不能相认,站在周稳的角度,不知是好是坏。

最终,周稳独自离开,岳凛顺利渡过这次危机。

沈净晗终于松了口气。

第二天上午,岳凛带沈净晗出岛。

他没有安排什么特别的项目,只是带她去人多的广场逛了逛,看年轻的爸爸带着小朋友放风筝;又去旁边的小公园里遛弯,在河边看大爷钓鱼,似乎没有目标,看心情随处走。

车停在广场旁边,没有再开,两个人一边聊天一边散步,不知不觉走了很远,从公园另一侧的大门出去。

前方是一条宽阔的马路,左边是一家百货商场,右边是一家医院。

岳凛带她去了左边。

沈净晗没有问他去哪里,也不关心去哪里,能像现在这样一起出来走走,她已经很高兴。

这是个卖小百货的商场,看装修已经很老旧,地面瓷砖碎掉不少,天棚也有破损,露出棚顶斑驳的管道。每个摊位都很小,经营一些饰品杂货、文具书本、糖果零食什么的,每个品类都有单独的区域。

岳凛牵着她的手随便选了一条通道往里走,最初一段还是小朋友的玩具,往里面走一些竟然到了专门卖婚庆用品的区域。

左右两边一直到通道尽头,七八家这样的铺位,每个铺面都是喜庆的红色,非常惹眼。

两人在一家铺位前停下。

都是一些小东西,各种款式的红包、糖果盒、请柬、彩带、气球之类。

沈净晗拿起一款中式请柬,是很大气的红色,比普通红色要偏暗一些,边缘设计成烫金镂空的款式,没有多余的累赘,简约庄重。

翻开里面,印刷好的金色字体:诚邀、参加、时间、地点。

新郎和新娘的名字是空的,需要手写。

如果是以前,岳凛一定会坏坏地逗她,看这个做什么?急着想嫁给我呀?我还没有想好要不要娶你,说完胳膊一挡,防止挨揍。

可此刻他什么都没说。

现在的岳凛，没资格给她任何承诺。

沈净晗默默看了一会儿，将那张请柬塞回透明包装袋里，放回原位。

走过这片区域，前面有台冰激凌机，岳凛给她买了一支冰激凌："走吧，边走边吃。"

冰激凌是老式的那种，口感不是很细腻，但味道还不错，沈净晗递到他嘴边："去哪里？"

岳凛低头咬了一口："回刚才那个门。"

沈净晗跟在他后面，任由他带路，因为刚刚他们在这里转来转去，她已经找不到原来那个门了。

两人从原路出去，岳凛没有带她往回走，而是停在过街天桥旁。

这条马路中间有护栏，要去对面，只能走天桥。

沈净晗现在才问："你要做什么？"

岳凛看着时间："再等一下，应该快了。"

沈净晗没有再问，低头吃完了最后一口冰激凌。

岳凛偏头看了她一会儿，拿出一张纸巾给她擦了擦嘴角。

不多时，对面医院出来两个人，一个坐着轮椅的年轻女人，另外一个年龄稍大一些的阿姨在后面推轮椅，轮椅把手上挂着一个白色 CT 片袋子。

这里是老城区，人行道狭窄，道路不平，轮椅不太好推。

那位阿姨停在医院门口，整理背包和一些检查单。

岳凛让沈净晗看那个坐轮椅的女人："你看那是谁？"

沈净晗视力很好，可以看清对面的人，她仔细辨认片刻，忽然想起："是周潮带去旧时约的那个女人？"

岳凛点头："对，就是她。她叫安娜，是跟在周潮身边时间相对比较长的人。"

沈净晗很意外："她的腿怎么了？"

岳凛说："周敬君是怎么出事的，还记得吗？"

沈净晗当然记得："是这个女人怀孕了找不到周潮，去旧时约找，后来周敬君来了，两人在旧时约外面交涉，不慎被车撞到……"

说到后面，沈净晗声音渐小，她想到一种可能，觉得后背发凉："难道是周潮？可安娜已经没了孩子，这还不够吗？虎毒尚且不食子，自己的孩子没了他丝毫没有感觉，还要报复曾经跟他有那样亲密关系的人，让她跟周敬君一样坐轮椅才可以？"

这个人真的可怕。

不，周家人都很可怕。

"你猜得没错，基本就是这样。周潮人品卑劣，报复心极强，所以当初他盯上你，我才害怕。"岳凛看着对面那两个人，阿姨已经重新推动轮椅，沿着那条路缓慢前行，"据我所知，安娜已经报警，但警方至今没找到肇事者。"

沈净晗："没有监控吗？"

"那段路本就偏僻，唯一的摄像头也早就坏了，安娜没看清司机，也提供不了任何有效信息，所以调查艰难。"

"安娜没怀疑周潮吗？"

"也许怀疑，但没有任何证据，她不敢直接指认周潮，毕竟周家势力庞大，她一个人无法对抗。"

沈净晗微微皱眉，懊恼情绪完全写在脸上："难道我们就拿他一点办法都没有吗？"

岳凛牵着她的手带她过天桥："谁说没有？"

沈净晗立刻转头："你有办法吗？"

两人走到天桥中间，岳凛停下脚步，看向下方两侧车道。

同样的路段，左侧道路空空，右侧却川流不息，几近堵车。

人生也许就是这样，选择了不同的方向，就要承担相应的后果，没有退路可言。

岳凛说："别人不知道周潮有几辆车，都停在哪儿，去过哪儿，可我知道。只要做了，车上一定会留下痕迹，有些东西洗车是洗不掉的。那段路上没有监控，但过往车辆有行车记录仪，那些车从哪儿来，到哪儿去，其他路段的监控也有记录。"

他从兜里摸出一个银色U盘，指尖绕着挂绳在空中转了转："而这些证据，都在这里。"

沈净晗慢慢睁大眼睛，惊喜又意外："真的？"

她不吝啬崇拜的眼神，兴奋得像是从前那个十几岁的小女孩："你怎么做到的，什么时候做的？你好厉害。"

岳凛听得心情舒畅，一把揽过她的肩膀，带她从天桥另一侧下去："这个有时间我慢慢跟你说，现在咱们还有一件事要马上做。"

他将U盘放进一个白色信封里，连同里面早已写好的匿名举报信一同封起来，找到最近的一家邮局，投进门口的绿色邮筒里。

这之后一连三天，岛上风平浪静，无事发生。

沈净晗已经调整好状态，见到周敬渊时也没有表现出任何异样的情绪。

警方突然登岛，将周潮从二号别墅带走。

一时间，周家乱了套，周敬君干着急使不上力，周敬渊几乎动用所有人脉，得到的结果是周潮故意开车撞人致残，证据确凿，无法保释。

陈师杰和付龙内斗，已经两败俱伤，周敬君记挂儿子无心其他，周敬渊缺少得力助手，一时间手忙脚乱，焦头烂额，内忧外患一大堆，诸事不顺。

这样的混乱正是岳凛和宋队所期望的。

那晚，岳凛和沈净晗面对面盘腿坐在床上，他握住她的手，认真地看着她的眼睛:"晗晗,我们已经看到曙光了,我们一定会赢。"

"嗯。"

岳凛弯起唇角,抬手摸了摸她的脸:"等一切结束,论功行赏,说不定宋队还给你申请个奖章什么的。"

"什么奖章?"

岳凛想了想:"最佳编外卧底?"

"还有呢?"

"最漂亮编外卧底。"

沈净晗笑了,搂着他的脖子,拉近两人的距离:"那你呢?"

"最漂亮编外卧底的家属。"

她彻底笑出来,起身捧住他的脸,低头用力吻他,舌尖轻松撬开他的唇齿,不太温柔地搅乱他呼吸的节奏。

昏黄暧昧的光线太适合做这样的事,她一边亲一边解他的扣子,腰身紧紧贴着他的身体。

岳凛抱着衣衫不整的人翻身滚到床上,凭借力气比她大,更猛烈地占有。

她深深陷进柔软的大床里,转头看向窗口。

皎皎明月在她视线中一下下晃动,她奋力伸手按熄台灯,房间里的光线顿时暗下来,由昏黄转为银白,月光占据了主导地位。

她就是在这个时候被他握着腰翻身,额头的薄汗浸湿床单。

岳凛贴过来咬她耳朵,沈净晗有些艰难地开口:"在岳城时你这样咬我,我还怀疑过。"

他动作没停,低哑的嗓音听得人心颤:"看出来了,你还掀被子检查。"

她耳朵红透。

岳凛不打算揭过这个话题:"那时候没看出是我?"

"胎记没了。"

"还有呢?"

"没了。"

"没了?"

他发狠:"你不诚实。"

沈净晗紧紧抓着被褥,被逼得没办法,颤颤开口:"有的。"

"有什么?"

她恨他追问到底,狠狠地说:"比以前更厉害了。"

"谁?"

"你。"

他笑着在她肩头弄出一抹红晕。

她彻底没了力气:"满意了?"

"嗯。"

"浑蛋。"

他没再出声,用行动回答她。

周敬渊为了尽快摆脱困境,加速了与南边合作的进程,随着交易的日期越来越近,沈净晗的心情也越来越沉重。

出发前一天,岳凛带沈净晗去了废弃渔船那里。

两人坐在船舱门口的台阶上,静静凝视一望无际的大海。

沈净晗靠在他肩上,语气轻松:"这次回来,你就再也不走了吧?"

"不走了。"

"嗯,那我等你回来接我。"她坐直身体,郑重地看着他,"你不是一个人,你有爷爷,还有我,懂我意思吗?"

不要去做豁出性命的事。

岳凛直视她的眼睛:"同样的苦,我不会让你受第二次,懂我意思吗?"

"缺胳膊少腿也不行。"

"好。"

她用很坚定的语气说:"岳凛,这次你要是像之前那样,一走就不回来了,或者瞒着我装死,就别想我还会再等你。"

"嗯。"他说,"知道了。"

"答应我的话要算数。"

"算数。"

说完这两个字,他掌心扣住她的后脑,猛烈地吻她。

出发的时间定在白天。

沈净晗站在码头附近的山坡上,看着那艘货轮。

海风吹乱了她的长发,裙摆飞扬。

她知道,那艘船里藏着足以让周敬渊倒台的证据,这一天,岳凛已经等了近八年。

远处传来厚重的轮船汽笛声。

开船了。

沈净晗下意识地往前一步,眼睛紧紧盯着那艘缓慢移动的货轮。

阿凛,一定要安全回来。

我等你。

之后的时间,沈净晗一直在坐立不安中度过。

等待、焦虑、夜不能寐,手机不离手,隔几秒就看一下有没有信号,闭上眼睛就是岳凛陷入危险的画面,外面有点动静就跳起来跑出去看。

这样的日子持续到三天后。

那天她像往常一样去工厂,周敬渊他们都不在,下面的人有些偷懒,吃完午饭没有着急出来，在休息室里聊天打牌。

还有三分钟十二点。

那是岳凛他们约定行动的时间。

如果顺利，三分钟后，那边开始交战，再过一会儿，宋队的手下刑天警官便会带人围剿云江岛地下工厂。

沈净晗紧张地坐在大厅里，紧紧盯着墙上的时钟。

指针一分一秒地跳动，她的心跳也越来越快。

十二点十五分时，外面依旧风平浪静。

沈净晗还能听到他们聊天的声音。

她的心紧紧揪着，难道岳凛他们又失败了？

如果失败，以后要怎么办？周敬渊会不会怀疑他，或者已经知道他的身份，他会不会有危险……

正当沈净晗脑子里一团乱麻，胡思乱想时，突然传来一声巨响，像是外面那道铁门被什么人暴力破开。工厂里顿时一片骚乱，沈净晗听到一声洪亮的喊话："都别动！警察！蹲下！"

他们来了。

围剿，逃窜，抓捕，尖叫，一片混乱。

沈净晗恍惚地看着这一切，只觉得像是一场梦。

直到刑天忙完，沈净晗才平复着急速的心跳："他们怎么样了？"

刑天看着她，语气凝重，严肃得像是出了什么大事："他们……"

他停顿两秒，换了一张笑脸："成了。"

沈净晗一颗悬着的心终于放下，激动得想哭："那阿凛呢？他还好吗？受伤了吗？"

刑天说："那边具体情况我还不知道，待会儿等师父的消息吧。"

沈净晗看着刑天："我怎么觉得好像见过你？"

她仔细回想，突然记起："你是那个卖水果冰沙的老板？"

刑天笑了："是我。那个时候我正需要在岛上有个身份，方便办事，于是阿凛就把这个差事交给我了，他的身份只有我和我师父知道。"

怪不得那个摊位一段时间后就不见了，沈净晗还以为是快入冬生意不好才不出来。

刑天忽然收起笑意，伸手短暂地与她握了下，语气郑重："谢谢你，这段时间你辛苦了。"

沈净晗掉下眼泪，她迅速抹掉，摇了摇头："你们更辛苦。"

周氏王国一夜之间彻底崩塌，引起轩然大波，一时间青城和整个云江岛都在谈论这件事，无不震惊。

而沈净晗在下午三点时，终于接到宋队的电话。

听说双方战况激烈，枪林弹雨。

警方最终逮捕七名毒贩,买卖证据确凿。
周敬渊和付北趁乱逃窜,岳凛翻墙追捕。
三人自此失踪,杳无音信。

沈净晗收到这个消息时,几近崩溃。

周敬渊和付北有多心狠手辣,她很清楚。尤其付北,据说他和付龙都是从小在流氓堆里摸爬滚打混出来的,手段下三烂,毫无底线和人性。

光明正大交手,岳凛收拾他们两个不是问题,可如果他们使阴招,搞偷袭,岳凛一旦处于下风,被他们控制,不敢相信他会被如何对待。

宋队说,他们已经加大警力扩大范围地毯式搜索,有消息一定第一时间通知沈净晗。

可沈净晗哪里坐得住,她想去那个边陲小镇,被宋队制止:"周敬渊和付北如今在暗处,如果你来了,不慎落在他们手里,不但帮不到阿凛,自己也会陷入危险。"

宋队甚至怕周敬渊他们冒险逃回云江岛报复沈净晗,暗中派了两个便衣以游客的身份住在旧时约,保护沈净晗。

沈净晗不怕死,但她怕拖累岳凛。

所以她只能等。

向秋每天变着花样给沈净晗做好吃的,猫猫们好像也看出宝贝主人有心事,不吵不闹不争宠,把自己最喜欢的玩具和小鱼干叼给她,乖乖地凑在她身边蹭她舔她,叫得人心软。

沈净晗躺在床上时,会被猫猫们温柔地围住,安静地陪伴。

赵津津听说这件事时,非常后怕。

原来姓周那家人全都是坏人,幸好沈净晗没有继续和周稳发展下去。

这个学期她课程很满,一直没有时间来找沈净晗,不知道后面那些事。

她请了假匆匆上岛,听向秋说沈净晗在房顶,赶紧跑上去。

见了沈净晗,赵津津一声"姐",直接把沈净晗的眼泪叫出来。

她紧紧地抱着赵津津,止不住地流泪,连日来所有压抑在心底不能对外人言的情绪和担忧在这一刻彻底失控,她真的很想把一切都告诉赵津津。

沈净晗忍耐许久,最终还是没有开口。

如果赵津津知道周稳就是岳凛,她一定会告诉岳爷爷。如今岳凛生死未卜,岳爷爷身体本就不好,一定没办法再次承受失去孙子的打击。

一次伤痛已经够了,与其失而复得后再失去,不如从一开始就不知道。

赵津津轻拍她的背,小声安抚:"没事的,都会过去的。"

虽然这样说,但赵津津很担忧,沈净晗花了这么多年时间才走出来,好不容易愿意尝试接受另一个人,却碰到这样的事,以后她大概很难再爱上谁了。

赵津津在岛上陪了沈净晗两天,不能继续请假,只能返回青城。

这之后，沈净晗又开始了漫长的等待，但她没有再像之前一样整日以泪洗面，消极颓丧，而是每天很早就起来，把自己打扮得干净利落、漂漂亮亮，认真经营旧时约。

她每天都上山，去寺庙里为岳凛祈福。

她不是信徒，但她相信心诚则灵。

她真的有好好生活，好好过日子，她要以最好的状态等他回来。

万一他回来，看到她那么憔悴，会心疼。

就这样，沈净晗从春意盎然的五月，等到了热情灿烂的七月。

她如同从前一样过着平凡的生活，每天按时吃饭，按时睡觉，天气好时会搬个小板凳坐在房顶抱着猫晒太阳。

云江岛延续着之前的传统，每个月两场烟花，她每场都看。

天热了，她想吃水果冰沙，买了糯米粉自己研究着做汤圆。但糯米粉已经用了半袋，汤圆却总是不尽如人意，不够弹，不够软。

等岳凛回来，让他做，沈净晗想。

她还是会每天给岳凛发信息，讲一些日常琐事。

——晚上明明吃了不少，半夜竟然又饿了，煮了一碗面当夜宵。

——今天给猫猫们剪指甲，好多只爪子啊，怎么也剪不完，下次你给它们剪。

——今天店里爆满了！好忙。

——上午退了好多房间，帮柴姨洗了好多床单被罩，院子里要晒不下了。

——天气很好，钓鱼来了。

——摔了一跤，手破了。

——好想你呀，阿凛。

那晚，沈净晗一个人来到那艘废弃渔船附近。

她登上那艘岳凛曾开出海的船，坐在船头，握着手机，晃荡着两条腿，闭着眼睛吹风。

她不知道这样的日子还要过多久，她也不去想那些。

比起从前那段她以为一辈子都不会再见到他的时光，像现在这样每天都有所期盼的日子已经很幸福。

她想起那次岳凛在这里带她游泳。

从那以后，她再也不怕大海。

海浪拍着船身，大海总是有自己的节奏。

手机忽然响起一段铃声。

沈净晗的心在那一刻开始猛烈地跳动。

那是她为某个号码设置的专属铃声，就算换了手机也没有变过。

而这个铃声，已经八年没有响过。

她盯着屏幕上不断闪烁、跳动的名字，颤抖着按了接听。

一道熟悉、温柔、早已刻进她生命里的声音伴着海浪萦绕在她耳畔——"回头。"

第十章
警号重启

沈净晗不敢回头。

不知道怕什么，就是不敢。

她紧紧攥着手机，从船头下来，鼓起勇气，缓缓转身。

岳凛就在她身后不远处的甲板上，迎风而立，挺拔坚定。

一个完完整整、活生生的岳凛。

她眼泪瞬间掉下来，无声地笑了下。

为自己，也为他。

她抬手抹掉眼泪，冲过去重重扑进他怀里。

岳凛被她撞得后退一步，勉强站稳，随即用尽全力将人抱紧，鼻子深埋进她发间，贪婪地汲取那丝令他魂牵梦萦、刻进骨髓里的味道。

属于她的味道。

沈净晗克制着微颤的声音："宋队说，你可能回不来了，我不信。"

"你说过会回来，你答应过我的事从没食言过。"

岳凛压紧她的身体，感受着彼此热烈的心跳，强撑着虚弱的嗓音："你说过，如果我不回来，你就不等我了。我想了想，我好像没办法承受这件事，所以我回来了。"

"我想你了。"

"我也是。"

"以后不走了，行吗？"

"嗯，不走了。"

沈净晗离开一点，捧住他的脸，心疼地看着他憔悴的面庞："你瘦了好多。"

他弯起毫无血色的唇瓣："你再帮我养回来。"

"嗯，我天天给你煲汤。"

"你会吗？"

"我会学的。"

岳凛的指尖在她湿软的唇瓣上轻抚,低头吻她。

好漫长的等待,像是跨越了千山万水、无数日月星辰,才终于再次触碰到彼此。

温柔只有几秒钟,急切占有才是他的本心。

但这个急切的吻并没坚持多久,他便彻底耗尽力气,面色苍白,渐渐地闭上眼睛。

沈净晗立刻扶住他的身体,两个人慢慢滑坐在地上,她惊慌失措:"阿凛,阿凛!"

一直在后面等待的宋队和刑天赶紧跑过来,帮沈净晗扶起岳凛:"他撑不住了,咱们得赶紧去医院。"

沈净晗慌乱地看着他们将岳凛抬上不远处等待的救护车,心里很害怕:"宋队,他到底怎么了?"

"上车,先去医院。"

岳凛被送进急诊。

直到此刻,沈净晗才知道,他全身都是伤。

宋队说:"我们本来想让他在当地直接就医,但他不肯,一定要先回来见你。怕吓着你,所以洗了澡换了衣服,伤口也只是挑严重的地方简单处理了一下就急着上飞机。

"他伤得很重,几乎没有半条命,他不让我们告诉你,但我觉得不该瞒你。我想,他是靠着要活着回来见你的信念才坚持到现在。"

沈净晗终于知道这两个月岳凛的遭遇。

宋队顾及她的感受,没有讲得很详细,但沈净晗听完,心情依旧不能平静。

但她没有哭,她满心想的都是要怎样补偿他,陪伴他,哄他,亲他,让他高兴,让他快点忘记那些不好的记忆。

他们已经经历太多,如果"苦尽甘来"这个词是真的,那现在也苦够了,该过好日子了。

其实案件还有许多后续环节需要岳凛配合,但这都是他身体恢复之后的事,现在他的主要任务是养伤,所以宋队没有过多停留,先行离开。

沈净晗悄声进了病房,坐在岳凛床边。

也许是因为一切尘埃落定,他睡得很熟、很踏实,有声音也没醒。

他实在太累。

这大概是八年来他睡得最好的一觉。

沈净晗没有出声,就这样安静地陪着,目不转睛地盯着那张脸,盘算着做点什么给他吃。

等他睡饱了,醒了,一定会饿,身体虚弱应该喝点小米粥吧,或者煲个什么汤?

有点后悔，这段时间这么空闲，怎么没提前学一下煲汤。

岳凛用回了本名，这让之前认识他的几个医生有些困惑，但因为他是警方送来的伤者，他们也没敢多问，就算问了，大概也不会得到答案。

清晨沈净晗短暂地离开了两个小时，回旧时约给岳凛煮了一锅软糯的小米粥，加了红枣和枸杞，配了一点清淡的小菜，放进保温饭盒里带回来。

进病房时，岳凛还没有醒，他已经睡了整整一夜，还没有醒的迹象。

沈净晗忽然有点担心，不知道他是不是又昏过去了。她小心放下保温饭盒，探身过去，伸出一根手指，试探他的鼻息。

有气，还好。

岳凛忽然睁开眼睛，沈净晗眨了眨眼睛。

她的手指还停在他唇边。

两人对视一会儿。

岳凛抬起手，握住她的手轻轻亲了一下："怕我死啊。"

沈净晗不敢挣脱，怕弄痛他的伤口，一动不动乖乖任他握着："醒了就胡说八道。"

岳凛笑了一下，不知牵扯到哪个地方的伤口，疼得蹙眉。

沈净晗赶紧让他把手放下："你别动了，老实躺着。"

岳凛静静凝视她许久："好像在做梦。"

她趴过去，隔着很近的距离看他的眼睛，手指轻轻点了点他的嘴唇："睡饱了吗？饿吗？"

岳凛又伸手搂她："睡饱了，想亲。"

沈净晗吓得按住他的胳膊："别动啊，多疼，我来就是了。"

说完她凑过去堵住他的嘴。

不太温柔，甚至有些莽撞，但像灵丹妙药，将岳凛浑身的疼痛抵消了大半。

亲完，沈净晗去拨他头发，看他头上的伤口。

两个月前的伤口没有进行任何医疗处理，全靠自愈，现在还有很明显的痕迹。

岳凛拨开她的手，不让她看："没事，都是小伤。"

她生气："什么小伤，你都快死了。"

岳凛："宋队都告诉你了？"

"就算他不说，你这一身伤，你觉得能瞒过我吗？"

"那个老头子说话不算数。"

"宋队不老。"沈净晗将床摇上来一点，拧开一旁的保温饭盒，"喝粥吧，小米粥，我早上回去煮的。"

岳凛真有些饿了："你吃了吗？"

"吃过了，都是给你的。"

他没醒她怎么有心情吃饭，岳凛心里清楚得很："一起吃。"

于是两人你一口我一口地把这碗粥喝得精光。

岳凛伤势严重，即便身体底子好，也需要至少几个月的恢复时间。

沈净晗每天都睡在病房的那张陪护小床上，让她回家也不回，就愿意跟他窝在一起。

岳凛也没勉强，拜托刑天弄了个很厚的垫子给她铺上了，能稍微舒服点。

沈净晗每天在网上搜罗各种营养菜谱做给他吃，做不好就重做，或者请教向秋，变着花样喂他，弄得岳凛伤口还没好全，体重倒增加不少。

他开始抗拒这样的投喂："晗晗，我不能再这样吃了，真的，不信你摸。"

他拉着她的手摸自己腹部："腹肌都不明显了，再这样下去，你以后没得摸了。"

她作势掐他肚子："该吃还是要吃的，没了再练，我对你有信心。"

他叹了口气，又被她强势地喂进一勺汤："练腹肌有多难，你知道吗？"

她言简意赅："吃。"

岳凛只好张嘴。

那天岳凛正睡着，沈净晗拎着午餐从楼梯口上来，远远看到他病房门口有人。

是个很漂亮的年轻女孩，没进去，只是透过玻璃窗口往里看，眼睛里满是担忧、眷恋。

沈净晗认出是之前岳凛送簪子的那个女孩。

她走过去，轻声说："怎么不进去？"

余思转头看到她，松开扒着门的手，有点不知所措："不了，我就是看看。"

沈净晗说："进去吧，他快醒了。"

余思想了想，还是摇头。

案件侦破，她也被宋队叫去做笔录、问话，才知道他原来是卧底。

她抬起眼睛看沈净晗，犹豫地问："你是他女朋友吗？"

沈净晗点头："是的。"

原来他有女朋友……

余思有些失落，同时又觉得沈净晗有些眼熟："我是不是见过你？"

沈净晗说："你住过我的店，旧时约民宿是我的店。"

余思有印象，那个店她只去过一次，还没住就被周稳叫走。

她忽然想到那天她当着沈净晗的面说过一些话，有点紧张地解释："你不要误会，那几次稳哥，"想起他不是周稳，又不知道他的名字，"那几次他没有碰我，只是问了我一些话。"

沈净晗笑着说："我知道，也谢谢你帮了他。"

余思又朝病房里看了一眼："能不能麻烦你帮我带几句话给他？"

沈净晗温柔地说："他快醒了，你可以自己和他说的。"

余思摇了摇垂着的头："不了，我不进去了。如果方便的话，麻烦你替我告诉他，我现在不在会所做了，我在咖啡厅打工，我会好好念完大学，再正经找个工作，不会再去那种地方了。"

沈净晗说："我会转告他的。"

余思放心了："谢谢你。"

她欲离开，走了两步后又回头，踌躇着问出心中疑问："你和他……是以前就在一起吗？"

沈净晗如实回答她："是的，我们十年前就在一起了。"

余思听了，唇角扬起笑意，似乎有些释然："真好，你们很配，祝福你们。"

"谢谢。"

临走前，余思最后说了一句话："我真羡慕你，也很佩服你，如果是我，可能坚持不了那么多年。"

沈净晗目送余思离开，沉默地在门口站了一会儿，随后轻轻推门进了病房。

岳凛还没醒，她走到床头的位置，把保温饭盒放下。

这段时间岳凛都是这样，睡眠时间很长，质量也很好，好像要把这些年少睡的觉一口气都补回来。

沈净晗没有叫他，随他睡。

直到半小时后，岳凛才醒。

睁开眼睛就看到沈净晗，岳凛心情好极了，他抬起手摸了摸她的脸："几点了？"

"快一点了。"沈净晗打开保温盒，"快吃饭。"

岳凛坐起来，搭好小饭桌，看了看今天的餐："新菜，没吃过。"

沈净晗把汤倒进小碗里："首次尝试，请多指教，如果好吃，明天再做。"

岳凛拿起汤勺："你的厨艺越来越好了，会的都比我多了。"

沈净晗掌心托着下巴看他，毫无预兆地开口："你的小桃花让我转告你——"

话没说完，岳凛一口汤没喝好，猛烈地咳起来，沈净晗赶紧站起来轻拍他的背："你急什么，慢慢喝啊。"

岳凛又咳几声，一脸疑惑地看着她："什么小桃花？"

沈净晗说："就是你送人家簪子的那个女孩，她来看你了。"

岳凛纠正："我没有送她簪子，我是办案，簪子拿回来了。"

沈净晗说："好好好，知道了，你没送。我是说她刚才来看你了，你在睡觉，我让她进来等，她没进来，让我转告你几句话。"

在这件事上，岳凛极其严谨："话不能乱说。"

"知道了，没送。"

"她说什么了？"

沈净晗把余思的话转达给他。

岳凛有些感慨："她也是苦命的孩子，误入歧途，能有这个觉悟挺好的，以后好好找个工作，正经过日子。"

他把碗里一块鸡肉喂给她："挺好吃的，新菜很成功。"

沈净晗吃了："那我明天还做。"

岳凛扯了一张纸巾蹭了蹭她的嘴角："待会儿和医院打个招呼，陪我出去一下。"

案件那边的流程还在继续走。

周家所有房产都被查封，包括岳凛住过的那栋房子。

岳凛带着沈净晗，在宋队和相关工作人员的陪伴下重新进入那栋别墅，取出他的卧底日记，收拾了几套衣服，带上那架望远镜和赵津津送他的签名篮球。

这就是他全部的私人物品。

其他衣物用品、豪车名表、奢侈品、周家的银行卡，全部交公。

沈净晗也将自己的一张卡交给宋队："这里面有一笔钱，是之前周敬渊打给我的。"

岳凛正式将卧底日记交给宋队。

同时宋队也归还给他一个纸袋。

里面是岳凛当年刚刚开启任务，离开中国时的随身物品，一直是由宋队代为保管。

岳凛和沈净晗凑到一起拆袋子。

有没卡的旧手机、钱夹，和一些零碎，还有一个坠着流苏的方形饰品锦盒。

沈净晗小声说："你给我买的手机和裙子要不要交公？还有那个簪子，手机和裙子可以交，那个簪子我还挺喜欢的……"

岳凛捏了捏她的脸："傻，那些都是我自己花钱买的。"

沈净晗惊讶："是吗？"

"归队后要从这几年的工资里扣的。"

沈净晗非常心疼："那你还买那么贵的裙子！"

岳凛忍不住笑起来："没关系，工资虽然不高，但攒了很多年，没怎么花过，够给你买东西。"

沈净晗还想说话，手腕忽然凉丝丝，她低头，看到岳凛往她手腕上戴了一条手串。

白色珠串晶莹剔透，泛着浅浅淡淡的蓝紫色光泽。

是八年前，他返程前给她买的那条月光石手串。

沈净晗白皙的指尖摩挲着珠串，抬头看他。

两人心照不宣地笑出来。

"原来它长这个样子。"沈净晗把玩着手串。

后来她曾搜索过月光石手串的图片，有很多种类型，不知道他买的是哪一种。

她以为那条手串已经随他沉入大海，后来知道他还活着，但那时每天都惊心动魄，她没有精力想这个，就算偶尔想起，也没有问过他，这么多年过去了，也许早已不在。

没想到还能见到。

宋队他们走在前面，几人上了车，宋队停在车门口等岳凛："你身体恢复得怎么样了？"

岳凛说："很好，可以出院了。"

沈净晗赶紧说："不行的，医生昨天还说不能出院。"

宋队笑说："别紧张，我没有催他，只是周敬渊已经被羁押回岳城，我怕那边随时可能找他。"他看向岳凛，"所以我想，在你身体允许的情况下，可以先回岳城，在那边慢慢调养，有事联系你也方便。"

周敬渊、周敬君、付北、陈师杰，包括原本就在看守所、官司缠身的周潮，一干人等已经一并被转回岳城关押，等待最后的审判。

岳凛点头："明白，我尽快回去，只是，"他停顿一下，"在那之前，我想先回一趟沣南。"

身上的伤好得差不多了，可以回去见爷爷了。

宋队说："理解，去吧，好好团聚一下，老将军见了你，一定高兴。"

"谢谢。"

宋队走之前，岳凛走到他身边："还有件事，麻烦你帮我处理一下。"

他附耳跟宋队说了几句话，宋队点头："行，我联系这边的扫黄组，有消息给你电话。"

"嗯。"

宋队他们的车离开后，沈净晗走过去："你跟他说什么了？"

"秘密。"岳凛拎着望远镜背包，"走吧。"

望远镜太沉，沈净晗怕扯他还没完全好的伤口，一定要自己拎，只让他拿那颗篮球和装衣服的背包。

岳凛不让她就生气，只好随她。

他的东西都暂存在旧时约，向秋看到两个人一起进门："稳哥。"

她叫完觉得不对，又看沈净晗："那个……我该怎么称呼？"

沈净晗说："他叫岳凛。"

"啊，凛哥。"

岳凛说："叫名字就好。谢谢你这段时间陪着她，照顾她。"

向秋有些不好意思地笑笑："应该的，净晗姐对我更好。"

沈净晗虽然没有和向秋说过整件事的来龙去脉，但向秋聪明，旁观这么久，看到周稳突然换了名字，一身伤地被警方送进医院，沈净晗还每天变着花样学做菜给他吃，猜也能猜到几分。她知道事关机密，没有细问，也没有和别人讲过。

两人回到楼上房间，将岳凛的东西放下。

猫猫们"呜嗷呜嗷"地跑过来摇尾巴，沈净晗照例不偏不倚，挨个宠幸。

岳凛也跟着摸。

如今猫猫们已经对他很熟悉，也很愿意亲近，主动往他身上跳。沈净晗怕猫爪子没轻没重碰到他的伤口,哄了一小会儿就把它们送回猫屋,关上那边的门。

岳凛靠坐在床头,摆弄他的旧手机:"你也不用太小心。"

沈净晗收拾好也爬上去,挤在他身边:"能打开吗?"

"打不开。"他的旧手机和沈净晗之前那部手机是同一个牌子,充电口是一样的,他刚才用她的充电器试了试,没有反应。

"里面还有什么东西吗?"

"有一些照片。"

想到照片,沈净晗有点难过:"我旧手机里的照片也没了,那时我怕周敬渊查我的手机,删掉了。"

"没事。"岳凛放下手机,翻身将人搂进怀里,"改天送去修修,也许能打开。"

他身上的伤已经好了大半,最近两天他都没让沈净晗睡那个小床,等护士查完房就让她上来和他躺在一起,抱着她睡,但怎么都不如家里的床舒服。

"要不我出院吧?"岳凛说。

"不行,你还没好呢,每天还要换药,还有检查要做。"

"我现在能走能跑,已经没事了,换药可以在家换,别的医院也可以复查。"他亲亲她的额头,"宋队说得对,我们得早点回岳城,有些事还需要我们配合,我也想早点归队。"

沈净晗想了想:"那再等几天,等我把店的事处理完,咱们就走。"

"好。"

之前他们已经谈过这件事,岳凛要回岳城,沈净晗也跟着回去,旧时约她准备用非常友情的价格转给向秋。

她也和向秋提过这件事,问向秋有没有这个意向,向秋当然愿意。但就算是很友情的价格,也不是小数目,她需要和家里商量一下。

就在昨天,她已经和沈净晗敲定,准备接下这个店。

毕竟知根知底、客流量稳定、价格又这样优惠的店不多。

她们已经初步谈好,只差沈净晗定下交接的日期。

已经经营这么多年,沈净晗虽有不舍,但没有犹豫。

她的家在岳城,在有岳凛的地方,这一点永远都不会变,她相信,在那里,她一定还会有新的挑战。

交接的时间不长,因为这段时间都是向秋在经营,她已经经验丰富,现在只需要起草一个合同,走个简单的流程就好。

岳凛那边也和医院定好,最近两天就出院。

一切都在计划中进行。

在他们离岛的前一天,简生回来了。

其实岳凛并不意外,医院里都是简生的老同事,沈净晗每天寸步不离地照顾一个叫岳凛的人,这件事早晚会传到简生那里。

只是真的见到简生,他还是会忍不住激动、不安,面对简生,他心绪复杂。

曾经,他们是最好的兄弟。

曾经,他们三个是最好的伙伴。

岳凛曾设想过许多简生见到他时的场面,可能生他的气,怨他不告知实情;可能因为对沈净晗的感情,让两人的关系变得别扭。

可简生哪一种都不是。

他只是沉默地望着岳凛,久久说不出话。

年少时的感情总是那样纯真热烈,不论友情或爱情。

震撼、惊喜、不可思议、为他骄傲,各种复杂情绪汇集到一处,凝聚成一个阔别已久的、沉重的、没有掺杂一丝别扭、只庆幸兄弟还活着的拥抱。

"这么多年,你辛苦了。"这是简生开口说的第一句话。

岳凛同样红了眼睛,对简生的感激与歉疚无法言说:"这些年,还好有你照顾她,我……不知道该怎样谢你。"

那场简生和"周稳"的谈话,他们记忆犹新。

简生救过沈净晗的命。

"不要说谢。当年你将她托付给我,让我照顾她,我却……"简生沉默片刻,"希望你能原谅我的情不自禁。"

岳凛怎么可能责怪他,更谈不上原谅。

"我们还是兄弟吗?还和以前一样好吗?"岳凛问。

简生说:"你不想吗?"

"我想。"

简生与他对视片刻,释然地笑出来。

一身轻松的感觉。

岳凛也笑了。

两个人都如释重负。

沈净晗就是在这个时候拿着检查单出现在病房门口。

看到简生,她有些意外,不知道他们两个都说了什么,她下意识地看向岳凛。

简生叫她:"站着干什么,过来啊。"

沈净晗走进去:"你什么时候回来的?"

"上午。不过我时间不多,明天就得回去了,"他看向岳凛,"我们三个好不容易碰面,一起吃个饭吧。"

岳凛自然答应。

上次他们三个一块儿吃饭还是八年前,岳凛出发前的那天晚上,他们一起吃火锅。

这一次,简生仍旧选了一家火锅店,顾及岳凛还没有痊愈,没要辣锅,选了清淡的菌锅。

每个人都感慨万千,时间过得太快,又好像太慢。

他们已经不再是青春洋溢的学生，这些年经历了许多，也成长了许多，但无论发生什么事，他们依然向往并期待美好的未来，也相信他们的友谊永远不会变。

爱不会那么容易消失。

简生对沈净晗，仍然心动，仍然深爱，但他选择藏匿这份感情。毕竟，他经验十足，从前已经独自承受许多年。

他不是圣人，也有遗憾，也会难过，但他更看重的是和他们两个之间的友谊。他对沈净晗更多的是心疼和祝福，真心希望她能好，过得幸福。

对沈净晗来说，只有岳凛才能让她幸福。

"一切都过去了，以后都是好日子，你们结婚那天，一定叫我。"

这是简生登船前说的最后一句话。

送走简生，沈净晗也开始打包行装，准备离岛。

他们想先回沣南见爷爷，但因为岳城那边还没结案，不能在沣南久留，所以选择直接将沈净晗的行李寄去岳城，让宋队和刑天帮忙接收，先送回岳凛家里。

几只猫猫也跟着一起过去，暂放在宋队家。宋队的女儿非常喜欢猫，一下子来了六只，小姑娘不知道要高兴成什么样子。

沈净晗和向秋签了合同，完成了最后的交接。

离开前，她最后回头看了一眼旧时约。

旧时约定，今朝圆满。

相信，所有人都会迎来属于自己的光明。

岳凛看到站在俱乐部门口的成旭。

他让沈净晗在原地等，自己走过去。

曾经每天一起玩的兄弟都不在了，如今只剩成旭一人。

岳凛说："我要走了，以后你多保重。"

成旭不知道该怎样面对他，一时间没有说话。

岳凛知道，以前成旭对他好，是因为把他当成周稳，儿时的玩伴，但他骗了成旭。

"如果我们在不同的境遇下认识，相信也能成为好朋友。"岳凛说，"谢谢你那次帮了净晗。"

也许成旭不愿原谅他，所以岳凛没有说太多，转身离开。

几步后，身后的人忽然开口："不管你之前是什么身份，以后是什么身份，我想说，在咱们相处的这一年里，我是真心把你当兄弟的。"

岳凛没有回头，无声地摆了摆手。

"你叫什么名字？"成旭问。

"岳凛。"

他走回旧时约，牵着沈净晗的手离开。

乘船到达青城时，本来车是要直接去机场的，但中途却走了另外一条路。

沈净晗问去哪儿。

岳凛说："一会儿你就知道。"

那辆车一路往郊区走，越来越偏，沈净晗从没去过那一片。

最终，他们竟然在看守所附近停下。沈净晗有点惊讶，问："咱们来这儿干什么？"

岳凛看了看时间："他们差不多到了。"

"谁？"

"我们的老朋友。"

大约等了二十分钟，一辆警车从他们车旁经过，停在看守所门口。

有两个铐着手铐的人被带下车，门口的警察与车上下来的警察进行核对、交接。

沈净晗看清了那两个人的样子。

竟然是张志君和曹斌。

岳凛说："他们之前买你的旧家具是要在青城开小旅馆。"

后来他们确实开起了小旅馆，但依然不走正道，为违法交易提供场所，还负责通风报信，如今被抓，也算罪有应得。

沈净晗说："你怎么知道我之前碰到他们的事？"

记得那个时候他不在岛上。

"我不但知道你碰到他们，还知道后来有人收拾了他们，打得他们爬都爬不起来。"

沈净晗激动地拽着他的胳膊："是啊，你怎么知道？他们第二天就来跟我道歉了，我纳闷好久。"她愣愣地看了他一会儿，反应过来，"是你吗？你帮我教训他们了是吗？"她有点激动又有点高兴，搂住他的脖子，重重地亲了他一口，"谢谢你，阿凛。"

岳凛一脸深藏功与名的样子："不客气。"

门口那边已经交接完，沈净晗亲眼看着曾经欺负过她的人迈进监狱大门。

岳凛默默牵住她的手："走吧。"

岳凛和沈净晗到达沣南时，已经是下午两点。

大门两旁的淡粉色月季花比去年还要茂盛。

时隔多年，再次看到那个院门、那栋房子，岳凛忽然有些紧张。

沈净晗安抚地握了握他的手。

怕他突然出现，老人家承受不住，所以他们提前通知了赵津津一家，让他们慢慢地告诉爷爷，让他有心理准备。

现在，他们一家人都在大厅里等着岳凛和沈净晗。

· 287 ·

两人推开大门，走进去。

客厅里安安静静，只有老式钟表的"嘀嗒"声。

岳凛缓步走到客厅中央，看着茶桌旁中式椅子上安坐的岳安怀，瞬间湿了眼睛。

岳安怀拄着手杖，身旁是赵津津和她的父母。

一家人的视线全部集中在岳凛身上。

岳凛向前几步，松了手，背包应声落地。

他屈膝跪在爷爷面前，低着头，肩膀克制不住地颤抖，泪水汹涌而出。

"爷爷，我回来了。"

岳安怀沉默地看着岳凛。

他不讲话，没人敢出声，客厅里静得厉害，沈净晗也不敢动。

许久后，岳安怀才拄着手杖，缓慢起身。

他走到岳凛面前，一双沉稳坚毅的眼睛隐着不易察觉的泪意，他忽然扬起手杖，用力砸向岳凛的肩背。

一下，又一下。

岳凛脊背挺直，垂着头默默承受，一声不吭。

沈净晗咬着唇掉眼泪。

赵津津一家人不敢说话。

三下后，岳安怀扔了手杖，颤抖着弯腰抱住孙子，失声痛哭。

岳凛将头埋进爷爷怀里："对不起，爷爷。"

房间里所有人都在抽泣，抹眼泪，包括从小看着岳凛长大的周姨。

没有人打扰他们两个。

没多久，岳凛的姑姑怕岳安怀身体支撑不住，走过去扶住他的手臂："爸，让阿凛起来吧，坐下说话。"

岳凛微微转身，依然垂着眼睛："姑姑。"

"哎。"姑姑没忍住，又抹了抹眼泪，"回来就好，快起来吧。"

赵津津跑过来，帮妈妈一起把岳安怀和岳凛扶起来。

这个傍晚，一家人坐在一起，说了很多。

岳凛的身份摆在这儿，遭遇任何事他们都有心理准备，现在人能完完整整地回来，已是万幸。但他们没有想到，一直放不下岳凛，消沉了这么多年的沈净晗，在过去这段日子里竟然也经历了这样可怕的事。

好在，她等到了。

赵津津的母亲后怕地握了握沈净晗的手："你受苦了，净晗。"

怪不得之前说好要过来住一段时间，最后却没来，原来那时她已经被卷进风暴旋涡，无法脱身。

一个没有经过专业训练的普通女孩每天待在那么可怕的地方，她的压力有多大，可想而知。

幸好他们两个还在一起，在寒冷、看不到希望时还能互相拥抱，取暖。

岳安怀说道："你不在的这些年，她每年都来看我。她是个好姑娘，以后恋爱也好，结婚也好，你要多让着她，照顾她。"

岳凛郑重地说："我会的，爷爷。"

岳安怀挂念岳凛的身体："你都好了吗？还是要再做一次全身检查比较安心。"

"好得差不多了，回来之前检查过，晗晗每天给我煲汤，调养得很好。爷爷，您身体怎么样了？上次住院，我不敢进病房，只远远地看了您一眼。"

身为至亲，却不能光明正大地照顾孝顺长辈，实在令人心酸，岳安怀说："已经好了，不用挂念。"

这天，一家人做了满满一桌丰盛的晚餐，比过年还热闹高兴。

岳凛的姑姑没让沈净晗插手，让她去陪爷爷。

餐桌上，岳凛和沈净晗的碗被堆得满满的，全是他们两个爱吃的菜。

饭后，岳凛带沈净晗回自己房间。

他的房间一直保持着原来的模样，没有变过，连他小时候玩过的弹珠、小皮球、看过的连环画，还有稍大一些时候的磁带、赛车杂志都在。

沈净晗小时候经常来，那时两人经常捧着一盆小柿子一起在他房间里看动画片。

岳凛站在书架前，抽出一张CD，放进CD机里。音乐一出，沈净晗抱着抱枕回头。

是他们以前常常听的一首歌。

她放下抱枕走过去。

岳凛转身抱她。

他没让她看到他的眼睛，但沈净晗知道他现在一定很想哭。

她将脑袋歪在他肩上，轻拍他的背，无声安抚。

沈净晗被安排在岳凛旁边的房间，和赵津津一起住。

两个姑娘一进屋，赵津津就把沈净晗拉到床边坐。她庆幸自己现在正放暑假，不然还不能第一时间得到这个消息："你知道我现在有多震惊吗？周稳居然真的是我哥，那个看起来很温和的董事长竟然是坏人，我还傻傻地觉得他很好……还有你，你这段时间到底是怎么过来的，如果你告诉我，我哥没回来那段时间我一定好好陪你。"

沈净晗说："少一个人知道，就少一个人担心，而且那时还不确定他是不是还能回来，我也不敢多透露什么。"

赵津津想起几次进岛发生的事，又后怕，又自责："对不起，如果不是我乱闯林子，画了那幅画，就不会有后面的事了。"

沈净晗摸摸她的脑袋："不是你的错，你又不知道会被人看到，是不是？

现在都过去了。"

那晚两人一直聊到很晚。

赵津津睡着后,沈净晗侧身躺在床上,看着外面那片云。

月亮藏匿在厚厚的云层中,月光从缝隙里探身,自由洒落。

沈净晗一点困意都没有。

她打开手机,点进岳凛的聊天界面。

自从他回来,两人天天在一起,她没有机会给他发信息,不知道他在隔壁睡了没有。

正想着,界面左侧忽然弹出一条信息——

睡了吗?

沈净晗怔怔地看着那几个字。

时隔八年,左侧发来的第一句话。

眼睛有点酸,但她忍住了。

——还没。

她回。

对面秒回:出来。

沈净晗掀开被子下床,悄声走到门口,将门打开一道缝隙,侧身出去。

岳凛就站在走廊里,沈净晗刚走过去,他就把人抱住了。

沈净晗在他怀里仰起头,小声说:"干吗呀?"

他依旧喜欢埋在她颈窝里,闻她身上淡淡的香味:"有点想你。"

她微微扬起嘴角,轻抚他的背:"在一起还想。"

"哪在一起了。"

"我在你家哎。"

"又没在我怀里。"

家人都在,岳凛很有分寸,知道今晚不能一起睡,但躺在床上,想着她就在隔壁,就有点睡不着:"出去走走吧。"

"嗯。"

他牵着她的手下楼,搬了两个小马扎,两个人坐在院子里乘凉。

这个季节夜晚的空气很好,不太热,天上那朵云已经散去,肉眼可以看到很多星星。

沈净晗靠在他肩上,指着天上一颗星星问他是什么星,他说出名字。

她又问另一颗,他也说出名字。

沈净晗扭头:"真的假的,你都知道?"

这个角度很适合接吻,岳凛捏着她的下巴亲上去,咬了一会儿她软软的唇:"不信你去查。"

沈净晗再抬头时,已经忘记刚刚指的是哪颗星。

同样是一家人一起吃早饭。

岳安怀很高兴,比平时多喝了半碗粥,精神也好了不少。

赵津津的父母也很忙,其实家里很久都没有这样热闹,现在岳凛回来了,女朋友也还是原来那个,一切都朝着最好的方向发展,连空气都变得甜了起来。

饭后岳凛陪岳安怀下棋,沈净晗给他们两个泡茶。

茶叶是沈净晗从普洱寄过来的,岳安怀很喜欢。

下午两人去了隔壁沈净晗姥姥家的院子,钥匙跟随其他东西寄回岳城了,但这难不倒岳凛,毕竟这堵墙他从小就翻,经验十足。

沈净晗也翻墙过去,岳凛在那边接着她。

两个人这里晃晃,那里看看,简单收拾了一下院子,扫了地,把小花坛里的杂草拔了。

岳凛说,下次回来要把这里彻底收拾出来,他们回来就住这边,省得爷爷那边人太多,做什么都不方便。

沈净晗说他整天想着干那事,在医院时好一点就忍不住,结果只是前戏,还没正式开始,伤口就有裂开的迹象,吓得沈净晗再也不敢,直到现在都不让他碰。

岳凛和沈净晗在沣南停留了三天。

第三天刚好是岳安怀的生日,他们准备为爷爷过完寿就返回岳城。

沈净晗想起去年她一个人来这里,那时她怎么都想不到,从回到云江岛那一刻起,命运就发生了改变。

知道案件还没彻底结束,岳安怀没有留他们,以后见面的机会还很多,正事要紧。

岳凛说:"等一切结束,我和晗晗再回来好好陪您。"

两个人于当天傍晚到达岳城,回到岳凛的家。

这里已经很多年没人住过,他们已经做好心理准备要好好大扫除一下,没想到进门一开灯,客厅里干干净净,一尘不染,地板、桌子都清清爽爽,沈净晗的行李整整齐齐地摆在墙边。

不用猜也知道,是宋队和刑天他们几个帮忙收拾的。

岳凛给宋队打电话,宋队笑着说:"算是给你的一个小小的欢迎仪式吧。

"欢迎回家,阿凛。"

岳凛站在阳台上,指尖摩挲着栏杆上斑驳的岁月痕迹。

"谢谢您,师父。"

宋队于他,亦师亦友,带他入行,教他技能,教他怎样做一个合格的警察。

岳凛为这个案件付出了八年,可宋队却为禁毒事业付出了半生。

他值得信赖,令人尊重。

沈净晗已经烧好一壶热水:"阿凛。"

岳凛回头，看到沈净晗摇了摇手里的泡面："要不要吃？"

他走回客厅："吃。明天去超市。"

"嗯。"

岳凛家里的被褥不能直接睡，当晚他们睡的是沈净晗带回来的一套被褥。

岳凛的身体已经恢复得差不多，彻底失去耐心，趁她洗澡时直接冲进浴室，直到浴缸里的水快凉了才把她抱出来，放到沙发上继续。

现在不用跳窗，不用担心被别人发现，也不用特意出海，就在这个家里，只有他们两个，肆无忌惮，为所欲为，想做什么做什么。

直到筋疲力尽，耗尽最后一丝体力。

两个人双双平躺在床上，盯着天花板发呆，思考要不要再去泡一碗面。

之后的几天，他们每天都出门采购。

买了许多生活用品和食物，有蔬菜水果、鸡蛋牛奶、厨具调料，把厨房和冰箱塞得满满的。

买了很多沈净晗喜欢的装饰品，把家里布置得温馨漂亮。

猫猫被接回家，有了新的玩具和猫爬架。

沈净晗还买了好多盆花摆在阳台，但想不起来浇水，每次都是岳凛去浇。

这样悠闲舒适的生活一直延续到九月。

终于等到宣判的日子。

宣判那天，晴空万里。

岳凛和沈净晗早早起床，和以前每天一样出门晨跑，回家时顺便带了早餐。

他们还是很喜欢上学那会儿的标配，一颗水煮蛋、一根油条、一杯豆浆。

岳凛说："待会儿完事咱们去趟超市，再买点你说好喝的那个酸奶。"

沈净晗说好："那再买点黄瓜和胡萝卜，我给你做麻酱拌面。"

上次失败得彻底，岳凛是靠着对她深沉的爱才含着泪吃光，后来她都有点不忍心看了。

这次在网上找到一个新配方，一定要争口气，成功一次给他瞧瞧。

岳凛面不改色："好。"

沈净晗怀疑她就是给他一把野菜他都会说好吃。

这个人的评价不能当作参考。

两人这样随意聊天，平静得如同之前那些再普通不过的清晨。

吃过早餐，两人收拾停当，准时出门，半小时后在法院门口见到宋队和刑天。

几人相视而笑，一同迈上阶梯。

岳凛蛰伏八年，身后承载着无数人共同的努力，失去了很多，也得到了很多。

终于在这一天有了结果。

庄重威严的法庭，代表着公平与权威，神圣不可侵犯。

每个挑战法律、泯灭人性的犯罪嫌疑人都会在这里受到应有的惩罚。

一切尘埃落定，无数人耗费多年心血，终于彻底将这伙贩毒集团剿灭。

从法院出来时，岳凛被光晃了下眼睛。

他抬起头，看到阳光洒落大地，耀眼明媚，温暖和煦。

一切都是那样生机勃勃，充满希望。

沈净晗站在他身边，轻轻牵住他的手，他反手紧握，与她十指相扣。

结束后，宋队开车送两人回家，他问沈净晗："以后有什么打算？"

沈净晗说："还没想好，我只开过民宿，没做过别的。"

宋队说："我知道一个地方，不知道你有没有兴趣。"

"什么地方？"

宋队将车转到一条主路上："听说毒品检测鉴定中心那边缺少人手，我觉得你很适合。"

沈净晗有些意外，她没有想过这样的方向。

她看向岳凛，但岳凛似乎也是刚知道宋队有这个想法。

沈净晗不太明白："这个岗位是做什么的？"

宋队说："我们平常办案涉及的毒品会送到鉴定中心，由中心里的人做定性定量分析，为我们办案提供帮助。偶尔还有一些毒物分析，例如农药、安眠药之类的。你专业对口，化学方面的天赋那么高，这个职位对你来说再合适不过。"

沈净晗有些顾虑："可是我大学没有毕业，只读了不到两年，没有学位证书。"

宋队笑了："能力在这儿，其他都是次要，鉴定中心的人如果知道你的履历和经历，一定愿意要你。至于那些证书，边工作边考也没有问题。"

沈净晗询问岳凛的意见。

岳凛说："你感兴趣就去做。"

沈净晗思考片刻，很快做出决定："好，如果鉴定中心那边同意，我愿意尝试。"

宋队笑着说："放心吧，你这样的高级技术人才是很稀缺的，两个组说不定还要抢一下。"

途经C大，岳凛让宋队把车停下："我们在这附近随便走走，散散步。"

等他们下车，宋队滑下车窗，对沈净晗说："等我消息吧，应该不会很久。"

他又看岳凛："还有你，马上正式归队了，这两天好好休息，放松放松。"

"是，宋队。"

两个人沿着马路走，过了天桥，来到C大门口，岳凛说："进去看看？"

沈净晗仰起头，看着主楼上方的烫金大字。

是她学校的名字。

当年她得知被这所学校录取时，真的非常高兴，觉得没有白白努力，前途一片光明。

她也很喜欢她的母校，这里曾留下过很多她和岳凛在一起时的美好回忆。

可是后面又多了很多不太美好的回忆。

岳凛趁她愣神，牵着她的手带她进去："走吧，快中午了，看看能不能借个饭卡吃点东西。"

这么多年没回来，学校变化很大，重铺了路面，多了许多绿植，食堂也扩大了，熟悉的窗口没剩几个，最重要的是，拖到她离开也没翻建的旧宿舍楼现在焕然一新，不知道是哪年修的。

快到午饭时间，为了不跟学弟学妹赶在一起，他们先去了食堂，档口里的人刚把菜端上来，新鲜热乎。

岳凛给了早来的同学一点现金，借饭卡刷了四份菜、两份米饭、两瓶水。

一份菜量不算大，这些两个人吃刚好。

沈净晗尝了尝，味道还行，但应该是换过厨师了。

岳凛说："厨艺还不如你。"

沈净晗面无表情："说得我都要信了。"

"真的。"

"赶紧吃吧。"

吃完饭，两个人一起在学校里逛了逛，沈净晗挽着岳凛，走到哪里都要说一下变化。

她真的对她的母校印象深刻，每一处都记忆犹新。

岳凛掐着时间，下午一点时将沈净晗带到小礼堂门口："里面好热闹。"

沈净晗想起今天是教师节："每年教师节我们学校都有活动，给优秀教师颁奖，还有节目。"

"进去看看？"岳凛拉着她往里走，"好像已经开始了，咱们坐在后面看会儿热闹，不会影响别人。"

两人坐在最后一排不起眼的位置，台上主持人已经开始流程。

岳凛偏头小声说："你是不是也当过这个主持人？"

沈净晗点头："大一的时候。"

那天不是周末，岳凛没有时间过来看，不过后来沈净晗给他发了一些她在台上的照片，他存在手机里很久。

一个个获得表彰的教师登台领奖，发表感言，获得了学生们热烈的鼓掌声。

当主持人念到下一个优秀教师的名字时，沈净晗的表情有了明显的变化。

是杨文清。

杨文清的笑容一如往昔，如春风般和煦。

沈净晗看着他上台领奖，接过红色的荣誉证书和金色的奖杯，指尖一点点变得冰凉，她拉着岳凛："我们走吧。"

岳凛反握住她的手："再看一会儿。"

沈净晗一秒钟都不想在这里停留："我不太舒服，咱们走吧。"

"晗晗。"岳凛看着她。

沈净晗垂着眼睛，沉默很久，最终还是鼓起勇气："阿凛，有件事，我一直没有和你说过。"

话音刚落，礼堂前面的学生突然一阵骚动。

沈净晗下意识地抬头，看到有几个警察突然上台，打断还在发表获奖感言的杨文清，当场将人带走。

前排的同学听清警察的话，似乎是接到举报，化学院杨文清教授道德品质败坏，多名女生上学期间曾遭受过他不同程度的骚扰，举报信后还有一张联名签名纸，上面是一部分曾经被他骚扰过的女生们的亲笔签名。

一时间，整个礼堂的学生一片哗然。

他们怎么都没想到，外表谦和有礼、文质彬彬，受人爱戴的杨老师，竟然是这种人。

典礼因为这个突发事件被迫终止，校领导们都去处理这件事，学生们提前退场。

沈净晗有些恍惚地被岳凛拉出去。

两人走到一片绿荫下，岳凛捧起她的脸："好了，结束了。"

沈净晗抬起头，盯着那双漆黑的眼睛："是你吗？"

"是。"

"你怎么知道？"

当年她不肯就范，多次拒绝杨文清，杨文清恼羞成怒，到处散布对她不好的谣言，让她没办法继续在学校读书。

虽然她没有对自己说过这些事，但岳凛知道，如果不是被逼无奈，沈净晗绝对不会放弃读书，所以回国不久，他就着手调查，也陆续搜集了一些证据交到警察手里。

岳凛亲吻她的额头，低声说："这些年，虽然我不在，但你的遭遇、你受过的苦，我都知道。当年如果我在，绝对不会任凭别人这样对你。所有的事，一桩桩，一件件，我都记在心里，他们一个也别想跑。"

"只要我在，没有人能欺负你。"

云江岛上的这起案件在网络上引起不小的关注，之前一直关注此案的人纷纷拍手称快，同时也感叹缉毒警的不易。

周稳也看到了相关报道。

那时夜幕降临，他正准备入睡，无意中看到手机上的这则消息，他被"云江岛"这个熟悉的地名吸引，便看了下去。

他曾短暂停留过的旅游度假岛竟然发生了这样的事，令人唏嘘。不知道那座悠然静谧的岛屿和憨厚淳朴的岛民有没有受到影响。

他如同每次看完新闻一样，关掉手机，熄了台灯，亲吻身旁熟睡的女孩："晚安。"

三天后，岳凛和沈净晗去了陵园。

与陵园的工作人员沟通好后，两人站在一旁，亲眼看着工作人员开启他的墓，取出里面的葬品。

是一套警校警服和一副护腕。

他们将物品归还给岳凛："墓碑我们会替换成空碑。"

站在最前方的人伸出手，语气敬重："欢迎回来。"

岳凛回握："谢谢。"

沈净晗每年都会来这里，只是她从没想过，有一天能和岳凛一起来。

真是很奇妙的经历。

她问岳凛："你来过吗？"

"来过。"

"什么时候？"

"学做水果冰沙的时候。"

"来做什么？"

岳凛把警服和护腕装进袋子里拎着，牵起她的手："就坐了一会儿。"

"没去青城前我总来，那时候每天心里都空落落的，靠在那儿坐一会儿觉得心安。"

这么多年，每次来这里心情都是沉重的，只有这一次，不一样。

台阶很平缓，两个人走得很慢。

沈净晗说："今年你还没给我做过水果冰沙。"

他说："回家就做。"

"是不是要买很多种水果？多了吃不完很浪费。"

"不会，每样少买一点，用不完的榨果汁，果汁喝不完可以制成冰块。"

他总是有办法。

沈净晗又说："糯米汤圆好难做，我试过几次都不成功，回家你教教我吧。"

"不用。"岳凛单手搂住她肩膀，"我会就行了。"

两个人一边聊天一边下山。

这之后，岳凛又陪沈净晗回了趟她父亲的老家。

她的父母安葬在老家的陵园，和她的爷爷奶奶在一起。

沈净晗用湿纸巾一点点擦拭父母的墓碑："爸爸，妈妈，阿凛回来了。

"他没有死，我带他回来看你们了。"

岳凛弯腰把附近的杂草除净，将鲜花放在墓碑前："叔叔，阿姨，我回来了。"

他履行承诺，站在墓碑前，将周家人的判决书一字一个字念给他们听。

念完，他郑重地看着照片里那两张熟悉的面孔，眼眶忍不住湿红了。

八年前一别，竟是永别。

他出发的前几天还见过他们两个,他们叮嘱他路上小心,到了要通知他们;训练时注意不要受伤,安全第一。

一个人在外面,身边没有亲人,要学会照顾自己,好好吃饭,好好睡觉。

他们把他当成亲儿子一样看待。

"叔叔,阿姨,你们可以安息了。

"你们放心,我会一辈子对晗晗好,爱她,护她,不跟她吵架,不让她受一点委屈,不让别人欺负她。我爷爷也特别喜欢她,以后我的家人就是她的家人,她永远不会觉得孤单。

"以后我会常陪她回来看你们。"

扫墓后,他们牵着手走在附近的山林中。

岳凛一直知道这个小镇,但从没来过。他还没转学到岳城时,每到放假,沈净晗如果不去姥姥家,那一定是在奶奶家。

她去奶奶家的那段时间,他就见不到她,那时候年纪小,还没有手机,他只能跑到隔壁沈净晗姥姥家,催姥姥给沈净晗的妈妈打电话,问她们什么时候来沣南。

然后过不了两三天,沈净晗就大包小包地跑来沣南,包里全是给岳凛带的野果、零食。

沈净晗问岳凛是从什么时候开始喜欢她。

这个问题岳凛曾经问过她,并且很不满意她的答案。

现在同样的问题落到他头上,他却犹豫了。

"说啊。"沈净晗催他。

岳凛沉默很久:"我也不知道。"

起初他只是很喜欢跟这个女孩一起玩,想欺负她,揪她的小辫子,但别人揪她的小辫子,他会帮她打回去。

最喜欢的小汽车玩具愿意分享给她,也想把好吃的东西给她吃。

天天盼着放假,盼着她能来沣南,到时候就可以带她去河边抓鱼,她最喜欢抓小鱼。

她为什么不能在沣南上学啊。

后来,得知父亲要调去岳城工作,他高兴了好几天,再三叮嘱,一定要把他转到沈净晗的学校。

从那时候起,他们每天都能见面。

他们一起长大。

他看着她每一年的变化,从天真烂漫,到亭亭玉立。

她越长越漂亮,越来越优秀,老师同学都喜欢她。他心里渐渐有点异样的感觉,觉得她被人发现了,她不只是他一个人的小伙伴了。

那时他还不知道那种感觉代表什么。

再后来，青春期。

他早早确认对她的感情，但她懵懵懂懂，天天和她的小姐妹在一起，什么都不懂。

行，他可以等。

但没等来她开窍，却等来了好多喜欢她的男生。

他们好勇敢、好主动，总是能找到机会接近她，和她聊天。

真的很烦。

所有同学都看出他喜欢她，只有她不懂。

于是他开始找碴，生闷气，三番五次闹别扭，盼着她能有点觉悟，明白他的心意。

她忘记他的生日，其实他没有真的生气，只是很喜欢看她为他着急的样子，于是只能一路装到底。没想到她真的跑了好多地方，给他买了一副特别漂亮的护腕。

父亲去世，他坐在阴冷的楼梯下，那个时候，他真的很需要她的拥抱。

她真的找来了。

她紧紧抱着他，陪着他，那个时候他想，我要爱她一辈子。

她以为他要回沣南，哭得可怜，他心里是很高兴的。

从没那么高兴过。

她舍不得他。

其实那次，他求了爷爷很久，保证自己会好好照顾自己，不会耽误学习，爷爷才勉强同意不让他回去。

如果非要追溯一个起点，那么他觉得，可能自他们相遇的那一刻起，就已经注定了要纠缠一生。

九月十六日，岳凛正式归队。

当年他警校尚未毕业就接到任务，一走就是这么多年，其实按流程讲，他还不是一名正式的警察，如今宋队给他补上了所有程序，将警校毕业证书交给他。

他重新剪了寸头。

比年少时更坚毅硬朗，锋芒尽显。

所有人整齐列队，站在阳光下。

岳凛迎风而立，如青松般挺拔，目光坚定锐利。

宋队站在他正前方，双手托举一只打开的木盒，里面有一枚警号胸针。

"岳凛，出列！"

岳凛向前迈一步。

宋队嗓音洪亮，铿锵有力："因公牺牲民警岳青松警号解封！现由其子岳凛继承！"

刑天出列，接过木盒，宋队拿起里面的警号胸针，庄重地替岳凛佩戴在胸前，为他整理肩章、领口。

宋队后退一步:"035770!"

岳凛立正:"到!"

"欢迎归队!"

宋队一侧全部队友,与岳凛同时敬礼。

岳凛因在那项长达八年的任务中表现杰出,被授予一等功,在宋队的支队任职副队长,短时间内不会再被安排其他卧底任务。

愿得此身长报国。

这是所有公安民警的初心与坚持,国家与人民的利益永远高于一切。

袭承警号,承的不仅是至亲血脉,还有代代相传的警察精神。

岳凛身着警服去见沈净晗。

"我今天没有准备戒指,但我有很多话想对你说。"

他一开口,沈净晗便知道他要说什么,她温柔安静地站在他面前,静静等待。

岳凛看着她的眼睛,严肃得像在宣誓:"自从我父亲殉职,我就决定做一名人民警察。

"那时我想,将来我一定会娶你,以你的性格,一定会每天为我担惊受怕,同时我也在想,如果以后我像我爸一样不幸殉职,留下你一个人,你要怎么办。

"如果要避免这种情况,唯一的办法就是离开你,那么你就可以自由地选择更舒适安逸的人生。

"我想了一下,我应该舍不得离开你,所以我努力训练,努力变得强大,只有我有能力保护自己,才能让你安心,才能更好地保护你。

"现在,我似乎做到了。

"我们已经浪费了八年,我不想再浪费下去。"

"所以沈净晗,"他目光坚定,"跟我结婚吧,我非常,非常非常想跟你结婚。"

沈净晗早已哭得说不出话。

怎么可能不愿意呢。

面前这个人,是她从懵懵懂懂、青春年少时就放在心里的人啊。

她花了七年时间,都没办法忘掉他。

他"死而复生",之后的每一秒都是赚来的,是她从前不敢想的日子。

她只会珍惜余生的每一天。

"我只想要你答应我一件事。"沈净晗红着眼睛说。

岳凛语气郑重:"你说。"

"你是一名警察,这是不能改变的事实,我支持你、相信你,也以你为荣。但是,如果你以后再去做危险的事,可不可以先告诉我?我宁愿每天担心你,盼着你回来,也不想像以前一样,以为你再也回不来了。如果再来一次,我不知道我还能不能承受。"

他落下眼泪:"好。"

沈净晗哭着笑出来,走近一步,轻轻搂住他的脖子:"那么,我们就结婚吧。"

云层渐渐散开,日光落在他们身上。

他们没有选日子,第二天就准备领证。

早上两人没听见闹铃,起晚了,匆匆忙忙起床,沈净晗气得用枕头砸他:"都是你,那么晚也不睡,非要折腾。"

岳凛轻松抓住抱枕,往床上一丢:"现在怪我了,昨晚是谁缠着我不让起来,抱得那么紧,你明知道你一那样我肯定来劲。"

"是你抓着我不放。"

岳凛不跟她争辩这个,直接把人抱下床:"快点儿吧,你先收拾,我去弄早餐。"

沈净晗洗了澡换了衣服,站在梳妆镜前认认真真地涂口红。

她现在依旧不怎么涂,但拍照还是需要简单收拾一下,气色能好些。

她跑到厨房给岳凛看:"怎么样?"

岳凛正在煎鸡蛋,转头看了一眼,勾勾手指。

沈净晗凑过去一点。

他忽然低头吻她,亲掉一点颜色后,满意地点点头:"现在刚好。"

她又跑回去梳头发。

她今天准备团一个小团子。

令人懊恼的是,她平时随手绾的头发都很慵懒好看,现在需要正式拍照,却怎么都不满意。这事岳凛帮不上忙,他已经准备好早餐,她还在镜前折腾。

岳凛走过去:"好了吗?"

"快了,别催。"沈净晗两只手在脑袋后忙活,终于弄出一个很满意的形状。

她拉开抽屉,打开木盒子,取出那支他亲手雕刻的簪子,往头发上比画:"插哪里好?"

岳凛扶着她的脸看了看,接过簪子比了一个位置,插进发丝:"行吗?"

沈净晗转头看镜子,扭头亲了他一下:"完美。吃饭。"

他看着她跑出房间的背影,摸了摸自己的脸,看了眼镜子。

一枚唇印。

没几秒,沈净晗又跑回来,抬手把他脸上的唇印蹭掉:"吃饭!"

领证的流程比他们想象中要简单,除了排队和拍照需要花些时间,真正办理只用了十几分钟。

出了民政局,两个人一人手里一个小红本,凑在一起看看这个,看看那个。

沈净晗说:"就这么结婚啦。"

岳凛收起两个小红本,拉住她的手,凑过去在她唇上亲了亲,轻声说:"新婚快乐,老婆。"

沈净晗无名指一凉,她低头,看到他为她戴上了一枚戒指。

很简单的素圈款式,简约庄重,很配她。

岳凛说:"准备了很多年,最重要的时刻却没带在身边,但我昨天实在忍不住,一分钟也等不了,来不及回家取。"

沈净晗笑起来,眼睛亮亮的,明媚又漂亮。

岳凛看得出神。

她现在这个样子,像极了十七岁的时候,生动、热烈。

以前的沈净晗又回来了。

两人去了岳城附近的那座山。

沈净晗十八岁那年,在那座山上挂了一把锁。

岳凛说她幼稚,但还是把蝴蝶结系得很好看。

天气很好,他们不赶时间,沿着盘山路慢慢往上走。让人意外的是,这里景致极好,也许因为上次下了雨,他们着急赶路,忽略了沿途的风景。

一个少年骑着单车载着身后的少女从他们身旁呼啸而过。

女孩裙摆飞扬,搂着男孩的腰,着急地望着前面。

"来不及了。"女孩说。

少年怕女孩坐不稳,空出一只手将她的手臂往身前拽了拽,让女孩抱紧自己。

"来得及。"少年温柔地说。

那一瞬间,沈净晗像是被十八岁的自己说的那句"来不及"击中眉心。

是啊,只要那个人还在,没什么"来不及"。

一切都来得及。

她轻轻牵住身旁人的手。

(正文完)

番外恋爱篇
思念是一种病

沈净晗上了大学后，两人一星期见一次面。

两个学校在一个区，岳凛找她比之前要方便，路程也短，但他却不大高兴。

她开学了，住在学校，如果不是特意回家，他们基本没有机会做亲密的事。

这让初尝滋味的小情侣有点难熬。

尤其岳凛。

他食髓知味，越发克制不住，也不想再克制。

那晚之后，他们又尝试过几次，他爱死了她身上的味道，爱死了她为他情动时的低声轻吟。他从上到下，吻遍她全身，想在她身上留下他的痕迹。

他承认自己是个俗人，他不但爱她的内在，还爱她的身体。

想亲，想咬，想对她做一切的事。

在这件事上，沈净晗也不扭捏。她喜欢他，愿意跟他做那些快乐的事，她想让他高兴，她自己也高兴。

灵魂与身体都契合，大概是世间最完美的情侣关系。

进了大学，沈净晗的社交圈子大了很多，她认识了很多新朋友，接触了许多新鲜事物，但不管多忙，她周末的时间都是雷打不动地留给岳凛。

同学们都知道，沈净晗有个高高帅帅在警校上大二的男朋友，两个人感情好得不得了，他只要能出校，立马来找她。

他给她买零食礼物，从来不看日子，想到就买，喜欢就买，好像每天都是情人节。

女生们特别羡慕，问她哪里找的这样又帅又专一，对她又这么好的男朋友。

沈净晗骄傲地说："从小预定的，下手比较早。"

大学里的第一次运动会，沈净晗参加了许多项目。她在高中时就是主席台的广播员，所以这次也是两组广播员的其中一个。除此之外，她还参与了开幕式的集体舞蹈，报名了女生 4×400 米接力赛。

运动会那几天不是周末，岳凛出不来，沈净晗录了好多视频发给他，还从同学那里拿到了自己播音和开幕式跳舞时的照片，也都发给他。

岳凛时常拿不到手机，不会及时回复，但总会在拿到手机的第一时间查看她的信息，逐条回复，一条不落。

——好漂亮。

——这件衣服没见你穿过，新买的？

——阳光这么足，别忘涂防晒霜。

——这张头发好看，你自己编的？

——旁边那个男生是哪个系的，怎么总看你？

这条后面还跟了一个"愤怒"的表情。

沈净晗发了好几个角度的主席台照片，本意是让他看她，谁知他重点偏移，注意到她旁边那个男播音员。

那个男生和她不是一个系，但也是大一，接触下来性格挺好，对她也很平常，并没表现出什么特别，如果不是岳凛先发现，她都没留意到这几张照片里，那个男生确实都在看她。

沈净晗回了一个"白眼"的表情，表示无语。

——让你看我。

——看了，好看。

——你吃饭了吗？

——吃了，你呢？结束了吗？

——结束了。明天跑。

岳凛打来电话。

沈净晗接起来："喂？"

岳凛那边很安静，大概走到了没有人的地方："你这几天有没有提前跑一跑练练，别突然跑那么猛，身体受不了，第二天腿疼。"

"练了，这几天晚上都去球场跑两圈，晚上人可多了，还有踢球的。"

"别一个人去。"

"嗯，我和罗舒她们一起去的。"

那边有人叫他，不知有什么事。

岳凛抓紧时间说："我要出去了，待会儿打给你，你好好吃饭。"

"嗯，知道。"

第二天另一组播音员接替了主席台的工作，沈净晗在场下准备接力跑。

她是第四棒，责任重大，提前热身。站在太阳底下，没多久就开始出汗，还没开始跑，各系的学生便纷纷为自己人加油呐喊。

一声枪响，第一棒的人率先冲出去，观众席瞬间燃起来，加油声此起彼伏，热闹极了。

前两棒都是沈净晗那组领先，但从第三棒开始，她们组便渐渐落后，一圈

结束,已经退到第三名。

沈净晗已经在场上准备,她急得不行。眼看着身边的女生已经接过接力棒冲出去好远,她尽力向后伸手,在接到接力棒的瞬间便用尽全力冲出去。

沈净晗其实平常运动不多,这次是因为系里实在没人报名,她才顶上去,说好的尽力而为,可真到了赛场上,谁不想拿第一,尤其前两棒她们一直领先,沈净晗怎么甘心。

她几乎跑出了自身速度的极限,一点点超过第二,奔着第一使劲儿。

观众席几乎炸了,加油声震天响,连场中央扔铅球的人都忍不住停下来看她。

天气炎热,沈净晗本就晒得难受,这一猛冲,只觉得气血上涌,头昏脑涨。她和另一个女生不分先后,僵持近十秒,眼看就要到达终点,她咬着牙拼尽全力冲了一把,成功撞线。

观众席掌声雷动。

她速度太快,来不及刹车,腰上还挂着那条红带子,直接摔在地上,连着滚了好几圈。

众人连忙围过去看她。

沈净晗喘得很厉害,额头上都是汗,一个字都讲不出,硬撑着跟老师和同学摆了摆手,示意自己没事。

有人惊呼一声:"她受伤了!"

众人一看,沈净晗刚刚那一下摔得有点狠,膝盖蹭破好大一块皮,流了血。

一个男生自告奋勇:"我送她去校医院。"

他刚要抱沈净晗起来,有个人从人群后挤进来,先他一步,利落地抱起沈净晗:"我送。"

系里老师不认识那人,想拦,岳凛说:"我是她男朋友。"

他就这样当着全场人的面将沈净晗抱走。

沈净晗实在太累,迷糊中睁开眼睛,看到那张熟悉的脸,这才放松下来,搂住他的脖子,讲话还有点喘:"你怎么来了?今天不是不能出来吗?"

岳凛没看她,表情有些严肃:"我不来,还不知道你比个赛也要拼命。"

他显然生气了,沈净晗有点心虚,小声说:"我是最后一棒,我要不拼,不是太可惜了吗?摔倒是意外……"

他目光一偏,看到她膝盖上的擦伤。

她皮肤又白又嫩,如果不是塑胶跑道,大概会更严重,他顿时心软:"那也要安全第一。"

岳凛一路将人抱到校医院,放在处置室的椅子上。

护士去准备药水和纱布。岳凛蹲在她膝前,扶着她受伤的那条腿,轻轻吹了吹,心疼极了:"疼不疼?"

沈净晗摇了摇头:"不疼。"

一听就是在骗他,岳凛没戳穿,将她短裤上和腿上的灰尘擦掉。

他动作很轻,生怕碰疼她。沈净晗看着他小心翼翼的模样:"你还没说呢,为什么今天能出来?"

岳凛说:"我替老师办点事,抽时间过来看看。"

"那你是不是得早点回去?别让老师说。"

"没事。"他检查她的腿,"还有哪里疼?"

沈净晗刚要说没有,就被岳凛堵回去:"不许骗我。"

她抿了抿唇,伸出胳膊:"手腕擦了一下,不过不严重。"

他皱着眉握住她的手腕,轻轻揉了揉:"刚才怎么不说?"

"不严重的,应该很快就好了。"

护士过来帮她上药,岳凛起身坐在她旁边,还在给她揉手腕。

药水碰到伤处,沈净晗下意识地躲了一下,显然很疼,但她一声没吭。岳凛搂住她的肩膀,揉了揉她的脑袋:"忍一下,一会儿就好。"

护士一边贴纱布一边说:"只是皮外伤,过几天就没事了。明后天过来换个药,这几天不要沾水。"

岳凛道谢:"她手腕也有挫伤,用不用贴个膏药什么的?"

"我看看。"护士检查了一下她的手腕,让她上下左右动了动,"没事,如果实在不放心,一会儿我再给她开两片跌打损伤的膏药。"

"那麻烦开一下吧。"

"行。"

沈净晗这会儿已经缓过来不少,扶着岳凛站起来尝试着走了几步:"还行,能走。"

岳凛去药房取了膏药,给她手腕贴上,然后又将人抱起来。沈净晗赶紧拍他肩膀:"我能走,被别人看到以为多严重。"

岳凛没听她的,把人抱出校医院,走到一处阴凉地方才放下,扶她坐在长椅上。

他站在她面前,语气严肃:"我得跟你约法三章,以后遇到这种事不能这么不管不顾地往前冲,我又不能天天在你身边。今天如果我没来,你是不是不准备告诉我?"

沈净晗不敢吭声。

岳凛蹲下,牵住她的手,抬起头看她:"你要是摔个好歹,我多心疼?你这样,让我以后怎么放心?"

沈净晗看了他好一会儿,忽然抬手摸了摸他的脸:"可是,你受伤也没有告诉我啊,我和你一样,只是不想让你担心。"

岳凛愣了一下,一时间没说出话。

两个人一起过夜时,沈净晗曾不止一次在他手臂和背上看到摔打出来的瘀青。她知道他们训练严苛,但不知道严苛到什么程度,虽说不是真打,但磕碰总是避免不了。

他那么拼命，那么要强，次次都是第一。

可这些第一，是用多少汗水、多少伤痛换来的，大概只有他自己知道。

岳凛从不和她说这些事。

他沉默了一会儿，然后叹了口气："行，那这次我们扯平。"

他伸出手指："那我们说好，从今往后，什么都不许瞒对方。我受伤生病都告诉你，你有什么事也得告诉我。"

沈净晗笑着跟他拉钩："成交。"

这一年的冬天很冷。

沈净晗所在的宿舍楼是学校最旧的一栋，从她们刚刚入住时就有传言要翻修，但一直没动静。后来她们听大二的学姐说，这个传言都传了快两年了，估计短时间内没戏。

夏天还好，一入了冬，弊端就很明显。

供暖不行。

宿舍里还好，穿上珊瑚绒的睡衣不算冷，但公共水房却冷得不行，窗子透风，堵都堵不住，水管里的水冻手，每次洗漱都要做好一阵心理准备。

沈净晗可怜兮兮地跟岳凛抱怨，祈祷大二能换个宿舍楼。

每个周五晚上岳凛都会来找沈净晗，但这周没来，说是学校有事。

沈净晗没有多问，吃过晚饭就和室友去了图书馆。

直到第二天下午，岳凛才打来电话："吃午饭了吗？"

之前周末都是听他安排，忽然闲下来，沈净晗不知道做什么，索性在宿舍睡觉，中午都睡过去了，哪来得及吃饭。

岳凛似乎猜到她没吃："收拾一下，下楼。"

沈净晗从床上坐起来："你来了吗？"

"嗯。"他提醒她，"带上换洗衣服。"

之前两个人过夜都是回他家，她以为他还要带她回家："等我一会儿。"

挂了电话，她三两下从上铺爬下来，嘴里咬着皮筋儿，随手拢了一下乱糟糟的头发，扎好，将换洗衣服塞进背包，匆匆下楼。

外面下了一点小雪，岳凛穿着一件黑色的长款羽绒服，双手插兜站在不远处的台阶上，头发上落了薄薄一层雪花。

沈净晗跑到他身边，看到他睫毛上也落了一点晶莹。

她笑着伸手碰了碰他长长的眼睫，融掉小小的雪花："你忙完了？"

"嗯。"岳凛接过她的背包，"都几点了，怎么还不吃饭？"

"不饿。"

"骗子，是不是睡觉了？"

"你怎么知道？"

"都没回我信息。"

沈净晗这才看了一眼手机，果然有几条未读信息。她点开看了一眼，是二十分钟前发的。

岳凛问："想吃什么？"

沈净晗想了想："不知道，回家再说吧。"

"行。"

他带她走了学校的西门，但没有站在路边等车，而是等红灯，过了马路："先去个地方。"

他将沈净晗带到离学校只有一街之隔的小区里。

沈净晗左右看了看："来这儿干吗？"

岳凛神秘兮兮："等会儿你就知道了。"

两人来到一栋房子的三楼，岳凛拿出钥匙开了东边那扇门，用手揽着她的背，轻轻将人推进去。

这是个六十平方米左右的一室一厅，卧室和客厅都很宽敞，供暖也好，一进门就感受到一股热气。屋子里沙发等家具一应俱全，色调温馨，干净整洁。

沈净晗越看越觉得不对。

沙发上铺着的垫子是岳凛家备用的那套，椅子上搭着一件他的灰色卫衣，窗台上那两盆多肉和他们一起去早市挑的那两盆一模一样，就连门口鞋架上的新拖鞋款式也和家里的一样。

她有点惊讶地转头看他，岳凛嘴角微扬，握住她的手，让她掌心向上，把一把钥匙放在她手心："欢迎来到我们的家。"

沈净晗愣了好一会儿："我们的家？"

"对。"岳凛搂着她的肩膀带她走进去，"我把这套房子租下来了，既然你家在本市，之前也和学校报备过，可以不住宿舍。现在这么冷，这边供暖好，你就在这边住，以后天暖了再回宿舍。"

厨房里有简单的厨具，浴室的洗手台上摆了两套新的洗漱用品。岳凛牵着她的手带她去看卧室："平时没课或者周末我有事不能来，你也可以来这边休息。"

床品是一套新的四件套，花纹和颜色都是她的喜好。

"最重要的是，"岳凛扳过她的身体，搂住她的细腰，轻松将人抱起，轻轻蹭了蹭她的鼻尖，"这里是我们的私人空间，没有人打扰。"

相比出门，其实他们更喜欢待在一个安静的空间里，看看书，看部电影，一起做顿饭，或是睡个懒觉。偶尔热闹一下还好，但总不能每次见面都在外面晃。

他早就有租房子的想法，只是一直没实施。入了冬，听到她说宿舍冷，他便立刻决定，找了两个周末才定下这套大小适中、供暖好、离她学校又近的房子。

昨晚从学校出来后他回了趟家，收拾了一些简单的居家用品送过来，今天上午又去超市补了不少日用品，布置打扫了好几个小时。

沈净晗很惊喜，也很高兴，同时又有点窝心。她搂着他的脖子，低头看他："阿凛，你怎么对我这么好啊。"

岳凛笑了笑，凑过去亲了一下她柔软的唇："我不对你好对谁好？"

沈净晗趴在他肩上："这个房子租金贵吗？是不是有点浪费……"

"能让你睡得舒服，就不是浪费，也不贵，我的奖学金还有很多，放心。"

他将人放到床上，压着人亲了一会儿，细细研磨她湿软的唇，然后离开一点距离，认真地看她："我就想让你高兴。"

"我很高兴。"

"那笑一笑？"

沈净晗很听话地笑出来。

很阳光，很温暖。

他最喜欢看她笑。

他莫名想起小时候第一次见她。

其实记不清是不是第一次，因为之前她妈妈应该也带她去过姥姥家，那时候他应该还没记事。他记忆中第一次对她有印象是上幼儿园那年。

一个很普通的下午，周姨接他放学，在隔壁邻居家门口看到一个小女孩。

她长得漂亮极了，眼睛大大的，皮肤白白的，绑着漂亮的小辫子，像一个精致的瓷娃娃。她穿着白色的小裙子，很小很小一只，蹲在地上用泡泡机吹泡泡。

周姨说，这是邻居婆婆家的外孙女，比你小一岁，是你的小妹妹，以后你们可以一起玩。

梦幻的泡泡将小小的她围绕，她的笑容纯真无邪，仰起头迎着阳光，特别耀眼。

长大后，小时候的许多记忆已经忘却，但那一幕却很清晰地印刻在岳凛的脑海中，随着时间流逝，越发清晰。

那个时候，他大概想不到，在以后的许多年里，他会和那个女孩有那样深的羁绊，分不开，剪不断。

她就那样出现在他的世界里，生根发芽，肆意生长，成为他生命中的一部分。

从此，再也没有离开。

大二那年，沈净晗的课表有了变化，周五下午没有课，算上周末，每次都可以连休两天半。虽然时间不短，但岳凛还是和以前一样，只能傍晚过来，所以她周五下午反而闲下来。

大多数时候她都是去图书馆，偶尔和室友出校逛个街，傍晚就回来。

后来她被室友拉去学游泳。

她倒是不怕水，但以前从没想过学游泳。大一时体育课选项目，她也没选游泳，选了羽毛球。

最初她只是坐在泳池边看室友游，后来在室友的鼓励下，壮着胆子下了水。

一旦克服了心理障碍，她的进步就很快。

去了几次游泳馆，她就已经可以在浅水池里扑腾，只是还不敢离开人的视线，总是要有室友看着她心里才踏实。

新学会一个技能，正是最有瘾的时候，那段时间她经常去游泳馆。没多久，她就开始尝试在深水区游，连室友都夸她进步快。

周五那天下午，她给岳凛发信息，告诉他自己的位置，之后换泳装，迫不及待下了水。

今天室友没来，只有她一个人，她在浅水区玩了一会儿，适应了水温，找到点感觉后就转去深水区。

她现在只敢在靠近池边的那条泳道游，这样一旦觉得累，或者换气不顺，随手就能摸到池边，比较有安全感。

游了几圈后，碰到一个熟人。

是大一那年运动会，和她一起搭档主席台播音员的男生。因为当时要沟通许多事，两个人留了联系方式，运动会结束后，他常常给沈净晗发信息，找话题聊天，也尝试约过她几次。因为他没有正式表白，所以沈净晗没办法直白地拒绝，于是她便故意透露自己有男朋友，还当着他的面牵岳凛的手。

从那以后，那个男生就没再找过她。

不过这些事她没告诉岳凛，那个人醋劲儿太大，好像她身边的异性都是他的敌人。

在这方面他非常敏锐，每次能惹到他生气程度的那些男生，或多或少对沈净晗都有点那个意思，不算冤枉。所以她只能对他讲好听的话，亲亲抱抱，一个流程都不能少，每次都要哄很久。

虽然这并不是沈净晗的错，但她很喜欢哄他，并且乐此不疲。

她喜欢看他吃醋的样子，又憋屈又可爱，每次都想趁机欺负他。

他在意她才会这样，她知道。

沈净晗戴着泳镜，想装没看见，但那个男生先叫了她的名字，她只好停下。

男生也是一米八几的个子，身材长相都不错。他游到她身边，抹了一把脸上的水，看起来挺高兴的："我最近看见你好几次了，你刚学游泳吗？"

"嗯，没学多久。"

"我游了挺多年了，你要是有需要，我可以教你。"

"不用了。"沈净晗连忙说，"我差不多会了，多练练就行。"

男生还想说什么，忽然看到入口那边进来一个人，视线在泳池里搜寻一圈，很快锁定他们这边，沿着泳池边走过来。

沈净晗也看到岳凛。

她瞬间笑起来，两条细白的胳膊搭在泳池旁，等他走到这边，仰起脸看他："你来啦。"

周一到周五上课的时间段，游泳馆不能随便进，但周五下午四点后和周末两天都是对外开放的，不是本校的人也能进。

岳凛没看那个男生，蹲在沈净晗旁边，随手拨了一下她额间滑出泳帽的几根头发:"游上瘾了,吃饭了吗?别空腹游。"

沈净晗说:"来之前吃了小面包。"

男生见状,识趣地游开。

沈净晗拽了拽岳凛的衣角:"你要不要下来玩?你会游吧?"

虽然之前两人没聊过这个话题,但她总觉得岳凛好像无所不能,什么都会,游泳应该也会。

岳凛确实会,但今天不太想游。

他还是第一次看到沈净晗在泳池里的样子,泳衣不是很性感的款式,但清新可爱,将她完美的身体线条全部展现出来,裸露的肌肤白得发光,一双腿匀称细长,非常吸引男生们的目光。

他不喜欢其他男人注视她的目光,又不能阻止她游泳,这样显得他太小气,于是他说:"我不会游泳。"

他以为她会觉得他在这里待着无聊,能早点上来跟他走。

谁知沈净晗听了竟然特别意外:"你不会吗?"

他比她大一岁,懂得又多,除了学习方面,其他很多领域,例如各种球类、棋类,都是他带她入门。好不容易找到一个他不会的项目,沈净晗有点兴奋:"那你要学吗?我可以教你。"

岳凛:"……要不先回家?我有惊喜给你。"

沈净晗却误以为他不敢下水,怕她笑他,拉着他的衣角央求:"相信我,真的很好学,我们去浅水区那边,你那么聪明,一定一学就会。"

岳凛说:"我没衣服换。"

沈净晗指着门口的小超市:"那边有卖泳装的,你买一条泳裤就行,快点。"

似乎推托不掉了,岳凛只好答应。

没多久,岳凛换了泳裤过来,他的皮肤在男生中算是很白了,干干净净,高高帅帅,一双长腿劲瘦结实,一看就很有力量。

他的腹肌比去年要明显很多,身上的肌肉紧实但不夸张,整个身体线条十分流畅利落。

沈净晗就这样呆呆地看着他,直到他走到她旁边,迈进水池。

也是奇怪了,她最近常常来游泳馆,也看到过不少身材不错的男生,但她并没有什么感觉,她还以为平常看岳凛那样水准的身体看习惯了,有点免疫。

但在家里看他和在泳池里看身只穿泳裤的他感觉还是很不一样。

她短暂地馋了一下自己的男朋友,思考待会儿回家要不要主动一点。

沈净晗本以为岳凛学游泳会很简单,谁知他竟然真的很怕水。

那么浅的池子,他能轻松站起来,但只要她松开他的手,他就好像很紧张,直往她身边凑,抱着她的腰不撒手。

沈净晗从没见过这样的岳凛,觉得可爱极了,原来他也有短板。

她很大气地揉他的脑袋，像揉小狗一样："别怕，我保护你。"

本来这样玩一会儿挺好的，但没多久，沈净晗就不大高兴了。

池子里的其他女生总是有意无意地将视线落在岳凛身上，那种感觉很不好，好像私藏物品被人窥视，别人看一眼就能少一块似的。

她不得不承认，许多时候她也很能吃醋，并且毫无道理可言。

于是在岳凛逗她逗够了，想告诉她他会游泳并且准备纠正她的泳姿时，沈净晗忽然说："走吧，回家。"

岳凛刚觉得有点意思，不太想走："怎么了，不是要教我？"

"下次再说吧。"她湿淋淋地踩着梯子上岸，然后第一时间用浴巾将跟在她身后的岳凛围了个严实，一块腹肌都没露出来。

白天下了一场雨，这会儿已经停了，两个人并肩走在学校的石板路上，往西门的方向走。

沈净晗穿了凉鞋，蹦蹦跳跳地故意往小水坑里踩，觉得凉凉的很舒服："你是不是不想学游泳才说有惊喜要给我？"

岳凛看着她白嫩的脚被雨水冲得湿漉漉："谁说的，我是真有惊喜要给你。"

她转头看他："什么惊喜？"

"一会儿到家就知道了。"

"还保密。"她踢走一颗小石子，"我饿了。"

岳凛盯着前方不远处的一片水洼："想吃什么？"

"火锅？我们自己做吧，上次的底料还有，少买一点肉和青菜就行。"

"行。"

走到那片水洼前，沈净晗一脚就要踩进去，整个人忽然腾空离地，被他横抱起来。

她吓了一跳，连忙搂住他的脖子："你干吗？"

"踩几个水坑了？我不说你就一直踩是吧，你生理期快到了不能着凉不知道吗？"

他语气严肃，沈净晗听着心里却有点甜，乖乖地靠在他肩上："哇好凶，吓死我了。"

"你早晚气死我。"

两人到家后，沈净晗看着和平时没什么不同的客厅，刚要问他惊喜在哪里，还没有开口，一团白色的毛茸茸的东西忽然从沙发上跳下来，颠儿颠儿地跑过来，精准地扑进她怀里。

沈净晗下意识地接住，定睛一看，竟然是一只浑身雪白的猫咪！

她又惊又喜，将它举在半空中左看右看："猫猫！"

猫咪太乖了，在她手里一点也不反抗，任她揉搓，好像知道她是它的新主人一样，还用小小的脑袋蹭她的手背。

沈净晗高兴得不行,将猫咪使劲儿搂进怀里,有点不敢相信似的:"你给我买了一只猫猫?"

见她高兴,岳凛心情也好。他关上门,将粉色的拖鞋放到她面前:"本来想买的,但上次回家时在附近那个超市里看到这只猫,觉得很像你之前喂过的那只,我就问老板卖不卖。老板说它之前是流浪猫,如果我想要就送我,我就跟他约了个时间,今天又去了一趟,把它带回来了。"

她高三那年曾经喂过一只流浪小猫,火腿肠就是在那家超市买的。

沈净晗听了,仔细看那只猫:"是那只吗?"

岳凛说:"看不出,都是白色。"

那个晚上,沈净晗的注意力全被小猫咪吸引,岳凛做好火锅出来时,她还躺在沙发上,把猫咪举在空中看了又看,然后忽然猛亲一下,喜欢得不得了。

她终于拥有属于自己的猫了。

岳凛走过去:"先吃饭吧,以后还有很多时间让你亲。"

沈净晗翻身起来,站在沙发上,手里还舍不得放下猫猫,索性连人带猫一起抱住,使劲儿亲了下他的唇:"岳凛,你真好。"

他笑了:"所以要不要吃饭?吃完饭再玩吧,我去开火。"

沈净晗将猫放回沙发,一下跳到他身上,双腿紧紧盘着他的腰,搂着他的脖子毫不犹豫地堵住他的嘴,舌尖探进他口中,热情得让他有些招架不住。

今天在游泳馆时,她就想这么做。

岳凛下意识地搂住她的腰臀,呼吸被她弄得有点急:"晗晗?"

沈净晗纤细的手指一颗颗解他的扣子,讲话很慢,声音很轻,一个字一个字蛊惑着他的心,搅乱他的节奏:"一会儿再吃饭,先做点别的。"

有颗扣子特别紧,她弄了半天都解不开,有点着急:"帮我一下啊。"

岳凛哪受得了这个,早就反守为攻,掌心按着她的脑袋,将人压向自己,凶猛地吮咬她的唇。

两个人的呼吸乱成一团。

他也没挪地方,抱着她滚进沙发里。

晚上九点时,客厅里终于安静下来。

沙发那里一片凌乱,衣服扔得到处都是,沈净晗趴在他身上,平复着呼吸。

"好饿啊……"她累得眼睛都睁不开,却还想着那顿没吃成的火锅。

岳凛将沙发垫扯出来盖在她身上,揉了揉她的脑袋:"我去开火,十分钟就好。"

"你怎么都不累的?"

他将手探进沙发垫里:"谁让你平时不运动。"

她哆嗦一下,推开他作乱的手:"猫猫呢?"

岳凛偏头看了一眼:"不知道,可能吓跑了。"

刚才有点着急,忘了家里多了一只猫,不知道她从现在开始树立美好形象还来不来得及。

第二天早上吃饭时,沈净晗给猫猫取了名字,叫豆豆。
因为他们当时正在喝豆浆。
这大概是她这个取名困难户最便捷的取名方式了。
"如果以后豆豆有了宝宝,就叫'红豆'。"沈净晗说。
岳凛听了想笑:"它才刚有名字,就惦记它的宝宝了。
"不过,为什么叫'红豆'?"
沈净晗认真地说:"因为'红豆最相思'呀。"
岳凛看她那么高兴,有些不忍心破坏她这样的好心情,犹豫很久才开口:"晗晗,我想跟你说件事。"
沈净晗还沉浸在有了猫猫的欢喜中:"嗯?"
岳凛说:"我被选中去外省参加集训,过几天就走。"
沈净晗洋溢着笑容的脸瞬间怔住。
如果只是三五天,甚至十几天,他不会说得这样正式。
她抿了抿唇,声音都小了不少:"去多久啊?"
"三个月。"
啊,那么久。
自从岳凛转学到岳城,他们还从没分开这么久过。
沈净晗一下子就没有了吃饭的心情。
岳凛就知道她会这样,走过去蹲在她身边,握住她的手:"三个月很快过的,到时我每天给你打电话、发视频,回来时给你买好多好吃的、好玩的,好不好?"
沈净晗闷了一会儿:"所以你送我一只猫,是为了让它替你陪我吗?"
"不是。"岳凛抬手摸了摸她的脸,"猫猫是上个星期定好的,集训是前天才知道的。"
虽然沈净晗十分不愿意,但这是他学校的安排,他不能不去。而且他以前曾提过这类集训,都是学校里最优秀的人才有机会被选中。
这是他提升自己很好的机会,她不能任性、拖后腿,让他担心。
于是她勉强笑了笑,轻轻推了他一下:"行了,我没事,吃饭吧。"
岳凛没动,依然仰着头看她,哄着她:"今天我带你去郊外好不好?听说那边的茉莉花特别漂亮,咱们以前都没去过。"
沈净晗很配合地点头:"好。你先把饭吃完,一会儿凉了。"
"嗯。"

那片茉莉花在郊外的一处山坡上,是岳凛听他同学说的,一直想带沈净晗去,据说这个时节茉莉花开得最盛最漂亮,到那儿一看,果然如此。
那里似乎还没被发现,人很少,穿梭在漫山遍野的茉莉花中,闻着那股清

新的花香，整个人都放松下来，特别舒服。

沈净晗在地上捡了一堆形状好看的茉莉花瓣，说要拿回家夹在书里做标本。

岳凛抱着她在花丛中转圈，她开心极了，一直在笑。

岳凛忍不住亲她。

她环着他的脖子，低头跟他接吻。

许久后，沈净晗离开一点，静静地凝视他的眼睛。

岳凛在那一刻突然开口："等你毕业，我们就结婚吧。"

沈净晗手里还攥着一把花："干吗，求婚啊？"

"求婚要好好准备，我就是提前跟你打个招呼，让你有个心理准备。"

沈净晗用指尖轻轻蹭着他的皮肤："可是我不想这么早结婚。"

"为什么不想？"

"不自由。"

"哪里不自由？"

她思考了几秒："不知道。"

岳凛说："除了不能跟别的男人眉来眼去，其他都随你。当然，现在你也不能跟其他男人眉来眼去，所以和我结婚对你来说除了多一个又帅又酷的老公，没什么不同。"

她笑着掐他的脸："你很帅？"

"我不帅？"

两人对视几秒，一同笑出来。

岳凛笑够了，忽然空出一只手，温柔地抚摸她的眉眼："沈净晗，我向你保证，我会一辈子陪着你、护着你，一辈子任你欺负。等我们老了，我还带你看花，带你到处玩。

"我们会永远在一起。"

岳凛离开那天，沈净晗到底没忍住，哭了出来。

在车站，岳凛抱着她，轻拍她的背："好了，不哭了，我很快回来。"

沈净晗觉得自己真的很矫情，只有三个月而已，弄得跟生死离别一样，但她就是忍不住想要掉眼泪："你到了那边要第一时间告诉我。"

"好。"

"那边比这边冷，过两个月都入冬了，要多穿衣服，别冻着。"

"知道了，你也是，裤子穿厚一点，不然以后膝盖疼。"

"我不知道什么时候可以给你打电话——"

岳凛马上说："我知道，能联系的时候我一定给你打。"

他低头抹了抹她脸上的泪珠："不哭了，乖。"

显示屏上已经更新状态，变成"正在检票"。

队伍缓慢移动。

岳凛仍旧抱着她没松手。

直到最后一刻，不得不走，他才捧住她的脸，低头亲了她一下："走了。"

他最后一个检票，进入闸机后回头，看到沈净晗还站在原地。

他冲沈净晗挥了挥手："回去吧！"

沈净晗泪眼汪汪地看着他。

他狠了狠心，转身离开，消失在进站口。

从岳城去往那座城市需要坐一段动车，在中转站转乘客轮。

中转时需要等待三个小时。

岳凛在码头附近逛了逛。

路过一家店铺的玻璃展柜时，岳凛停下。

展柜最显眼的地方放着一枚戒指。

很简单的素圈款式，简约高级，岳凛第一时间想到沈净晗。

素雅的格调和她很配。

她戴着一定很好看。

以后求婚时再挑戒指，可能碰不到这么合适的，不如先准备好，岳凛想。

于是他进门买下那枚戒指，包好后小心放进背包里。

时间到了，他赶往码头，登船时，他收到沈净晗发来的信息。

——我等你回来。

番外新婚篇
不负祖国不负你

领了结婚证，按照规定，岳凛有十天的婚假。

宋队体谅他们新婚小夫妻分别这么多年，吃了不少苦，好不容易熬到结婚，应该多点时间好好休息，去哪里度蜜月，时间也宽松些，所以特意跟上面提了申请，将岳凛的婚假特批延长至二十五天。

岳凛心里有打算，没有立即休假，先拉着沈净晗去办了护照和去瑞士的签证。

他想带沈净晗看看他在苏黎世和因特拉肯那几年生活过的地方，带她看看他读过的大学、住过的房子，补上分开那些年的遗憾和缺失的回忆。

沈净晗的工作也定下了，不出宋队所料，鉴定中心两个组都想要她，最终沈净晗去了一组。因为她刚结婚，所以组里将她的入职时间往后推迟了一点，等度完蜜月回来再上班。

这样在等签证的这段时间，沈净晗便闲了下来。

她买了很多专业书，天天在家看。

虽然她底子好，但毕竟已经离开学校多年，也没有相关工作经验，以后去了鉴定中心，要学的东西还很多，她想尽量做得好一些。

那天傍晚，岳凛从队里回来，一进门就闻到饭菜香气。茶几上散落着几本摊开的专业书，果盘里有吃了一半的橘子和半杯炭烧酸奶。

沈净晗躺在沙发上，腰间搭着薄毯，手臂垂在沙发外，已经睡着。

几只猫咪散落在客厅各处，有的安静地玩毛线团，有的也在睡觉。

满满的温馨生活气息。

是家的味道。

岳凛换了鞋，洗了手，悄声走到沙发旁，弯腰捡起掉在地上的中性笔搁在茶几上，蹲在她身旁，轻轻抚了抚她的头发，随后将手臂探到她身下，想把人抱起来。

刚一动，沈净晗就醒了。

看到眼前的人，她不自觉地笑出来，声音轻柔："你回来了。"

"嗯。"岳凛摸了摸她的脸,"怎么不回床上好好睡?舒服一点。"

"刚眯了一小会儿。"

岳凛凑过去亲了亲她的唇:"今天做什么了?"

"就看了会儿书,做了顿饭。"

"做鱼了?闻到味道了,很香。"

"嗯。"她有点懊恼,又有点想笑,"还是碎了……"

岳凛养伤那段时间,她学了很多营养汤的做法,但不管厨艺怎样精进,做鱼还是她的短板。

他笑了:"没关系,一会儿我们都吃光。"

他揉了一把她的脑袋:"等着,我去热一下。"

沈净晗趴在沙发上,歪着头,只露出半边脸,看着厨房里晃动的朦胧身影出神。

最近她常常有些恍惚,有时觉得过去那些年像一场梦,有时又觉得现在才是梦。

每天睁开眼睛就能看到他,感受他的拥抱、亲吻和体温,这样的日子,她从前想都不敢想。

她也很后怕,如果当年她没有摔伤,他们没有互相承诺以后受伤生病都要告诉对方,那么后来她生病时可能会因为怕他担心而选择隐瞒,那他就不会因为着急回来改变行程,他就会按计划登上那艘船。

那他就真的没了。

姜焕生曾说过,世间万物,皆有因果。

是他们彼此的爱改变了他的命运,救了他。

也是因为他们彼此深刻的爱,在那些以为他离开的岁月里,即便再难熬,她也挺了过来。

在她心里,岳凛从没离开过。

好在漫长的黑暗过后,他们终于迎来了灿烂的光明。

饭后,岳凛和沈净晗面对面在沙发上盘腿而坐。

他拿出两张卡、一个房本、一个车本。

"这两张卡,一张是我爸留下的积蓄和抚恤金,一张是我今天拿到的这些年的工资和补贴,还有这套房子的房产证和我爸的车本。车闲置很多年已经报废了,我准备处理掉,重新买一辆代步。"

他看着她,认真地说:"这就是我的全部身家了。"

沈净晗看了看两人中间的红本和卡,又抬头看了看他。

要清算家产了吗?

于是她起身回到卧室,在床头柜抽屉的最底层找出一个白色文件袋拿回来,打开,抖落出几张卡和一本房产证。

她学他郑重其事、像模像样地介绍:"这三张卡,一张是我爸妈当年的赔偿金,我没有动过,一张是我爸妈的存款,还有一张是这些年经营旧时约赚的钱,启动资金是我家那套房子,当初我卖了房子离开的,用那个钱在青城盘的店。

"这个房产证是沣南姥姥家的房子,当初姥姥去世,我妈直接过户给我了。

"这些就是我的全部身家。"

岳凛将自己的两张卡和房产证全部交到她手中:"晗晗,以后就只有我们两个了,我们好好过,把以前那些不开心的事都忘掉。"

沈净晗重重点头:"好。"

她低头看着他的卡:"你的也放我这儿吗?"

"嗯,我爸那张卡的密码一会儿写给你,我那张卡的密码是你的生日。"他揉了揉她的脑袋,笑着说,"以后我们家的财政大权就交给你了。"

她的头发被弄乱,几根发丝挡在眼前,她吹了吹,没成功,岳凛又将她的头发理顺。

她问:"那你要用钱的时候怎么办?手里有留一些备用吗?"

岳凛探身过去,轻轻啄了一下她的唇:"所以要老婆大人每个月给我零花钱,我所有的都上交了,一滴都没了。"

两个人隔着很近的距离,可以感受到彼此的气息,沈净晗被他低低的嗓音蛊惑了一下,没有忍住,伸手抓了一把,故意逗他:"真的一滴都没啦。"

岳凛难耐地"嘶"了一声,攥住她的手:"你抓死我得了,还想不想用了?"

她不知死活地挑衅:"不用了。"

"你别后悔。"岳凛不再让着她,扯过她的手臂瞬间将人扛起来,大步迈进卧室,直接扔到床上。他单膝跪在床上,干脆利落地脱掉自己的上衣。

看他一副要大干一场的样子,沈净晗有点害怕,后悔刚才只顾着嘴上痛快没想后果,立刻投降,一个劲儿往后躲:"等一下,先等一下,我错了!"

岳凛握住她的脚踝将人扯到自己身边:"晚了。"

挑衅的后果很严重,直到后半夜,岳凛都不肯放过她。

沈净晗趴在床上,浑身没一处好地儿,感觉胳膊腿儿都不是自己的了。

她将头深深地埋进被子里,闷着不肯出声,以示抗议。

后来她实在受不了:"岳队,饶了我吧,再也不说了。"

岳凛抬起头:"不说什么?"

他的头发很短,她抓了两下没抓住:"'不用'你。"

"还有呢?"

"还有什么?"

"叫我什么?"

她的汗液打湿床单,一点力气都没了:"岳队。"

"不对。"

"岳凛。"

"再想。"

"阿凛。"

他不轻不重地咬了她一口。

沈净晗将被子抓出深深的褶皱："老公……"

岳凛一把将人捞起，滚了半圈将她压在身下，低头吮了一下她的唇："再叫一次给我听。"

沈净晗的脸红得不行。

他刚刚亲过别处，又亲她嘴。

但她只能服软："老公。"

他满意了，抱着她躺好，扯过被子盖在两人身上："睡觉。"

沈净晗气得掐他肚子："无赖，你够了就要睡觉。"

他攥住她的手，作势翻身："你没够？我还可以继续。"

沈净晗吓得从他怀里翻出去："我不是这个意思，睡觉，快睡觉，明天你还要上班。"

岳凛忽然想起什么："对了，给你看样东西。"

他也没穿衣服，就那么明晃晃地走出卧室，很快又回来，往床上扔了一部手机。

沈净晗看了一眼，是他八年前那部旧手机："修好了？"

他重新躺回床上，将枕头垫高，靠在床头："能打开了。"

沈净晗瞬间忘了刚刚还在说他无赖，挤进他怀里，看着他开机。

多年前的手机现在看起来很落后，虽然能打开但速度非常慢，岳凛耐着性子等了一会儿，终于看到正常的屏幕界面。

其他软件早已过了维护版本，不升级登录不进去，岳凛只看相册。

还好，里面的照片还在。

他很少拍照，相册里除了偶尔有几张和警校同学的合影，其他都是沈净晗。

大部分是随手拍摄，很多都是她的背影和睡颜，还有她从教室楼和宿舍楼出来或回去的身影，好多沈净晗都没见过。

她饶有兴致地翻阅："这张是什么时候拍的？"

"你生日那天在游乐场。"

"哦对，那天是穿的这件衣服。"

"这张呢？"

岳凛只瞥了一眼："你高考前一天。"

"啊。"这个背影沈净晗完全没印象，"我在那儿站着翻什么呢？"

"翻家里的钥匙。"

沈净晗抬起头："你怎么记得这么清楚？"

岳凛看了她一会儿，点了点自己的脑袋："你所有事都在我脑子里。"

沈净晗心里像被羽毛反复撩拨，伸手扶住他的脸，使劲儿亲了他一下。

两个人的唇瓣都是湿湿软软的，混杂着对方的味道，连空气都好似甜了起来。

沈净晗又翻到新的一段视频，是她大一那年运动会，跑接力赛时的画面。

视角看起来很远，像是在观众席。

"你那天很早就来了吗？"

他搂着她，指尖在她的肩头打着圈儿摩挲："嗯。"

那天他坐在最后一排，戴着黑色鸭舌帽，手机摄像头对准场上的沈净晗，两指不断放大，再放大，直到看清她的脸。

本想记录一下她在赛场上的身影，结果看到她拼了命一样往终点冲。

看到她摔得那么狠，他又气又急，来不及点结束便冲下观众席。

直到现在，这段视频的结尾还是一段晃得很厉害的杂乱镜头。

沈净晗甚至能从那些嘈杂的声音中听到他因跑得太快而急促的喘息声。

时隔多年看到这段视频，好像忽然从另外一个视角看到岳凛。

他对她的爱那样纯粹热烈，即便不在她面前，也没有任何不同。

她趴在他胸口，有些难过："可惜我手机里的照片没有了，好多都没有备份。"

"没关系。"岳凛偏头亲了亲她的眼尾，"我们以后还会拍很多照片，等再过十年、二十年，那些也会变成美好的回忆。"

"嗯。"

他放下手机，关掉台灯，翻身将人拢进怀里："睡吧。"

签证下来后，岳凛申请了婚假，和沈净晗一起收拾行装，准备蜜月旅行。

几只小猫咪暂时送到宋队家养着，宋队的女儿高兴极了，提前两天就收拾好了小窝，还让妈妈准备了好多好吃的、好玩的，准备迎接小猫咪。

这些年，宋队几乎没有时间照顾家里，到处奔波，如今终于可以暂时休息一段时间，好好陪陪女儿。

五天后，岳凛带着沈净晗落地苏黎世机场，乘火车到达市中心，入住利马特河畔的一家酒店。

岳凛用流利的德语和酒店的人沟通，出示证件，很快拿到房卡，并且有人帮忙提行李，带路，将他们送进房间。

这是个欧式风格的小套间，进门是个不算小的客厅，圆桌上摆了一束鲜花和酒店赠送的果盘巧克力，右手边是卧室和衣帽间，窗户正对利马特河。

沈净晗环视着房间内的陈设："你是到了这里才学的德语吗？"

岳凛将他们的行李放好："嗯，这里主要还是说德语和法语，不过普通旅游英语也够了。"

他拿来拖鞋："先休息一下，待会儿带你吃饭，在附近逛逛。"

沈净晗换了拖鞋，走到窗口，看着外面陌生的城市。

这里没有高楼大厦，遍地罗马式或哥特式建筑，河水清澈见底，白天鹅慵懒散漫地在水面游荡。

但沈净晗却没有将注意力放在这些新鲜美好的景色中。

她满脑子都是当年他孤身一人来到这里时的样子。

人生地不熟,语言又不通,什么都要从零开始,可以想象他有多艰难,一定吃了不少苦。

岳凛从她身后搂住她的腰,将下巴抵在她肩上:"不累吗?还是现在就想下去看看?"

沈净晗抚上他的手:"你上学的地方离这里近吗?"

岳凛看着外面熟悉的河道:"苏黎世不大,在市区里去哪儿都挺方便的,明天我带你去。"

"这里有中餐吗?刚来的时候吃得惯吗?"

"开始的时候吃不惯,后来时间久了,知道一些中国餐馆,就常常去吃。"

"你做菜也是那段时间学会的吗?"

他揉搓着她的指腹:"那都是后来的事了,毕业后我去了因特拉肯当滑翔伞教练,在那里自己租房子住,就学着自己做中餐。"

因特拉肯是他们此行的第二站,岳凛已经提前和之前的房东联系,他曾住过的那个小院子刚好空着,他短租了一个月,过两天就去。

故地重游,当年的艰难、酸楚和孤独的感觉再次涌上心头。

他一辈子都忘不掉那个时候他有多疯狂地想念沈净晗。

现在她就在这里,就在他身边。

岳凛心悸难忍,克制不住地想要她、吻她,紧紧地拥抱她、禁锢她,好像只有这样,才能冲淡记忆中那些不好的画面。

他想让苏黎世打上她的标签,以后想起苏黎世,想起瑞士,不再是无尽的等待和思念,只有她。

那个晚上,他们在这座他曾独自生活过的城市里疯狂占有彼此。

直至黎明。

隔天两人睡到中午才醒。

酒店的自助早餐已经结束,岳凛叫了餐送到房间。

早餐和午餐一起解决,几样小点心、午餐肉、一份沙拉、一份面,还有咖啡和牛奶,七七八八点了一堆。

沈净晗洗了澡,包着湿漉漉的头发,穿着白色的浴袍,坐在窗边,咬了一口香甜的小蛋糕,没好气地剜了他一眼。

岳凛不敢说话,好脾气地将甜甜圈送到她嘴边:"尝尝,很好吃。"

沈净晗扭头:"不吃。"

他忍着笑意:"还酸?"他伸手蹭了蹭她的唇瓣,"我揉揉。"

沈净晗拨开他的手:"我那么给你使眼色你也不停。"

"那怎么忍得住?"岳凛稍微辩驳了一下,"我不是也——"

话没说完，沈净晗在桌下踢他，岳凛捉住她的脚放在自己腿上："好好吃饭，别磕着凳子腿儿。"

饭后，岳凛替沈净晗吹干头发，帮她挑了一件衣服换好，带她出门。

他们沿着河边慢慢往他学校的方向走，岳凛偶尔会指着经过的某处店铺说，他曾经去过那里，买过什么东西。

这里的店铺多是老店，和多年前几乎一模一样。

沈净晗感受着这座城市的空气和氛围，想象他当初走过这条路时的模样。

这个季节，路边的树叶都变了颜色，橙红一片，有光透过缝隙落在地面，斑驳的光影随风晃动。

他的大学是一所综合院校，国际上很有名，他是经济学专业毕业。

开放式的大学，游客和普通市民都可以进，宏大的欧式建筑气势磅礴，校园内干净整洁，地面浅浅铺了一层金黄的落叶，深秋氛围正浓。

岳凛牵着沈净晗的手，两个人漫步在石板路上，与各种肤色的学子擦肩而过。

沈净晗说："你学的东西以后还能用上吗？"

岳凛示意右侧的岔路口，带她往坡上走："怎么说呢，这所学校进来容易，毕业难，很多人延期几年也不能交出合格的论文。我当时真的是有点艰难，那几年睡眠时间很少，每天花大量时间学东西，就怕不能按时毕业，同时还要积极社交，尽量多地留下在这里生活过的痕迹，聊天时要有意无意地和人聊起以前，为将来周敬渊的调查铺路。

"我费了好大劲儿才顺利毕业，不过没有选择专业相关的工作，我确实不太感兴趣，有了这个学习经验能让周敬渊尽早交给我一些重要职务已经够了。我找了一份有趣又自由的工作，这样能空出更多时间学一些想学的东西。"

"滑翔伞教练？"

"对。"

"我还没有玩过，会不会害怕？"

岳凛将人搂进怀里，揉了揉她的脑袋："很刺激、很好玩，你不恐高，应该没问题。等到了因特拉肯，我带你玩。"

两人走到一处高地，岳凛带她坐在阶梯上。

这里视野开阔，可以看到大片苏黎世的建筑。

岳凛手臂撑着被阳光晒得暖暖的地面，仰起头，闭上眼睛："那个时候，我常常坐在这里，就是我们现在坐的这个位置，看你的信息。"

现在他们坐在同一个位置，时间好像与多年前的那一刻重叠，他不再孤单。

沈净晗想起在云江岛那晚，旧时约的屋顶上，他也是这样懒懒地放空。

那个时候，她怎么都想不到身边坐着的那个人就是她朝思暮想的人。

沈净晗歪着头靠在他肩上："我给你发什么了？"

岳凛依然闭着眼睛，语气很轻，但每个字都说得很清晰。

"豆豆当妈妈了，其中一个宝宝和它长得很像，我给它取名'红豆'。

"今晚没吃饭，现在有点饿，但我不想动。

"我开了一家民宿，叫'旧时约'，你还记得我们的约定吗？

"有个大学生想买一只猫猫送给他的女朋友，他好喜欢他的女朋友啊，眼睛一直在看那个女生。

"好羡慕。

"我送给他了，希望他们一直幸福。

"附近的体育馆连开几场演唱会，好热闹，店里这几天都住满了。

"我已经决定去云江岛了。

"听说那里是一个可以在海边看雪的地方。

"离你也更近了。"

沈净晗听得愣愣的："一个字都没错？"

岳凛淡淡的笑容里蕴藏着不易察觉的苦涩："我说过，你所有事都在我脑子里。那些信息，每一条我都看过无数次，倒着也能背出来。"

沈净晗沉默了一会儿，转头望着湛蓝的天空："其实，我曾经非常羡慕笙笙。"

她怕岳凛不记得，解释："就是曾经在旧时约住过的那个朋友，我去岳城看过她。"

岳凛轻轻"嗯"了一声："我知道。"

"她曾经病得快要死掉，连她自己都不抱什么希望，她每天积极生活，以为自己正在走向死亡，但她却一天比一天好，还等到了她深爱的人。

"生命是顽强的，只要还有一口气，就不能放弃希望；只要还活着，总能等来希望。

"如果一直等不到，大概是故事还没有结束。"

她轻轻牵住他的手："就像我们一样。"

两人对视许久，岳凛凑过去，亲吻她的唇。

"你的朋友是幸运的，我也是幸运的。"

沈净晗重新靠在他肩上："那天，她爱的男人来到岛上，我从没见过余笙那样的眼神，意外、欣喜、小心翼翼。

"我很羡慕她有机会再次见到那个人，而我只能在梦里见到你。"

沈净晗忽然想到一件事："台风那晚，我在旧时约门外看到过一个很像你的身影，是你吗？"

岳凛承认："是。"

"我还以为我出现幻觉了，差点又去找药吃。"

说完，两个人都沉默了。

沈净晗从没和岳凛说过那些年她曾想结束自己的生命和吃抗抑郁药的事，即便案件结束后，他们曾几次深谈，她都没有说过。

沈净晗静了几秒，想说别的，岔开这个话题，岳凛忽然开口："其实我知道。

"我都知道。"

沈净晗猛地看向他。

"简生什么都告诉我了。"

他握住她的肩膀,凝视她的眼睛:"晗晗,我们曾经互相承诺,要坦诚,毫无隐瞒,什么事都告诉对方,这个承诺救了我一命,给了我们继续在一起的机会。

"从今往后,我们继续遵守这个承诺,好吗?我明白,你不想让我知道那些事,是不想我难受,不想我自责,但那些都过去了,我们往前看吧。一辈子那么长,足够我们忘掉所有不快。我向你保证,有我在,不会再让你有机会伤心失意,我们再也不用吃药了。"

沈净晗眼眶有点湿,但她忍住了,没有掉眼泪:"嗯,我相信你。"

那几天,岳凛带沈净晗逛遍了这座美丽的城市,吃遍了当地的美食。

他带她坐浪漫的摩天轮看落日,在摩天轮最高点温柔亲吻她的唇。

他们乘坐有轨电车穿梭在城市的大街小巷,她站在电车尾部,看着路两旁的建筑一点点后退,有牵着金毛的棕发大叔从马路上穿行而过,有背着旅行背包骑着单车的年轻人追赶夕阳。卖花的小女孩编着复杂漂亮的公主头,灰蓝色的瞳仁如海底般深邃。

像一部公路电影的开头,也像结尾。

沈净晗坐在苏黎世湖畔拍成群的天鹅,岳凛只拍她。

在他的镜头里,她永远鲜活阳光,像仙女一样漂亮。

无论是八年前,还是现在。

经过的老奶奶和两人说了句什么,沈净晗听不懂,转头看岳凛。

岳凛和老奶奶交谈几句,老奶奶便从挎着的小包包里拿出几张图片,让沈净晗选。

岳凛说:"她会编很漂亮的头发,问我们要不要编。我已经答应了,你看看喜欢哪种?"

图片里都是很美的仙女发型,沈净晗选了相对简单的一款。

她的长发柔顺自然,平时不用怎么打理就很蓬松,看起来慵懒随性。她没有染过头发,但不是纯黑,在阳光下看会有一点点偏栗色。

老奶奶将她的头发挑出几缕,和蔼地说了一串德语。

岳凛说:"她夸你的头发好。"

沈净晗很高兴,笑着用英文说了句谢谢。

老奶奶手法娴熟,很快编好。岳凛给了她一些瑞士法郎,老人家边道谢边讲了一句话。

岳凛听了特别开心,用德语回复她。

老人走后,沈净晗问他们说了什么,岳凛没答,拿出手机从后面拍了一张照片给她看,果然很仙。

"像一只从森林中飞出的漂亮精灵。"岳凛这样形容。

在苏黎世的最后一个晚上,两个人牵着手走在河边看夜景。

商家的招牌上、楼体的墙壁上,到处是闪闪发光如同繁星般璀璨的氛围灯。街上人不多,偶尔能碰到三两年轻人坐在河边喝罐装啤酒。

经过一座桥时,沈净晗在桥栏杆上看到许多不同款式的锁,锁头上有各种不同国家的文字,甚至有中文。

沈净晗看着锁上那些看不懂的字:"这里也流行挂锁吗?"

岳凛抬手拨了拨她耳边的碎发:"你要挂吗?"

她笑起来:"我十八岁的时候要挂你都说我幼稚,现在我长大了,怎么你反倒幼稚起来了?"

岳凛回头看了眼刚刚经过的那些商家,将手里的小吃递给她:"那边有卖,我去买,你在这儿等我。"

几分钟后,岳凛拿着一把锁和一支速干笔回来,拆开速干笔的包装塞进兜里,低着头认真地在锁上写字。

沈净晗凑过去看,第一行是"Han",这个看得懂,后面就都是德语,她看不懂:"你写了什么?"

岳凛最后加上日期:"不告诉你。"

沈净晗拧他腰:"还保密?"

岳凛已经被掐习惯,不躲不闪,将那把锁挂上去锁好,钥匙拔下来,放进沈净晗手中:"收好了。"

沈净晗凑到锁头旁,举着那把钥匙:"给我拍一张。"

于是岳凛将镜头对准沈净晗,在她笑得最灿烂的那一秒按下快门。

两人走过那座桥,坐在河边的石阶上喝啤酒。

沈净晗第一次喝当地的啤酒,一开始不太习惯,多喝几口后又觉得还不错。她选了好几款不同的包装,第二罐不知道是不是选到了类似国内的那种小甜酒,很好喝。

岳凛看她像喝饮料一样连着喝了小半罐,搂着她的肩膀摩挲几下:"哪有这么喝酒的?小心醉了头疼,这种酒后劲还是挺大的。"

沈净晗舔了舔嘴唇,有点意犹未尽:"是吗?我觉得还挺好喝的。"

她懒洋洋地挤进他怀里:"醉了也没事,你会背我回去的。"

岳凛紧紧搂着她的腰,捏了捏她的脸蛋:"我才不背你。"

她闭上眼睛,脸颊红红的,好像真有些醉了:"你不会的。"

"把你扔在这里,谁让你不听话。"

她还是重复:"你不会的……"

岳凛凑过去瞧她:"晗晗?"

"嗯?"

"困了？"

"没。"她睁开眼睛，盯着波光粼粼的河面看了一会儿，将手里这罐喝完，把空罐塞进岳凛手里，"再来一个。"

岳凛将空罐放进袋子里，拢了拢她的身体，将人整个抱进怀里，哄小朋友一样："不许喝了，酒量不好还喝这么多。"

"我酒量很好的，我还自己酿过酒，你忘了？"

当然没忘，他还喝过。

岳凛将她压在身下的长发拨出来："你头疼不疼？冷不冷？"

沈净晗忽然搂住他的脖子，蹭了蹭他的鼻尖："老公，我们回去吧。"

他被她身上微醺的气息迷惑，不自觉地凝视她的眼睛："回去干吗？"

她笑得很诱人："回去睡觉呀。"

她凑到他耳边，小声说："我现在好想你啊……"

说完这句话，她眼睛慢慢闭上，手也松了劲儿，竟然就这么睡了过去。

勾完人就睡，什么毛病？

岳凛轻拍她的脸："晗晗，晗晗？"

怎么叫都不醒，他索性拎着袋子抱起人就走，先回去再说。

到了酒店，岳凛将人放到床上。沈净晗触碰到柔软舒适的大床，摸到被子扯过来，翻了个身将自己裹进去，眼睛都没睁。

岳凛叉着腰在床边站了一会儿，无奈地叹了口气，认命般地将她的鞋脱了，弄湿一张洗脸巾，俯身过去，将她的脸扶正，细致地帮她擦脸。

他咬牙切齿地想，等你醒了，要你好看，再怎么装可怜、再怎么哭都不饶你。

正擦着，沈净晗忽然睁开眼睛。

两人对视几秒，她不知哪来的力气，忽然翻身骑到他身上，一边居高临下地看着他一边脱自己的衣服。

岳凛看得眼热，只觉得浑身的血液都沸腾起来，等不到她解最后一颗扣子，直接一把扯开，扣子绷掉，滚落在厚重的地毯上。他挺起上半身，扣着她的脑袋将人重重压向自己，狠狠咬住她的唇，野蛮地侵入，霸道地吞噬，抱着她摔到床上。

夜还很长。

新婚的小夫妻不知疲倦。

第二天早上沈净晗先醒。

大概买到了度数不低的酒，只喝了两罐就醉了，怎么回来的都不记得。

她低头看了眼，身上什么都没穿，胸口又多了几处红痕，转头一看，那人还在睡，他身上也没好到哪里去。

她叹了口气，已经能想象到昨晚有多激烈。

这个人总是不知道节制，喝醉了还不肯休息，早晚透支。

自从来到这里，他们就没睡过一个整觉。

她侧身躺着，盯着他熟睡的侧脸看了一会儿。案件结束前，她从没见他睡得这样安稳过，而现在，这样的睡容她每天都能见到。

　　如果这个世界上没有人犯罪就好了。

　　这样每个人都能睡个好觉。

　　沈净晗没有吵他，悄声拿了一旁的手机，翻看他拍的照片。

　　这几天她在他镜头里的笑容比之前八年加起来都多。

　　她看到昨晚她和那把锁的合影，放大图片，仔细看他写的字。

　　她想了想，将他写的那句话截图出来，传到翻译软件上识别。大概不是很好翻译，直到试第三个软件才成功识别出来。

　　长长的一串字母，只翻译出八个字——

　　斗转星移，我心永恒。

　　岳凛醒来时，看到沈净晗穿着他的宽大衬衣，正蹲在地上找什么。

　　他趴在床边，拍了一下她的腰："干什么呢？"

　　沈净晗没抬头，压低身体看化妆台底下："找扣子。"

　　昨晚衣服被他扯掉一颗扣子，她很喜欢那件衣服，怕回国买不到一样的，想找到回去缝一下。

　　岳凛之前撕坏她一条裙子，挨了一顿掐，还被咬了两口，这次又扯坏她的衣服，有点心虚："找不到就别找了，我给你买新的。"

　　谁知沈净晗竟一点都没生气，还摸了一下他的头发："没事，我再找找，你接着睡。"

　　这不正常。

　　而且她昨天说喜欢这个编发，念叨着晚上睡觉要小心一点，再留一天，结果现在被弄得不成样子，只能拆掉，她也没生气，还嘴角含笑，心情很好的样子。

　　这也不正常。

　　岳凛起身下床，把人拎起来："我找吧。"

　　于是沈净晗哼着歌去洗澡。

　　岳凛在沙发底下捡到那颗扣子，直接塞进背包的小隔层里，穿好衣服，点了餐，直到餐送到了沈净晗才出来。

　　他看着沈净晗胃口大开，吃得很香的样子，心情不自觉也好起来："怎么这么开心？"

　　沈净晗如沐春风，咬着小甜点："开心不好吗？"

　　"好。"他剥了一颗鸡蛋放到她面前的盘子里，"先吃饭，吃完再笑。"

　　"扣子找到了吗？"

　　"找到了，放包里了。"

　　"嗯，我们什么时候走？"

　　岳凛看了看时间："不急，慢慢吃。"

　　整个上午，沈净晗都在这样的好心情中度过。

岳凛推着箱子,还没来得及空出手牵她,她便紧紧抱住他的手臂,紧跟着他的脚步,一步都不离开。

岳凛虽然不知道她为什么忽然这么黏人,但对他来说简直再好不过。

她永远这么黏着他才好。

于是他将背包放到箱子上,一只手拖着,另一只手直接将人搂进怀里,凑过去亲了她一下:"笑吧,以后天天笑。"

忽然想起很多年前,他高中毕业时和同学吃散伙饭,他和简生坐在角落里一边喝啤酒一边聊天。那时他说,他最大的心愿就是她能一辈子开心,天天笑。

很朴素的愿望,却太难达到。

人生在世,不如意事十之八九,再乐观的人都会遇到烦心事,但只要她高兴一天,他就高兴一天,她的喜怒哀乐时刻牵绊着他的心。

后来,她再也没笑过。

从那时起,即便"周稳"在笑,岳凛也再没笑过。

现在她每天都在笑。

岳凛想,这还不够,他所承诺的一辈子,还有很长。

从苏黎世乘坐火车到因特拉肯,一路风景都如童话般美好。

第一次知道岳凛那些年曾待在什么地方时,沈净晗就在手机上搜过这个陌生的小镇,看到的就是这样的画面。大概因为季节和滤镜,色彩上并没有那么浓重,但依旧不能否认,这里确实很美。

下车后,岳凛带她去了他曾住过的那栋房子。

房子的主人是一对老夫妻,见到岳凛,他们热情地喊他"wen"。岳凛没有解释,用德语向他们介绍沈净晗。

互相问好后,举止优雅、和蔼可亲的老婆婆笑着说了一句话。沈净晗觉得耳熟,之前那个编发的老奶奶也说过同样的话,于是两人在前面带路时,沈净晗悄悄问岳凛:"刚刚她最后那句话是什么意思?"

岳凛附在她耳畔:"她说我的妻子很漂亮。"

妻子。

这两个字听起来跟叫"老婆"的感觉很不一样,很正式、很庄重,好像得到了最高级别的认可,如同"丈夫"一样,神圣又富有责任感。

房子已经被打扫干净,是瑞士最常见的那种小木屋,生活起居都在一楼,二楼还有个小阁楼。虽然举架不高,显得有些压抑,但在窗旁铺上厚厚的垫子,阳光充足时躺在那里看看书、睡会儿觉,也十分惬意。

老夫妻住在几百米外的另一栋木屋里,安顿好两人便离开。

一楼的木桌上放着他们为欢迎岳凛准备的水果,冰箱里有少量鸡蛋和牛奶,岳凛说待会儿带她去逛逛这里的超市。

仔细算算,岳凛离开这里也只有两年多,这里的时间好像被暂停一样,同样的绿水青山，同样的小木屋，连房子里的家居陈设都和以前一样，几乎没什么变化，但岳凛却早已不是从前那个人。

或许也可以说，岳凛终于回到了自己的人生轨道，做回了自己。

沈净晗趴在窗口看外面的风景，视野真的很开阔，几乎见不到什么人，连房子都很少。

岳凛不知什么时候绕到屋外，将窗下的一盆花挪到木架子上，摆在沈净晗视线范围内，然后倚在窗外，手臂搭着窗沿，勾住她一根手指："怎么样，这里还不错吧？"

"嗯，很安静，空气也好。"

岳凛说："我当时找了好几处房子，最后定下的这里。这栋房子位置相对较偏，不和其他房子挨着，我写东西，或是想做什么也比较方便。"

沈净晗趴在他手背上看着他："写日记吗？"

"嗯。"

她有点好奇："你的日记里都写些什么？"

以前看一些卧底题材的影视剧，里面的卧底也在写日记，当时沈净晗不理解，做那么危险的事，为什么要留下一个可能暴露身份的把柄。

后来她看到一个解释。

除了记录卧底期间的所见所闻，完成任务后上交领导，作为证据，卧底日记还有另外一个很重要的作用。

当一个人长久地生活在某种环境下，每天接触的都是犯罪分子，看到的都是纸醉金迷，被金钱和权力包围，或是像岳凛这样，离开自己熟悉的环境，活成另一个人，文字记录可以帮助他们在无人处卸下伪装，时刻提醒自己的身份，牢记自己的使命，明确目标，不至于迷失自己，乱了心智。

岳凛说："每天做了什么，和什么人接触，发现了什么线索，都要写。"

"你还没有被周敬渊认回的那几年也要写吗？"

"对，虽然都不是和案件有关的事，但也要如实汇报自己的动态。"

沈净晗趴在那里玩他修长的手指，捏来捏去："提过我吗？"

岳凛的视线落在她清亮的眼睛上，几秒后说："一次都没有。"

沈净晗手上的动作停下。

岳凛掌心朝上，托住她的脸，指尖轻轻在她的皮肤上摩挲。

他们谁都没有出声，但已经明白彼此想说的话。

气氛有点好，岳凛刚想低头吻她，忽然听到不远处有汽车鸣笛的声音。

他回头，看到马路边停了一辆车，里面有个漂亮的当地姑娘朝他猛挥手，大声叫他。

岳凛说："一个朋友，我去看看。"

沈净晗掌心托着下巴，看到岳凛走到那辆车旁边，车里的女孩跳下来，热情地朝岳凛扑过去，想要拥抱他，岳凛笑着挡开，说了句德语。

女孩大概二十出头的样子，皮肤很白，穿着格子连衣裙，戴一顶大帽檐的遮阳帽，像从油画里走出来的欧洲古典美人。

看到岳凛，她特别激动，丰富的表情和一双深情的眼睛明晃晃地昭示着对岳凛的思念。

两人交谈几句，岳凛指了指窗口的沈净晗。

沈净晗猝不及防与那女孩的眼神对上，下意识地招了招手，表示友好。

女孩看起来很意外，但同样热情友好地朝沈净晗挥手。

再次看向岳凛时，她的眼神中充满遗憾，不知道又说了些什么，然后从自己帽子上别着的几朵花里抽出一朵送给岳凛，回到车里，很快离开。

岳凛回到窗前，沈净晗还保持着原来的姿势，若有所思地看着他。

岳凛将女孩送他的那朵花放在窗台上："房东的孙女，听说我来了，过来看看。"

沈净晗声音幽幽的："挺漂亮的。"

岳凛靠过去，想摸摸她的脸："你想什么呢？"

沈净晗却躲开了，转身背对他，靠在屋内的窗沿上。

岳凛直接从后面拢住她的身体："怎么了？"

隔着一堵墙，这姿势不太舒服，岳凛索性撑着窗沿跳进去，站在她面前，压低身子瞧她："晗晗？"

沈净晗情绪有点低落："没事。"

她自己调整了一下情绪，还是掩盖不掉那股莫名翻涌的酸涩感："我就是忽然想到，这些年，你身边是不是也出现过很多漂亮优秀的女孩，是不是也有跟你走得很近的、对你有好感的、跟你表白过的。"

岳凛嘴角含笑，搂着她的腰，低头吮她的耳垂："原来我老婆吃醋了。"

沈净晗推了他胸口一下："别闹。"

岳凛抓住她的手："你不是都审过了？"

"那是回国后，在瑞士这几年呢？"

岳凛抓着她软软的手按在自己胸口，让她时刻感受着自己心跳的变化："好了，都跟你说。"

"走得近的女孩，没有；对我有好感的女孩，有；跟我表白的女孩，也有。"

沈净晗抬头看他："详细一点？"

他贴着她的额头，掌心扣着她的腰，将人压向自己，嗓音低低的："真想听？"

"嗯。"

他稍一用力，将人抱起来，拢着腿让她攀住自己，转身走向阁楼："对我有好感的女生我没有给过回应，向我表白过的女生我也没有答应，要我说什么呢？"

沈净晗趴在他肩上："我只要想到我不在你身边这些年，有别的女孩可以离你那么近，还喜欢你，我就难受。"

岳凛将人抱到阁楼上，放到窗旁厚厚的垫子上："那你有没有想过我也跟你一样？"

沈净晗抱着膝盖看他。

岳凛坐在她身边："所以，那个什么大区总监和那个打篮球的后来有没有再找你？"

沈净晗怔了怔："啊？"

她都快忘了那两个人。

虽然她平时很少出门，但旧时约毕竟是民宿，每天来来往往很多住客，天南海北，各行各业，遇到过不少形形色色的人。

沈净晗那时是出了名的清冷美人，不爱讲话，也不爱笑，多数对她有好感的人还没靠近就已经被她身上那股生人勿近的气息劝退，但也不乏一些诚心诚意又很有耐心的。

岳凛提到的那两个人就是其中坚持得最久的两个。

那个区域总监是旧时约还在青城时认识的，二十九岁，年少有为，相貌英俊。

他去青城出差，在郊区勘查项目现场，太晚了没回市区，就住进了旧时约。

他对身上披着厚厚的绒毯，慵懒随性，总是一脸困倦的沈净晗很有好感，觉得她安静坐在那里的样子美得出尘。

他追了沈净晗差不多快一年，最频繁的时候一个星期就飞过来一次，但沈净晗一次也没有理过他，后来大概他也有些累了，渐渐就不来了。

打篮球那个是刚上岛不久的事。

二十出头，高高壮壮，不知道是哪个省队的球员，去云江岛旅游时认识了沈净晗。

那段时间他迷沈净晗迷得不行，追得很猛，诚心诚意的，连青青都有点感动了，但沈净晗依然拒绝。

这个人也是坚持了大半年，实在是看不到任何希望，最终也放弃了。

岳凛不知道这些细节，但他很清楚，能出现在他们对话框里的人一定是追她很久，并且给她带来一定困扰的人。

每到那个时候，他就随便找个山坡坐着，一罐又一罐地喝酒。

他实在太害怕，怕她哪天被感动，真的爱上别人。

毕竟在她心里，他已经死了，死了的白月光再好，日子还是要过下去。

后来，他再也没在她的信息里看到他们，他就知道，她还是走不出来。

她被他困死在过去，不愿向前看。

沈净晗有点后悔。

早知道他能看到，就不什么都说了。

她不是一个擅长拒绝的人，拒绝得多了，他们再找过来，她也不知道该说什么。她有些困扰，也有些无奈，她跟他倾诉烦恼，全然不知，在遥远的另一边，他已经接收到了她的信息。

沈净晗说："早都没有联系了。"

岳凛推开窗户，这个视角比楼下更开阔，像一幅画："我那时很怕，甚至有段时间都不太敢看你的信息，但总是挺不过几个小时又去看。"

沈净晗抬起他一只胳膊，挤进他怀里："早知道我就说点别的。"

他饶有兴致地低头看她："说什么？"

"喜欢你啊。"

"还有呢？"

"不离开你。"

岳凛高兴了，捧着她的脸亲："多说几句，我想听。"

沈净晗搂住他的脖子，踮起脚，趴在他耳边，轻轻说："永远爱你。"

在这里的第一晚，沈净晗睡得很香。

早上起来时，岳凛不在身边，她从卧室出来，看到桌上已经准备好了早餐，有水煮蛋、烤面包和牛奶，昨晚去超市买的苹果和蓝莓也已经洗好摆盘。

她拿了几颗蓝莓吃，在厨房和浴室转了一圈，没找到他，最后提着睡裙上了阁楼。

阁楼的棚顶是三角形状，中间高，两边低，岳凛这么高的个子其实在上面有点伸展不开，不知道他为什么那么喜欢楼上。

岳凛面向窗口，身旁散落着一个精致的针线盒，他正用白色的线缝那颗被扯掉的扣子。

沈净晗悄声过去，本想吓吓他，谁知她扑过去，从后面抱住他的脖子，他却一点都不惊讶，只是将针拿远一些："醒了？"

沈净晗将手里最后两颗蓝莓塞到他嘴里，有点不满："你知道我来了？"

"你刚出卧室门我就听到了。"他捉住她的手腕，亲了亲她的手指，"去吃饭吧。"

"你也去。"

"等我缝完，马上。"

沈净晗趴在他肩上，看着他将那根细细的针从白色扣子的小孔中穿过："哪里找到的针？"

"早上去房东那边借的。"

"你什么时候学会了缝衣服？"

记得上学时如果他有需要缝补的东西，她都是直接拿回家让妈妈帮忙。

岳凛说："毕竟一个人住了那么多年，什么都要会一点。"

最后一针缝完，沈净晗在针线盒里翻了翻，找到一把小剪子，将线头剪断：

"吃饭！"

今天天气特别好，风力也适中，特别适合玩滑翔伞。吃过早饭，岳凛就带沈净晗去了他曾经工作过的滑翔伞基地。

他打开门口停着的一辆车的车门，沈净晗坐上副驾驶："是谁的车？"

"从房东那儿借的。"他绕到驾驶位坐上去，替她扣好安全带，发动车子，"这里不开车去其他地方不太方便。"

滑翔伞基地离这里不远，二十分钟就到。

那里的工作人员看到岳凛都非常高兴，热情地与他拥抱，像兄弟一样撞拳。

岳凛跟他们介绍沈净晗，聊了片刻后，岳凛说想带妻子一起玩玩。他之前是非常优秀的滑翔伞教练，有职业资格证，所以他的同事们非常放心，欣然应允。

山顶的空地上有不少人驻足，有游客，也有教练。

岳凛娴熟地整理装备："一会儿我先自己飞一趟，找找感觉，回来再带你。"

沈净晗第一次接触这类项目，不太放心："你两年多没飞了，要不让别人先带你。"

"不用，你看着我就好。"岳凛很有信心，将装备穿戴齐整，扣上安全帽，"一会儿就回来。"

他将滑翔伞在草地上平展铺开，再次检查身上的装备。一切准备就绪后，他拉着两边的牵绳朝着山坡的方向快速奔跑，十几米后，他的双脚渐渐离开地面。

沈净晗紧张又兴奋，打开摄像头将他起飞的那一刻录下。

在她的镜头里，他的身影渐渐变小，最后只能看到一个橘红色的大伞。

她的心一直悬着，直到他消失在视线尽头。

岳凛安全着陆后，乘坐专车回到山顶，沈净晗看到他平安才彻底放心，同时也跃跃欲试。

岳凛换了双人设备回来："真不怕？"

她连连点头："不怕，我相信你。"

自己飞过一趟后，岳凛已经找回感觉。他帮她穿好装备，戴上头盔，叮嘱她需要注意的事项，脚下该如何用力，并表示起飞后不用她做什么，一切由他掌控。

沈净晗点头："知道了。"

岳凛最后检查一遍装备卡扣，正了正她的头盔："准备好了吗？"

她透过墨镜看他，点头。

他再次确认："那我们开始了？"

她又点头。

滑翔伞这种运动，看别人玩很刺激，自己玩更刺激。沈净晗不得不承认，最开始助跑那几秒她确实是紧张的，但双脚离地，飞向空中的那一瞬，感受无法用语言形容，是一种从未有过的自由和彻底的放飞自我。

岳凛就在她身后，她一点都不怕，她兴奋地尖叫，彻底释放自己，听着耳边"呼呼"的风声，看着脚下的绿水青山和一座座小房子，觉得自己真的像一只自由翱翔的飞鸟。

飞行平稳后，岳凛开始给她介绍，这里是什么地方，那里的河流通往哪里。

"那就是少女峰，明天我带你去。"

沈净晗张开双臂，闭上眼睛，享受这一刻无比自由的风。

这几乎是这些年沈净晗玩过的最刺激的项目，直到回家，她还沉浸在兴奋中。

她好像爱上了在天上飞的感觉，趴在窗前一遍遍地回看他们两个飞行过程中拍摄的视频。

回看视频和亲身体验又是不同的感受。

岳凛站在她身后，手臂撑在她身体两侧，将人圈在自己身前，看她又点了一次播放："喜欢的话，明天还带你去。"

沈净晗想了想："不了，还有好多地方没玩，国内是不是也有玩滑翔伞的地方？"

"有。"

"那以后有机会再玩吧，明天你不是说要带我去少女峰？"

岳凛看了眼窗外，将手滑进她裙子里："山上冷，待会儿把厚衣服找出来，再买一套毛绒帽子和围巾。"

沈净晗没有忍住，轻哼一声，紧紧抓住窗沿："你想干吗？"

他靠过来，薄唇贴了贴她耳后："兴奋劲儿还没过。"

她简直吓死："你疯啦，在这儿？"

天还没黑，窗帘也没拉，窗口正对着童话世界一般的自然山脉。

他一下一下地吻她的耳朵和白皙的脖颈，手上动作没停："没关系，这附近没有人，只有我们两个。"

这座房子没有邻居，几乎没什么人会经过这里，倒是成全了他的坏心思。

于是，沈净晗今天又多了一个新体验。

确实是……很刺激。

比在天上飞还刺激。

后面这些天，两个人没有任何计划，高兴了就去附近的小镇走走，逛逛当地的夜市，尝尝当地的美食，不想动了就在家做饭睡觉，看听不懂的电视，听不知道歌词的音乐。

沈净晗几乎填满了岳凛在瑞士那些年的记忆缝隙，只要他曾经停留过的地方，都有她的身影。

再难的过去，如今岳凛也释怀了。

最后停留的那天晚上，他们去房东夫妻家吃了顿饭，房东为他们准备了丰盛的晚餐，还特意做了几个中国菜。

他们只住了半个月，岳凛直接付了一个月的房租，房东说什么都不肯收，连那半个月租金都不要，只说欢迎他们以后再回来玩。

当年岳凛一个人来到因特拉肯，人生地不熟，夫妻俩帮了他很多，他铭记在心。

离开前,他悄悄将房租和一张字条压在果盘下。

字条上说,欢迎他们以后来中国玩,他也带他们去看看中国壮丽的江山美景。

蜜月结束后,岳凛归队,沈净晗也正式去鉴定中心报到。

沈净晗第一次上班,但没有任何不适应,大概因为涉及的工作内容都是她的舒适区,她上手很快,各类化验仪器几乎是一教就会。同事们对她也很好,他们知道她的过往经历,都很佩服她,无论是胆量还是专业水平。

沈净晗每天都高高兴兴,下班经过超市时会顺便买些蔬菜和水果带回家。

如果赶上岳凛和她一起下班,她就在中心等他来接。

她的办公地点离他很近,就隔一栋楼,走路五分钟就到。

那天下午,她打完一份报告,装进文件袋里,等其他部门的人来领,去饮水机前接水时,听到几声短促清脆的叩门声。

她回头一看,是岳凛。

他穿着常服,手里拎着一个自封袋站在门口:"沈老师,忙吗?"

她端着水杯走过去,眼睛里带着笑意:"别瞎叫。有事吗?"

岳凛示意手中的自封袋,里面是白色粉末:"来送检。"

沈净晗公事公办,朝他伸出手:"单子。"

岳凛笑着拿出单子递给她:"不错,业务熟练。"

沈净晗核对完单子上的内容后,收了那袋东西:"出报告的时候我通知你。"

岳凛看了眼时间,快下班了,他靠在门旁:"沈老师,一会儿有事吗?请你吃个饭。"

沈净晗忍着笑,语气严肃:"不行,我老公还在家等我。"

岳凛一副遗憾模样:"真不巧。"

有人来取报告,沈净晗推他一下:"我要工作了。"

岳凛说:"一会儿来接你。"

"嗯。"

到了下班时间,同事们先后离开,中心只剩沈净晗一个人。她打扫了办公室和走廊,检查好开关和电器,锁好门,刚走出大楼就看到那边过来的岳凛。

已经快要入冬,天渐渐冷了,他还穿着薄外套。沈净晗摸了摸他有些凉的耳朵:"早上让你穿那件厚的你也不听。"

"不冷。"岳凛牵着她的手,两人一块儿往外走,"一会儿想吃什么?"

沈净晗有点选择困难:"不知道,你说呢?"

"在外面吃还是回家吃?"

"回家吧。"

"行。"岳凛做了决定,"那吃饺子吧,上回包的还有。"

"还想吃煎鸡蛋。"

"老公给你煎。"

"先去超市买瓶酱油吧,不知道家里的还够不够。"

"行。"

两人走到停车场,上了车,岳凛替她扣好安全带:"猫粮还有几袋?"

沈净晗回想了一下:"两袋吧?好像是。"

"那再补点猫粮。"

"好。"

岳凛将车开到主路,忽然想起一件事:"对了,这周末咱们回一趟沣南吧。"

"怎么了,有什么事吗?"

"爷爷说,要商量一下咱们的婚礼。"

这不是他们婚后第一次回爷爷家,领完证那几天,他们便抽空回去过一趟。

周姨把岳凛房间里的床品全换了,从之前的单人被换成双人被,颜色也从寡淡的灰色换成了喜庆的红色,连枕头床单也都是红色,相比他们岳城的家,这里似乎更像一个新房。

为了在家多住一晚,周五下班后他们直接回了沣南,到家时已经是半夜十一点多,两人拎着营养品和水果大包小包地进门。

客厅里,爷爷靠在藤椅上,已经睡着。

一旁的收音机里没了信号,发出"嗞嗞"的杂音。

岳凛放下手里的东西,走到藤椅旁,将掉在地上的珊瑚绒毯捡起来拍了拍,轻轻盖在爷爷身上。

周姨说老人家平常这个时间早就睡了,今天非要等他们到家才肯回房间。

岳凛轻声将爷爷唤醒,想让他回去休息。

老人家见到孙子和孙媳妇很高兴,精神了不少,问他们有没有吃饭,累不累,沈净晗上班习不习惯。

沈净晗耐心地一一回答:"爷爷,我们一切都好,您放心吧。"

年轻时,岳安怀也是骁勇善战的英雄,如今年纪大了,禁不住熬夜,尤其去年病了一场,身体已经不如从前硬朗。岳凛将人扶起来:"您赶紧休息,以后我们晚上回来,不要等,早点睡,身体要紧。"

过了零点,两人终于收拾完,躺在舒适的大床上。

火红的双人被看着就喜庆,沈净晗摸了摸上面精致的刺绣:"这个好漂亮。"

岳凛关了台灯,翻身将人捞进怀里:"还有更漂亮的呢。"

"什么更漂亮?"

"上次回来,我听爷爷说,姑姑有个朋友是苏绣的传承人,她给咱们定了一套新婚被面,等咱们婚礼那天铺床用。"

沈净晗知道苏绣,非常精细难得:"一定很贵吧?"

他闻着她身上淡淡的沐浴露香味,将她搂得更紧:"这些你都不用操心,让爷爷和姑姑他们帮咱们准备就行。"

沈净晗没有父母,没有人给她张罗姑娘出嫁时需要的那些东西。

岳凛的家人直接包揽过来,除了苏绣的双人被,还有蚕丝被、冬被、夏被之类的,就是传统的四铺四盖,所有娘家人都会给出嫁女儿准备的必备品。

岳凛忽然觉得胸口湿湿的,低头捧起她的脸,借着月光看到她湿漉漉的眼睛:"干吗呢?"

"没有。"沈净晗忽然有点收不住,落下一大颗眼泪,"我就是觉得,好幸福。"

至亲已故,独自出嫁,她身后一个人都没有。

可她嫁的人是岳凛。

他的亲人把她当亲生女儿一般疼爱,她似乎没有机会感受孤独,因为已经被爱包围。

他掌心抹了抹她的眼泪:"我答应过爸妈,以后我的家人就是你的家人,别人有的,你一样都不会少。"

他低头堵住她的嘴,不轻不重地咬了一下:"不许哭了,再哭弄你。"

她没忍住,笑了一下:"在家呢,你敢。"

"怎么不敢?我有证,合法的。"

"让人听见。"

"这里隔音很好。"

"万一呢?"

"你不叫别人就听不见。"

沈净晗在宽大的双人被里踢他肚子:"你离我远些,我今天要休息。"

那人就像没听见,抓住她的脚踝往自己身上一拽,直接将人扯进被子里。

红色喜被不断翻涌起伏,嬉笑打闹的声音里夹杂着克制不住的闷哼和低喘,被子边上偶尔伸出一只细白的手,紧紧抓着同样红色的床单,顷刻间又被人拽进去。

不多时,沈净晗猛地掀开被子,贪婪地呼吸着新鲜的空气。

没过几秒又被人拖回被子里,闷闷的声音从里面传出来:"别偷懒。"

第二天早上,全家人一起吃早餐。

周姨做了沈净晗最喜欢吃的鸡蛋打卤面,还有些拌菜。大概因为孩子们回来了,岳安怀胃口很好,吃得比平常多。

差不多吃完时,岳安怀将一张银行卡放到桌子上,推到岳凛那边。

岳凛和沈净晗对视一眼:"爷爷,这是干什么?"

岳安怀说:"现在结婚都是住新房,你们现在住的那套是老小区,装修也旧了,周末有时间出去转一转,如果有喜欢的地段和户型就买下来。"

岳凛说:"爷爷,我们暂时没打算换房子,而且我们钱也够,自己可以买。"

"你有钱是你的,这是我的。"岳安怀说,"你们两个不声不响地领了证,

净晗这孩子不在意这些，但我们不能不准备。"

沈净晗说："爷爷，我们现在住的那个地方挺好的，离工作的地方很近，去哪里也都方便。而且那里还有好多以前的回忆，我们两个没想过搬家。"

她真心实意地说："我和岳凛这么多年了，我不在意什么新房，真的。"

"净晗不许推辞。"岳安怀嗓音沉稳浑厚，"这是我们岳家娶你的诚意，也是让你九泉之下的父母放心。这个钱放在你们那里，是换新房还是重新装修，你们自己定。以后你们两个过好日子，比什么都强。"

岳安怀态度坚决，岳凛只好同意："那我们就收下了，谢谢爷爷。"

沈净晗也道谢。

岳凛将卡放到沈净晗手里。

岳安怀说："你们两个走到今天不容易，以后不论遇到什么事，都要互相信任，互相体谅。丫头这些年吃了不少苦，阿凛，你要让着她，别欺负她。"

岳凛用略带委屈的语气说："爷爷，我怎么敢欺负她，您该叮嘱她别欺负我才是。"

全家人都笑起来。

他们的婚礼定在第二年的春天。

两个人思来想去，还是舍不得现在的家。这里有太多回忆，他们一起在这个房子里学习、做饭、看电影。停电的时候，他们坐在卧室的床边听歌，她高三时，他们每周都在这里见面，他陪她复习，给她扇风，喂她吃葡萄。

他们痛并快乐的第一次也是在这里。

最终他们决定先简单翻新，只重新粉刷墙壁、换地板，这样在婚礼前就能入住布置新房，等以后各自的工作都进入正轨，稳定下来，再慢慢看喜欢的装修方案。

那一年的新年，两个人还是回爷爷家过。

热闹的除夕夜，吃完阖家团圆的晚饭，两人牵着手走在西雁街的人行道上散步。

路两旁挂满了喜庆的红色灯笼，爆竹声此起彼伏，节日气氛浓郁。

沈净晗看着不远处小女孩手里的仙女棒，一时兴起："我们买点烟花放吧？"

岳凛自然答应，不远处就有卖烟花的摊位，他们买了一些带到河边。

过年这几天政府解除烟花禁令，好多人都在附近放。

上次一起放烟花还是她高三那年的新年，他在爷爷家过完年就回去找她，正月十五那天晚上他买了好多烟花放给她看。

那时她胆子小，见他拿出打火机就跑得老远。岳凛点燃后会快速跑回她身边，用热热的掌心捂住她的耳朵，仰起头和她一起看。

她很喜欢看烟花。

云江岛上所有的烟花都是为她燃放。

而这一次，岳凛发现她好像不怕了，她还很主动地拿过他的打火机，从容地点燃引线，然后拉着他撤离到安全地带。

夜幕下，他漆黑的眼睛里映着璀璨的光："晗晗，你放过烟花吗？"

沈净晗仰起头看着漫天散落的火花："嗯。"

他凝视着她："什么时候？"

沈净晗将手塞进他暖暖的口袋里："你回国之前吧。"

她回忆那段往事："那个时候云江岛没有放烟花的传统，我想看，只能自己放。"

那些年，她常常将沉重的烟花拖到海边，点燃引线，转身走到不远处的海滩上盘腿坐下，看着如繁星般散落的烟花腾空炸开，又一点点消失。

如同他一般。

有时还没走远，烟花便开始燃放，轰鸣的声响就在身后，但她没有害怕。

最可怕的事情已经经历过，还有什么能吓到她。

胆子就是那个时候练出来的。

岳凛越来越觉得，他对沈净晗的了解远远不够。

这些年，她一个人承受了多少，不是三言两语就能说完的，也不是那些简短的信息能说清楚的，她怎么过来的，只有她自己知道。

他拿过打火机："我来吧。"

沈净晗抬头看他。

岳凛说："只要我在，以后你不用自己放烟花。你想看多少，我都给你买，给你放。"

沈净晗明白他说的不只是烟花。

她笑了，眼睛弯弯的，说："好。"

岳凛看到她脖子上的猫爪项链，尽管后来他又给她买过其他项链，但她还是钟情最初的这一条。

他抬手将她的衣领往上扯了扯，拉链拉到顶端，帽子戴好，将人搂进怀里，掌心护着她的脑袋，让她靠在自己肩上，他说："晗晗。"

她轻声回应："嗯？"

他却没有再说话。

沈净晗安静地任他抱了一会儿，随后缓缓抬起手，回应他的拥抱。

三月，他们的房子已经翻新完毕，两人每个周末都很忙，逛家电、逛床品，零零散散给家里换了不少东西。

岳凛带沈净晗去了市里最大的一家婚庆用品超市，里面有各种彩带气球、红包喜字，款式繁多，琳琅满目，应有尽有，让她选个够。

他还记得之前在青城，他们偶然间走到一处卖这些东西的摊位旁，她拿起请柬，又默不作声地放回去时的模样。

那时一切尘埃未定,他不敢承诺什么,现在——

"这个、这个,还有这个,都要。"

岳凛大手一挥,乱七八糟的东西一股脑都扫进购物车。

沈净晗"哎呀"一声:"别乱拿呀,都重复了!"

她推他:"你别跟着捣乱,我自己选。"

于是岳凛负责推购物车,沈净晗在前面挑挑选选,偶尔回头问他,这个好不好,那个好不好。

请柬选了她喜欢的中式风格,这一次,他们终于能亲手在请柬上写下他们的名字——

　　新娘:沈净晗

　　新郎:岳凛

婚礼选在一处春意盎然的户外花园。

那天天气特别好,阳光也好。时间还早,亲朋大多还没到,沈净晗在里面准备,岳凛在外面跟着一块儿忙,布置现场。

大到仪式流程,小到花束摆放的位置,他都事无巨细,亲自参与。

刑天看他实在紧张,给他递了一瓶水:"放心吧,流程都对八百遍了,不会有问题的。"

岳凛一口气喝了半瓶水:"抓人都没这么紧张过。"

"你俩算是苦尽甘来了,你都不知道,当初在岛上我第一次见嫂子,她那张脸愁得啊,张口闭口都是你,担心得不得了。"

岳凛能想象出那时她的样子,不自觉地弯起嘴角。

刑天还是个没谈过恋爱的小伙子,眼见着两人爱得要死要活,很好奇:"喜欢一个人是什么感觉?"

"非常好。"岳凛拍拍他的肩膀,"等你有喜欢的人就知道了,这个事情只可意会不可言传。"

"我现在整天待在队里,要么就是跟着你和宋队出去办案,哪有时间谈恋爱。"刑天笑着说,"哎,你和嫂子准备什么时候要小孩?"

岳凛拨了拨手边的叶子:"没想过。"

"怎么不想呢?"

"我离开那年她还是个小姑娘,我答应过她,要一辈子对她好,可现在我缺席了这么多年。"岳凛的目光落在不远处他和沈净晗的合影上,"我还有很多事没陪她做过,还有很多事没有弥补她,我欠她太多了。"

"我想多陪她过几年二人世界,让她舒舒服服,没有牵绊,想做什么就做什么。我想让她自由自在,像以前一样无忧快乐。"

"那要是嫂子想呢?"

岳凛笑了笑:"那就听她的,她想什么时候要就要。"
新娘的化妆室里,余笙和赵津津正帮沈净晗穿婚纱。
沈净晗站在那里,连续深呼吸几次:"我好紧张,一会儿上台万一出错怎么办。"
余笙帮她整理身后的裙摆:"不会的,你那么聪明,流程都背好几遍了。"
"可是我紧张。"
赵津津直接把流程单子塞到她手中:"那就再看一遍。"
于是沈净晗真的又看了一遍。
余笙绕到她前面,仔细检查她的妆容和配饰:"完美。"
她握了握沈净晗的手,柔声说:"放轻松,没事的。"
她的眼神一如既往的温柔坚定,让人内心安定,沈净晗舒了口气,点头说:"嗯。"

仪式很快开始。
虽然沈净晗知道自己一定会哭,但她没有想到,刚开始她就已经控制不住。
她穿着洁白的婚纱站在花路尽头,看着岳凛一身警服站在台上,如青松般挺拔、坚毅、利落。他的双眼漆黑、坚定,一动不动地望着她。
主持人还在说话,台下坐着他们的至亲好友。
岳凛的家人、队友,余笙,江述,赵津津,陆辰辙,青青,向秋,夏然,叶千千。
还有简生。
他们都来了,带着最真诚的祝福。
岳凛和沈净晗隔着很远的距离凝视对方,仿佛眼中只有彼此。
刑天和另外三名队友身着警服,步行至沈净晗身旁,郑重地替她披上头纱。
头纱遮面那一刻,沈净晗泪如雨下。
她没有父亲可以送她走这一段路,所以岳凛亲自来接她。
他在所有人的注视下走过长长的花路,一步一步,朝她走来。
沈净晗想起许多往事,他们的学生时代,他也总是这样坚定地向她走来,不论刮风下雨,不论前方的路有多少荆棘。
从头到尾,他的终点只有她。
岳凛在她面前站定。
他像从前无数次那样牵起她的手。
触碰到她指尖的那一刻,岳凛落下眼泪。
这条路,他们走得太艰难。
"沈净晗,我来接你了。"
从此以后,相濡以沫,携手余生。
不负信仰,不负你。

番外平行篇
　　我的守护神

　　沈净晗一觉睡了很久。
　　中午那通电话后，岳凛找了住在附近的同学来看沈净晗，同学给她买了饭，看着她吃完，状态好一些了才走。
　　晚上他又打来电话，电话那边很嘈杂，有汽车鸣笛的声音，有呼啸的风声，不像在住处，但沈净晗迷迷糊糊，没有留意，耳边只听得到他低低的温柔嗓音。
　　他说很快回来，要她按时吃药，早早睡觉。
　　她在他的声音里再度睡过去，做了一整晚乱七八糟的梦。
　　她梦到她变成了一个透明人，无论怎样喊，岳凛都看不到她，听不到她；梦到岳凛满身伤痕地朝着与阳光相反的方向奔跑，直到消失在无尽的黑暗中；梦到她坐在小舟上漂浮在看不到尽头的深海中，好像全世界只剩她一个人，极其可怕的孤独感猛烈袭来，她吓得缩成一团不敢动。
　　朦胧中有人轻抚她的脸，她以为是猫咪，伸手想抱，意外触碰到一只暖乎乎的手。
　　她睁开眼睛。
　　是满身风霜、风尘仆仆的岳凛。
　　岳凛正检查她额头的温度，看到她睁开眼睛，脑袋立刻凑过去："醒了，好些了吗？"
　　沈净晗有点蒙，以为自己没睡醒，还在做梦。直到岳凛用体温枪对着她的额头"嘀"了一声，看了看上面显示的数字，说"还好，不烧了"，她才反应过来，岳凛回来了。
　　她眼眶瞬间湿润，想也不想地扑进他怀里："你回来了。"
　　岳凛怕身上的寒气传给她，单手扶着她的肩："等下，凉。"
　　他脱掉自己的外套扔到一旁，露出里面面料温暖柔软的毛衣，单膝跪在床边配合她的高度，将人搂紧，借着白色纱帘透进来的微弱晨光瞧她的脸："还是很难受是不是？再睡会儿，我去把粥煮上，回来陪你睡。"

沈净晗仰起头看他:"你怎么这么早回来?不是今天晚上才到吗?"

"我等不及了,找了车提前回来。"

岳凛让她躺回床上,之后换了衣服,去厨房把粥煮上,回来掀开被子躺进去,重新将人搂进怀里。

沈净晗闻着他身上熟悉的味道,心里特别踏实,她声音闷闷的:"我刚刚梦到你了。"

"是吗,梦到什么?"

"记不清了,反正不是好梦。"

"那就不要想了,再睡一会儿。"他想起今天她上午有课,"请假了吗?"

"没。"

"能坚持吗?"

"能。"

"那待会儿吃完早餐我送你。"

岳凛声音里透着疲惫,沈净晗在他怀里抬起头:"你坐了一整晚的车吗?一夜没睡吗?"

他握住她的手放回暖乎乎的被窝里:"睡了。"

沈净晗心里清楚,他连夜搭别人的顺风车回来,不能躺不能卧,怎么可能睡得舒服。她有点心疼,也有点歉疚,但她不想说"其实你不用提前回来"这样的话,在他面前她从来不需要伪装,不需要故作坚强。

她实在太想他,他能提前回来,她真的特别高兴。

她往他怀里缩了缩,没有说话。

岳凛抱着她躺了一会儿,忽然想起什么,伸手拿过一旁的大衣,从口袋里翻出一个方形饰品锦盒。

沈净晗从被窝里探出头,露出两只亮亮的眼睛。

岳凛打开盒子,里面是昨天电话里他提过的那条月光石手串。

晶莹的白色珠串泛着浅浅的蓝紫色,润润凉凉的很舒服,他握着她细白的手腕把手串戴进去,端详了一会儿,颇为满意。

沈净晗举着手,对着窗帘缝隙里透过来的暖黄晨光看了又看:"真好看。"

"好看就戴着。"岳凛拽着她的手塞回被窝里,扯着手腕往腰上一搭,让她搂着自己,"再睡会儿吧。"

不知道是不是心理作用,这个回笼觉睡得比这几个晚上加起来都要舒服,再醒来时已经将近八点,沈净晗跟充过电一样,精神比之前好太多。

粥已经煮好,岳凛还在里面加了两颗鸡蛋,两人吃完后,他送她去学校上课:"中午我再来接你,一起吃饭。"

沈净晗接过他手里的背包:"你不用回学校吗?"

"明天再回。"

"那你回家补觉吧。"

岳凛抬手揉了她脑袋一下:"知道了,有事给我电话。"

"嗯。"

这堂课是有机化学,沈净晗坐前面,一边听杨文清教授讲课一边记笔记。她现在还保持着高中时的习惯,喜欢随手记一些东西,她对化学永远有一颗热忱的心,兴趣极浓,教授做实验也很喜欢叫她去帮忙。

上午只有这一堂课,十一点多下课,同学们陆续离开,岳凛提前发了信息说看到校门口有卖老式爆米花,他等着炸一锅,沈净晗收拾好东西就去找他。

到那儿时还有很多人排队,岳凛不知道在和谁通电话,走到了一旁的大树下。沈净晗就在爆米花机旁边看,这一锅里就有岳凛的,马上出炉。

校门口,杨文清开车出来,经过这里时看到沈净晗,停下车。

他的目光在她身上停留片刻,刚要下车,忽然看到一个男生走到沈净晗身后,伸手捂住她的耳朵。

杨文清只看得到男生的背影,但两人姿态亲密,显然是她男朋友。

他松开门把手,启车扬尘而去。

沈净晗正在看热闹,忽然有人捂住她的耳朵,不用想也知道是谁。她身体下意识地往后缩了缩,靠在岳凛身上,偏头看了他一眼,觉得他情绪不太对:"怎么了?"

不远处响起"砰"的一声,新鲜的爆米花出炉了。

岳凛过去付了钱,拿了一袋新装好的爆米花回来递给沈净晗:"出事了。刚才学校给我打电话,确认我的安全,说我原本要搭乘的那班船沉了。"

沈净晗愣了愣:"沉了?"

她心跳有点快,只觉得后背一阵凉意,冷汗都要下来。

如果岳凛按计划登上那艘船……

她不敢继续想下去,连忙问:"那船上的人呢?"

岳凛沉默片刻,摇了摇头。

只怕凶多吉少了。

因为这件事,直到晚上两人的心情都不太好,一方面是后怕,另一方面也是为遇难的乘客难过。

生命实在太脆弱,谁都不能保证明天和意外哪一个先到。

岳凛忽然想通了很多事。

关于人生,关于当下,关于未来。

入夜,两个人相互依偎坐在阳台上看月亮。

已经入冬,外面很冷,房间供暖虽然好,但阳台还是凉一些,岳凛用大毛毯把沈净晗裹得严严实实,搂进怀里。

两个人很久都没有说话。

今晚夜色很好，即便隔了一层玻璃还是可以看到零散的星星。

银月清冷，月光皎皎。

过了好长一会儿岳凛才开口："晗晗，我们以后一定要好好的。"

她懂他的意思，声音很轻："嗯。"

直到现在她还在后怕，差一点，只差一点，她就可能失去他了，一种极强烈的劫后余生的感觉包裹并侵袭着她的心，这种感觉很不好，她只有像现在这样靠在他身上，紧紧攥着他的手，心里才会踏实一点。

沈净晗说："好险啊。"

岳凛忽然低头看她。

沈净晗也仰起头，两人对视片刻，岳凛说："你救了我。"

如果她没有生病，没有脆弱，没有流泪，没有可怜又委屈地让他早点回来，也许他真的会随着那艘船沉入海底。

像蝴蝶效应，一个小小的选择，微不足道的变数，就能引起惊涛骇浪，改变命运。

沈净晗眨了眨眼："好像是这样。"

岳凛凝视她许久，突然吻住她。

温温的唇，纯粹又热烈的吻，和以前的感觉都不一样。

沈净晗沉浸在这个温柔又长久的吻里，久久不能平静。

无名指一凉，忽然有什么东西套进她指尖。

她低头一看，是一枚戒指。

简简单单的素圈款式，是她喜欢的风格。

"走那天在路上碰到的，觉得很适合你，怕以后找不到这样合心意的，就买下来了。"

岳凛笑了笑："本打算毕业向你求婚时用的。"

他抚摸着那枚戒指，指尖滑进她掌心，紧紧牵住她的手，嗓音低缓："但我现在不想等那么久了，我忽然……很害怕。"

沈净晗眼睛酸涩："阿凛。"

"你先听我说……"岳凛有好多话想说，却不知道从哪里说起，沉默片刻，他开口，"这不是求婚。晗晗，你还这么小，外面的世界那么广阔，我不想束缚你，我只是想让你知道，这辈子，只要我活着，我就爱你。如果我会结婚，那也只会是跟你。

"这枚戒指，锁住的不是你，是我。"

他以后一定会成为一名人民警察，这是他的梦想，也是他身为军警后代的光荣使命，他肩上扛着数不清的责任。

未来会遭遇怎样的艰难险阻，他不知道，他只知道此时此刻，他不想留有遗憾。

面对心爱的人，不要吝啬温柔蜜语，想说的话就去说，想做的事就去做，不要等"明天",不要等"以后",享受当下,期待未来。

沈净晗落下一滴泪。

她伸手环住他的脖子,缓缓靠近,吻住她的全世界。

（全文完）